La mareggiata

A un tratto l'onda si era alzata, bianca, uno spettro sul mare. Emergeva furiosa dall'acqua nera. Era la mano di un prestigiatore in un guanto, mentre sfiora un castello di carte e lo fa crollare. Le pareti ornate di stucchi, i velluti, le colonne della sala da ballo, nulla aveva opposto resistenza. La mano era entrata nel ventre lussuoso del Kursaal, dove gli inglesi della colonia in riviera per oltre due decenni avevano ascoltato musica, fumato sigari dal profumo esotico e amaro, ragionando sugli affari nelle colonie, sulle guerre, sulle nuove scoperte scientifiche e sul patrimonio delle signorine in cerca di marito. In un attimo il passato era stato cancellato e il secolo, quella mattina del 2 novembre 1928, sembrava già prossimo alla fine.

L'onda era entrata dalle finestre, il suono dei vetri infranti aveva scosso i passanti che si erano avvicinati alla spiaggia, attratti dallo spettacolo mostruoso. La piccola folla accorreva sul lungomare, ipnotizzata dalla violenza dei flutti che parevano usciti dai dipinti di burrasche appesi nell'ingresso del palazzo. Era novembre. Gli spruzzi d'acqua salata penetravano la stoffa degli abiti di lana e sfioravano la pelle, gelidi. Il mare si stava portando via tutto, i tappeti di seta indiana, le lampade liberty, le poltrone, i vassoi d'argento su cui, da ottobre a maggio, il tè veniva servito puntuale, mentre Londra, nelle chiacchiere delle signore, sembrava meno grigia, meno frenetica e infernale, perché lontana, un ricordo diluito dalla nostalgia di centinaia di miglia marine.

Le onde avevano riconquistato la spiaggia, abbattendo le palafitte che sorreggevano l'edificio, conosciuto da Genova a Cannes come il Kursaal Bordighera, non lontano dal prestigioso Hotel Angst, uno dei luoghi più eleganti in cui svernare insieme a uomini d'affari in arrivo dall'Asia che, tra un whisky e l'altro, si acclimatavano nelle tiepide giornate liguri prima del ritorno in patria.

Affacciati alle vetrate che la tempesta stava sbriciolando, gli ospiti avevano trascorso ore a osservare con il binocolo le alture della Corsica, visibili anche a occhio nudo nelle mattinate limpide e ventose, almeno secondo una diceria mai confermata da prove.

«Siamo nel punto più a sud della Liguria» aveva detto il pescatore al ragazzo, prima di prendere il mare con la sua barca carica di reti. All'alba il ragazzo le ripuliva dalle alghe. Il pescatore lo aveva preso in simpatia da quando suo padre era morto in una mareggiata al largo di Sanremo, qualche giorno prima della Pasqua 1899. Aveva diciassette anni e da quel giorno il mare, in precedenza tanto amato, era diventato un nemico. Non appena saliva in barca, una nausea feroce gli torceva lo stomaco. «Non puoi fare questo mestiere,» aveva detto il pescatore «e tutto sommato forse è un bene.»

Era stata la nausea a cambiargli la vita all'improvviso. Aveva venduto la barca di suo padre e lasciato i soldi a sua madre, che doveva badare ai fratelli piccoli. Era riuscito a trattenere una piccola somma per acquistare il suo primo vestito decente, giacca e pantaloni scuri. Sentiva che prima o poi gli sarebbe servito. Non sapeva fare niente sulla terraferma, niente fuorché cantare, aveva orecchio per la musica.

Cantare lo aiutava a uscire dalla tristezza, ma non contribuiva alla sua salute. Era magro come un'acciuga e, per la fame, era stato costretto a lavorare.

Alla stazione, da qualche anno, arrivavano i treni dal Nord Europa. Così era iniziata la sua nuova carriera di facchino. Non aveva soltanto orecchio per la musica, l'aveva per i suoni in generale, e dunque anche per le parole. L'inglese, il francese e il tedesco, in un primo momento indecifrabili, pian piano gli erano diventati familiari. All'inizio non sapeva leggere le frasi – comprendeva a malapena l'italiano –, ma era in grado di ripetere il loro suono, di capire ciò che significavano. Era stata quell'armonia fatta di vocali e consonanti a portarlo in paradiso. Paradiso, nessuna esagerazione. Così era conosciuto l'Hotel Angst, l'albergo più bello d'Europa, non lontano dalla spianata del Capo, dove abitava lui. La prima volta ci aveva accompagnato dei turisti russi. Non capiva niente di quel che dicevano, ma tra tutti i facchini era certo il più coraggioso: si lanciava in imprese linguistiche sconsiderate. Per questo dall'albergo lo chiamavano e gli davano lavoro quando serviva un traduttore locale, magari non eccellente ma senz'altro il più efficace, perché vantava una perfetta conoscenza dei luoghi ed esercitava sulle donne una sorta di effetto latino. Era stata la sua nuova professione ad avvicinarlo al mondo chic dei gentlemen della colonia inglese.

Per questo l'onda che aveva trascinato il Kursaal sul fondale si era portata via anche Renzo. Una parte della sua vita era là dentro, c'erano ricordi di un tempo svanito per sempre, il migliore, quello della sua gioventù, ma anche l'orgoglio per la sua città, che da villaggio di pescatori era cresciuta fino a diventare un luogo nominato nelle cronache mondane, che il "Journal de Bordighera" diffondeva per il mondo, fino a raggiungere gli hotel e le portinerie dei palazzi di New York, sulla Quinta Strada.

L'onda divorava la Storia, e il Kursaal era il primo boccone.

Al pianoforte, nella sala della musica, qualche giorno prima avevano suonato *Nearer, My God, to Thee* per ricordare l'orchestra dell'*RMS Titanic,* che nel 1912 era stata inghiottita nell'abisso. L'oceano non aveva mai restituito il corpo di Roger Marie Bricoux, il giovane violoncellista. Aveva studiato a Bordighera per alcuni mesi al Collegio Saint Charles e poi, all'inizio del 1912, era salito a bordo del *Carpathia* della Cunard, insieme al suo direttore Theodore Brailey. Nell'aprile 1912 erano stati trasferiti entrambi sul *Titanic,* Renzo l'aveva appreso dai giornali. Era stato lui ad aiutare Roger a caricare il bagaglio sul treno verso il Nord, gli pareva di ricordare persino la sua voce, o forse era solo suggestione, perché alcune notti dopo il disastro aveva sognato di vederlo sulla piazza della stazione con la custodia del violoncello aperta e vuota.

Più vicino a te, Signore. Chissà perché il pianista aveva suonato quel pezzo nei giorni che avevano preceduto la mareggiata del novembre 1928, chissà se suonando aveva immaginato la montagna d'acqua che avrebbe a breve distrutto e inghiottito il pavimento, lasciando il pianoforte sospeso su una stretta cornice di piastrelle.

Anche Renzo, come il pianoforte, era rimasto sospeso sul vuoto, sempre meno fiducioso nel futuro. Troppe cose l'avevano deluso, ma non lei, la ragazza con le efelidi sul viso e i capelli che al sole cambiavano colore, accendendosi di rosso.

Quella mattina, sulla passeggiata, mentre il mare infuriava, Renzo aveva alzato gli occhi alle finestre dell'Hotel Parigi. Era rimasto senza fiato. Una donna spuntava tra le tende. «È lei» aveva detto ad alta voce, senza riuscire a trattenere quel misto di stupore ed entusiasmo che si prova nel ritrovare un oggetto che si credeva ormai perduto. Continuando a fissare la finestra, Renzo aveva urtato una signora a cui aveva chiesto scusa senza nemmeno guardarla in faccia. Non aveva staccato gli occhi dalla camera al primo piano dell'albergo, nonostante la distanza gli impedisse ancora di dare per certo che si trattasse di lei. Affacciata al vetro, teneva il dorso della mano sulla bocca, una cosa che le aveva visto fare tante volte quando aveva paura.

Gli anni più belli della vita di Renzo si erano all'improvviso allineati davanti a lui, pronti a fare fuoco.

Era Lily, Lilibeth, come la chiamava con sussiego sua zia, Lady Amabel.

Quando l'ultima parete del Kursaal era crollata, Lily si era coperta il viso con entrambe le mani. Sulla spiaggia lo scheletro dell'edificio ricordava il relitto di un monastero abbandonato.

Renzo non la vedeva da tanti anni, da quando era partita per Londra senza più fare ritorno. Nei primi mesi dopo la sua partenza, l'aveva cercata in tutti i posti in cui era stata. Entrava con una scusa nel salone per sbirciare al tavolino a cui lei aveva pranzato. Non era una donna bella, piuttosto apparteneva alla categoria delle donne indimenticabili, quelle che potresti fissare per ore senza annoiarti, come un cielo in cui passano nuvole sempre diverse, a volte bianche come neve, altre volte cupe, ma inquiete, e per questo interessanti. Renzo non sapeva dire perché gli piacesse tanto. Forse perché non si era mai accorta di lui, che invece non dimenticava la prima volta in cui si erano visti. Era accaduto alla stazione. «Devi andare a prendere due straniere» gli avevano detto in albergo.

Solo nei mesi successivi Renzo aveva conosciuto la storia di Lily.

Prima Parte

1

Miss Lilibeth era arrivata a Bordighera, la "Gerico d'Europa", a inizio ottobre 1899.

Era nata in Inghilterra nel dicembre 1883. Si sperava in un maschio e invece, con grande disappunto della famiglia, era venuta alla luce una femmina. Per Lord J., suo padre, il 1883 era stato un anno tremendo. Non solo non aveva messo al mondo un erede, ma si era accorto che i conti non tornavano più, e la rendita, seppur cospicua, non bastava a mantenere i lussi di cui i patrizi come lui avevano goduto fino a quel momento. La consapevolezza di dover dare una regolata al suo stile di vita gli aveva provocato per qualche mese delle vere e proprie crisi d'asma. Si sentiva soffocare, come uno a cui all'improvviso manchi l'aria che fino all'attimo prima aveva dato per scontata. Si era trovato di fronte a uno spartiacque. Aveva dovuto prendere atto di due tragedie: l'impossibilità di tramandare ai posteri il nome della casata – talmente lungo da occupare le prime due righe della carta da lettere tagliata a mano con stampa in oro – e la rovina imminente.

Da quando era tornato da Oxford con una prestigiosa laurea, trent'anni addietro, per la prima volta metteva in dubbio la possibilità di trascorrere ore liete seduto alla sua massiccia scrivania di legno scuro, coperta da una lastra di giada verde, commissionata un tempo a coloni del Sudest asiatico. Da mesi le lettere in arrivo annunciavano incessanti disgrazie finanziarie.

A causa di quelle lettere, la collezione di armi, a cui i suoi avi avevano dedicato cura e attenzione, era stata già venduta. Poi era toccato ad alcune spille di diamanti appartenute a sua madre.

Fino a dieci anni prima, possedere terra significava avere potere, ricchezza e status. A nessuno sarebbe venuto in mente allora che le cose potessero prendere una piega tanto allarmante. Tre anni prima della nascita di Lily, i patrizi erano ancora la corporazione più ricca e potente, si ritenevano discendenti da Dio in persona. Lord J., in modo particolare, aveva un'andatura solenne che lo rendeva simile a un gran sacerdote, molto compreso nel suo ruolo di colonna portante della società imperiale. Come i suoi *colleghi* non si era reso conto per tempo della fragilità della roccia su cui erano stati costruiti palazzi e dimore di campagna degne di uno zar.

Il crollo del mondo conosciuto era stato quasi improvviso, ma arrivava da lontano, da luoghi del pianeta in cui inglesi di rango inferiore si erano trasferiti anni prima, guadagnando fortune che spesso non profumavano solo di ingegno imprenditoriale, bensì dell'acre sudore di schiavi. Da quei posti, che Lord J. non aveva neanche mai visto, provenivano le merci agricole a buon mercato responsabili dello scossone inferto alla stabilità della ricchezza nella madrepatria. Americhe, Australia e paesi in cui ribolliva sangue inglese toglievano all'aristocrazia terriera britannica la speranza in un futuro migliore. Nelle lettere che Lord J. riceveva, era scritto nero su bianco che i prezzi delle rendite agricole stavano precipitando. Di colpo, la campagna inglese in cui amava passeggiare con i suoi cani al seguito non era più un luogo salutare: le rivolte dei contadini rendevano imprudente uscire senza una scorta di servitori fedeli.

Il centro del mondo si stava spostando da un'altra parte, e l'ombra di una eclisse inghiottiva pian piano le classi alte, sostituite da masse rozze e vocianti.

Renzo aveva visto il padre di Lily solo una volta. Non sapeva chi fosse, l'aveva scoperto molto dopo.

«Benvenuto!» aveva detto un uomo piccino, con la giacca slacciata su un ventre rotondo, appena giunto alla stazione su una vistosa carrozza ricoperta da nastri e coccarde. Aveva ordinato a Renzo di caricare i bagagli di Lord J., sceso dal treno in arrivo da Calais. L'aveva raggiunto trotterellando sulla banchina, con il braccio teso in avanti per porgergli un dono, un libro dalla copertina rigida. «Tutto ciò che vedete qui intorno è stato possibile grazie a questo romanzo, e mi onoro di consegnarglielo come omaggio.»

L'uomo pingue era italiano, parlava un inglese approssimativo ma comprensibile. Renzo aveva imparato molto da lui, che ormai da anni si occupava dell'accoglienza dei turisti d'Oltremanica. Aveva accompagnato Lord J. nella sala d'attesa destinata ai passeggeri di prima classe, e poi aveva dato ordine di portare succo d'arancia e piccoli sandwich.

«Sono certo che questo luogo supererà le vostre aspettative» aveva detto il capo di Renzo, mostrando un foglio sul quale compariva un lungo elenco. Erano i nomi e cognomi degli aristocratici, dei magnati e delle teste coronate, persone che da anni trascorrevano la stagione invernale a Bordighera. «So che siete un uomo d'affari,» aveva aggiunto «sono sicuro che resterete impressionato dalle occasioni di incontro che la colonia vi riserverà. Come sapete,» aveva continuato abbassando la voce e aggiustandosi la giacca che aveva allacciato trattenendo il respiro «siamo anche in attesa dell'"illustrissimo arrivo".»

Fino a quel momento Lord J. non aveva quasi proferito

parola. In un abito impeccabile di lana finissima aveva recitato la parte del ricco latifondista, un ruolo ormai non più suo. "Noi saremo spazzati via dalla piena di un torrente che ci trasporterà verso un Niagara politico" era scritto su una lettera che teneva in tasca. L'aveva letta e riletta sul treno, fumando un grosso sigaro. Gliel'aveva spedita un amico qualche giorno prima della partenza per la riviera. "Ogni singola cosa del mondo a noi noto sarà stravolta, frantumata e dispersa."

Quella triste lettera e le rassicurazioni dell'italiano sui benefici di un soggiorno nella "città delle palme", durante i mesi luminosi che attendevano gli ospiti della colonia, erano il motivo che aveva portato Lily a Bordighera nel tiepido autunno 1899.

Renzo l'aveva accompagnato dalla stazione all'Hotel d'Angleterre, sulla via Aurelia. Lì, dal 1863, per due anni, si erano riuniti in preghiera i fedeli inglesi. Tenevano molto alla religione e all'impegno in opere benefiche. Renzo aveva notato gli avvisi che venivano spesso diffusi per la raccolta di fondi. Con i soldi offerti dai notabili, successivamente era stata costruita la chiesa di All Saints Church, non lontana dall'Hotel Angst, nel quale, al momento del primo viaggio di Lord J. a Bordighera, erano in corso lavori di ampliamento per il "grande arrivo", previsto per la stagione a venire, i primi gloriosi mesi del nuovo secolo, il Novecento.

Lord J. aveva intrapreso una sorta di spedizione conoscitiva per entrare in contatto con la comunità, che sarebbe stata un punto di riferimento importante per i suoi piani. Conosceva molti esponenti di quel nutrito gruppo, e un amico gli aveva promesso un invito per il tè in compagnia di Edward Berry, il viceconsole.

Gli inglesi della colonia dovevano molto a se stessi, ma anche agli svizzeri che, prima ancora del signor Adolf Angst, avevano intuito il potenziale attrattivo della costa italiana e l'avevano sviluppato. Uno di questi si chiamava James Lozeron. Era stato lui a fondare nel 1861 la Locanda d'Inghilterra, divenuta successivamente Hotel d'Angleterre. Renzo aveva notato che proprio Lord J., durante il tragitto in carrozza, aveva messo in rilievo questo dettaglio, testimonianza di uno studio approfondito della storia locale. Dava l'impressione di conoscere la colonia meglio degli abitanti stessi.

Quando Lord J. era tornato in patria e aveva annunciato alla figlia "la vacanza", Lily era rimasta senza parole. Non era abituata a ricevere regali. Però, l'idea di raggiungere quei luoghi affacciati sul Mediterraneo le era parsa un'occasione da sogno. La ragione stava proprio nel libro che suo padre le aveva portato. Lo aveva divorato.

Lily aveva proprio quel romanzo nella borsa quando, la sera del 6 ottobre, era salita su un treno diretto a Calais. *Doctor Antonio* di Giovanni Ruffini era scritto sul dorso in pelle, una storia che aveva aperto l'orizzonte a una nuova epoca.

2

«Chiudi quella robaccia» aveva detto zia Amabel, urtando con la mano la copertina del volume, senza dare a Lily il tempo di farlo. Il segnalibro era un lungo rettangolo d'avorio, con un intarsio sul bordo sinistro e fiori colorati stampati al centro. Glielo aveva portato suo padre da Ceylon. Renzo l'aveva notato sin dal primo giorno del loro arrivo in hotel.

Dopo la vendita della sontuosa tenuta di campagna nell'Inghilterra del Sud, che aveva fruttato molto denaro, in gran parte assorbito dalla liquidazione dei debiti verso un serraglio di creditori, Lord J., dapprima con vergogna, poi con la boria tipica di chi deve giustificare a se stesso un ripiego, si era adattato al ruolo di vicedirettore, peraltro ben pagato, in una delle piantagioni di tè che lo scozzese James Taylor, a metà Ottocento, aveva inaugurato a Ceylon. Coltivavano due pregiati tè indiani, Assam e Darjeeling. Molta manodopera era stata assunta in India, e successivamente il commercio, dapprima solo locale, aveva coinvolto anche la madrepatria. Il padre di Lily aveva saputo dell'esistenza di quel florido mercato nel 1875, quando il primo carico di tè era arrivato a Londra per essere venduto all'asta in Mincing Lane, una strada della City, famosa per gli scambi di spezie.

In quel periodo aveva anche conosciuto un certo Thomas Lipton, che nel tempo si era fatto un nome.

Queste cose Renzo le aveva sapute in occasione del primo incontro con Lord J. alla stazione di Bordighera, grazie alla loquacità del suo datore di lavoro dell'epoca. Nel tempo, il suo interesse per gli inglesi era cresciuto. All'inizio li vedeva come esseri indecifrabili e alieni, con abitudini strambe e fissazioni, delle quali gli italiani ridevano. Pian piano aveva cominciato a capirli e, pur considerandoli "occupanti", persino usurpatori, dato il numero strabiliante di britannici, oltre duemila nella stagione invernale, si era fatto l'idea che senza la loro presenza, seppur dettata da interessi privati e imperiali, quella lingua di terra tra cielo e mar Ligure non sarebbe mai diventata tanto ricca e bella. L'attenzione che gli inglesi mostravano per il paesaggio era commovente. Si interessavano a tutte le cose che gli abitanti del villaggio non parevano in grado di vedere.

«Sono contenta di lasciare Londra per qualche mese» aveva detto zia Amabel sistemandosi il cappello un po' afflosciato. «Speriamo che tuo padre abbia scelto un albergo degno della mia presenza.» Chi non avesse mai incontrato prima Lady Amabel avrebbe sorriso per quella frase. Sembrava la provocazione di un'arguta donna di spirito. Peccato che invece lei non conoscesse il significato della parola ironia. Le cose che diceva non avevano ombre né sfaccettature da interpretare, erano tutte da prendersi alla lettera. Rispecchiavano esattamente la concezione che Amabel aveva di sé, un senso di onnipotenza che mal si accompagnava con il suo viso dai tratti grossolani e la sua voce querula. Secoli di nobiltà non avevano addolcito i lineamenti di quella donna che forse era la più brutta in mezzo a generazioni di volti diafani e ieratici, tra i quali spiccava quello di Lord J., suo fratello, illuminato da due occhi azzurri con una insolita sfumatura malva. Non si trattava di una bruttezza, per così dire, ereditaria, era probabilmente il frutto di una disposizione d'animo, nel suo caso malvagio. E guarda caso, proprio di malvagità accusava gli altri, avendo sul comodino *L'uomo delinquente*, il saggio di Cesare Lombroso, che attribuiva alla cattiveria lo sviluppo di specifici tratti somatici. «Il criminale si riconosce dalla faccia» ripeteva spesso, compiacendosi della sua lettura serale.

I domestici della ex tenuta di famiglia, che venivano tiranneggiati da Lady Amabel a ogni occasione, l'avevano battezzata "Lady Cecil". Il nome veniva da un ritratto che la zia aveva fatto appendere nella sua camera da letto. Era di un uomo dallo sguardo determinato e sicuro di sé. Nel quadro vestiva di nero e posava con una certa eleganza. Una targhetta di legno riportava il suo nome: CECIL RHODES. Sotto il nome era scritta in corsivo una frase: *Se potessi, annetterei i pianeti*.

Un giorno Lily era entrata nella stanza per portare alla zia il tè a letto, cosa che faceva regolarmente quando Lady Amabel si dava malata e pretendeva le attenzioni della famiglia.

«Quello è un vero uomo!» aveva detto la zia indicando il ritratto. Poi aveva iniziato un discorso che Lily non aveva del tutto capito. Riguardava la grande fortuna che Rhodes era riuscito ad accumulare in Africa. A ventitré anni era così ricco da finanziare la costruzione della ferrovia tra Città del Capo e Kimberley. Fare soldi era la sua ossessione, e ciò lo rendeva agli occhi di Lady Amabel degno di stima e persino d'amore. «Quello è un vero uomo!» aveva ripetuto, spiegando che, dopo il denaro, l'altra fissazione di Rhodes era una Gran Bretagna imperiale, dominatrice del mondo. Non era solo questione di avidità, era una faccenda di civiltà: credeva nella superiorità della "razza anglosassone" e nel dovere da parte degli inglesi di diffondere in tutto il mondo la cultura superiore. Secondo la zia, la missione civilizzatrice dell'uomo bianco era un cardine nella vita di tutti gli inglesi, che avrebbero dovuto ispirarsi a Rhodes come modello da seguire. Lady Amabel considerava le terre al di fuori dei confini britannici una sorta di selva oscura, abitata da barbari, quasi sempre mostruosi. «La guerra è il dovere di ogni britannico» spiegava ai pochi parenti che ancora la sopportavano e la invitavano in occasione di cerimonie obbligatorie come i funerali. «La guerra contro gli incivili è una missione a cui parteciperei di persona, se non fosse che le donne non sono ammesse in battaglia. I nostri valori meritano la morte e il sacrificio. Specie degli altri.»

"Razza." La parola ricorreva nei salotti londinesi, nei quali la classe dirigente dibatteva animatamente il tema, e anche sui giornali, per non dire delle conversazioni di Lady Amabel, che applicava il criterio della razza persino alla valutazione dei domestici, con non poche difficoltà quando si trattava di constatare che anche tra quelli di origine inglese si nascondevano scansafatiche e lavativi.

La zia conosceva a memoria i nomi di tutte le razze inferiori sparse nell'Impero britannico, e aveva letto con attenzione alcune pagine di Charles Darwin. Si era convinta che i britannici avrebbero governato presto su tutto il mondo, perché gli esseri inferiori – a causa di una faccenda chiamata "selezione naturale" – sarebbero morti, oppure si sarebbero arresi alla superiorità. Per questo Lady Amabel considerava Rhodes un eroe: incarnava la lotta per la sopravvivenza nella società del tempo, sempre più industrializzata. Ascoltava con ardore anche le conversazioni pubbliche degli scienziati e di esimi professori universitari che studiavano i tratti somatici delle popolazioni extraeuropee. Bisognava civilizzarle, dunque era fondamentale conoscerle. Una volta addomesticate, l'impegno britannico oltremanica si sarebbe concluso, e le nuove nazioni si sarebbero date governi autonomi, ispirati ai principi inglesi, restando deferenti, neanche a dirlo, verso Londra.

Lady Amabel non ammirava soltanto Rhodes. Era affascinata dai personaggi che aveva scelto come fiduciari della sua fondazione. Avevano il nobile scopo di gestire le ricchezze africane e perpetuare la visione coloniale del fondatore. Li considerava menti geniali e si ispirava a loro.

Quando la famiglia di Lord J. si era trasferita a Londra dalla tenuta di campagna, Lady Amabel aveva colto l'occasione al volo. Bisognava sviluppare strategie per entrare in relazione con quella preziosa cerchia ma, nonostante spericolati tentativi di sfruttare ogni sua conoscenza per raggiungere le prede, non era mai riuscita a concludere nulla. «Pesci troppo grossi» si lamentava, senza però abbandonare la speranza di avvicinarli.

Il viaggio in Italia avrebbe potuto rappresentare una ghiotta occasione per fare amicizie trasversali, utili a raggiungere i membri dell'Olimpo che sino a quel momento l'avevano tenuta in anticamera. Molti di loro trascorrevano infatti "la stagione" in riviera.

«Nella lotta per la sopravvivenza abbiamo la fortuna di appartenere alla razza superiore» diceva Lady Amabel ogni qual volta la conversazione permetteva di introdurre un simile argomento. Il tema preferito era comunque alla voce "oro e diamanti". «De Beers, ricorda questo nome» aveva spiegato a Lily. «Se un dì arriverà un uomo con un astuccio marchiato De Beers, sappi che quello sarà per te un gran giorno.»

Fino alla partenza per l'Italia, Lady Amabel aveva abitato con la famiglia del fratello nella casa londinese, acquistata con i proventi della vendita della tenuta di campagna, in cui gli avi avevano vissuto per secoli e dove, probabilmente, vagavano ancora in forma di fantasmi affranti per un destino ingrato. La proprietà era entrata nelle disponibilità di un americano di origine inglese, che aveva costruito la sua fortuna con la tratta degli schiavi in Louisiana, un gentleman classificato da Lady Amabel come «uno stimabilissimo e ardente divulgatore dei valori britannici nelle piantagioni di zucchero e cotone».

Dalla finestra della sua nuova stanza a Kensington, Lily vedeva Leighton House, un enorme palazzo che somigliava a una moschea senza minareto, piena di ciò che sua zia definiva "cianfrusaglie esotiche". La madre di Lily non usciva mai di casa. Qualche anno dopo la nascita di sua figlia, aveva addotto problemi di nervi e si era ritirata in un'ala della dimora che, dopo il trasferimento, era stata riprodotta su scala minore, con gli stessi pesanti mobili neri e spesse tende verdastre. Lily non la vedeva dall'infanzia, e, come accade nelle tragedie, non era consapevole della crudeltà di quell'anomala situazione.

Era stata Leighton House ad accendere la fantasia di Lily e a ispirarle idee romantiche. Quella casa nei pressi di Holland Park era frequentata da artisti. Godeva infatti di grande fama, specie tra i pittori. Enormi quadri entravano e uscivano di continuo da un ingresso laterale coperti da drappi bianchi. Un pomeriggio il vento aveva fatto scivolare via il drappo di un dipinto e Lily era rimasta sorpresa nel vedere sulla tela una ragazza dai capelli rossi che le somigliava. Le avevano detto che in quella casa era stata ospite persino la regina Victoria. Le avevano anche descritto i favolosi tessuti di seta sulle pareti, le maioliche colorate, e gli arredi di fattura pregiata provenienti dal Medio Oriente, ovvero da quella lingua di terra che i britannici avevano così definito a fine Ottocento, per distinguerla dai possedimenti in Egitto e in India, luoghi nei quali Lord Leighton aveva viaggiato in più occasioni con altri pittori. Lily aveva fantasticato di entrare un giorno in abito da sera nella magnifica Arab Hall, una sala delle meraviglie di cui si parlava in tutta Londra. Le avevano riferito che era stata progettata sul modello di un palazzo con un nome buffo, la Zisa, costruito in una città lontana dove c'era sempre il sole, in Sicilia, a Palermo. Per Lily tutti quei nomi erano attraenti come il canto di una sirena. Non riusciva a immaginare il mare luccicante dell'Italia e tantomeno l'oro esotico che ricopriva le città quando splendevano sotto la luce del Meridione. Non aveva mai visto niente, solo campagna inglese e Londra, che all'inizio le era parsa un immenso labirinto grigio. All'interno di Leighton House era custodita anche una splendida fontana, costruita secondo la tradizione arabo-islamica. Una fontana in casa: questo era stato per Lily il frammento di un sogno in cui si vedeva già grande e "sposata", un termine che sua zia ripeteva di continuo per descrivere la specie di El Dorado di cui lei, rimasta nubile, parlava solo per sentito dire.

«Avete sistemato le cappelliere?» aveva chiesto Lady Amabel, prima di salire sul treno, a un giovane facchino intimorito dal tono con il quale gli aveva rivolto la domanda. Il ragazzo aveva annuito e se ne era andato senza nemmeno aspettare la ricompensa.

Poi Amabel si era arrampicata sui gradini della carrozza e aveva cercato con ansia il posto prenotato. «È questo il treno?» aveva chiesto ripetutamente a tutti gli inservienti in divisa che aveva incontrato sulla banchina. Viaggiavano sole perché il padre di Lily le avrebbe raggiunte a Bordighera di ritorno dall'India. Gli uomini d'affari erano soliti trascorrere in riviera qualche settimana per acclimatarsi, in modo da non subire il brusco salto tra il caldo umido asiatico e le temperature della madrepatria. Erano proprio quegli uomini d'affari la ragione per la quale Renzo era stato ingaggiato all'Angst, la sua destrezza con l'inglese era risultata in più occasioni provvidenziale.

Il *Calais-Méditerranée-Express* collegava la Gran Bretagna con la Costa Azzurra, passando per Parigi. Lily, sprofondata nel suo sedile, osservava con il fiato sospeso gli abiti di ottima fattura delle signore. Una ragazza poco più grande di lei era sigillata in un vestito rosa stretto in vita, che aveva sulle maniche applicazioni di piume bianche identiche a quelle che ricoprivano la sua borsetta. Due bambine portavano lunghe gonne blu e camicie bianche con ricamate sopra le cifre di un collegio femminile londinese. Fuori dal finestrino, i facchini trascinavano carretti stracarichi di valigie e cappelliere, facendo attenzione a non urtarsi tra loro. Gli uomini, con cappello, bombetta di feltro nero, panciotto e bastone da passeggio, fumavano sigari dolciastri, estraendo a turno dal taschino grossi orologi trattenuti da catenelle. Per snellire le procedure di carico e scarico, era stata predisposta una vettura speciale. I bagagli venivano stivati in quattro contenitori agganciati su piattaforme.

«Non mi fido» aveva detto Lady Amabel al capotreno che stava verificando il corretto svolgimento della procedura. «Ritengo tutti responsabili dei miei vestiti. Li ho fatti cucire su misura e ci mancherebbe che finissero nella Manica.»

L'uomo l'aveva rassicurata. «A Calais il treno passerà sotto una possente gru che caricherà i contenitori direttamente sul battello, mentre imbarcheremo i passeggeri. Eviteremo perdite di tempo.»

«Non mi interessa niente del tempo» aveva replicato la zia. «Quelli sono fatti vostri. A me interessano i vestiti. Sono cuciti con i migliori tessuti di Londra e vi metterò in croce se andranno perduti.»

Il capotreno aveva abbassato la testa. Non era la prima volta che personaggi simili viaggiavano sul suo treno. Molto meglio aver a che fare con la classe operaia, che mostrava rispetto per la divisa. Ma quel treno non era destinato alle sartine né ai garzoni di fornaio. I decori interni venivano ogni anno migliorati e resi più lussuosi. Ogni vettura aveva un proprio stile, ovunque c'erano lampade. Il velluto ricopriva le comodissime poltrone, intonate con i mobili e con il colore della moquette stesa su tutti i pavimenti. Ogni due vagoni era stata anche allestita una cucina per preparare pasti caldi che i viaggiatori potevano gustare senza doversi muovere dal loro posto, usando un confortevole tavolino in mogano.

«Ordinerò le ostriche» aveva detto Lady Amabel quando il treno si era mosso. Poi aveva stretto gli occhi in segno di contrizione, si era coperta il volto con le mani, e aveva intonato sottovoce una preghiera. «Non vorrei che capitasse di nuovo la disgrazia» aggiunse, riemergendo dal sedile e aggiustandosi il cappello che si ostinava a tenere in testa nonostante le dimensioni della falda, da cui pendevano rametti di glicine.

«Quale disgrazia?» aveva chiesto Lily che, dopo aver riposto il soprabito, si era seduta con il libro in grembo. Indossava l'abito più bello del suo guardaroba, sebbene la zia avesse insistito affinché ne scegliesse uno con meno pizzi e balze, più adatto al viaggio.

«Mi sorprende che tu non sia mai informata di nulla» aveva detto Lady Amabel. «Ai miei tempi non c'erano le comodità di oggi e circolavano meno giornali. Ma forse noi eravamo più intelligenti. Io, almeno, lo ero di certo.»

"Non vedo cosa c'entri l'intelligenza" avrebbe voluto replicare Lily, ma la zia non le aveva dato il tempo.

«Parlo della disgrazia della stazione di Parigi. È successa esattamente quattro anni fa. Il treno non è riuscito a fermarsi per tempo. È volato via dai binari ed è uscito dalla vetrata di Montparnasse. Possibile che tu non l'abbia sentito? Sopra al treno viaggiava anche un ex ministro...»

Lily non ne sapeva niente. Non si era mai interessata né di treni né di viaggi. «Fa una vita quasi claustrale» aveva detto Lord J. quando era andato a Bordighera per la prima volta a preparare l'arrivo della figlia. Quella frase aveva colpito Renzo. Il padre non l'aveva mandata a scuola, obbligandola a studiare a casa con un precettore. Il perimetro in cui si muoveva era ristretto, tanto ristretto da farle dubitare che al di fuori esistesse un mondo alla sua portata.

«Ha fatto un salto di dodici metri e poi è precipitato sulla strada» aveva aggiunto la zia, sbracciandosi per simulare il disastro ferroviario. Muoveva le mani nell'aria come se cercasse di esorcizzare un nuovo incidente con riti magici. Erano strani gesti, suggeriti dalla sua superstizione. «È caduto proprio nel punto dove passava un tranvai. Se i cavalli non si fossero imbizzarriti e non avessero spiccato un salto indietro, chissà quanti morti...» Dopo la parola "morti" aveva di nuovo affondato il viso nelle mani, mugolando due versetti della Bibbia.

Mentre Lady Amabel parlava, Lily inseguiva il profilo dei comignoli sui tetti delle case. La stazione si allontanava nel tramonto, facendosi sempre più piccina. Suo padre aveva prenotato anche due posti nel vagone letto, ma Lily non voleva allontanarsi dal finestrino. Le dispiaceva che il treno viaggiasse di notte, avrebbe voluto godersi ogni attimo. E le dispiaceva anche che la zia avesse preferito ordinare la cena in poltrona, perché l'idea della carrozza ristorante la emozionava. Forse aveva ragione Lady Amabel: quel romanzo, *Doctor Antonio,* l'aveva stordita. Era alla seconda rilettura, ma, pur conoscendo il finale, si commuoveva fino alle lacrime ogni volta che tornava sui passaggi cruciali di quell'avventura romantica. La protagonista si chiamava Lucy. Era inglese e, proprio come stava facendo Lily, aveva viaggiato verso la luce del Mediterraneo e là aveva trovato l'amore.

«Le ostriche sono gommose» aveva osservato la zia, pulendosi le dita con un grande tovagliolo di lino bianco, perfettamente stirato. La battaglia per affermare la sua identità era iniziata. L'avrebbero sentita quelli della cucina, e anche la direzione delle ferrovie. Non avrebbero dovuto scendere così in basso servendo ostriche pescate non proprio all'ultimo momento. «Mi farò valere!» aveva aggiunto, guardando sua nipote con un'aria di sfida. Se anche lei non si fosse unita nella protesta, la zia non avrebbe dimenticato. Ma Lily stava pensando a Lucy, alla luce radente del tramonto sulla spiaggia, alle palme che ondeggiavano nel cielo terso e azzurro. Pensava a Sir John Davenne, che viaggiava verso Nizza con sua figlia. Poi Lucy si era rotta una gamba. L'Osteria del Mattone, il dottor Antonio. L'amore. Serviva coraggio per spiegare a Lily che la storia era inventata. Non esistevano quei personaggi e neppure l'osteria. A scrivere era stato un esule italiano. Il libro doveva servire a suscitare negli inglesi la simpatia per la causa risorgimentale, non certo a illudere le romantiche ragazze d'Oltremanica riguardo alla dolcezza del futuro.

3

Quando Lord J. aveva venduto la proprietà, alcuni contadini della zona avevano organizzato una festa. Il futuro non offriva loro garanzie, ma li aveva colti l'euforia di essersi liberati di un tiranno. Il piccolo villaggio sorgeva al confine con la tenuta. Di Lord J. non si sapeva molto, ma abbastanza per ipotizzare che la malattia di nervi della moglie fosse diretta conseguenza dei suoi modi. Peraltro nessuno ricordava di aver visto la povera donna.

Lord J. era un uomo elegante, aveva dissipato buona parte del patrimonio in abiti, profumi e cene sontuose, ma, quando voleva, sapeva essere più grossolano dell'ultimo stalliere. Le coronarie del suo maggiordomo avevano risentito nell'allestire banchetti a cui lui invitava signore di dubbia moralità. Già un mese dopo il matrimonio, un'ala della casa era destinata a questi incontri, dei quali la moglie doveva sapere meno possibile, per non dire niente.

«*Bovis stercus*» gridava passando in rassegna i campi coltivati dai suoi vassalli. Nessuno conosceva il latino, ma dal tono si intuiva che non erano complimenti. Durante le sue ispezioni, indossava un paio di stivalacci sempre coperti di fango, e alla vista di ragazze avvenenti gonfiava il petto, assumendo la postura di un gallo dalle pesanti zampe marroni.

Anche in casa la servitù temeva le sue scenate. Per anni, seduto alla sua scrivania, aveva goduto i piaceri del collezionista di monete, di cui era espertissimo. Lo sentivano cantare fino al piano della cucina quando apriva le buste imbottite con ovatta, in cui le monete di nuovo acquisto erano avvolte nel velluto. Ma si trattava ormai di ricordi. Gli ultimi tempi erano stati una continua débâcle. Quando al mattino il maggiordomo entrava nello studio, lo trovava addormentato con la testa sulla scrivania, in mezzo a fogli pieni di conti in rosso.

Persino a Bordighera Lord J. era conosciuto. Anche temuto. Renzo l'aveva sentito nominare nei club frequentati dai suoi pari, ai quali accedeva come accompagnatore turistico. All'interno di quei circoli le sue doti di traduttore non servivano: erano frequentati solo da inglesi, che nella colonia adottavano gli stessi criteri selettivi usati in madrepatria. Nessuno poteva frequentare liberamente i locali britannici, a meno di non essere invitato in modo esplicito o per ragioni di lavoro, come appunto nel caso di Renzo.

Sopra tutto quello squallore, Lily aveva volteggiato senza peso. Era stata una bambina gracile, sensibile alle orribili parole del padre e alle carezze della mamma, che ricordava a malapena. Ma era leggera, silenziosa, una presenza invisibile. Questa grazia si percepiva al primo sguardo, ed era proprio ciò che la rendeva inconfondibile. "Un non so che" era l'espressione con la quale Renzo l'aveva battezzata, quando ancora non conosceva il suo nome. Fino ai quindici anni Lily aveva sofferto di un tic nervoso che le impediva di pronunciare più di tre parole di seguito. Teneva il resoconto delle sue giornate in un diario. Ruotavano tutte intorno a un doloroso niente. Le piacevano i fiori, specie i narcisi, e una sera ne aveva mangiati così tanti che la mattina dopo era stato necessario chiamare il dottore. «È suicidio» aveva detto tastandole il polso.

Faceva spesso cose che la zia giudicava "strane e insopportabili". Un pomeriggio, quando ancora abitavano in campagna, si era tagliata un dito con un'accetta che il fattore aveva lasciato fuori dal capanno degli attrezzi. Il taglio aveva impiegato molto tempo a rimarginarsi, l'amputazione era stata evitata per miracolo.

Vicino alla tenuta c'era un piccolo lago. Quando aveva cinque anni, per ben due volte a distanza di pochi mesi un contadino che abitava nel cottage sulla riva l'aveva riportata a casa fradicia dopo dei tuffi maldestri.

«Tu sei indemoniata, bambina mia» commentava la zia davanti a quegli episodi di autolesionismo. «Non si sa come ti vengano in mente certe pazzie!»

La zia mentiva. Lei e Lord J. sapevano bene da dove aveva avuto origine quel comportamento. Anche Lily lo ricordava. Quando il fatto era accaduto aveva rivolto domande a tutti ma, non trovando mai conferme a ciò che credeva di aver visto, si era convinta di aver vissuto solo un incubo.

«Ma certo che si è trattato di un sogno!» le diceva la zia. «Da bambina eri fragile, ti veniva spesso la febbre alta. Non ricordi?»

A Lily pareva di non aver mai avuto la febbre alta, ma forse era accaduto e, proprio per questo, la sua memoria confondeva il reale con l'immaginario. Però, dopo quello che la zia si affrettava sempre a definire "un sogno", la mamma era scomparsa. Non si trattava di un'invenzione. La mamma e il profumo di iris dei suoi abiti nel vento non c'erano più.

Quando Lily stava male e si rigirava nel letto senza riuscire a addormentarsi, rivedeva nella mente la sua casa circondata dal verde dei prati. Al centro del palazzo, proprio sopra le camere da letto, c'era una torre di due piani con una ripida scala interna. Sui muri erano aperte feritoie dalle quali si vedeva il fiume in lontananza. Sopra i davanzali, la mamma aveva appoggiato delle cassette piene di paglia.

Servivano per gli uccelli che entravano nella torre per sfuggire al freddo invernale.

Una mattina, proprio il giorno del suo quinto compleanno, mentre era ancora a letto e attendeva la cameriera per vestirsi di tutto punto e immergersi nei festeggiamenti, aveva sentito delle urla provenire da lassù. Non riusciva a distinguere le voci, ma sembrava un litigio. Si era alzata di scatto, aveva infilato le pantofole e, stringendo il suo orsetto, era uscita dalla stanza. Nel corridoio non c'era personale di servizio, così l'aveva percorso fino alla scala che conduceva alla torre. A mano a mano che si avvicinava, riusciva a distinguere le urla che si alternavano. Un uomo e una donna stavano litigando e la voce maschile era quella di suo padre.

Aveva avuto paura. Quando era arrabbiato, Lord J. incuteva terrore a tutti, soprattutto a lei. Si era avvicinata ancora al vano della scala e a un tratto aveva sentito una donna piangere. Piangeva disperatamente, come una bambina. Era la mamma.

D'istinto aveva salito i primi gradini, ma all'improvviso era stata travolta da una ragazza seminuda che li stava scendendo. Era la sua tata. Avevano passato il pomeriggio precedente insieme a ritagliare decorazioni di carta per il compleanno. I loro sguardi si erano incrociati, ma la ragazza non si era fermata, non aveva detto nulla e, stringendo gli abiti al petto, era fuggita lungo il corridoio.

La mamma stava piangendo e lei doveva salvarla. Così aveva salito di corsa le scale, tenendo il suo orsetto premuto sul cuore. A un tratto si era bloccata. Nella stanza sotto il tetto della torre c'era suo padre. Nudo.

«Sei un mostro,» aveva gridato la mamma «sei un uomo capace di tutto. Mi vergogno per te.»

«Se porti via Lily, vengo a cercarti e la ammazzo!» aveva detto lui lanciandosi sulla moglie e dandole uno schiaffo con tutta la forza che aveva in corpo.

La mamma era caduta all'indietro e, prima di scivolare a terra, aveva girato lo sguardo verso Lily. I suoi occhi pieni di lacrime erano stati come un lampo che squarcia il cielo in una giornata di sole.

Non ricordava nulla di ciò che era accaduto dopo. Quel vuoto era al centro della sua angoscia.

La bambina, sopravvissuta a se stessa e alla sua famiglia, era salita sul treno per l'Italia a pochi giorni dal suo sedicesimo compleanno. Il padre cattivo era stato sostituito da una zia cattivissima. Lily guardava la notte francese dal finestrino del *Calais-Méditerranée-Express,* e ripeteva a memoria: «Che aspetto orientale danno alla collina di Bordighera quelle palme ondeggianti. Si potrebbe credere di essere nell'Asia Minore... Atomi d'or galleggiano nell'aria trasparente; e un'aureola color madreperla corona i taglienti colori delle montagne». In Italia si sarebbe sposata, e il brutto sogno durato una vita sarebbe svanito. Era questo il progetto che Renzo si era rifiutato di accettare quando aveva compreso i piani di Lord J. Non le pareva una ragazza che si sarebbe arresa a un destino deciso da altri, anche se questi altri non erano soltanto la sua famiglia, bensì una società che non sapeva procedere altrimenti.

4

«Prossima fermata, Nizza» aveva gridato un inserviente bussando alla porta delle cuccette.

Alla fine si era addormentata. Voleva godersi il viaggio da sveglia, ma il dondolio sui binari le aveva fatto l'effetto di un sonnifero. La zia russava ancora, coperta da una mantellina di lana. Al di là del finestrino c'era la Francia.

Era scesa dal letto e aveva mosso una sedia per svegliare Lady Amabel. La zia aveva smesso di russare ma si era voltata dall'altra parte. Allora Lily aveva tirato fuori la valigia. Dentro c'era un abito bianco che aveva provato e riprovato in modo ossessivo nei giorni precedenti la partenza. E sul nastro intorno al cappello era cucito un nodo rosso che da lontano somigliava a un mazzo di rose.

Il padre le aveva raccontato meraviglie della costa mediterranea. All'inizio Lily era titubante. Aveva paura di lasciare Londra. Lord J. aveva scelto di non forzarla. Con una gentilezza inedita, un pomeriggio l'aveva convocata nel salotto della nuova casa e le aveva raccontato storie affascinanti. La colonia inglese pareva un luogo di delizie al riparo delle leggi naturali.

«Da trent'anni siamo presenti laggiù» aveva detto, usando un plurale che incuriosiva Lily. «Nel 1863, il reverendo Sidebotham lasciò Nizza con la sua diligenza a cavalli e tenne a Bordighera il suo primo servizio. Nei primi tempi le funzioni si svolgevano in un albergo, ma adesso c'è una grande chiesa con due navate laterali e un notevole organo. Nulla da invidiare a Westminster...»

Sapeva di colpire nel segno. Lily, abituata alla chiesetta di campagna del villaggio dove aveva vissuto da piccola, era rimasta impressionata dalle cerimonie a cui aveva assistito a Londra. Non era solo per devozione. Nelle chiese si incontrava tanta gente. Le donne avevano abiti eleganti, e osservarle sedute ai banchi, con voluminosi cappelli e gioielli luccicanti, era come sfogliare un catalogo di moda.

Un giorno Lord J. aveva speso un'ora buona per descrivere le bellezze di Bordighera.

«E ci sono davvero le palme?» aveva chiesto Lily.

«Ci sono eccome. *Cycas* messicane, grandi *Phoenix canariensis* o *Washingtonia filifera*.»

Dopo averle versato nella tazza un tè nero speziato, le aveva mostrato un libro con una palma disegnata sulla copertina: *Bordighera and the Western Riviera*, di Frederick Fitzroy Hamilton. «È un saggio di grande interesse» aveva sussurrato come se stesse svelandole un segreto. «Bordighera è meno Italia che Giudea e, senza attraversare i mari, ci si può credere trasportati nell'Oriente biblico percorrendo la città antica e i dintorni, e in alcuni punti, perfino, nel paese dei faraoni. Introduzione di Charles Garnier» aveva poi concluso sfiorando con il dito la firma sotto il testo.

Anche nel libro che suo padre le aveva portato in dono dall'Italia c'erano numerose descrizioni del paesaggio. Ne era rimasta incantata. "Ma le palme non crescono solo in Africa?" si era chiesta. Come potevano essere arrivate fino a quella terra dal nome impronunciabile?

«Li-gu-ria? È giusto?» aveva scandito Lily.

«Giusto. Riguardo alle palme: siamo stati noi!» aveva

detto Lord J. alzando le braccia verso il cielo. «*Phoenix canariensis, Washigtonia filifera, Phoenix dactylifera, Brahea armata, Jubea spectabilis, Butia capitata*... noi!» Poi si era alzato, era andato verso la libreria e aveva tirato fuori da un secrétaire una grossa cartellina. L'aveva poggiata sul tavolo, dove dentro due posacenere fumavano i resti di diversi sigari, e con fare cerimonioso l'aveva aperta. «Vieni,» aveva sussurrato «guarda qua.» Su un grande foglio da disegno era raffigurato un giardino. Le palme svettavano dal folto di una macchia verde e in lontananza si vedeva il mare. «Lo vedi,» aveva detto orgoglioso «siamo stati noi!» Con il dito indicava un nome: *Ludwig Winter*. Di fianco una scritta: *La Mortola, Giardini Hanbury*.

Solo tempo dopo Lily aveva scoperto che il signor Winter era in realtà tedesco. Aveva avuto l'incarico di curatore dei Giardini Hanbury e aveva anche progettato il meraviglioso parco di Villa Bischoffsheim e di Villa Garnier a Bordighera.

«Thomas Hanbury e suo fratello Daniel sono nati a Londra» aveva spiegato con orgoglio Lord J. «Prima della loro grandiosa opera sul confine francese, a Bordighera esisteva già l'enorme e splendido giardino della famiglia Moreno, commercianti che esportavano olive e olio in Australia e Medio Oriente.»

Sembrava che stesse raccontando una favola. Lily non ricordava di aver mai avuto tanta attenzione da suo padre, che di solito si limitava a conversazioni sbrigative.

«E la bellezza della vegetazione ligure era nota» aveva proseguito con maggior trasporto. «Il pittore Claude Monet, nel 1884, un anno dopo la tua nascita, aveva visitato quei luoghi e li aveva descritti ad amici in lettere che ho avuto l'occasione di avere per le mani. Non c'era posto più adatto per catturare la luce del Sud.»

Mentre Lord J. parlava, Lily fissava la parete pensando: "Perché si rivolge a me con un tono mai sentito prima?".

«Nei Giardini Moreno, durante il suo soggiorno, Monet aveva realizzato alcuni dipinti. I Moreno possedevano un'immensa piantagione di palme la cui origine pare essere egiziana. Sai dov'è l'Egitto?» aveva chiesto interrompendo il suadente flusso di parole. Lily, colta di sorpresa, gli aveva rivolto uno sguardo smarrito. «Le palme erano suddivise per tipologia in un modo così suggestivo che il pittore francese le aveva dipinte su grandi tele, proprio l'anno dopo la tua nascita!» aveva concluso con soddisfazione, ignorando la perplessità sul viso della figlia.

«Phoenix dactylifera, Phoenix canariensis, Butia capitata...» aveva poi ripreso Lord J., come se stesse ripetendo un salmo. Nell'elogio agli inglesi aveva omesso di precisare che la passeggiata sul mare di Sanremo, una cittadina a pochi chilometri, si chiamava Imperatrice, per ricordare il dono di tante palme da parte della zarina Maria Aleksandrovna. Tra gli altri suoi vezzi, Lord J. odiava i russi.

Quel profluvio di dettagli aveva avuto su Lily un certo effetto. Per la prima volta si era sentita considerata. Non poteva deludere suo padre, tantomeno riguardo al viaggio. Ci teneva troppo.

Il fascino esotico delle palme e il desiderio di compiacerlo erano stati i motivi che avevano convinto Lily a salire sul treno. A Nizza un secondo convoglio le aveva attese sul binario, pronto a partire in direzione dell'Italia.

«Dove sono le piume?» aveva gridato la zia quando, dopo il risveglio improvviso, aveva iniziato ad agghindarsi per la colazione. Sul suo cappello era appollaiato un fagiano finto. Era rimasta di sasso quando si era accorta che sul fondo della valigia galleggiava parte del piumaggio. Mentre la zia cantilenava lamentele d'ogni sorta contro la sartoria che le aveva preparato il guardaroba, Lily stava con la testa fuori dal finestrino. Era l'aria francese a scompigliarle i capelli, e al sole brillavano di un rosso più vivo. La meraviglia per quei luoghi le rendeva sopportabile persino il fumo nero che usciva dalla motrice a carbone. La fuliggine era il motivo che obbligava i passeggeri a tenere i finestrini serrati mentre il treno era in moto, a meno di non portarsi appresso l'armamentario per il "medicamento", come aveva fatto Lady Amabel, che nella borsa teneva una spugna di *india rubber,* una sorta di gomma per cancellare da usare per la pulizia di viso e mani, nonché un nebulizzatore contenente mentolo ed eucalipto da spruzzare di tanto in tanto in bocca e nelle narici.

Nel frattempo, sulla piattaforma, i facchini in maniche di camicia avevano scaricato i bagagli. La scena era identica da Nizza a La Spezia, ovunque gli inglesi avessero costruito una loro base sulla costa.

Lily e la zia erano giunte nel mezzogiorno francese in una lucente mattina di ottobre. A Londra, se si fosse affacciata alla finestra della sua camera, Lily non avrebbe distinto gli alberi sul viale. La nebbia era fitta in quella stagione, e non a caso da anni i suoi compatrioti facoltosi fuggivano a Nizza, dove il cielo era azzurro. L'aria della stazione odorava di ferro, ma a lei pareva profumo, l'amara fragranza delle arance che il dottor Antonio respirava nel giardino dell'Osteria del Mattone.

Mentre i facchini spostavano da un convoglio all'altro cappelliere, gabbiette di vocianti pappagalli e racchette da tennis, a Lily era parso di scorgere un treno famoso. Nei salotti di Londra quel convoglio era un argomento di culto. Era stato costruito dalla Great Western Railway Company. Si diceva che, nella prima versione, disponesse di nove vagoni. In base al numero di persone al seguito, potevano essere ridotti. All'inizio, su ogni carrozza c'erano otto poltrone imbottite con fodere di velluto grigio, e anche la "vettura salotto". Il vero capolavoro si era però compiuto a partire dal 1895. Da quella data, alla cucina, alla stanza da bagno e ai servizi igienici, spendendo 1800 sterline, era stato aggiunto l'arredamento di nuove carrozze con mobili decorati in oro 23 carati. Le poltrone di velluto erano state ricoperte di seta e ai finestrini pendevano tende in raso blu. Le decorazioni delle pareti erano in teck e acero. La novità che aveva reso davvero splendente quel convoglio era stata l'elettricità. Le lampade a olio erano state sostituite da lampadari. Per non dire dei campanelli, disseminati in ogni punto strategico allo scopo di chiamare a raccolta gli inservienti.

«È il treno della regina Victoria?» aveva domandato Lily, urlando dal finestrino in direzione di un uomo che trasportava un enorme cesto di frutta.

Quello si era voltato verso i binari, roteando gli occhi, come se le meningi lo impegnassero eccessivamente. Poi aveva scosso la testa.

Lily allora aveva chiuso il finestrino e si era seduta sulla cuccetta. Pazienza se quello non era il treno della regina. Prima o poi l'avrebbe incontrata. Suo padre glielo aveva promesso.

5

«Ah! Qui è tutto incontaminato!» aveva esclamato Lady Amabel adocchiando la baia di Latte, qualche chilometro prima di entrare a Ventimiglia. «Incontaminato.» La zia sembrava aver perduto il resto del vocabolario durante il tragitto. Quando il treno superava un promontorio e gli occhi si riempivano del blu cobalto della marina, ripeteva ad alta voce: «Come ho potuto sopportare fino a oggi le ciminiere di Londra? Qui è tutto così incontaminato...».

La frenesia non aveva colpito solo Lady Amabel. I commenti degli inglesi in viaggio verso l'Italia erano sommessi, ma l'intercalare di «Ah!» e «Oh!» movimentava i dialoghi. Le signore si aggiustavano il cappello di continuo, si specchiavano in ogni superficie riflettente, lasciando trasparire una certa agitazione. Andavano incontro a un mondo sconosciuto, non completamente civilizzato, e questo le rendeva euforiche e intimorite. Avrebbero trovato in Liguria le comodità che avevano lasciato nella madrepatria? Quella era la tipica domanda che si rivolgevano tra loro.

«Tuo padre mi ha rassicurata» aveva detto la zia, guardando di traverso le case che spuntavano dal fogliame, così diverse da quelle del paesaggio inglese. «Non dovremo rinunciare al pudding e alla mostarda Colman's. C'è un British

Store proprio davanti alla banca Berry, mi ha spiegato tuo padre. E il viceconsole si è offerto di vigilare sulla nostra incolumità...»

Lily non la stava ascoltando. Seguiva il discorso di due gentlemen in abito di flanella grigia che, intervallando le frasi con lunghe boccate di sigaro, parlavano di città dal fascino mitologico. Erano molto bene informati sulla vita nella colonia. Da quel che dicevano emergeva una realtà tutt'altro che selvaggia. Ogni settimana arrivava in riviera il *Pietroburgo-Varsavia-Vienna-Cannes*.

«E mi dispiace di non aver fatto prima questo Gran Tour» aveva detto la zia con tono solenne, confondendo il suo soggiorno di alcuni mesi nello stesso placido albergo con il viaggio itinerante e avventuroso di cui aveva tanto sentito parlare nel salotto di Fortnum and Mason, quando lo frequentava per il tè pomeridiano su invito di una lady che beneficiava dei proventi di una miniera in Rhodesia, amministrata dal marito. «La nostra "classe" merita di godere delle bellezze del mondo. Dobbiamo spiegarle agli zotici che le hanno sotto gli occhi e non le vedono...»

Lucy si era voltata verso il finestrino. Le mancava l'aria.

«Era un battista» aveva proseguito la zia. «Impressionante che a Leicester possano essere nati uomini di tanto ingegno... Tuo padre l'ha conosciuto. Gli dobbiamo molto...»

«Scusate, Lady Amabel, ma a chi dobbiamo molto?» aveva chiesto Lily, infastidita dal ronzio di quella cascata inestinguibile di parole. La zia si faceva chiamare "Lady Amabel" anche dalla nipote, sia in pubblico sia in privato, e Lily doveva ostentare rispetto per evitare di suscitare la sua isteria. Il paesaggio, però, era troppo bello, meritava d'essere goduto in pace, senza l'assillo di chiacchiere inutili. Ciò che aveva letto nel libro di Ruffini esisteva davvero, di chilometro in chilometro la realtà superava le aspettative. Le piante grasse che ricoprivano le rocce erano sorprendenti, e nel mare entravano lingue di sabbia dorata che mutavano il colore dell'acqua da blu a verde.

«Thomas Cook! Chi altri?!» aveva risposto Lady Amabel. «È grazie a lui se tuo padre "si è sistemato".»

Cosa voleva dire "sistemato"? Nessuno aveva spiegato a Lily perché dalla campagna si erano trasferiti a Londra, e nemmeno perché, da un certo momento in poi, suo padre trascorreva poco tempo a casa e lunghi mesi in un paese lontano, il cui nome era impresso sulle scatole di tè che portava al ritorno.

All'improvviso il treno era sbucato da una macchia di vegetazione, e Lily si era ritrovata a pochi metri da una spiaggia. Il sole era caldo e in mare c'erano due nuotatori.

«Buon Dio!» aveva esclamato la zia arricciando il naso in una smorfia. «Non guardare! Questa è una perversione degli italiani.» Aveva poggiato entrambe le mani sul viso di Lily per chiuderle gli occhi. «Non potrò mai abituarmi alle usanze dei selvaggi!»

L'idea che quel mare fosse così caldo da poterci entrare senza vestiti era parsa a Lily la cosa più strabiliante del mondo. Prima del viaggio, non aveva mai visto il mare. Il canale della Manica, arruffato da forti venti di burrasca, non le era sembrato amichevole, anzi, riteneva un miracolo l'averlo attraversato indenni. Per questo la baia azzurra che di colpo si era aperta davanti ai suoi occhi l'aveva lasciata di stucco. Avrebbe voluto scendere dal treno e tuffarsi anche lei, subito. La zia le teneva le dita premute sulle palpebre, ma Lily era riuscita a sbirciare i due in acqua, e li aveva seguiti con lo sguardo fino a quando erano spariti.

«Ti sei iscritto al Chess Club?» aveva intanto chiesto uno dei due gentlemen fermi in corridoio con il sigaro acceso.

«Non ancora» aveva risposto l'altro lisciandosi i baffi. «Gli scacchi non sono il mio forte. Preferisco giocare a bridge. Vuoi che ti inviti? Ci troviamo sempre a Casa Grazia. Però il mio cuore batte per il Lawn Tennis, la vecchia fossa degli Orsi. Siamo riusciti a migliorarlo molto, sai? L'abbiamo fatto diventare il secondo in Europa dopo il caro vecchio Wimbledon.» Poi si era messo a ridere.

Intanto un pescatore sulla riva stava pulendo le reti, mentre un cane mangiava di nascosto i pesci in un secchio. Un sole vivo brillava dietro i finestrini. La zia si era tolta il cappello per sistemare le decorazioni di fiori pendenti. Lily aveva osservato i suoi capelli, sembravano di saggina. La parrucchiera, per la messa in piega, usava vecchi bigodini simili ai ferri roventi dei torturatori. Le aveva bruciato le punte, che fuoriuscivano ispide dai fermagli.

«Tuo padre mi ha detto che il colonnello Thackeray e la moglie saranno ospiti di una serata danzante» aveva detto Lady Amabel lisciandosi la gonna, come se il colonnello, famoso per la sua lunga carriera nell'esercito coloniale d'India, potesse vederla a distanza. «Ha ricevuto la Victoria Cross per il Great Mutiny. Credo abbia fatto fuori qualche centinaio di sepoy ribelli. Mi rincuora sapere che certi valorosi vigileranno sulla nostra pace... Degli italiani si dicono cose non proprio edificanti, sono neri quasi come gli indiani.» Poi aveva infilato la testa nella sua grande borsa di tessuto ricamato a ortensie, e aveva tirato fuori una rivista. Sistemandosi il monocolo aveva letto: «"Le Journal de Bordighera"». Poi aveva alzato lo sguardo sulla nipote. «Me lo hanno spedito le sorelle Daly. Lo stampano nella tipografia Giuseppe Bessone. Miss Eileen, la direttrice, ci attende per un tè alla Bordighera Tea Room. Non l'hanno ancora inaugurato ma vogliono farmi vedere la villetta che hanno sistemato per aprire al pubblico la sala da tè. Un posto stupendo. I muri sono ricoperti da un gigantesco glicine che profuma l'aria da aprile all'autunno. È vicina ai campi da tennis. Gran movimento, mi sa... La cosa straordinaria è che in una città così piccola si stampino quattro giornali, e si tratta di iniziative inglesi! "La via Aurelia", per esempio, è edito da Frederick F. Hamilton, poi c'è "L'Indipendente di Bordighera" e la "Voce di Bordighera". Incredibile, non ti pare? Ti avevo detto che una nostra lontana parente è cugina delle Daly?»

Lily non conosceva nessuna delle persone nominate dalla zia. Le dava fastidio che si impicciasse tanto di fatti che non la riguardavano. Sperava che la lontananza da casa le togliesse la possibilità di spettegolare, ma si sbagliava. A quanto pare, Lady Amabel aveva già iniziato a tessere la sua ragnatela di relazioni, nonostante fossero a migliaia di chilometri dall'Inghilterra.

A un tratto il treno si era fermato. Erano finalmente scese. Un vento frizzante spazzava via la puzza del carbone. La stazione brulicava di individui, sembrava un formicaio sul quale veniva cosparsa una pioggia di briciole. I facchini si avvicinavano alle carrozze con cartelli che riportavano cognomi inglesi.

«Buon Dio!» aveva esclamato Lady Amabel, leggendo quei nomi. «Sembra di essere a Buckingham Palace!» Nonostante le arie che si dava, restava pur sempre una nobildonna di campagna, facilmente impressionabile da parte di blasonati che ostentavano sussiego più di lei, cosa non facile ma possibile in quel paradiso per aristocratici e nuovi ricchi.

A un tratto un ragazzo le si era avvicinato. Sul cartello era scritto un cognome che non corrispondeva al suo, così Lady Amabel si era fatta strada tra altri facchini, fino a quando ne aveva visto uno che sul cappello aveva una targhetta: HOTEL ANGST. Aveva agitato la mano e quello si era avvicinato. Insieme erano andati verso il treno, dove Lucy stava impalata di fianco ai bagagli. «Hotel Angst!» aveva esclamato la zia trionfante.

Era stata quella la prima volta che Renzo e Lily si erano incontrati. Quando ripensava a lei, gli tornava alla mente proprio la nuvola dei suoi capelli rossicci nel sole di ottobre.

6

Renzo aveva chiamato una carrozza perché Lady Amabel aveva perentoriamente rifiutato la proposta di compiere il tragitto in omnibus. Una volta caricati i bagagli, il cavallo aveva puntato verso una collina verdissima sulla quale svettavano flessuose palme.

Lily era paralizzata dalla bellezza che le ruotava intorno. Non sapeva dove volgere lo sguardo, perché ovunque c'erano giardini favolosi. Voleva sapere tutto di quegli alberi, e anche conoscere in dettaglio il nome dei fiori. In campagna aveva realizzato un erbario, e al ritorno a Londra lo avrebbe arricchito con nuovi reperti.

Lungo il corso Imperatrice Federico alcune dame passeggiavano con il parasole aperto, e i ricami sulle stoffe facevano pensare più a una gara di sfoggio che ad accessori usati per necessità.

Arrivata in cima al viale, la carrozza aveva imboccato una strada larga costeggiata da una vegetazione rigogliosa. Tra il verde spuntavano i tetti di alcune ville, lo stile sembrava decisamente *british*. Se non fosse stato per la giornata tiepida, il profumo di bergamotto e il verso dei gabbiani in lontananza, si sarebbe potuto confondere quel luogo con alcuni scorci dei quartieri residenziali di Londra, o forse dell'India.

Le costruzioni si integravano perfettamente nella natura, ricoperte da glicini e circondate da siepi di gelsomino. Non erano solo ordinate e linde, erano rispettose della realtà preesistente nella quale erano state inserite, come se qualcuno le avesse create usando grazia al posto dei mattoni.

La carrozza era passata davanti a un edificio bianco. Lily aveva provato la stessa emozione che aveva sentito la prima volta che si era trovata di fronte a Leighton House. La casa era circondata da palmizi e aveva al centro una torretta di stile orientaleggiante, con una scala metallica che pareva un pizzo bianco, attraverso cui si accedeva a una minuscola terrazza. L'abitazione, enorme, era percorsa da un colonnato, e sulle pareti correvano strisce di mosaici. «Meravigliosa!» aveva esclamato Lily, mentre la carrozza si allontanava. «Cos'è?»

Il cocchiere non parlava inglese, ma aveva rallentato e si era voltato verso di lei.

«Villa Bischoffsheim» aveva detto in italiano.

«Adesso si chiama Villa Etelinda» aveva aggiunto Renzo in inglese. «L'ha fatta costruire il banchiere Raphaël Bischoffsheim, ma ora appartiene a un conte inglese molto famoso.» Terminata la frase si era reso conto di non essere a suo agio, parlava come una guida turistica. Era un modo per domare l'ansia che l'aveva assalito all'improvviso.

«Meravigliosa!» aveva ripetuto Lily, che in italiano conosceva pochissime parole. «Principe?»

«No» aveva risposto il cocchiere. «Ban-chie-re. Molto ricco.»

«L'ha progettata Charles Garnier...» aveva aggiunto Renzo nel tentativo di apparire professionale e distaccato. «L'Opéra di Parigi... La conoscete? Garnier ha costruito anche una villa dove ha abitato. Se vorrete, vi ci porterò, non è lontana da qui.»

Lady Amabel gli aveva rivolto uno sguardo glaciale. Lily

invece aveva sorriso soddisfatta, mostrando un sottile spazio tra gli incisivi che a Renzo era parso seducente. Poi aveva messo una mano nella borsa e aveva estratto un libro.

«Bruckmann's!» aveva esclamato con allegria. «Guida illustrata della Costa Azzurra. C'è anche Bordighera, Sanremo e Ospe-le-tti.»

«Ospedaletti» l'aveva corretta Renzo. «È un piccolo villaggio qui vicino. Vi ci accompagnerò, se vorrete.»

Il cocchiere aveva annuito, sentendosi coinvolto nel progetto di un tour tra le bellezze del luogo. Poi aveva accelerato, mentre Lady Amabel trafiggeva Renzo con un'altra occhiata che aveva un preciso significato: "Calma, qua comando io".

La vettura aveva corso nell'aria chiara fino a quando, a un tratto, era comparsa un'insegna a forma di ellisse: ANGST. Sul marciapiede due valletti in livrea attendevano le carrozze. Lily si era piegata in avanti e aveva stretto le palpebre. Tra fronde di olivi e aranci spuntava un'enorme costruzione, fatta di un blocco centrale a quattro piani e due ali laterali, una delle quali circondata da impalcature. Sembrava che al massiccio nucleo originario fossero state aggiunte di recente due appendici che davano all'edificio un aspetto marziale. Il parco era immenso. Oltre all'uliveto, c'erano scorci esotici e una pineta. Intorno al prato crescevano ortensie rigogliose, ciuffi di iris e rose *Banksiae*. Giardinieri in tuta blu sistemavano una fila di agapanthus, e le aiuole erano piene di fiori sconosciuti anche agli assidui visitatori dei Kew Gardens.

La carrozza aveva oltrepassato il grande cancello nero in ferro battuto con decori floreali, sfilando proprio di fronte all'ingresso, che sembrava sospeso su un ponticello. Lily era muta. Quella magnificenza che risplendeva al sole le toglieva il fiato. Anche la zia, che era solita lamentarsi di tutto, era taciturna e roteava gli occhi per cogliere i dettagli di quel nuovo mondo, ben lontano dall'essere selvaggio.

Renzo le aveva guidate all'entrata. Anche nel vestibolo c'erano grossi vasi con palme. Quattro colonne lo rendevano sontuoso, per non dire dello scalone di marmo, ricoperto da doppie guide di lana e tappeti pregiati, *charme fin de siècle*, che il padre di Lily aveva descritto come splendore mai visto altrove. La realtà di quel luogo, avvolto dal profumo dolce-amaro di agrumi, superava persino le previsioni della fantasia più fervida.

Renzo era rimasto con loro fino a quando il concierge, in una impeccabile livrea dai bottoni dorati, aveva suonato il campanello d'argento appoggiato sul bancone. Il campanello era talmente lucido che rifletteva il viso di Lily, deformandolo. Era arrivato immediatamente un facchino. «Numero 7» aveva detto il concierge, e quello si era allontanato con una parte dei bagagli, mentre Renzo era tornato alla carrozza per prendere quelli che mancavano.

«Le signore hanno viaggiato bene?» aveva chiesto l'uomo chinando il capo.

Lady Amabel, risvegliatasi dall'intontimento, aveva gonfiato il petto, dando un colpo alla tesa del cappello che le copriva gli occhi. «Viva la regina» aveva poi detto.

Il concierge la fissava senza replicare. Facendo finta di nulla, aveva iniziato a descrivere i servizi dell'hotel, in un inglese martoriato da un forte accento italiano ma grammaticalmente impeccabile.

«A differenza della sala da pranzo, in cui i pasti sono serviti a orari fissi, il ristorante è aperto a qualsiasi ora» aveva spiegato. In mano teneva un foglio scritto in inglese, che Lily aveva sbirciato: "...servizi da tavola in porcellana con fregi in oro zecchino, posate d'argento, cristallerie con molature e decorazioni in oro".

«Alcuni ospiti ricevono i loro invitati per pranzo,» aveva poi spiegato il concierge «dunque potrete fare la stessa cosa... ma non adesso.»

Lily si era voltata verso la zia. Chi avrebbero potuto invitare? La vita che conduceva non le aveva mai permesso di incontrare persone né di avere amici. Lì forse avrebbe potuto conoscere uomini e donne interessanti, ma lo spaesamento di trovarsi in un luogo lontano da casa, senza parlare la lingua locale, la rattristava.

«Certo che riceveremo!» aveva esclamato la zia. «Noi siamo abituate a ricevere ogni giorno.»

«Bene,» aveva commentato il concierge «allora la prego di inviarmi la vostra lista di ospiti per provvedere alla registrazione. Nessuno può entrare senza il nostro invito. E comunque di certo non adesso.»

Lady Amabel aveva annuito, ma la faccia era quella di un pugile che incassa un colpo inatteso. Cosa voleva dire "non adesso"? Preferiva evitare di far domande, così aveva lasciato che il concierge proseguisse.

«Sempre al pianterreno c'è una sala di lettura con biblioteca internazionale. Disponiamo di testi in inglese, francese, tedesco, russo, polacco, magiaro, rumeno e... qualche libro anche in italiano, ovviamente. Per le signore disponiamo di un salone riservato, mentre per i signori ci sono una sala da biliardo e un fumoir. La nostra clientela è molto esigente, dunque in albergo sono presenti un salone da parrucchiere, varie sale per la toeletta, una sartoria, uffici amministrativi e una stanza con cassaforte blindata per i gioielli e altri valori.» Alla parola "gioielli" aveva alzato gli occhi su Lady Amabel, affascinata da quell'elenco, ma al contempo dispiaciuta di dover ammettere che un albergo in Italia disponesse di comfort superiori a quelli dei grandi alberghi della madrepatria.

Le frasi del concierge erano infarcite di compiacimento, sembrava un prestigiatore felice di sorprendere il suo pubblico con l'estrazione di improbabili oggetti da un cilindro. «E nel seminterrato c'è un esclusivo Bridge Club, che organizza gare con club esterni» aveva aggiunto, indicando alcuni gagliardetti colorati alle sue spalle. «Le feste da ballo a invito che si svolgono nel club – a differenza di quelle del salone al pianterreno, riservate esclusivamente ai clienti dell'albergo – ospitano fino a mille persone per sera» aveva sottolineato, indicando una foto pubblicata su un giornale che teneva sul bancone. Il titolo della notizia, scritta in inglese, riferiva di personalità provenienti dalla costa italiana e francese, aristocratici in arrivo da Alassio e Cannes. «Le camere sono quasi duecento» aveva rimarcato l'uomo, tornando alla descrizione dell'hotel, che a Lily sembrava quasi una città nella città. «Le stanze sono pavimentate con parquet, e possono essere combinate tra loro per formare suite e appartamenti con salotto e bagno privato. Sono arredate con eleganza ma, come spieghiamo nel nostro opuscolo, abbiamo eliminato "l'inutile e il lusso superfluo"» aveva precisato, passando da un tono brioso a una conclusione dal sapore mistico. «Ogni piano ha stanze da bagno comuni e salotti di rappresentanza. E al primo piano c'è l'appartamento di gala con salone privato e terrazza.» Terminata l'esposizione, il concierge aveva suonato di nuovo il campanello, aggiungendo sottovoce: «In ogni caso, tutto ciò che ho descritto non è disponibile adesso. Come già sapete, la vostra stanza non si affaccia sul fronte dell'albergo. I lavori di ampliamento sono pressoché conclusi, ma non abbiamo altra disponibilità, a vostro fratello è stato spiegato... La struttura è ufficialmente chiusa al pubblico» aveva proseguito, studiando l'espressione di Lady Amabel. «Siamo in attesa dell'"illustre arrivo", dunque l'albergo è tutto riservato. Attendiamo l'invio dei mobili personali della sovrana per allestire le sue stanze.»

«Lo sappiamo» era intervenuta Lady Amabel, come se all'improvviso le si fosse scongelato il sangue nelle vene. «Lo sappiamo molto bene.» Sorrideva a se stessa, guardandosi nello specchio alle spalle del concierge.

Lord J., seppur costretto a vendere la tenuta, apparteneva all'antica nobiltà britannica. Per questo era riuscito nell'impresa miracolosa di trovare una stanza nell'albergo più sontuoso d'Europa alla vigilia di un evento che avrebbe cambiato la vita di sua figlia e ridato vigore al blasone di famiglia, un po' ammaccato. Di fatto, potevano considerarsi parte della corte, e non a caso Lord J. aveva incaricato sue conoscenze, "fratelli", come soleva definirli, di intercedere per ottenere il consenso necessario a prenotare una stanza all'Angst. Si trattava di una camera alla quale era preclusa una vista di pregio, l'unica stanza libera, perché nessun membro della corte avrebbe mai accettato di occuparla senza lamentarsi per la discriminazione subita.

«Dimenticavo,» aveva aggiunto il concierge «noterete che nei corridoi ci sono dei nuovissimi termosifoni. Il riscaldamento della vostra stanza sarà però alimentato da una stufa tradizionale alla quale provvederanno i domestici. Poiché godiamo di una clientela fissa, che ama prenotare da un anno all'altro per avere la sicurezza del posto, è anche disponibile un deposito dedicato alla custodia dei bagagli. Al termine del vostro soggiorno potrete lasciarli, se vorrete, per l'anno successivo.»

«Vedremo» aveva risposto secca Lady Amabel.

Renzo, abbozzando un inchino, si era congedato.

Con quel "vedremo", Lady Amabel voleva far pesare il suo giudizio finale sulla permanenza. Il compromesso riguardo alla stanza aveva dovuto accettarlo, e non lo riteneva neppure disdicevole. Soggiornare all'Angst durante la permanenza della regina era di per sé una dimostrazione di status, quale che fosse la camera occupata. Ma sugli altri servizi non sarebbe stata tenera. Il suo giudizio sarebbe stato implacabile, senza sconti. Perciò, riguardo alla stagione a venire e alla possibilità di tornare in quei luoghi dopo il rientro in madrepatria, si riservava di esprimersi a vacanza avvenuta.

Lord J., in verità, non aveva ipotizzato, per gli anni a venire, altri soggiorni in riviera della figlia. La stagione in corso doveva essere quella "buona", e con quell'aggettivo intendeva chiarire a sua sorella che le future vacanze di Lily in quel luogo, se mai realizzate, non sarebbero state a spese della famiglia. Il progetto di "sistemazione", elaborato in dettaglio nella sua mente di padre attento al patrimonio, era l'unico motivo che l'aveva spinto a investire quella cifra inusitata nella stanza numero 7, non distante da quelle prenotate per "l'illustre arrivo". Ottenerla era stata una vera fatica: oltre a scomodare i "fratelli", aveva persino promesso di contribuire alla raccolta di beneficenza organizzata dalla chiesa anglicana per costruire una fontana. Insomma, quella doveva essere per forza l'occasione "buona", che lo avrebbe alleggerito del peso di una figlia non voluta, utile solo in caso di matrimonio illustre. Lo scopo andava raggiunto a ogni costo.

Durante la stagione invernale, i villeggianti si dedicavano alle cure climatiche, ma Lord J. aveva chiesto rassicurazioni. Le "garanzie" erano formalizzate in modo impietoso anche sull'opuscolo dell'albergo: "Non sono ammessi ospiti tubercolotici". Ci mancherebbe, aveva pensato Lord J., caricarsi anche di spese sanitarie future! Gli avevano riferito che, a Ospedaletti, lungo i saloni di lussuosi alberghi echeggiavano colpi di tosse da far venire i brividi. Del resto, quei luoghi erano stati scelti proprio per il clima, necessario a ristabilire la salute dei rampolli della futura classe dirigente, e anche degli stessi genitori, riluttanti ad accettare la prospettiva di una morte prematura, intollerabile per chi aveva raggiunto uno status economico invidiabile e un tasso di comodità nettamente superiore alla media.

In Francia, gli illustri esponenti della clientela alberghiera venivano chiamati *hivernants,* gli "adoratori del sole d'inverno". «Scendono in riviera con lo charme dei villeggianti di lusso, ma sotto la veletta e gli occhiali bordati da montatura in oro, mimetizzano il piglio della forza occupante» aveva commentato Lord J. quando sua figlia si era azzardata a chiedere informazioni riguardo ai suoi compagni di viaggio. Secondo suo padre, arrivando in ventiquattro ore da Parigi e quattro da Genova a bordo di comodi treni, i colonizzatori sapevano il fatto loro. A Lily non era piaciuta quella descrizione, non era interessata alle conquiste dimostrative, l'Italia era per lei un paradiso romantico, non un campo di battaglia sul quale vincere con forza o astuzia.

«La tua ingenuità mi preoccupa,» le aveva detto la zia durante il tragitto in carrozza verso l'albergo «ricordati che siamo inglesi.»

Il soggiorno nell'hotel era noto per essere all'insegna della massima eleganza, e di certo quella stagione avrebbe superato tutte le altre. Per il pranzo era d'obbligo l'abito lungo per le signore e il frac o lo smoking per gli uomini. A Lord J. era costato una fortuna il guardaroba di quelle due. Quando ci ripensava, però, sostituiva mentalmente la parola "costo" con un'espressione più rassicurante: "investimento a fondo non perduto". E i presupposti perché quella stagione si trasformasse in una vincita al casinò c'erano tutti. Aveva personalmente controllato i nomi in elenco: la vera élite del tempo. Inoltre, sarebbero stati presenti anche molti giovani maschi, eredi di fortune, per Dio!

Del pranzo, all'Angst, si occupavano un maître, 14 camerieri e numerosi valletti. A questi si sarebbe aggiunta la servitù reale. Sua figlia non era bellissima, ma sapeva stare al mondo, dunque, ben vestita, con i suoi modi naturalmente eleganti, avrebbe fatto colpo. E poi era così giovane... neppure sedici anni. Di buon comando, peraltro.

Nel castello dell'Hotel Angst, aveva letto su un dépliant, *una folla di camerieri non attendeva che un ordine per raggiungere le suite follemente lussuose spalancate sulla scena sempre rinnovata del mare lontano. Alla passeggiata coperta nel parco e ai giardini lussureggianti di aranci, limoni e palme, si aggiungeva la delizia della riserva d'acqua attinta da una fresca fonte di montagna... Alleviava la noia una visita al salone interno del parrucchiere, del sarto, e per i più inquieti era pronto il landò con cavalli bardati. Si organizzavano picnic in campagna sfoggiando cestini provvisti di tazzine di maiolica bianca, bicchieri di cristallo e vassoi di peltro.*

Ecco, sui picnic puntava moltissimo. Lily era nata in campagna. A cavallo era un'amazzone perfetta. Notarla in quelle imprese non era difficile. Inoltre aveva saputo che, dopo la cena, sotto le volte affrescate da Hermann Nestel, molti uomini giocavano a scacchi ricordando le avventure dell'India, e chissà, forse, tra di loro, specie fra gli aristocratici di ritorno dalla corte estiva di Shimla, nell'Himachal Pradesh, c'era il marito ideale per sua figlia, ideale secondo i gusti del padre, ovviamente, nessuno senza molti zeri dopo il simbolo della sterlina. L'orchestra dell'Angst, rinomata, avrebbe fatto il suo. La musica, il profumo dell'aranceto... E poi sarebbero arrivati ospiti da fuori. Due volte alla settimana l'orchestra dell'albergo teneva un concerto, seguito da un ricevimento. Normalmente, oltre agli appuntamenti nell'hotel, gli ospiti potevano usufruire delle occasioni mondane esterne – balli, veglioni, tè danzanti, feste nelle ville –, e quell'anno la mondanità avrebbe superato tutte le aspettative. Si riteneva un uomo fortunato: quella stanza, pagata due occhi della testa, avrebbe reso più di tutti i campi coltivati della tenuta, che per decenni erano stati la fonte del suo reddito.

7

La stanza numero 7 era comunque spaziosa. Davanti ai due letti singoli, separati da una tenda di raso per garantire la privacy, c'erano un grande camino di marmo rosso e un tappeto che riprendeva i colori delle sue venature. La camera era dotata, come anticipato dal concierge, di una stufa di porcellana nuova. Due grandi finestre si affacciavano sul giardino interno, e in particolare su alcuni banani, riparati dal vento e scaldati dal sole, dai quali pendevano piccoli caschi verdi, ricchi di frutti. Non c'era vista sul mare, ma in ogni caso Lily era rimasta a bocca aperta. Quel posto era davvero il paradiso terrestre descritto nel libro della Genesi. Sugli alberi cinguettavano gli uccellini, che sembravano dialogare con lo scroscio dell'acqua di una fontanella alla quale si stava abbeverando un cagnolino nero.

«Devi cambiarti d'abito» aveva detto la zia, aprendo una delle numerose valigie che la cameriera aveva poggiato su una cassapanca per poter successivamente sistemare i vestiti nell'armadio. «Tra poco serviranno il tè e non me lo voglio perdere. Peraltro, siamo le uniche ospiti, il corteo reale è annunciato a breve.»

«Posso uscire per osservare l'albergo da fuori?» aveva chiesto Lily, aspettandosi un no secco della zia.

«Ti concedo un'ora di svago» aveva invece risposto Lady Amabel.

Lily era rimasta di stucco. Neppure a casa era mai stata tanto liberale. Non ne comprendeva la ragione. Se fosse stata meno ingenua, si sarebbe accorta che un motivo in realtà c'era. La zia, infatti, si era vestita di tutto punto, come se dovesse recarsi a ritirare un premio internazionale, e uscendo in fretta aveva detto: «Tra un'ora qui, devo sistemare un po' di cose».

Qualunque fosse la causa che le permetteva di avere un'ora per sé, non si poteva che ringraziare il Cielo. Lily era saltata giù dal letto, sul quale si era stesa per riposarsi dal viaggio, aveva indossato un vestito bianco, elegante ma pratico, aveva scelto il cappello e i guanti da abbinare, si era picchiettata le guance allo specchio per renderle più rosee, ed era uscita.

Sul pianerottolo, un ampio spazio coperto da spessi tappeti di lana, con alcune poltrone di velluto al centro, sovrastate da un lampadario a gocce di cristallo, aveva incrociato due inservienti che stavano trasportando un grande quadro coperto da un drappo rosso.

Aveva sceso le scale in fretta. Non era certa che la zia avesse parlato sul serio. Forse l'aspettava nell'atrio per impedirle di realizzare il desiderio avventuroso di raggiungere la strada e fare due passi in quella città sconosciuta che la intimoriva quanto la attraeva. La lontananza da suo padre era già un sollievo di per sé, ma mai avrebbe pensato di riuscire a liberarsi del controllo asfissiante di Lady Amabel. Eppure, con sorpresa, aveva notato che all'ingresso la zia non c'era. Niente si frapponeva tra Lily e la libertà.

Il concierge che le aveva accolte era stato sostituito da un collega. L'aveva salutata con un cenno del capo, chiedendo: «Carrozza per la signorina?». Nulla faceva pensare che qualcuno la stesse controllando. Neppure i valletti in livrea, di servizio appena fuori dall'entrata, le avevano fatto domande. Aveva percorso con ansia il tratto che la separava dal cancello principale e, finalmente, dopo aver attraversato una parte del giardino, aveva raggiunto la strada. Un vento leggero le scompigliava i capelli. Se era un sogno, prima o poi si sarebbe svegliata, ma pregava Dio che non capitasse subito.

Era libera. Poteva andare ovunque, se avesse voluto avrebbe potuto persino allontanarsi per sempre, ma mentre quel pensiero inebriante la spingeva verso un'insolita euforia, il terrore di perdersi in un luogo sconosciuto, senza poter chiedere indicazioni a causa degli ostacoli linguistici, la paralizzava. Aveva fatto due passi verso sinistra, poi verso destra, le carrozze sfilavano sul selciato e i cavalli erano lucidi di sudore. Lady Amabel la conosceva bene. Sapeva che, anche lasciandola libera, Lily non avrebbe avuto il carattere per fare nulla, a eccezione delle cose per le quali, come diceva Lord J., era programmata. Lily ne era consapevole, e per questo si era intristita. Dove poteva andare una ragazza come lei, che fino a quel momento non era riuscita a combinare nulla nella vita in modo autonomo? Si guardava intorno: all'improvviso quel luogo le faceva paura. Che avrebbe fatto lì sola, senza la zia e i soldi di suo padre? "Sono una stupida," pensava "nulla più di una stupida."

Intanto, una carrozza carica di merci da depositare nelle cucine sotterranee dell'hotel aveva varcato il cancello secondario. A bordo, oltre al conducente, c'era Renzo. Lo mandavano a chiamare tutte le volte che si trattava di fare spese particolari al British Store. Avendo visto Lily attraversare la strada, aveva chiesto al conducente di fermarsi. Era sceso e aveva raggiunto di corsa il cancello principale. Poi si era nascosto dietro una siepe di pitosforo, con vista sul viale.

Lily era immobile sul marciapiede di fronte. Stava osservando l'albergo. Era enorme. Forse pensava che là dentro, senza l'orribile Lady Amabel, si sarebbe sentita persa. Aveva un'espressione triste. A un tratto aveva tirato fuori dalla borsetta un fazzoletto e se l'era passato sotto gli occhi. Mentre stava per rimetterlo nella borsa, le era caduto. Il vento l'aveva spostato di qualche metro. Era rimasta immobile a osservarlo, senza il coraggio di inseguirlo. All'improvviso, all'angolo della via che incrociava il viale era spuntato un uomo. Quando i loro sguardi si erano incontrati, lui si era tolto il cappello. Era abbastanza giovane, ma calvo, e per questo sembrava più vecchio. L'uomo aveva raggiunto il fazzoletto e l'aveva raccolto. Poi le si era avvicinato.

Renzo non era in grado di ascoltare la conversazione, ma restò impalato a guardare la scena.

«È vostro?» aveva chiesto l'uomo sorridendo, già certo della risposta.

Lily sembrava terrorizzata. La domanda le era stata rivolta in italiano, ma il senso pareva ovvio, comprensibile. «Sì» aveva risposto, trattenendosi dal dire altro, per non fornire indicazioni su di sé.

L'uomo le aveva restituito il fazzoletto ed era rimasto un momento a fissarla. Lily aveva notato che dal taschino interno della giacca spuntavano dei fogli piegati, sembravano spartiti musicali.

«Posso presentarmi?» aveva chiesto l'uomo in italiano.

Lei era rimasta immobile nel suo imbarazzo. Non le era mai successo di trovarsi sola per la strada, e tantomeno di dover rispondere a uno sconosciuto.

«Inglese?» aveva domandato l'uomo, senza perdere il sorriso rassicurante e indelebile.

Lily aveva annuito.

«Piacere,» aveva detto lui in italiano, ignorando le difficoltà linguistiche «mi presento: sono il Maestro Massimo Abbruciati.» Poi le aveva preso la mano, baciandola sul guanto di retina.

Il viso di Lily si era incendiato. Nessuno aveva mai compiuto un azzardo simile. Il respiro le era rimasto fermo in gola. Si sentiva soffocare. Non era riuscita neppure ad articolare un saluto. Aveva attraversato la strada di corsa. Una carrozza si era fermata a qualche metro da lei e il cocchiere aveva urlato. Il cuore le martellava le tempie. Aveva oltrepassato il cancello dell'hotel come un fulmine e, solo quando aveva raggiunto l'ingresso dell'edificio, si era calmata, aveva rallentato il passo, aveva salito le scale cercando di nascondere il tremore. Pregava di non incontrare la zia. Difficilmente sarebbe riuscita a mentirle.

Renzo intanto era uscito dal giardino dell'hotel, era corso in strada e aveva seguito con lo sguardo l'uomo che si allontanava svelto verso il centro della città.

In camera, Lily si era tolta l'abito. Aveva indossato quello del mattino. Poi si era stesa sul letto chiudendo gli occhi. Si poteva morire per così poco? Eppure, il cuore non cessava di battere a un ritmo forsennato.

«Abbiamo i posti migliori!» Lady Amabel era entrata nella stanza lanciando il cappello sulla scrivania. «A colazione, a pranzo, a cena... abbiamo delle garanzie...» La sua era stata una specie di spedizione diplomatica. Lord J. le aveva consegnato dei "mezzi finanziari extra" che dovevano servire allo scopo: corrompere per occupare i posti migliori, in attesa dell'"illustre arrivo".

Cento dipendenti fissi per duecento ospiti. L'attività di intelligence che Lord J. aveva svolto nel suo soggiorno di perlustrazione era servita anche a questo: fornire alla sorella preziose indicazioni pratiche. Se si volevano ottenere risultati, bisognava essere disposti a tutto, e questo tutto comprendeva anche laute mance iniziali. Arrivare qualche giorno prima degli altri ospiti era una strategia vincente, e le garanzie che Lady Amabel era riuscita a ottenere quel pomeriggio ne erano una prova.

«Nell'ala di ponente c'è un'immensa sala da pranzo riservata ai clienti dell'hotel» aveva detto la zia, con un'espressione compiaciuta. Parlava aprendo le ante degli armadi, nei quali erano stati disposti i suoi abiti lunghi. «La sala è decorata con sobria eleganza. Sul fondo c'è un enorme camino rivestito di tipiche ceramiche verdi, stile inglese fine secolo» aveva proseguito con baldanza. «Sempre nell'ala di ponente c'è anche il ristorante, affacciato sul parco, con un luminoso bovindo. Il soffitto a cassettoni è decorato in stucco, ci sono affreschi molto belli. Come ha detto il concierge, è aperto agli ospiti dei clienti e, a differenza della sala da pranzo, in cui i pasti sono serviti a orari fissi, il ristorante è accessibile a qualsiasi ora. Mi stai seguendo?»

Lily ascoltava per inerzia, come sempre, ma dopo lo spavento da cui era reduce, la voce querula della zia le pareva meno fastidiosa del solito. Anzi. Si sarebbe ben guardata dall'uscire ancora e, se lo avesse fatto, la compagnia di Lady Amabel sarebbe stata uno scudo, piuttosto che un incomodo, come l'aveva sempre considerata.

«Sei andata a vedere l'albergo da fuori?» aveva chiesto la zia cambiando all'improvviso discorso.

«No...»

«Molto bene. Andremo insieme domani.»

Poi aveva aperto l'anta dell'ultimo armadio, quello dove era stato sistemato il contenuto delle cappelliere. «Ecco!» aveva esclamato tirando fuori un copricapo guarnito con rade piume di fagiano. «È perfetto per stasera. Cambiamoci.»

8

Quando erano entrate nella sala per la cena, Lily aveva notato che il grande quadro che aveva visto trasportare nel pomeriggio da alcuni inservienti era appeso su una parete della sala, ancora coperto dal drappo rosso.

Un cameriere le aveva accompagnate al tavolo che Lady Amabel era riuscita a farsi riservare dopo aver scoperto che a quello a fianco, nel gennaio dello stesso anno, aveva cenato Victoria di Sassonia, principessa reale del Regno Unito, regina di Prussia e imperatrice, sposa dell'imperatore Federico III di Germania. Per renderle omaggio, erano arrivati all'Angst anche i principi Hohenzollern. "L'imperatrice Federico", così la chiamavano a causa del marito, aveva soggiornato nell'appartamento di gala al primo piano, e per lei era stata costruita l'uscita posteriore dell'edificio, col ponte per la carrozza intitolato a suo nome.

«Mi sembra una collocazione degna di noi» aveva detto Lady Amabel, spiegando alla nipote i dettagli che le avevano raccontato. «Certo i tedeschi non hanno il nostro gusto, ma credo che, se la corte di Germania farà ritorno, come ha promesso l'imperatrice, il livello del servizio potrebbe non essere scarso.»

Lily aveva preferito non commentare. Poteva essere pericoloso.

«*Il crepuscolo degli Dei* non mi è mai piaciuto,» aveva proseguito Lady Amabel «ma non posso dire che Wagner sia pessimo; non è paragonabile ai nostri compositori, ma accettabile... Peraltro, se questo albergo è frequentato anche dalla corte di Russia e da quella di Svezia, vorrà dire che qualcosa di buono questi italiani sono in grado di farlo. E comunque» aveva sottolineato «la vera garanzia di qualità del servizio sappiamo qual è... grazie a Dio l'avremo con noi a breve.»

Si era guardata intorno. La sala era vuota. Quell'assenza di altri ospiti era la prova tangibile del loro privilegio. Lord J. aveva fatto valere legami di sangue con la corte inglese, per non dire d'altro.

Il vuoto che avevano intorno galvanizzava la zia, lo trovava aristocratico, ma Lily non era della stessa opinione. Tutto le pareva enorme, sproporzionato per lei. Per fortuna, quella desolazione non sarebbe durata ancora molto. L'arrivo della corte era previsto a brevissimo. Avrebbe preceduto di qualche giorno quello dell'"illustre ospite", la cui attesa aveva messo in fibrillazione tutta Bordighera.

«Abbiamo in mano il numero vincente della lotteria» aveva aggiunto Lady Amabel mentre leggeva il menu. «Prenderò filetto di sogliola, bambina mia.»

"Bambina mia." Quando la zia usava quell'espressione c'era sempre da preoccuparsi. Tutte le volte che Lily era stata trascinata in vicende spiacevoli quella era stata l'esca.

«Ordinerò anche la crema chantilly» aveva continuato Lady Amabel, passando una mano sull'abito, che i bottoni tenevano chiuso con sempre maggior fatica. «Hai notato le baracche?» aveva poi chiesto cambiando discorso in modo brusco.

Lily aveva avuto un sussulto. Quando era uscita in strada,

aveva visto che su un lato del giardino c'erano delle costruzioni all'apparenza nuove, ma non era quello il punto. Temeva che la zia l'avesse seguita o che avesse assoldato qualcuno per tenerla d'occhio.

«Sono state fabbricate alcune baracche per i carabinieri a cavallo» aveva proseguito Lady Amabel, senza curarsi di un'eventuale risposta. «È presente anche un presidio di truppa. Mi hanno riferito che è stato migliorato il servizio postale: è stato aggiunto un filo telegrafico nuovo di zecca. E tutti i negozianti hanno fatto provviste d'ogni sorta. Nel paese non c'è più un buco da affittare!» aveva concluso con tono trionfale, mentre il cameriere si avvicinava al tavolo per l'ordinazione.

Anche Lily aveva scelto sogliola e crema. Era stata una giornata molto pesante, e la cosa migliore era allinearsi, evitare ogni discussione.

«Domani andremo a vedere il luogo dove nascerà la "passeggiata"» aveva annunciato Lady Amabel dopo aver bevuto un punch caldo. «Non hanno fantasia questi italiani... imiteranno la Promenade des Anglais di Nizza... ma lasciamo che ci copino. Anche la passeggiata sarà utile durante il nostro soggiorno. Mi hanno riferito che a metà del percorso verrà creato un chiosco per la musica. Vedremo... In ogni caso, hanno imparato tanto da noi. E lo vedrai domenica. Dopo la funzione, faremo una gita alla Mortola... Giardini Botanici Hanbury. Tuo padre te ne ha parlato?»

Finalmente una buona notizia. I giardini erano per Lily una delle cose più interessanti da vedere. Pensare ai fiori attenuava un pochino la nostalgia di casa, che quella sera, all'interno di quella sala così solenne ma estranea, aveva iniziato a farsi sentire. Lord J. le aveva parlato delle meraviglie botaniche locali. Era stata una parte della strategia per attrarla laggiù. Lei era stregata dai giardini. Qualche anno prima aveva visto quello di Glendurgan, in Cornovaglia, e per la prima volta aveva messo i piedi nelle acque gelide dell'Helford River, che solo qualche chilometro più a est diventava mare vero, gettandosi nella Manica. Suo padre conosceva Alfred Fox, membro della famiglia quacchera dei Fox di Falmouth. Era un uomo con mille interessi, impegnato in numerosi affari. A Glendurgan aveva selezionato una straordinaria varietà di piante rare ed esotiche, comprate durante i suoi viaggi, quando lavorava per una compagnia di navigazione. Si ricordava ancora ciò che Lord J. aveva detto a sua sorella Amabel durante il lungo tragitto per arrivare laggiù: «Vedremo tre valli subtropicali, e la valle inferiore è progettata per somigliare a paesi esotici e lontani come la Nuova Zelanda e il Bhutan. C'è persino un labirinto». L'idea di entrare in un labirinto era parsa a Lily un'occasione davvero sensazionale, salvo poi trovarsi senza fiato tra le siepi altissime che sembravano toccare il cielo.

Quando Lord J. le aveva parlato dei Giardini Hanbury, vicini a Bordighera, aveva fatto cenno a un inglese di Herne Hill, vicino a Brixton. Non ricordava esattamente il nome, ma era sicura di aver messo in valigia un suo libro, il primo volume dedicato alla flora della riviera: *Flowering Plants and Ferns on the Riviera and Neighbouring Mountains* di Clarence Bicknell.

Sì, l'idea di vivere per un periodo in mezzo a una natura sconosciuta la esaltava. La zia continuava a parlare di illustri connazionali con i quali prendere contatto, ma Lily pensava agli alberi e ai fiori, in particolare ai meravigliosi boccioli fucsia della *Bougainvillea spectabilis*. Aveva letto che ricopriva i muri, colorandoli in modo intenso.

Quando Lady Amabel si era alzata da tavola, aveva chiesto al cameriere di lasciarle una copia del menu. Voleva conservare un ricordo della prima sera in Italia. Intendeva rileggerlo nei giorni successivi da cima a fondo per valutare quali piatti ordinare. Poi aveva sistemato gli occhiali nella custodia, si era guardata intorno con approvazione, e aveva fatto un cenno a Lily. La giornata doveva chiudersi lì, era ora di andare a dormire.

Si erano incamminate nel corridoio. A un tratto, prima dello scalone Lily si era bloccata. «Ho dimenticato il mio ventaglio sul tavolo» aveva detto alla zia.

«Quale ventaglio?»

«Torno subito» aveva risposto Lily correndo verso il salone che avevano appena lasciato.

Lady Amabel l'aveva seguita con lo sguardo, sospettando che quella del ventaglio fosse una scusa, ma si sentiva troppo stanca per tornare indietro. Così aveva salito la scala in direzione della stanza, mentre Lily aveva raggiunto il tavolo della cena. Non c'erano ventagli sulla tovaglia, e sarebbe stato strano trovarne, considerato che Lily non ne aveva mai posseduto uno. Si era quindi diretta verso la parete sulla quale era appeso il quadro. I camerieri avevano già lasciato la sala, così aveva trovato il coraggio necessario per la manovra che aveva in mente. Con le dita aveva sollevato il drappo rosso e l'aveva scostato di lato. Era rimasta senza fiato. Seduta su una poltrona di velluto con ricami in oro c'era Victoria, regina del Regno Unito di Gran Bretagna e Irlanda, imperatrice d'India. Mentre contemplava il quadro, il cameriere che le aveva servite era rientrato nella sala. Lily aveva lasciato cadere il lembo del drappo ed era rimasta immobile con le guance rosso fuoco.

«Sua Maestà è stata qui a inizio anno» aveva detto il cameriere sorridendo; parlava in inglese, con tono calmo, solenne. Voleva togliere Lily dall'imbarazzo, ma anche sfoggiare l'orgoglio per il fatto di prestare servizio in un hotel che permetteva al personale di avvicinare ospiti di un simile calibro. «Era seduta proprio al vostro tavolo» aveva aggiunto, sicuro di fare colpo sulla ragazza. «Sua figlia è l'imperatrice Victoria di Sassonia.»

Lily era ancora immobile davanti al quadro, e le sue

guance si erano fatte pallide: sembrava stesse per svenire. Il salone ruotava intorno a lei, come in un ballo regale del quale era la protagonista. Aveva cenato al tavolo della sovrana che, soggiornando all'Hotel Angst nei giorni successivi, avrebbe illuminato il suo destino, come Lord J., suo padre, con solennità, le aveva promesso.

9

Il giorno dopo, la carrozza che doveva condurle ai Giardini Hanbury aveva varcato il cancello puntuale. Lady Amabel indossava un abito violetto di mussola a balze, da lei definito "sportivo", e la testa era nascosta da un cappello largo e floscio che nell'insieme le conferiva l'aspetto di un paralume. Lily invece era abbigliata in modo sobrio, e un impermeabile grigio la rendeva molto più vecchia rispetto ai suoi sedici anni.

Renzo era stato incaricato di occuparsi della gita per conto di un altro lussuoso albergo che, il giorno precedente, aveva accolto molti nuovi ospiti in arrivo dall'Inghilterra. Non conoscevano neppure una parola di italiano e dunque la sua presenza come interprete sarebbe stata preziosa. A Ventimiglia era previsto l'incontro con un esperto di botanica, uno scozzese che conosceva assai bene i luoghi, incaricato di condurle con altri visitatori all'interno dei giardini. Quando la carrozza aveva fatto a ritroso la strada del giorno prima, Lily si era accorta di dettagli che le erano sfuggiti, in particolare di una pasticceria e di un negozio di strumenti musicali. Voltandosi per osservare la vetrina dei pianoforti, aveva incrociato uno sguardo che le era parso familiare. In un attimo si era sentita sotto sopra. Si trattava dell'uomo che aveva commesso l'azzardo di baciarle la mano. Appena aveva realizzato di chi si trattava, era sprofondata nel sedile, con una mano sul cuore che batteva all'impazzata. Le guance scottavano e un leggero tremore la scuoteva, come se le fosse salita all'improvviso la febbre a causa di qualche malattia africana. Anche l'uomo l'aveva riconosciuta e si era tolto il cappello. Il sole aveva illuminato la sua testa calva e anche il viso di una signorina che camminava al suo fianco, traballando su calzature rosse non proprio eleganti. Indossava un corpetto attillato e parlava a voce così alta che persino il rumore delle ruote non copriva i suoi strilli.

La giornata era incantevole. Per strada le persone passeggiavano o sedevano nei caffè. Nonostante quei luoghi fossero piuttosto diversi dal centro di Londra, l'impressione era di trovarsi a Regent's Park o in uno dei tanti spazi verdi della capitale. Cambiava il tipo di vegetazione, però l'impronta del giardiniere era *british*. Sembrava impossibile, ma in quel lembo d'Italia non c'era presenza di italiani, a eccezione del cocchiere e di alcune donne in abiti semplici, intente a rigovernare bancarelle cariche di frutta agli angoli del corso.

La carrozza correva, e l'uomo che l'aveva turbata era sparito all'orizzonte. Così Lily si era goduta il viaggio, affascinata dai pergolati di rampicanti sistemati con gusto nei pressi delle residenze di villeggiatura, sulle quali erano visibili anche molti elementi decorativi neoclassici e neobarocchi, cancelli in ferro battuto e gazebo. "Esotico" era proprio l'aggettivo giusto per descrivere quel lusso ricercato che ricordava le colonie d'Asia.

«Per fortuna pare che non ci siano troppi selvaggi» aveva detto la zia scendendo dalla carrozza per incontrare la guida. «Mi sembra sorprendente e benaugurale!»

Lily era ancora ipnotizzata dal blu del mare che le aveva accompagnate a destinazione. Era talmente presa dal fascino delle onde che si infrangevano tra le rocce da accorgersi di essere giunta all'ingresso dei giardini solo all'ultimo, quando dalle carrozze che precedevano la loro avevano iniziato a scendere dei connazionali con bastone da passeggio, paglietta, abiti svolazzanti, cappelli ricoperti di fiori veri e cestino da picnic. Parevano una nuvola di api operose e ronzanti che sprigionava un'essenza di colonia mista a note dolciastre di rosa.

Aveva letto che in quel luogo non c'erano soltanto alberi, ma vi avevano addirittura ricostruito habitat naturali di diversa provenienza. Australia, Messico, Sudafrica e Nuova Zelanda: immergendosi nel verde, si poteva fare una specie di giro del mondo in un solo giorno. Trent'anni prima, come suo padre le aveva raccontato, Thomas e Daniel Hanbury avevano iniziato ad acclimatare piante tropicali e subtropicali con risultati sorprendenti. A partire dal 1868, studiando la pendenza del terreno con Ludwig Winter, avevano disposto cespugli e arbusti in modo da creare suggestive scale cromatiche. Nell'anno della sua nascita, il 1883, le piante collezionate erano seicento, ma il numero era poi cresciuto a dismisura.

Suo padre le aveva detto di conoscere il direttore, che era in contatto con gli orti botanici più importanti, quelli di Kew a Londra, e poi con Calcutta, Sidney, Ceylon, e anche con centri botanici in Sud America e Sudafrica.

Thomas Hanbury aveva una solida educazione quacchera, le aveva spiegato Lord J., e quindi, oltre agli investimenti in palazzi sparsi su tutta la riviera, aveva realizzato notevoli opere di beneficenza. Aveva costruito anche la sede dell'Istituto Botanico dell'Università di Genova.

Lily si guardava intorno con il fiato sospeso: la realtà superava le aspettative. In una zona ben esposta al sole ecco la collezione di "succulente", e più in là un chiosco moresco. Forse per evitare che i bambini salissero sui muretti, era stata impiantata un'aiuola di agave e *Opuntiae*, con spine tali da sconsigliare scorribande anche ai ragazzini più vivaci. La primavera era probabilmente il momento perfetto per osservare l'esplosione delle fioriture di peonie, gelsomini, salvia, rose *Banksiae, Thea, Indica,* narcisi, crochi, tulipani, iris, gladioli, anemoni, gigli dorati, persino la *Dahlia Imperialis* del Guatemala, per non parlare delle profumatissime mimose, un fuoco giallo tra il verde tenero affacciato sul mare. A ottobre non c'erano tutti quei fiori, ma Lily riusciva a immaginarli.

Per raggiungere la parte alta dei giardini avevano dovuto camminare in salita, faticando un po', ma erano state premiate dalla vista del ninfeo. Lo spiazzo davanti all'edificio, palazzo Orengo, era dominato da un grande *Eucalyptus globulus.*

Lily aveva il libro sulla flora della riviera nella borsa. Quando l'aveva cercato, si era accorta di averlo lasciato sulla carrozza. Doveva rifare la strada a ritroso.

«Torno alla carrozza,» aveva detto alla zia «ho dimenticato la borsa.» Lady Amabel l'aveva guardata con compassione. Sua nipote era davvero un disastro. Avrebbe voluto rimproverarla, ma c'erano troppe cose interessanti da fare, per esempio chiacchierare con un'altra lady che sul bavero della giacca aveva una coda di pappagallo multicolore. Quell'anno la moda era ossessionata dai volatili.

Lily si era messa a correre. L'aria fresca, profumata di resina e mare, le dava un senso di libertà del tutto nuovo. C'erano decine e decine di fiori mai visti prima. Con il permesso dei giardinieri ne avrebbe raccolti alcuni da inserire nel suo erbario. Era arrivata trafelata ma felice alla carrozza. Quella sensazione si era però spenta all'istante. Il cocchiere stava parlando con un uomo. Ridevano. A un tratto il tizio si era voltato togliendosi il cappello. Era di nuovo lui, il Maestro Massimo Abbruciati. Gesticolava e continuava a ridere. Carrubi, pini domestici e d'Aleppo, cipressi, svariate specie di palme, mimose, *Jacaranda mimosifolia*: Lily cercava di concentrarsi sulla vegetazione che aveva davanti per non tradirsi. Quell'uomo le faceva paura, ma al contempo la attraeva, e quest'ammissione la faceva sentire in colpa. Non era affatto bello né affascinante, però era la prima persona che sembrava impegnarsi nel farle la corte.

«Signorina, buongiorno!» le aveva detto con entusiasmo, muovendo il cappello nell'aria, e abbassandolo in un inchino. «Vi ricordate di me?» Aveva pronunciato le parole in italiano, ripetendole subito dopo in un inglese sgangherato. Erano in un grande piazzale a cielo aperto, ma a Lily pareva che qualcuno la stesse strangolando e l'aria avesse smesso di passare dai polmoni al naso. Erano così gli italiani? Era per quel loro modo di fare che Oltremanica venivano descritti come *latin lover* sfacciati? Lily non sapeva esattamente cosa fosse un *latin lover*, ma le gambe le tremavano.

«Permettete che mi presenti» aveva aggiunto l'uomo, ripetendo lo stesso copione del giorno precedente, come se non ricordasse di aver già detto il suo nome. «Sono maestro di musica e anche agente teatrale.»

A Lily sembrava che il corpo non rispondesse più ai suoi comandi. Le gambe le tremavano ancora, e non riusciva ad aprire bocca, neppure per ricambiare il saluto. Lady Amabel era lontana, e ancora una volta si era ritrovata a rimpiangere la sua compagnia che, per quanto spiacevole, la metteva al riparo da certi imbarazzi.

«Avete già in programma di fare visita al Teatro Ruffini?» aveva chiesto l'uomo con un'insistenza che lasciava di stucco. Lily non aveva capito nulla della domanda, a eccezione di "Teatro Ruffini". Sapeva dell'esistenza di un luogo con quel nome. L'aveva letto nel programma di attività che il concierge aveva consegnato a lei e alla zia all'arrivo.

Si partiva il 3 novembre con un torneo di scacchi a Villa Stratta e Villa Vaniglia. Il giorno successivo era prevista l'ultima lezione su *Il crepuscolo degli Dei* di Wagner. Era anche atteso un incontro organizzato dalla locale Lega protezione animali, nata per merito dei britannici. Per lo spettacolo al Museo Bicknell si consigliava la prenotazione. All'Hotel Angst si riuniva il club di tennis, e anche questo aveva contribuito a rendere noto l'albergo in tutta Europa. Spesso i tornei coinvolgevano i francesi, quindi c'era l'occasione di andare in gita in Costa Azzurra. Nei fine settimana si tenevano concerti di beneficenza a Mentone e anche concorsi di fotografia. Lady Amabel aveva letto ad alta voce: «1° dicembre, serata al Teatro Ruffini». Ecco, ricordava dove aveva sentito il nome di quel luogo. Le era rimasto impresso perché il teatro era intitolato all'autore del suo libro preferito.

«A teatro sono di casa» aveva detto l'uomo gonfiando il petto e tentando un sorriso forzato.

Perché le diceva tutte quelle cose e, soprattutto, perché era lì? Aveva l'impressione di essere stata seguita, e la paura prevaleva sulla curiosità. Non voleva sapere il motivo che portava quell'uomo a pedinarla. D'istinto voleva solo fuggire.

«Devo recuperare la borsa» aveva gridato bruscamente al cocchiere, fingendo di non aver capito ciò che l'uomo le aveva detto. «Buongiorno.» Poi era corsa via. Senza prendere fiato, aveva iniziato la salita verso il ninfeo, ma a un certo punto era stata costretta a fermarsi. Il cuore le scoppiava. Le era venuto in mente suo padre. Sentiva nostalgia di lui.

Si era passata una mano sulla fronte. Era gelida. Si era seduta su una panchina e pian piano si era calmata. Poi aveva ripreso la salita e, dopo qualche gradino, si era voltata di scatto. A pochi metri c'era Renzo. La fissava accigliato. Si era voltata di nuovo verso la scalinata. Lady Amabel, in mezzo a un gruppo di visitatori, era intenta ad ascoltare la guida. Le era corsa incontro e l'aveva abbracciata. La zia aveva fatto un passo indietro, fulminandola con lo sguardo. Era quello l'effetto che l'Italia faceva su sua nipote? A Londra non si sarebbe mai presa una confidenza simile.

Lily aveva abbassato gli occhi. Era stata avventata. Il sollievo di essersi liberata dell'uomo che la impensieriva cancellava il dispiacere di essere stata rimproverata dalla zia per un abbraccio.

La guida parlava di talee e di innesti, il mare luccicava tra le fronde dei pini marittimi. Lily aveva aperto il libro per controllare il nome di una specie vegetale che la guida stava indicando sul terreno roccioso.

"Non ho amici," pensava "nessuno mi vorrà mai bene."

10

La mattina successiva, Lily e la zia erano entrate nella sala della colazione e, sulla soglia, lo sguardo pungente della regina Victoria le aveva bloccate per qualche secondo. Il drappo che copriva il quadro era stato rimosso. Il ritratto, enorme e incombente, riempiva la stanza, nonostante non ci fossero ospiti.

«Uova strapazzate» aveva detto Lady Amabel al cameriere, quando si era avvicinato al tavolo. Non l'aveva guardato in faccia. Teneva gli occhi puntati sul quadro, come se una forza magnetica la legasse alla tela. La regina sarebbe presto arrivata. Il tavolo da pranzo, che era riuscita a negoziare con il maître, era in posizione strategica. In occasione del soggiorno della corte in albergo, sua nipote avrebbe conosciuto un barone o un duca o, perché no, un principe. Si sarebbero sposati entro l'anno, e lei, in qualità di zia tutrice, avrebbe avuto un posto e un ruolo in tutti i salotti in cui negli ultimi anni, a causa della disgrazia nella quale la famiglia era caduta, non aveva più potuto mettere piede. Questo pensava Lady Amabel fissando le pupille di Victoria, che spiccavano sul volto solenne.

«Ordinerò anche gli *scones*» aveva detto all'improvviso, come se dietro quella dichiarazione ci fosse l'intento di saggiare la cucina dell'albergo e di sfidare i cuochi su un terreno insidioso. «Dubito che possano superare la qualità di Fortnum, ma è bene saperlo prima che arrivi sua maestà. In caso contrario bisognerà metterla in guardia.»

Lily non ascoltava. Gli occhi della regina la fissavano come la sera precedente, quando aveva scoperto il dipinto. C'era qualcosa di inquietante in quello sguardo. Ciò che sembrava esaltare la zia a lei metteva soggezione. In ogni caso, bisognava prepararsi per far bella figura. «Dovrai distinguerti,» le aveva detto suo padre «il nome della famiglia è nelle tue mani.»

«Solo un tè» aveva sussurrato Lily quando il cameriere si era avvicinato.

«Ti sciuperai» aveva replicato Lady Amabel, pensando alle due uova strapazzate con pancetta che aveva appena richiesto. L'abito cucito meno di tre mesi prima le tirava parecchio, ma lei aveva avvolto una stola intorno ai fianchi per attutire l'effetto ottico.

«Vedi, mia cara,» aveva ripreso la zia, come se proseguisse un discorso che in realtà non era mai iniziato «se c'è una cosa che non sopporto sono i malati. Perché questi luoghi mi terrorizzavano prima di venirci? Perché gli invalidi erano la presenza caratteristica della vita invernale quaggiù. Non lo sapevi? Non che sia finita, per carità, ma almeno in albergo non correremo il rischio di vedere le lunghe file di sedie da bagno. Mi hanno detto che di giorno, a Mentone, i tubercolosi infestano la Promenade du Midi. Per non dire della notte! Un silenzio da ospedale. E poi non parlano d'altro: polmoni e anemoni. Non hanno altri argomenti. Quelle figure spettrali hanno invaso anche Venezia, persino il Caffè Florian. Una vera pestilenza che non posso sopportare...»

Il cameriere era arrivato con le uova, e Lady Amabel l'aveva rimproverato riguardo al bacon: troppo poco. Poi si era voltata verso la nipote. «Vedi, bisogna sapersi imporre. Cosa dicevo? Ah sì. La faccenda dei malati. Bronchitici e asmatici. Consunzione. Reumatismi cronici e reni deboli. Una compagnia indecente. Certo che, se la regina non avesse avuto un figlio malaticcio come il principe Leopoldo, forse oggi non avremmo questa grande occasione. Non tutti i mali vengono per nuocere» aveva concluso addentando due fette di pancetta che il cameriere aveva portato di rinforzo.

Lily fissava le uova con disgusto. Quel discorso le aveva tolto l'appetito, che già non era molto. Non si era posta il problema dei malati, neppure sul treno, quando aveva sentito alcune lady parlare di villeggianti con una tosse preoccupante.

«Peraltro,» aveva ripreso la zia sottovoce, guardandosi intorno nella sala vuota «sarei curiosa di sapere se vedremo qui anche Bertie... Non ho mai visto la sua amante, ma pare sia una donna molto elegante, di grande stile. Mi pare che si chiami Keppel.»

«Chi è Bertie?» aveva chiesto Lily come risvegliandosi dal torpore.

«Diamine! Il principe di Galles! È l'erede al trono. Non ti parlerei mai di certe cose, se non fosse che la tua ignoranza potrebbe portarti a commettere errori. E comunque è l'amante ufficiale. Ufficiale...» aveva ripetuto, come se l'aggettivo legittimasse quel discorso, forse un po' troppo ardito, nel quale era andata a cacciarsi.

Lily aveva abbassato lo sguardo sulla tovaglia di damasco. Provava lo stesso imbarazzo che aveva avvertito incontrando l'uomo del baciamano.

«Vedi,» tentava di spiegare la zia per rimediare al silenzio gelido che era piombato tra loro «i re non sono persone normali. Non lo siamo neppure noi. Questione di rango. A un certo livello, qualsiasi cosa accada è decisamente accettabile, anzi, stimabile.» Si era guardata di nuovo intorno e incrociando lo sguardo della regina immortalata nel quadro aveva ripetuto: «Stimabile».

Lily continuava a fissare la tovaglia. Il ricordo dell'uomo del baciamano le aveva di nuovo rimescolato lo stomaco. Non sapeva dire se la sensazione fosse brutta o bella, di certo non l'aveva mai provata prima.

«E poi mi hanno detto che Bertie le ha regalato una collana favolosa... la copia di quella che fu di Maria Antonietta, la regina di Francia. Disgustosi quei francesi e la loro rivoluzione...» sottolineava imperterrita Lady Amabel, determinata a educare la nipote alle luci e alle ombre di quel mondo fatato nel quale stava per entrare. Parlava come una vestale incaricata di svelare segreti. E forse anche con una punta d'invidia. Sua nipote si sarebbe sposata, mentre lei era rimasta zitella a causa dei rovesci familiari. Questa era la "versione da vittima" che le piaceva raccontarsi. La famiglia, il sacrificio... le riusciva difficile ammettere che nessuno si era mai sognato di chiedere la sua mano a causa della malagrazia, non proprio trascurabile, per la quale era nota.

«E comunque,» aveva ripreso con vigore, cercando di sfruttare l'occasione che quel discorso aveva fatto sbocciare all'improvviso «non tutti hanno talento naturale come me. Per farsi notare nel nostro mondo bisogna impegnarsi, stupire con varie abilità. A proposito: prenderai lezioni di pianoforte e canto.»

La forchetta che Lily teneva in mano era caduta sonoramente nel piatto. Il rumore metallico riverberava nel salone. Le pareva che il tintinnio si espandesse per tutto l'albergo, fino al cancello principale, e che una luce sfolgorante si accendesse su di lei, indicandola al mondo come la ragazza più incapace mai esistita.

Lady Amabel continuava a tenerle gli occhi puntati sul viso, una sorta di tortura adatta a un interrogatorio per crimini gravi. «Anche arpa» aveva aggiunto con una smorfia che le raggrinziva le pieghe intorno alla bocca.

Lily aveva sollevato lo sguardo, sembrava un condannato

a morte. Le uniche esibizioni canore in cui si era cimentata risalivano ai cori nella piccola chiesa in campagna. Il parroco non poteva vietare alla figlia del padrone di cantare, ma soffriva per quelle stonature, al punto da chiederle di pregare in silenzio senza muoversi dal banco di famiglia nella navata principale.

«Tuo padre ha inviato un telegramma per assicurarsi che seguirai tutte le sue indicazioni» aveva sottolineato la zia che, pronta alle proteste della nipote, cercava di non lasciare spazi vuoti nella conversazione. «La nostra classe superiore presenta vantaggi, ma anche sacrifici» aveva rincarato la dose con tono mesto. «Si chiama Abbruciati. Maestro Massimo Abbruciati. Mi ha fatto pervenire il suo provvidenziale biglietto da visita» aveva poi concluso con tono secco e distaccato.

Un colpo di tosse aveva scosso Lily. Il viso si era acceso in una sfumatura rosso carminio, come se una lisca di pesce le fosse andata di traverso e non le permettesse di respirare. Teneva gli occhi puntati sulla tovaglia per non tradirsi. «Perdonate, Lady Amabel,» aveva detto un attimo dopo con un filo di voce «credo di avere un po' di febbre. Deve essere stato il sole.»

«Abbruciati,» aveva ripetuto la zia storpiando la erre di quel cognome latino «mi pare un giovane distinto, a modo, peccato per i capelli... sembra una mela lucida.»

Quel cognome aveva provocato a Lily un nuovo accesso di tosse. I camerieri la fissavano, perché la regola di non ospitare tubercolotici era ferrea, e dunque anche a loro toccava vigilare.

«Un po' d'acqua» aveva chiesto la zia al cameriere che si era avvicinato con timore dopo un suo cenno «solo febbre, nulla da preoccuparsi, niente di serio. Escludo la tubercolosi!»

«Con permesso» aveva sussurrato Lily cercando di evitare gli occhi terrorizzati del personale di sala. Poi si era alzata senza sollevare lo sguardo dal pavimento. Indietreggiava, mentre il cameriere portava su un vassoio d'argento un bicchiere nel quale l'acqua traballava. Raggiunto il corridoio si era messa a correre. La chiave della camera era nella borsetta di Lady Amabel, così si era diretta verso l'atrio dell'hotel, senza far caso a Renzo che stava entrando. «Scusate» gli aveva detto urtandolo. L'aveva riconosciuto solo quando, alzando gli occhi, aveva incrociato il suo sguardo sorpreso. «Scusate» aveva ripetuto di nuovo, e poi era uscita in giardino. Faceva fresco, ma il sole era tiepido e il profumo degli alberi inebriante. Voleva tornare a casa, in Inghilterra. La bellezza che le ruotava attorno era soltanto un peso. L'idea di trovarsi in situazioni imbarazzanti la spaventava al punto che la fuga da quel luogo era all'improvviso diventata l'unica motivazione della sua vita.

Si era inoltrata nell'aranceto, attraversando il prato che i giardinieri stavano liberando dalle foglie di eucaliptus cadute durante la notte a causa del vento. Il cancello principale era spalancato. Due valletti presidiavano l'ingresso. Si era data una sistemata ai capelli, fissando meglio lo spillone che li tratteneva, e aveva oltrepassato la soglia. Camminava a passo sostenuto. Non aveva una direzione e neppure un progetto. La zia si sarebbe arrabbiata molto per quel colpo di testa, ma a Lily, in quel momento, non importava. Le carrozze passavano lente davanti all'albergo. Le signore si voltavano per ammirare quella meraviglia, un hotel rinomato, conosciuto a chilometri di distanza. Chissà chi aveva il privilegio di soggiornare là dentro... A Lily non importava nulla della sua fortuna. Voleva solo fuggire. Aveva accelerato il passo per allontanarsi più in fretta possibile dalla fonte del suo tormento. Le ville sulla strada avevano nomi italiani ma la fattura era britannica. Dalle finestre spuntavano ogni tanto le domestiche che scuotevano le lenzuola e battevano i tappeti.

A un certo punto aveva lasciato la strada principale, svoltando a destra in un viottolo circondato da alberi e arbusti. Ansimava. Il rischio di perdere la strada del ritorno era alto, ma il timore più grande era dare spiegazioni a Lady Amabel. L'unica soluzione sarebbe stata: non tornare indietro mai più. Che avrebbe fatto Lucy se invece di incontrare il dottor Antonio fosse rimasta sola in quei luoghi insidiosi? Doveva cercare di agire come lei. Così aveva imboccato un vialetto che sembrava un sentiero nella foresta e a un tratto era sbucata in un cortile. Sedute su panche di legno c'erano alcune ragazze vestite con abiti semplici. Un profumo intenso di sapone si perdeva nell'aria. Un lungo tavolo sistemato sotto un portico era coperto di libri, fiori e foglie. Le pareva di essere finita in un giardino segreto scollegato dal resto del mondo.

«Reverendo Bicknell» aveva detto a un tratto una ragazza, rivolgendosi a un uomo che indossava giacca e pantaloni neri, con in testa un cappello chiaro dalla larga falda. Un bastone nodoso era appoggiato al tavolo, e appesi ad asciugare c'erano tre disegni di fiori colorati ad acquarello. Due ragazze stavano conversando in una strana lingua. Non era inglese e non era neppure italiano. Leggevano ad alta voce parole scritte sui loro quaderni e poi conversavano per qualche minuto, prima di scegliere altri vocaboli.

"Bicknell..." Lily aveva ripetuto mentalmente il cognome. Si trattava forse dell'autore del libro? Per un attimo una felicità intensa l'aveva attraversata, piacevole come il sole sulla pelle fredda. Era rimasta immobile a osservare la scena. Sembrava di essere nella campagna inglese, ma con alberi tropicali. All'ingresso c'erano ficus magnolioidi e anche una melaleuca australiana, palme africane e jacarande sudamericane.

Il fabbricato basso e lungo alle spalle dell'uomo aveva davanti alla porta grandi vasi con piante lussureggianti. Una chiesa, una casa, una scuola, difficile descrivere quel posto che emanava un'energia buona. L'ansia che aveva portato

Lily sino a lì era sparita. I raggi filtravano tra le fronde e tutto pareva sospeso, surreale.

In un angolo aveva notato dei grandi fogli bianchi tratteggiati a carboncino. Sopra c'erano strambi disegni che parevano tracciati da un bimbo. Appoggiato alla parete dell'edificio campeggiava anche un quadro. Dietro il vetro erano ordinate su più file delle farfalle.

A un tratto una ragazza aveva alzato gli occhi dal libro e si era accorta di Lily. Aveva abbozzato un sorriso, ma Lily non aveva risposto, anzi, si era girata di scatto e si era messa a correre sul sentiero che aveva fatto poco prima. Stava per raggiungere la strada principale quando un uomo aveva all'improvviso svoltato. Se l'era trovato di fronte. Aveva un abito lungo marrone, un paio di sandali, e sulle spalle pendeva un cappuccio. Sembrava un monaco. Anche l'uomo le aveva sorriso, ma Lily era fuggita. Aveva accelerato la corsa e in pochi minuti era di nuovo nel giardino dell'Angst. Il cuore batteva forte e l'ansia era tornata.

Renzo era rimasto in albergo in attesa di nuovi ospiti. Quando l'aveva vista, le era corso incontro, come se avessero preso appuntamento proprio lì, dove si erano incrociati un'ora prima. Aveva accennato un sorriso, nella speranza che Lily si fermasse qualche secondo, ma lei era invece salita in fretta, facendo a due a due i gradini dello scalone, che nel frattempo era stato arricchito con nuovi vasi in ceramica pieni di piccole palme. La zia era probabilmente già in camera e di certo l'avrebbe sgridata in malo modo. A metà della scala aveva sentito alle spalle una voce maschile che pronunciava il suo nome. «Miss Lilibeth» aveva detto l'uomo. Lily si era voltata. Massimo Abbruciati, con un quaderno di musica sotto il braccio e il cappello tra le mani, era sprofondato in un inchino, aggiungendo: «Vi aspetto nella saletta del pianoforte. L'albergo è ancora vuoto e potremo usarla per qualche giorno».

11

Sul bancone del concierge c'era un giornale italiano piegato a metà. Al centro, una grande illustrazione raffigurava soldati a cavallo e militari. Poi, di lato, un paragrafo del quale Lily aveva decifrato tre parole soltanto: *Transvaal, Cecil Rhodes.* C'era anche un giornale inglese. In prima pagina pubblicava il viso di un uomo ritratto a carboncino e un titolo: *Il primo ministro della Colonia del Capo, Cecil Rhodes, sta armando...*

«Il Maestro Abbruciati la attende nella sala laggiù» aveva detto il concierge, indicando con il dito un corridoio laterale. Gli occhi di Lily luccicavano sotto le palpebre arrossate. In camera la zia era stata inflessibile. Le aveva imposto di cambiarsi e di raccogliere i capelli in due trecce puntate con fermagli in cima al capo. Odiava quella pettinatura e anche il tono di Lady Amabel, paternalistico e perentorio. Sulle lezioni di musica non si transigeva, dunque, tanto valeva adattarsi subito agli ordini. Entro maggio, nei sette mesi di soggiorno in riviera, avrebbe dovuto imparare alcuni brani al pianoforte. Ovviamente non erano in programma esibizioni pubbliche. Le signorine di buona società avevano il divieto assoluto di inseguire velleità artistiche. L'abilità richiesta doveva essere sufficiente per intrattenere ospiti in salotti riservati, nei quali altre ragazze avrebbero dato saggio della loro bravura. "Una specie di vetrina per scimmie ammaestrate" aveva pensato Lily, scendendo lo scalone. Ma la zia era stata chiara e irremovibile. Le lacrime, che in camera Lily non era riuscita a trattenere, si erano per fortuna fermate. Detestava l'idea di lasciar trasparire i suoi sentimenti, e a tal proposito si era imposta una disciplina ferrea. Non sempre, però, riusciva a mascherare i pensieri. Per l'ennesima volta, la obbligavano a fare ciò che non voleva, e addirittura veniva costretta a incontrare un uomo che la spaventava. Certo la zia non poteva sapere dell'"uomo del baciamano", non si poteva imputare a lei la cattiveria di spingerla verso chi la terrorizzava, ma, a rifletterci meglio, gli incontri fortuiti con quell'individuo, davanti all'hotel e nei Giardini Hanbury, sembravano meno casuali di quanto avesse ipotizzato al momento. Il sospetto di essere seguita da inservienti al soldo di Lady Amabel le dava il voltastomaco. Come aveva fatto la zia a organizzare il piano prima di arrivare sul posto? Erano congetture senza senso. Eppure a tratti parevano plausibili. Suo padre era stato a Bordighera, e tutto si poteva dire di lui tranne che non fosse bravo a tessere le tele nelle quali Lily finiva sempre per cadere.

Renzo l'aveva vista attraversare il corridoio. L'espressione da vittima sacrificale era ben leggibile sul volto della ragazza. Poco prima, Renzo aveva incrociato il Maestro Abbruciati che, con sussiego degno di uno zar, era entrato nell'hotel gonfiando il petto. Agitava alcuni spartiti contro un valletto che gli aveva chiesto le generalità. Renzo l'aveva studiato per qualche istante, giungendo alla conclusione che si trattava della stessa persona che Lily aveva incontrato davanti all'albergo qualche giorno prima.

«Signorina!» aveva esclamato il Maestro Abbruciati quando l'aveva vista apparire sulla porta della sala, nella quale erano sistemati un pianoforte da concerto e altri strumenti usati dall'orchestra durante le feste sontuose che avevano reso celebre l'albergo.

Da una finestra affacciata sul giardino, Renzo era riuscito a vedere la scena. Il Maestro indossava una marsina marrone. Il tessuto era un po' lucido sui gomiti, e dalla giacca spuntava una camicia con il colletto alto, che gli dava l'aspetto di un parroco di campagna. Il cuoio cappelluto brillava sotto le luci del lampadario in cristallo di rocca.

Lily sentiva un tremore salire dallo stomaco. Nelle orecchie avvertiva un ronzio. Si sentiva infinitamente debole. Forse il Maestro se ne era accorto, ma non lo dava a vedere.

«Accomodatevi» aveva detto indicando una sedia. Il tono era cambiato. La galanteria del primo incontro era stata sostituita da una compiaciuta alterigia. «Voi cantate? Suonate?»

Lily aveva fatto cenno di no con la testa, mentre lo stomaco era in preda a una sorta di mal di mare.

«Ah! Eppure mi hanno detto che avete un grande talento per la musica» aveva esclamato il Maestro. «Un uccellino mi ha detto che siete molto brava.» Parlava un pessimo inglese. Per questo a Lily era venuto un dubbio: stava prendendola in giro oppure intendeva dire qualcosa di diverso, e aveva soltanto sbagliato vocaboli?

Nell'imbarazzo era rimasta ferma sulla sedia. Tacere era la strategia migliore.

Il Maestro si era avvicinato a un tavolo sul quale aveva disposto alcuni spartiti. Tutti quei segni neri davano a Lily un senso di disagio. Le cose sconosciute le facevano un effetto paralizzante, e le toglievano il coraggio necessario per affrontarle. La musica le piaceva, ma la sola idea di esibirsi mostrando agli altri la sua totale incapacità la nauseava.

La voglia di fuggire era tornata, ma meno intensa di prima. Da vicino quell'uomo non le incuteva più terrore. Forse dipendeva dal modo distaccato con il quale si stava rapportando a lei, decisamente più freddo rispetto ai primi due incontri. Quasi le dispiaceva. E il timore di esporsi rivelando le sue scarse abilità, per non dire peggio, la metteva in soggezione.

«Sapete fare le scale?» le aveva chiesto avvicinandosi al pianoforte.

Lily non rispondeva.

«Avete un repertorio? Canzoni che avete studiato?» aveva proseguito, sollevando il coperchio della tastiera.

Lily non aveva risposto neppure a quella domanda. La stava davvero prendendo in giro?

«Bene,» aveva proseguito il Maestro, come se il silenzio di Lily valesse una risposta «avvicinatevi, proveremo alcuni accordi.» Poi aveva poggiato le mani sui tasti, iniziando ad accennare alcune arie da operetta. «Questa la conoscete?»

Nulla. Lily non aveva la minima idea di cosa le stesse chiedendo il Maestro. Nessuno l'aveva mai portata né a teatro né ai concerti. La sua misera esperienza si limitava ai canti ecclesiastici nella piccola chiesa di campagna, dove le sue stonate performance suscitavano ancora risate in chi le ricordava.

«Molto bene» aveva proseguito il Maestro con soddisfazione. «Adesso io intonerò un'aria famosa e voi mi seguirete.» Aveva cominciato a suonare alcuni brani che a Lily non ricordavano proprio niente, e poi si era messo a cantare un ritornello in italiano. Il trasporto che metteva nell'esibirsi era totale. Intonava le rime chiudendo gli occhi e agitando la testa, come se un demone si fosse impossessato di lui.

«Prego, procedete...» aveva detto a un tratto, interrompendo l'esibizione nella quale sfoggiava un'energia quasi imbarazzante.

Lily lo fissava con sguardo attonito. «Non sono capace» aveva avuto finalmente il coraggio di dire.

Il Maestro aveva smesso di suonare. Aveva lanciato a Lily un'occhiata che lei non sapeva decifrare. Poteva trattarsi di sorpresa davanti a un fatto imprevisto, ma c'era dell'altro, una sfumatura che la lasciava interdetta.

«Bene,» aveva detto con tono compiaciuto «molto bene...

Per oggi basta così. Abbiamo già lavorato parecchio. Nei prossimi giorni proseguiremo.»

Si era alzato, lisciando la marsina sulla quale Lily aveva intercettato due piccole macchie e alcuni forellini. Il tessuto pareva aggredito da voraci tarme. Intanto lui aveva raccolto i suoi spartiti e aveva esagerato un inchino. «Servo vostro» aveva esclamato, uscendo dalla sala in una comica retromarcia.

Lily era rimasta in silenzio per qualche minuto. La stanza era fresca e ben illuminata. Una ninfa emergeva da una fonte e sembrava pronta a uscire dal quadro che la conteneva. Una finestra si era spalancata per il vento, e la tenda volteggiava nell'aria attorcigliandosi tra i vetri. Dall'ingresso era arrivato un rumore di ruote sul selciato, seguito da un profumo intenso di acqua di colonia. Lily si era avvicinata alla finestra, e Renzo, che la stava osservando dal giardino, si era nascosto in un cespuglio per non essere visto. Da una carrozza nera era scesa una donna robusta, vestita con abiti inamidati, sembrava una governante. Un uomo, in divisa da funzionario, aveva accompagnato la donna all'interno dell'albergo.

Lily aveva sistemato in fretta la tenda, chiudendo la finestra con uno scatto, poi era uscita in corridoio, andando verso la reception, dove i nuovi ospiti erano appena giunti. Il profumo di colonia li seguiva. Proveniva da bottigliette di vetro sistemate in una scatola. PARFUMERIE GALIMARD, GRASSE, FRANCE era scritto sul coperchio.

«Se ne è rotta una» aveva detto la donna in un inglese perfetto, fissando la scatola che su un lato era bagnata. Poi, leggendo un foglio, aveva proseguito: «Inizieremo dal personale, dopo visiteremo le camere riservate ai domestici, e a seguire il resto. Speriamo in bene» aveva concluso con un tono marziale.

«La guerra?» aveva chiesto il concierge.

La donna aveva annuito, ricacciando il foglio nella borsa, come se volesse evitare l'argomento.

«Vi chiamo subito il titolare» aveva detto il concierge, riavendosi dal turbamento che l'aveva rallentato per un attimo. «Arriva immediatamente» aveva aggiunto, tradendo agitazione. Aveva posato la mano sul campanello e nel giro di un minuto una folla di domestici, camerieri, cuochi e sguatteri aveva raggiunto il corridoio centrale disponendosi contro le pareti in assetto da parata.

L'uomo e la donna avevano percorso il corridoio a passo rapido. Poi avevano fatto un improvviso dietrofront. Fissavano con insistenza i cuochi che si stavano sistemando il cappello. Poi avevano ripercorso il corridoio, ma stavolta lentamente, passando in rassegna la truppa, a uno a uno. Davano consigli e facevano osservazioni, non sempre bonarie.

Lo spettacolo avveniva sotto gli occhi di Lily, ipnotizzata da quel rito. Forse la sua presenza non era opportuna, ma non riusciva ad andarsene.

Tutto il personale indossava divise impeccabili, persino gli sguatteri. Anche Renzo li aveva raggiunti. Erano stati chiamati senza preavviso, ma la rapidità del loro arrivo faceva pensare che nei giorni precedenti fossero stati allertati per quella visita ispettiva.

Conclusa la verifica, la donna aveva seguito il concierge nell'ufficio del titolare, che nel frattempo li aveva raggiunti e li precedeva radioso e affannato. «Sua Maestà...» aveva detto la donna entrando. Poi la porta si era chiusa alle sue spalle. L'esercito dell'Angst, fino a poco prima invisibile, aveva rotto le righe e si era sparpagliato nei corridoi, per le scale, tornando al proprio lavoro in silenzio.

Tutte quelle stelle... quegli immensi mondi che restano fuori dalla nostra portata. Se potessi, annetterei altri pianeti era scritto su un giornale che il funzionario aveva tirato fuori da una borsa di pelle rigida e lasciato sul bancone della reception.

12

Intanto nell'albergo erano arrivati nuovi ospiti. Alcuni erano membri della corte provenienti dalle colonie. Avevano al seguito paggetti indiani vestiti di bianco, esili creature che si muovevano a velocità accelerata per soddisfare le richieste dei loro *sahib*. Renzo aveva sentito dal concierge che la loro permanenza nell'hotel doveva durare due settimane, in attesa dell'imbarco a Genova per tornare nella madrepatria.

Nell'albergo si favoleggiava di casse di legno rimaste nei depositi portuali, in attesa di ripartire alla volta delle coste inglesi. Seta, oggetti in oro, pietre preziose, e persino zanne di elefante: questi tesori erano destinati ad arredare i salotti dell'alta società. L'avorio, trasformato in pedine per gli scacchi e in tabacchiere, avrebbe dato ai ricchi borghesi la sensazione di somigliare agli aristocratici. Si trattava di prodotti ormai diffusi sul mercato, acquistabili però solo da chi poteva far fronte a prezzi strabilianti. La grandezza del *British Empire* sul finire del 1899 era ancora più che mai tangibile. Qualcuno aveva riferito a Renzo che nei magazzini dell'albergo erano stati depositati dei forzieri: contenevano i doni provenienti dalle colonie per QUEEN VICTORIA, o almeno così era scritto sui bauli. Tutti ne parlavano, ma nessuno poteva dire di averli visti personalmente, tantomeno il signor Angst, che, qualora la faccenda fosse stata vera, avrebbe dovuto mantenere il segreto.

Lady Amabel era su di giri. Il gioco iniziava a farsi serio. Bisognava trovare in Bordighera una modista all'altezza della situazione. Alcuni cappelli andavano rinnovati, perché non era chic presentarsi in pubblico con lo stesso abbigliamento, senza introdurre elementi di novità. I nuovi ospiti erano principalmente uomini, poco attenti alla moda, ma qualcuno aveva portato con sé la moglie, e le donne, si sa, fanno caso a certi dettagli.

Un pomeriggio un valletto dell'albergo aveva bussato alla porta di Lady Amabel, consegnando una busta. Dentro c'era un biglietto da visita. Arrivava da un negozio della cittadina, che vendeva tessuti inglesi e offriva anche il supporto di una modista per eventuali interventi sul guardaroba.

«Questa è un'ottima notizia! L'attendevo con fiducia» aveva esclamato la zia poggiando il biglietto sullo scrittoio. «Chiamerò una carrozza e mi farò accompagnare oggi stesso. Verrai con me?»

Lily era distesa sul letto con gli occhi chiusi. Si stava riposando, perché al mattino aveva accompagnato Lady Amabel all'ufficio postale, che non era distante, ma abbastanza lontano per lei, non abituata a camminare. La zia aveva inviato telegrammi a Londra, descrivendo in poche righe l'esperienza superlativa di quel viaggio, nella speranza di suscitare l'invidia dei destinatari. MERAVIGLIOSO!, MAI VISTE SIMILI BELLEZZE!, LUOGHI DA FIABA!, IL PARADISO IN TERRA! Aveva studiato questi sobri messaggi, scrivendoli e cancellandoli con la matita sulla carta intestata dell'albergo. L'invidia era la prova del successo, una sorta di termometro che Lady Amabel usava per valutare i progressi della sua vita. Dovevano invidiarla, e i telegrammi servivano proprio a tale fine. La sua storia personale riportava principalmente episodi nei quali era risultata odiosa, rispetto alle grandi occasioni nelle quali aveva suscitato invidia o ammirazione maligna. Però, anche l'odio, per la zia, era un buon segno, significava attenzione, l'opposto dell'indifferenza. Lo ripeteva spesso alla nipote che, nella lista dei desideri, aveva invece la pace, merce rara a casa sua. Lily aspirava a risultare discreta, quasi invisibile, un traguardo che la zia biasimava.

«Vi ringrazio, Lady Amabel, ma preferisco restare in camera a leggere» aveva risposto Lily all'offerta di prendere parte alla spedizione dalla modista.

«Questi giovani di oggi...» aveva replicato la zia senza mascherare il disappunto. «Se alla tua età mi avessero proposto una gita dalla sarta, mi sarei resa immediatamente disponibile. Pazienza,» aveva aggiunto in fretta, quasi volesse prevenire un ripensamento della nipote «ci andrò da sola.» Poi si era avvicinata all'armadio e ci aveva cacciato la testa dentro per estrarre alcuni cappelli da rinfrescare. «Ah,» aveva ripreso parlando dall'armadio «domani verrà di nuovo il Maestro Abbruciati per la seconda lezione. Mi ha detto che hai un gran talento per la musica. Mi ha stupito» aveva concluso tirando fuori la testa e lanciando uno sguardo inquisitorio a Lily.

Era evidente che il Maestro aveva mentito. Ma perché? La lezione era stata penosa, per non dire un disastro. Dunque perché aveva detto il contrario?

Lady Amabel intanto aveva ricacciato la testa nell'armadio, e da là dentro continuava con la litania che aveva iniziato. In ogni caso aveva accuratamente evitato di invitare nuovamente Lily a seguirla in città. Quando era finalmente uscita dalla stanza con in mano una cappelliera zeppa di piume e nastri, Lily era andata alla finestra e l'aveva spalancata per respirare a pieni polmoni.

Si era poi seduta su una poltrona rivestita di velluto celeste, in una nuance molto simile al serioso abitino che indossava. Temeva di veder tornare indietro la zia per una dimenticanza, cosa che per fortuna non era avvenuta. Allora si era alzata, si era inginocchiata davanti al letto, e aveva infilato una mano sotto il materasso. Avvolta in una sciarpa c'era una copia del "Journal de Bordighera". L'aveva presa in reception con il permesso del concierge. La zia non voleva che leggesse la rivista perché venivano pubblicati i nomi dei villeggianti, gli eventi culturali e sportivi, e tante altre notizie che avrebbero permesso a Lily di orientarsi in quel mondo, nel quale Lady Amabel aveva il compito di tenerla sott'occhio, e spronarla solo in direzioni «favorevoli al patrimonio familiare», come si era raccomandato suo padre.

Lily si era stesa di nuovo sul letto e aveva iniziato a leggere. Era attratta da annunci scritti in una strana lingua e da un articolo. Si parlava di farfalle. Aveva cercato il nome dell'autore: Clarence Bicknell. «Ecco!» aveva esclamato tirandosi su e poi sprofondando di nuovo nel cuscino. Nell'articolo si citava anche *Flora of Bordighera and San Remo.* "Devo procurarmi questo libro" aveva pensato.

Sul "Journal de Bordighera" si parlava di una biblioteca all'interno del Museo Bicknell. Forse lì avrebbe trovato i testi su fiori e piante. L'ideale sarebbe stato individuare una sala di lettura fuori dal controllo della zia. Sul giornale si parlava anche della Victoria Hall. L'avevano inaugurata proprio quell'anno, per celebrare i sessant'anni di regno di Sua Maestà, compiuti nel 1897.

Insomma, le cose da fare erano molte, e anche interessanti. Avrebbe potuto chiedere a Renzo consigli pratici sui luoghi migliori da frequentare nella colonia. Forse a Bordighera, immergendosi nelle attività locali, avrebbe potuto trovare gli amici che fino a quel momento le erano mancati. Ripensava alle ragazze che aveva visto nel cortile del Museo Bicknell. Una piccola biblioteca era presente anche là, o così le pareva di aver letto. Sull'onda dell'entusiasmo aveva deciso di vestirsi. Lady Amabel non sarebbe rientrata immediatamente, e dunque c'era il tempo per tornare in quello che aveva battezzato il "giardino segreto". L'attraevano le piante esotiche del museo Bicknell, ma soprattutto era affascinata da quella strana lingua che avevano usato le ragazze per conversare, un misto di suoni che non era in grado di ricondurre a un idioma preciso.

Uscendo dalla stanza aveva messo un pezzetto di carta nella serratura, in modo che la porta non si chiudesse; voleva tornare presto, per evitare che Lady Amabel le facesse poi domande.

Aveva sceso lo scalone ed era uscita con passo deciso. Fino al cancello aveva tenuto il fiato sospeso, poi, finalmente fuori dalla visuale dei valletti dell'hotel, si era messa a correre. Il tempo era poco e voleva sfruttarlo bene. Doveva evitare distrazioni lungo il percorso, ma a un tratto si era accorta di essere davanti alla villa che aveva visto il giorno del suo arrivo. Era Villa Etelinda. Il nome le era rimasto impresso. In cima svettava una torretta, che la rendeva inconfondibile in mezzo alle altre case. Era circondata da un bel giardino. Sul prato un giovane elegante stava impartendo ordini a due giardinieri. Era alto e atletico. Indossava un panciotto sopra una camicia bianca, e un paio di pantaloni alla zuava, stretti in vita da una cintura di cuoio.

Il giovane si era voltato all'improvviso e l'aveva vista. Aveva accennato un sorriso, come se si conoscessero, e poi si era girato di nuovo per dare altri ordini. Era inglese, ma l'accento pareva vagamente irlandese. Lily era rimasta immobile, in ammirazione. La villa era davvero bella. I mosaici policromi della facciata, e quelli sulla torre, ricordavano le decorazioni moresche. Tra gli archi della piccola loggia, che dominava l'entrata della villa, c'era un monogramma: RB.

«Attenzione!» aveva gridato il giovane. Un giardiniere munito di ramponi si era arrampicato su una palma, stava tagliando le foglie secche che poi cadevano sul prato. Una foglia aveva urtato un tronco, deviando la traiettoria e precipitando sul marciapiede. Prima di cadere aveva sfiorato un braccio di Lily. Per fortuna era piccola. Lily, impaurita, la osservava: sul bordo del gambo c'erano tanti piccoli spuntoni, una sorta di coltello con la lama seghettata.

«Vi siete fatta male?» aveva chiesto il giovane raggiungendola in strada, spaventato anche lui per quell'incidente che avrebbe potuto produrre danni seri.

«No,» aveva risposto Lily passando una mano sul vestito nel punto in cui era stato sfiorato dalla foglia «non è successo nulla di grave.»

«Scusate, stiamo tagliando la vegetazione proprio adesso perché non è orario di passeggiata. Di solito la via è deserta» aveva spiegato il giovane facendo un cenno con la mano al giardiniere che era ancora sulla palma.

«Questa è Villa Etelinda?» aveva chiesto Lily sottovoce.

«Sì, certamente.»

Lily fissava la casa ammirata. Sembrava aver esaurito le parole.

«Etelinda...» aveva ripreso il ragazzo per risollevare la conversazione che languiva «è il personaggio di un'opera.»

Il giovane aveva studiato Lily per qualche istante. Forse in passato aveva conosciuto una ragazza che le somigliava perché dava l'impressione di concentrarsi sui dettagli del suo volto cercando conferme. Poi aveva detto: «Lady Mildred Bowes-Lyon Jessup». Continuava a fissarla, come se si aspettasse una reazione.

Lily aveva tolto gli occhi dalla villa. Con un coraggio insperato aveva voltato lo sguardo su di lui. Era attonita, con le labbra serrate.

«Abitate qui?» aveva chiesto a quel punto il giovane, mentre i giardinieri si erano dileguati.

«No. Cioè, sì. All'hotel Angst. Sono arrivata qualche giorno fa.»

«Ah, ecco!» aveva replicato il ragazzo, come se la risposta lo rincuorasse e confermasse un'intuizione. «Conosco benissimo quell'albergo» aveva aggiunto, rivolgendo lo sguardo al mare e strizzando gli occhi. All'improvviso sembrava che qualcosa lo disturbasse. «Siete arrivata da poco... per questo non conoscete Lady Mildred Marion. Era famosa da queste parti. Suo padre è Claude Bowes-Lyon, XIII conte di Strathmore, e io sono... be'... sono stato... amico di Herbert, anche se... aveva molti anni più di me. Il conte è il padrone di casa. È un Pari di Scozia e Regno Unito e io devo...» Poi si era interrotto prima di concludere la frase.

Lily si mordeva le labbra. Non sapeva davvero niente, nulla dei fatti importanti, quelli che suo padre si era raccomandato di scoprire al più presto, tipo i cognomi e le casate degli abitanti di quel microcosmo così ricco di personaggi illustri. «Se ti informi, eviterai brutte figure tra gli ospiti della colonia» le aveva detto, ma la vera chiave di lettura era un'altra, e stava nella seconda parte del discorso. «Cerca di individuare dai primi giorni le persone da frequentare, distinguendole da quelle che non "giovano alla causa".» L'espressione testuale era stata proprio questa, e con tutta evidenza Lily non era all'altezza del compito.

«Scusate,» aveva detto il giovane vedendola in difficoltà «non era mia intenzione mettervi in imbarazzo. Perdonate.»

«Non è questo,» aveva risposto Lily «è che sono ignorante.»

Il giovane aveva riso. Sembrava davvero piacevolmente sorpreso dall'ingenua sincerità della ragazza che aveva di fronte.

«Andrete alla proiezione della lanterna magica?» le aveva chiesto cambiando discorso. Dava l'impressione di trattarla come un'amica di vecchia data.

Lily aveva abbassato il capo. Non sapeva proprio di cosa stesse parlando.

«Perdonate,» si era scusato di nuovo il giovane «noi tennisti siamo rozzi e muscolari.» Poi aveva riso di nuovo.

«Voi giocate a tennis?» aveva chiesto Lily, aggrappandosi a quell'occasione per recuperare terreno. Era contenta, come se avesse fatto una scoperta archeologica. «È elettrizzante!» aveva aggiunto con un'enfasi persino eccessiva. «E dove giocate? Qui in giardino?»

«Non esattamente,» aveva risposto il giovane molto divertito «gioco a Calcutta, forse un giorno anche a Wimbledon...» Poi aveva riso tra sé.

Wimbledon. Lily ripeteva mentalmente quel nome. L'aveva già sentito, ma non sapeva esattamente di che si trattasse. Doveva essere un posto importante, qualcosa che aveva a che fare con Sua Maestà. E poi, anche sul treno, due gentlemen ne avevano parlato, lo ricordava bene.

«Wimbledon...» aveva ripetuto Lily come se stesse pronunciando la parola magica di un incantesimo.

«Non preoccupatevi,» aveva detto il giovane «non è così importante... potrete vivere anche senza sapere di che si tratta. Piuttosto, se vorrete imparare a giocare a tennis, potrete farlo anche qui. Mai sentito parlare del Lawn Tennis? I campi non sono lontani. Sono belli, sapete? Non si gioca più, come si faceva una volta, con il campo diviso da una rete per raccogliere le olive, oggi a dividere il campo c'è una rete vera. Il livello è professionistico. Persino le donne giocano, e sono brave. È il primo circolo di tennis dopo Wimbledon. Il conte di Strathmore è il presidente, e le riunioni del Club si fanno in questa casa.»

«Dunque, non siete un giardiniere!» aveva esclamato Lily come se avesse trovato la soluzione a un rompicapo.

«Decisamente no!» aveva replicato il giovane ridendo. «Direi che non è proprio il mio mestiere... Oggi mi sono limitato a dare qualche consiglio botanico. Avevo molti alberi a casa mia...»

«Abitate qui?»

«No... molto lontano... comunque... tutto finito.» Il giovane era diventato all'improvviso scuro in viso. Un'ombra sembrava attraversare i suoi pensieri, cancellando la spensieratezza che fino a quel momento lo aveva illuminato. Poi si era passato una mano sulla fronte, come se cercasse di cacciare un tafano molesto. «Siete fortunata,» aveva ripreso «tra qualche mese Lady Strathmore e sua figlia Maud organizzeranno il tè al Club. Disporranno i tavoli tra il teatro del Victoria Hall e i campi. Così il pubblico potrà seguire le partite da lì. Sarà una bella occasione per un buon tennis e tante amicizie. Mi perderò anche questo» aveva detto in conclusione. «Adesso devo lasciarvi. Ho il treno per tornare a Londra tra qualche ora.»

Lily aveva abbassato il capo, fissava i ciuffi d'erba che caparbiamente spuntavano tra le pietre del muretto lungo il giardino. Avvertiva un leggero capogiro e il battito del cuore accelerato. Nessuno era mai stato così amichevole con lei. Frequentava solo persone adulte e non aveva mai occasione di conversare con giovani della sua età. All'apparenza il ragazzo poteva essere poco più che ventenne.

«Come vi chiamate?»

«Lilibeth.»

«Lilibeth» aveva ripetuto. La fissava con insistenza, come si guarda un oggetto del quale si è sentito molto parlare. Sembrava stupito e al tempo stesso intimorito. «Bene,» aveva aggiunto allacciandosi la giacca «è stato un piacere conoscervi.» Aveva poi fatto due passi verso la villa, fermandosi subito dopo. Lily restava immobile in mezzo al marciapiede. A un tratto si era voltato e si era mosso verso di lei. Era saltato giù dal muretto, si era passato le mani sporche di terra sui pantaloni, guardandosi intorno. In giro non c'era nessuno. Gli operai erano rientrati a casa per la pausa pranzo. Così le aveva poggiato le mani sulle spalle e l'aveva stretta forte a sé. Poi l'aveva baciata, un bacio d'addio tra due intimi amanti. Senza parlare, con un sorriso triste, le aveva carezzato una guancia, e subito dopo era saltato sul muretto, scomparendo dalla vista di lei.

Lily aveva chiuso gli occhi. Era rimasta così per qualche istante. Poi li aveva riaperti. La luce del sole vibrava tra le foglie degli alberi e il vento le passava sul vestito sollevando il bordo di pizzo intorno al collo; una sottile catenina d'oro brillava tra la stoffa. Se si era trattato di un sogno, non voleva svegliarsi. Se invece era realtà, allora doveva capire come ci era entrata per non uscirne più.

La conversazione con il ragazzo non era durata più di dieci minuti, ma avrebbe dato il resto della sua vita pur di poterli ripetere. Sentiva nell'aria il profumo di eucalipto e lavanda del loro abbraccio, negli occhi aveva ancora il buio di quel bacio.

Era rimasta davanti al cancello della villa per qualche minuto, come il capitano di un vascello che deve leggere la posizione delle stelle per ritrovare le coordinate del viaggio. Non ricordava il piano che aveva in mente quando era uscita dall'albergo, neppure i titoli dei libri che voleva cercare in biblioteca, e persino la zia Amabel era solo un nome fastidioso senza consistenza. La nuvola sulla quale era salita viaggiava verso l'infinito.

A un tratto era transitata una carrozza. Le ruote scricchiolavano sulla ghiaia che ricopriva la strada. Il presente tornava rumoroso e ostile. Si era guardata intorno. La via era di nuovo deserta. Chissà se era passato tanto tempo oppure solo pochi intensi minuti che nella sua testa si dilatavano fino a esplodere. Si era messa a correre verso l'albergo e mentre correva le lacrime scivolavano sul nastro di raso del vestito.

Era entrata nella hall, sfilando silenziosa davanti alla reception. Piangeva. Un tremore la scuoteva dall'interno, una specie di febbre improvvisa. Forse era prossima a morire, forse aveva contratto una malattia sconosciuta. Il suono di un campanello l'aveva indotta a voltarsi verso il bancone. Renzo stava mettendo in ordine alcune buste da portare all'ufficio postale. I loro sguardi si erano incrociati. Negli occhi di Lily c'era una sfumatura viola.

13

Appena entrata in camera, Lily si era stesa sul letto e pochi istanti dopo la porta si era aperta. Lady Amabel, in piedi sulla soglia, sfoggiava un enorme cappello rosa, abbinato a una specie di marsina dello stesso colore. Pareva un fenicottero dalle zampe tornite.

«Benedetta ragazza!» aveva esclamato, mentre una cameriera silenziosa posava su un ripiano dei pacchetti avvolti in una carta giallina. «Sei davvero vecchia. Tutto il giorno a dormire chiusa qui dentro. Guarda che occhi gonfi! Forza! Aria!» Si era avvicinata alla finestra e l'aveva spalancata. La luce sbiadiva, ma il cielo era ancora abbastanza chiaro da esaltare la lucida stoffa del suo vestito. La tonalità era sconcertante, davvero un rosa troppo acceso per il viso appassito della zia.

«Ti piace?» aveva chiesto rigirandosi davanti al vetro della finestra che la rifletteva. Il busto, trattenuto da stecche, sembrava il ponte levatoio di un castello medievale, rigido e artificiale.

«Forse il rosa è un tantino acceso» aveva detto Lily, passandosi una mano sotto gli occhi per cancellare le tracce del pianto. «Forse solo un tantino» aveva aggiunto, cercando di ammorbidire il commento un po' troppo rischioso.

«Trovi?» aveva replicato Lady Amabel seccata. «Siamo partite da un rosa pastello, ma poi... ma poi ci volevano troppi giorni per confezionare l'abito. E così ho preso questo. L'avevano cucito per una cantante d'opera famosa... Se n'è andata all'improvviso senza ritirarlo... È stato un vero affare!»

L'imprudenza di commentare una simile affermazione poteva costare molto cara, così Lily aveva inghiottito le parole, lasciando che la zia si sfogasse.

«La lanterna magica» aveva detto Lady Amabel chiudendo bruscamente il capitolo moda. «Devi prepararti. Siamo attesi al Museo Bicknell per la proiezione.»

Lily era rimasta in silenzio, doveva trattenere l'impeto che sentiva dentro di sé. Il giovane che aveva incontrato poco prima le aveva chiesto proprio qualcosa a proposito. All'emozione di assistere a uno spettacolo mai visto prima si sommava la speranza di incontrare nuovamente quel ragazzo. Le aveva detto di essere prossimo alla partenza, ma non si poteva escludere a priori la sua presenza alla serata.

«Scegli un abito e andiamo» aveva detto la zia con tono sbrigativo. «Meglio se indossi qualcosa di elegante, ma eviterei i colori...»

Lily non aveva abiti colorati e Lady Amabel lo sapeva benissimo. La stava prendendo in giro? A sedici anni il guardaroba di Lily era vivace come quello di un cappellano. In quel momento, dopo l'incontro con il giovane, le pareva un fatto insopportabile. Come aveva potuto trascurare così a lungo il suo aspetto? Chissà che impressione aveva fatto al ragazzo. Per un attimo le era passato per la mente che avesse deciso di baciarla mosso da compassione. Le domande la assillavano, rendendola di pessimo umore. Si era sempre guardata allo specchio senza fare caso all'immagine scialba che si ritrovava di fronte. Non si era mai piaciuta ma l'aveva sempre considerato normale, come se il problema riguardasse qualcun altro.

Si era alzata dal letto, andando verso l'armadio. Per la prima volta desiderava essere attraente. Aveva passato in rassegna tutti gli abiti appesi sulle grucce. Erano tristi, e taluni persino infantili, con bordi di pizzo bianco intorno al colletto e nastri non ben congegnati. Ne aveva preso uno grigio che alla luce naturale aveva una leggera sfumatura malva, più grigio che malva, ma il resto del guardaroba era peggio.

Nella specchiera del salotto aveva poi cercato di sistemarsi i capelli, raccogliendoli e lasciando scendere due ciocche sui lati. Le sembrava di aver raggiunto un risultato pessimo, e ancora una volta si stupiva di non averci fatto caso prima.

Aveva calzato un paio di stivaletti di vernice nera. Forse era davvero l'unica cosa alla moda, comprata poco prima della partenza per l'Italia.

Si era preparata con un'insolita cura e la zia le aveva lanciato un'occhiata sospettosa, ma senza commentare.

«Il museo non è lontano,» aveva detto Lady Amabel «però chiameremo una carrozza. Non vorrei che il fondo del vestito si sporcasse. Dobbiamo essere impeccabili come gli altri, e, tutte le volte che sarà possibile, superiori!»

Quando erano passate davanti a Villa Etelinda, Lily aveva fissato lo sguardo sul giardino e non lo aveva perso di vista fino a quando la carrozza aveva svoltato. Il ragazzo, del quale non sapeva neppure il nome, non c'era più, ma a Lily era parso di vederlo sul muretto, perché di una cosa era certa: quell'incontro avrebbe condizionato la sua vita fino alla fine. Non sapeva dire perché, non si trattava di un pensiero razionale. Aveva vissuto l'attimo cruciale di una lunga storia appena iniziata. Le veniva in mente una frase: "Io sono... be'... sono stato... amico di Herbert". Herbert. Perché era stata così stupida da non fare domande? Era pentita.

In un attimo la carrozza aveva raggiunto il museo. Nel

cortile, tra due meravigliosi esemplari di ficus *magnolioide macrophylla,* c'erano già alcune persone. Avevano assistito con curiosità all'arrivo delle nuove venute. Ad attenderle c'era una parente di Lady Amabel, che la zia aveva contattato prima della partenza da Londra, ma senza farne parola con Lily.

«Ben arrivate» aveva esclamato, lanciando un'occhiata al cappello della zia che spiccava tra le altre teste ben più sobrie. Poi aveva iniziato a sciorinare una sfilza di nomi e cognomi. Lily aveva l'impressione di perdersi in quel lungo elenco. Erano troppi, come troppi da memorizzare erano i titoli onorifici che venivano aggiunti a ciascun membro della comunità inglese.

«Miss Larking, Miss Clarke, Miss Hague Cook, Miss Elileen Daly del "Journal de Bordighera", che già conoscete, Harry William Buddicom di Villa Cappella, il viceconsole, Mr. Berry, e signora... Ah, ecco, sta arrivando anche Claude Bowes-Lyon, XIII conte di Strathmore e Kinghorne, presidente del Tennis Club...»

Lily a quel punto si era voltata. Il conte di Strathmore... Aveva una barba incolta e portava un copricapo simile a un basco. Il giovane incontrato a Villa Etelinda aveva accennato a lui.

Erano entrati tutti nel museo. La sala era grande ma intima, con un maestoso caminetto in ardesia e terracotta. Una balaustra in legno circondava lo spazio centrale sul quale erano sistemati anche un palco e un pianoforte, mentre un proiettore della Watson & Sons, London, campeggiava su un tavolo. Vicino al macchinario erano appoggiate alcune lastre fotografiche. Lily era entrata per ultima. Continuava a fissare il conte, come se l'insistenza nell'osservarlo potesse offrire risposte a domande che non era neppure in grado di formulare.

Lady Amabel invece, pavoneggiandosi nel suo abito teatrale, conversava con tutti quelli che le capitavano a tiro. Aveva continuato così fino a quando le luci delle lampade non si erano abbassate. Sulla parete sfilavano immagini gigantesche. Pareva impossibile che dal filo di luce in uscita dal proiettore prendessero forma persone molto simili a quelle che si incontravano nella realtà. Le scene riprodotte erano varie, dalla vita agreste alle opere d'arte, e Lily avrebbe voluto sfiorare la parete sulla quale venivano proiettate per entrare in quei mondi fatti di polvere luminosa.

Nella penombra aveva poi studiato il profilo delle persone intente ad assistere alla proiezione. Sembrava davvero di essere a Londra, durante una cerimonia nella chiesa di Westminster. Non sapeva dire se lo spettacolo più interessante fosse quello sulla parete o invece la fila di nasi che sporgevano dalla platea composta e silenziosa. Negli occhi avevano la meraviglia di chi presenzia a un'esibizione di magia, sottolineando con sospiri l'apparire e lo sparire di infiniti oggetti.

A un tratto era entrato un uomo con in testa un cappello a falda larga. Lily l'aveva immediatamente riconosciuto. Era Bicknell. Camminava con passo felpato per non disturbare la proiezione già in corso. Lily aveva saputo che trascorreva molto tempo nell'entroterra, dove era stato protagonista anche di scoperte archeologiche. Qualche anno prima, come aveva letto in un articolo sul "Journal", si era avventurato in val Fontanalba per studiare la flora locale e, con sua grande sorpresa, aveva trovato delle incisioni rupestri. Per dare un ordine a tutti i reperti e ai libri, nel decennio del 1880 aveva aperto il museo. L'edificio somigliava a una chiesa protestante, per questo Lily non aveva capito subito di che luogo si trattasse quando ci era arrivata per caso la prima volta.

Prima di prendere posto, mentre la zia era immersa nelle sue conversazioni a senso unico, Lily aveva dato un'occhiata alla biblioteca. Sui ripiani c'erano libricini scritti in Esperanto. «Posso prendere questo volume?» aveva chiesto a una ragazza intenta a compilare un grosso registro. «Prego,» aveva risposto lei «scrivete il vostro nome su questo cartoncino. Potrete tenere il libro per una settimana.»

A un tratto sulla parete era comparsa l'immagine di un campo da tennis e poi una mappa sulla quale erano tracciati altri campi. Qua e là spuntavano ciuffi di palme in mezzo a ville. «È il nuovo Lawn Tennis» aveva detto la voce fuoricampo che commentava la proiezione. A Lily era tornato in mente il ragazzo. In realtà non aveva smesso di pensarci, non si dava pace per la misera figura che aveva fatto durante il loro breve dialogo.

Quando la proiezione era terminata, agli uomini erano stati offerti un sigaro e del buon whisky scozzese, mentre le donne gustavano un punch al mandarino. Il conte aveva abbandonato per primo la sala, seguito da altri gentiluomini che avevano appese alle spalle borse rettangolari. «Sono per le racchette da tennis,» aveva spiegato la zia vedendola interessata «arrivano direttamente dalla Gran Bretagna e vengono vendute al British Store. Senza di noi,» aveva concluso con un tono aulico «questi luoghi sarebbero certo belli ma pieni di creature selvatiche.»

Al ritorno non avevano preso la carrozza. Con alcuni ospiti di altri alberghi della via Romana avevano fatto una passeggiata. L'aria era frizzante ma piacevole, nulla di paragonabile alla nebbia di Londra, che in una serata simile avrebbe impedito di vedere i palazzi.

«Siamo all'Angst per l'"illustre arrivo"» aveva specificato Lady Amabel, rivolgendosi al gruppo, ostentando superiorità. La boria gonfiava le sue parole, e lei se ne compiaceva visibilmente. La modestia non era mai stata il suo forte, ma evidentemente aveva deciso di usare l'occasione del soggiorno in riviera per sferrare un'offensiva fuori dal comune contro l'alta società.

Quando erano passati davanti a Villa Etelinda, una lady strizzata in un abito grigio fumo, scheletrica, si era lanciata a viso aperto nella competizione: «Una bella casa, non c'è che dire. Noi siamo stati spesso ospiti del conte. Siamo intimi. Un anno fa, però, abbiamo comprato una villa per nostro conto, in mezzo ai palmizi. Così siamo autonomi e possiamo a nostra volta ricevere».

La zia aveva incassato il colpo, spalancando gli occhi come se avesse all'improvviso inghiottito un insetto. «Povero conte,» aveva aggiunto la lady, che sprigionava un'essenza di violetta piuttosto aggressiva «dopo la morte di Herbert, fatica a riprendersi... Un figlio è un figlio. E poi, un giocatore di tennis eccellente, Herbert. Come suo fratello minore, Patrick Bowes-Lyon. Appartiene al Comitato dell'All England Lawn Tennis Club di Wimbledon, sapete? Poverino, il caro Herbert, morire a soli trentasei anni... sono due anni che non c'è più.»

Lily, che stava a qualche metro dalla combriccola, sentendo nominare Herbert aveva affrettato il passo, avvicinandosi.

«Ma il conte mi è parso in grande forma» aveva azzardato Lady Amabel per riprendersi la scena.

La lady in grigio l'aveva guardata in faccia scoccando un'occhiata di disapprovazione. «Mia cara... voi non sapete... per questo potete parlare con tanta leggerezza.» Poi si era voltata verso gli altri per invocare sostegno in un momento difficile, e tutti avevano annuito, testimoniando così la loro solidarietà di gruppo.

La zia aveva di nuovo incassato il colpo. Del resto era vero, non sapeva molto della comunità, e stare zitta, se ci fosse riuscita, le avrebbe sicuramente giovato.

«La famiglia del conte ha alloggiato per un lungo periodo nell'Hotel de Londres. Tre anni fa ha comprato Villa Etelinda. Prima era la ricca residenza del banchiere Bischoffsheim, che io ho conosciuto personalmente» aveva spiegato la lady, compiaciuta per l'attenzione che sentiva intorno, e per il silenzio a cui aveva costretto Lady Amabel. «I mosaici in facciata sono preziosi, veneziani, e gli interni sono a dir poco sontuosi. Del resto la costruì Garnier. Non a caso, la regina Margherita di Savoia vi soggiornò tra il 1879 e l'anno successivo. Poverina, doveva riprendersi per il grande spavento del fallito attentato a suo marito, il re Umberto I. Era rimasta qui per un mese, con il suo figlioletto, e la fidata Paola, moglie di Emanuele Pès di Villamarina. Conoscete? Nobiltà sarda! Io fui invitata varie volte per il tè... e anche per le conferenze di astronomia. Un grande appassionato di astronomia il banchiere, e anche di... di... ma chi non ha qualche debolezza a questo mondo...? E avevamo persino parenti in comune... i Goldschmidt per esempio... banche, sempre banche... Li conoscete?»

A quel punto Lady Amabel aveva dato un colpo di tosse. L'insetto che aveva in gola si faceva sempre più grosso e difficile da ingoiare.

«Sono molto amica di Dora» aveva aggiunto la lady sapendo di infierire. «Frances Dora Smith, ovvero Lady Bowes-Lyon, ha avuto undici figli, sapete? La mia Arabella era stata molto amica di Mildred. Avevano in comune la passione per la musica. Mildred era una delle poche compositrici donna, sapete? *Etelinda*: così si intitola la sua opera lirica. La mia Arabella era stata sua ospite per il debutto a Firenze, al Teatro della Pergola.»

«Perché parlate al passato?» aveva azzardato Lady Amabel tentando di cogliere un difetto in quella sorta di arringa.

«Ma come, non sapete?» aveva esclamato la lady, mostrando una melodrammatica indignazione e coprendosi gli occhi con le mani. «Due anni fa... a soli ventotto anni...» Continuava a scuotere la testa per rinnovare la sua incredulità riguardo all'evento luttuoso. «Visto che non sapete nulla, vi spiego dal principio» aveva poi sottolineato, facendo un cenno agli astanti per chiedere il loro consenso. «Mildred, come dicevo, è stata una delle poche compositrici. Suo marito, un agiato americano, Augustus Edward Jessup, aveva scritto il libretto dell'opera, che era stata presentata al Teatro della Pergola in modo anonimo nell'aprile 1894. Ebbe un enorme successo, e solo alla fine della seconda serata venne svelato il nome dell'autrice della musica. Fu una grande sorpresa per tutti quando lei apparve timidamente dietro il sipario. La mia Arabella me lo raccontò. Purtroppo, la povera Mildred aveva sempre avuto una salute cagionevole, per questo era in riviera, lontana dal freddo della madrepatria. Era stata anche in Egitto, oltre ad aver trascorso mesi in Africa e in giro per l'Europa. È morta in Provenza il 9 giugno 1897,» aveva concluso, come se quel discorso fosse una sorta di nuova commemorazione «a Valescure, Saint-Raphaël. Ha lasciato due bambini piccoli e ora riposa nel castello di Glamis, in Scozia, dove era nata.» Si era soffiata il naso, alzando gli occhi verso il cielo. «Neppure due mesi dopo, è toccato al fratello... Persino i floricoltori di Bordighera avevano partecipato al funerale, inviando ricche corone di palme e fiori fin lassù, tra le Highland. È a seguito di questa disgrazia che i genitori hanno cambiato il nome alla villa: ora si chiama Etelinda per eternare il genio della figlia.» Si era soffiata di nuovo il naso. «Adesso capite?» aveva aggiunto rivolgendosi a Lady Amabel, che si era arricciata in se stessa per il disappunto. Chi poteva immaginare un destino simile per due fratelli? Se l'avesse saputo non avrebbe mai esagerato con le parole.

Il conte era anche amministratore laico della comunità parrocchiale anglicana e aveva contribuito a finanziare migliorie alla chiesa di All Saints. La lady aveva aggiunto dettagli riguardo alle laute somme che erano state elargite per ampliare la struttura. Sembrava una gara di competenza.

Nel frattempo la comitiva si era sciolta. A mano a mano

le coppie si erano distribuite nei vari alberghi sulla via, dandosi la buonanotte e rinviando i discorsi a un futuro incontro il giorno successivo, sulla passeggiata del lungomare.

Lily e la zia erano state le ultime a rientrare, poiché l'Angst era l'hotel più lontano dal Museo Bicknell. Un gentleman si era offerto di accompagnarle fino al cancello. «Ne approfitto per fumare ancora un sigaro» aveva detto rendendosi disponibile.

«Voi avete conosciuto Herbert?» aveva chiesto Lily, sfoderando un coraggio che neppure sapeva di avere.

«Certo» aveva risposto il gentleman incuriosito da quella domanda.

«E aveva amici?» aveva aggiunto Lily guadagnandosi uno sguardo sospettoso della zia.

«Certamente... molto affezionati... ogni tanto sono ospiti del conte. Stasera è partito l'ultimo. Erano arrivati in quattro qualche giorno fa.» Poi aveva concluso: «Care signore, siete arrivate a destinazione. È stato un piacere conoscervi». Si era tolto il cappello accennando un baciamano.

Lily non aveva avuto l'ardire di fare altre domande, e il suo viso si era velato di una tristezza che non riusciva a mascherare.

Si erano avviate verso l'ingresso e, mentre oltrepassavano il cancello, la voce del gentleman che le aveva accompagnate aveva bucato la notte.

«Mr. Evans» aveva gridato. «Mr. Darius Evans. Gran giocatore di tennis. È partito stasera per Londra.»

La zia aveva raggiunto lentamente la hall. Non si era accorta che le guance di Lily si erano accese all'improvviso.

Seduto su una panchina del parco, sotto un albero di oleandro, Renzo fumava un sigaro. Inavvertitamente aveva ascoltato.

14

Il giorno successivo Lily era stata costretta a rinunciare alla passeggiata sul lungomare. La zia aveva fissato la lezione di musica con il Maestro Abbruciati e non aveva ceduto alla richiesta di rinviarla ad altra data.

Si era presentata alla lezione con il passo di un condannato al patibolo. Non era la musica il problema. Trovava detestabile il modo untuoso in cui il Maestro le si rivolgeva. Come già accaduto la volta precedente, Lily si era rifiutata di cantare, e aveva sbagliato alcuni accordi al pianoforte. Pessima lezione, senza ombra di dubbio. Forse, visti quei risultati così scadenti, la zia avrebbe desistito dal suo intento di farla diventare un fenomeno da baraccone.

«Bene» aveva detto Lady Amabel quando, rientrando in camera, aveva trovato Lily allo scrittoio intenta a occuparsi delle foglie raccolte per l'erbario. «Benissimo. Ho incontrato il Maestro all'ingresso. Mi ha detto che ti stai impegnando. Fai progressi.»

Poi aveva spalancato l'armadio degli abiti da sera, iniziando a contarli.

Lily non aveva alzato la testa dal suo libro. Progressi? Di quali miglioramenti parlava la zia?

«Lo riferirò a tuo padre,» aveva aggiunto Lady Amabel, trafficando con una spilla appuntata su una stola di pelliccia «anche perché...»

Lily teneva le labbra serrate. Le parole di Lady Amabel nascondevano per forza qualche tranello, ma non riusciva a capire quale. Aveva così continuato ad armeggiare con due fiori essiccati da catalogare, sperando che la conversazione, senza il combustibile delle sue risposte, si estinguesse presto.

«Anche perché...» aveva ripreso la zia, tenendo in sospeso la frase per la seconda volta.

Lily continuava a far finta di nulla. Lady Amabel non le aveva rivolto domande precise, pertanto non si sentiva chiamata in causa.

«Anche perché...» aveva ripetuto per la terza volta la zia, camminando per la stanza e avvicinandosi poi alla scrivania, sulla quale la nipote aveva ordinato foglie di agapanthus nastriformi, lunghe quasi ottanta centimetri, del tutto inadatte a entrare in un erbario di dimensioni standard. A quel punto Lily aveva alzato la testa. Non si poteva più evitare il confronto, il problema andava affrontato.

«Dicevate?» aveva chiesto Lily con tono suadente.

Lady Amabel aveva fatto un passo indietro, sorpresa da quella reazione. «Dicevo che...» aveva poi ripreso con tono ancora più melenso «se i tuoi progressi continueranno, potrai cantare una romanza al concerto.»

Le foglie di agapanthus erano cadute dalla scrivania.

«Concerto?»

«Ah, bambina mia, non sapevi... Il concerto per l'"illustre arrivo".»

Lily aveva serrato di nuovo le labbra. Il Maestro Abbruciati non le aveva detto nulla a proposito. Nell'ultima lezione era stato più gentile del solito, un atteggiamento falso che a Lily aveva dato fastidio, ma nessun accenno a concerti.

«Potrai esibirti per la nostra sovrana!» aveva aggiunto Lady Amabel senza riuscire a trattenere la gioia. «Avremo un ruolo di spicco nell'accoglienza! Non l'ho ancora detto a tuo padre, ma conto di farlo al più presto!»

Lily si era fatta all'improvviso pallida, le pareva di aver inghiottito la lingua ed essere diventata per sempre muta. Da dove saltava fuori quella follia? Il Maestro sapeva benissimo che non ci sarebbe stato modo di ottenere miglioramenti. La verità era una sola: non esisteva alcuna performance "da migliorare". Doveva tenere i nervi saldi e non replicare. Prima di parlare, serviva capire in quale laccio era finita la sua testa.

«Il Maestro verrà anche domani. Ha detto che dovrete intensificare le lezioni.»

«Ma domani è impossibile!»

«Impossibile?» aveva ripetuto la zia davanti allo specchio, chiudendo il fermaglio della collana di corallo che aveva scelto per la cena. «Ricordati che noi siamo qui apposta... siamo venute solo e soltanto per l'"illustre arrivo". Niente deve fermare i preparativi.»

«Ho mal di testa. Mi perdonerete» aveva detto Lily alzandosi e aprendo la finestra. Aveva bisogno d'aria fresca e soprattutto doveva trovare un modo per sfuggire all'assedio a cui era stata sottoposta.

«Va bene. Ti perdono. Ne parleremo domani con calma.» Poi Lady Amabel si era avvolta intorno alle spalle uno scialle cosparso di perline rosse ed era scesa per la cena.

Lily non l'aveva seguita. Il mal di testa, alla fine, le era venuto veramente.

Quando la zia era rientrata in camera, l'aveva trovata addormentata sulla poltrona, con addosso lo stesso abito da pomeriggio. Prima di scivolare nel sonno, Lily aveva a lungo pensato all'incontro con Mr. Evans e alla sfortuna. Averlo conosciuto il giorno stesso della sua partenza era un pessimo segno. Lily era troppo giovane per prendere in considerazione il rovescio della medaglia, ovvero considerare fortunato quell'incontro che, proprio a causa del poco tempo che separava Mr. Evans dalla partenza, avrebbe avuto maggiori probabilità di non verificarsi affatto.

15

L'indomani Lily aveva fatto colazione in fretta. Il ritratto della sovrana appeso sulla parete di fronte al suo tavolo sembrava esortarla a un chiarimento tempestivo con il Maestro. Abbruciati sarebbe arrivato presto e, prima della lezione, Lily era intenzionata a rivolgergli delle domande. La faccenda del concerto pareva a dir poco surreale.

A differenza delle due volte precedenti, era stata lei ad attenderlo nella sala del pianoforte. Era giunto puntuale, appena la pendola nel corridoio aveva battuto il rintocco, ma quando i loro sguardi si erano incrociati era parso contrariato. Si passava con insistenza le mani sulla pelata.

"Bene," pensava Lily "se è in difficoltà sarà più sincero."

Il Maestro si era sforzato di accennare un sorriso e poi si era seduto al pianoforte. Aveva iniziato con alcune scale, dopo era passato al solfeggio, e successivamente si era messo a cantare con voce da baritono, sfogliando uno spartito che aveva tirato fuori dalla giacca.

A differenza dal solito, non tentava neppure di coinvolgere Lily. Le permetteva di restare in un angolo della sala, senza cantare né suonare. Lily fingeva di non accorgersi delle palesi anomalie di quella lezione, poi, approfittando di una pausa nella frenetica attività di Abbruciati, aveva chiesto: «Scusate, Maestro, vi risulta che per l'"illustre arrivo" si terrà un concerto?».

«Certamente!» aveva replicato lui tuffando la testa nella tastiera e cimentandosi con nuovi accordi. «Certamente!» aveva ripetuto. Sembrava felice di quella domanda, come se l'avesse attesa, e il risultato era stato un maggior vigore nel premere i tasti del pianoforte.

«Scusate, Maestro,» aveva ripreso Lily d'un fiato «ma voi avete detto alla zia che sarò in grado di esibirmi?»

Una sonora stonatura aveva bloccato l'esecuzione di un brano melodico.

«Certamente!» aveva confermato il Maestro, ma con la voce rotta. Continuava a tenere gli occhi bassi sulla tastiera.

Lily lo fissava perplessa. Le risposte del Maestro erano assurde e disarmanti, difficili da controbattere.

A un tratto Lily si era alzata dalla sedia, proprio accanto alla coda del pianoforte, e aveva urlato: «Ma io sono una totale incapace!». L'aveva detto in inglese. Poi l'aveva ripetuto in uno scadente italiano, che aveva assemblato con l'aiuto del dizionario quando aveva premeditato di pronunciare quella frase prima della lezione.

Il Maestro la guardava sbigottito. Era contrariato. Pareva addirittura offeso. «E dunque?» aveva chiesto in francese, una lingua che Lily comprendeva meglio dell'italiano, anche se a fatica.

«E dunque incapace!» aveva ripetuto lei, non riuscendo a trattenere il pianto. I suoi sedici anni la tradivano. La determinazione del primo momento era svanita, sciogliendosi in un singhiozzo infantile.

Con uno scatto inatteso, il Maestro si era alzato dallo sgabello, le aveva preso la mano e se l'era portata al cuore.

«Dovete fidarvi!» le aveva sussurrato guardandola negli occhi. «*Trust me!*»

Lily aveva sentito il sangue gelarsi nelle arterie. La mano, stretta in quella del Maestro, era percorsa da un formicolio. Era rimasta immobile, con lo sguardo fisso sul lampadario, mentre lui le baciava le dita, poi il polso e l'avambraccio, spingendo l'ardore ben oltre l'impudicizia del primo incontro. Le girava la testa e il profumo di rosa che si era spruzzata sul vestito la nauseava.

«Di che vi preoccupate?» le aveva domandato Abbruciati avvicinando il viso al suo. E poi, sussurrando, aveva aggiunto: «Quanto denaro avete?».

Lily era rimasta in apnea qualche secondo. Non riusciva né a parlare né a pensare.

«Denaro?» Aveva capito bene? Aveva proprio detto "denaro"? Il cuore era tornato a battere, ma a un ritmo forsennato.

Il Maestro le carezzava la mano guardandola negli occhi, e scandiva le sillabe, come se parlasse a un bambino o a un sordo, oppure a un presunto idiota. «Alessandro Moreschi. *Understand?* Canta nel coro della Cap-pel-la Si-sti-na. Roma. Voce bianca. Ha cantato davanti al papa. Capite?» Poi si era allontanato da lei, iniziando a camminare con passo solenne lungo il perimetro della sala. «Francesco Tamagno» aveva proseguito tornando a insistere sulle sillabe. «Ta-magno. Torino. Di To-ri-no. È il più grande tenore» spiegava gonfiando il petto. «Tenore. *Big.* Capite?»

Lily capiva le parole, ma non riusciva a trovare un senso al discorso.

«Ora, ascoltate» aveva ripreso il Maestro. «Adelina Patti. So-pra-no. Abramo Lincoln. *Understand?* Ha cantato per Lincoln. America. Casa *White. Big!*» Sottolineava le parole alzando le braccia al soffitto, come stesse rivelando una profezia. «Adesso vive in Galles, castello di Craig-y-Nos. È una diva. *Understand? Like* Eleonora Duse.»

Lily ascoltava in silenzio. La sua ignoranza riguardo alla vita e ai divertimenti dell'alta società era notevole, ma non al punto da non conoscere i nomi dell'attrice e della cantante che Abbruciati aveva citato. Si trattava di vere e proprie star, dunque era impossibile non averle sentite nominare.

«E poi...» aveva esclamato a un tratto il Maestro, tirando fuori un asso dalla manica «e poi... Battistini! Mattia Bat-ti-sti-ni. Non a caso lo chiamano il "baritono dei re".»

Dopodiché era rimasto in silenzio per qualche istante, senza smettere di fissare Lily. Che effetto le avrebbe fatto quel cocktail di nomi nel quale aveva mescolato celebrità assolute? La grandinata di personaggi famosi l'aveva schiacciata. Si era seduta in un angolo della sala e il temporale di illustrissimi artisti era caduto sulla sua testa facendola sentire piccola piccola.

Il Maestro, tornato a sedersi al pianoforte, le rivolgeva uno sguardo intenso e compassionevole. «Io posso organizzare il concerto per l'"illustre arrivo"» aveva annunciato con solennità «e, come avete sentito, i proiettili dei miei cannoni non sono di piccolo calibro.» L'aveva detto in italiano. Subito dopo l'aveva ripetuto in inglese. La traduzione era pessima, letterale, ma comprensibile. Sembrava avesse studiato a memoria il copione.

«Intendete dire che dovrò esibirmi in un concerto con quegli artisti?» aveva chiesto Lily, allarmata, uscendo dalla bolla nella quale era rimasta chiusa sino a un secondo prima.

«Certo che no!» aveva risposto seccamente il Maestro. «Ci mancherebbe! Voi siete totalmente incapace.»

Lily non aveva compreso bene la frase, ma l'aggettivo "incapace" era certa fosse rivolto a lei.

«Non capisco» aveva detto a quel punto, stropicciandosi le dita per sfogare la tensione.

Il Maestro aveva sfoderato un ampio sorriso. Mostrava l'intera arcata superiore come se volesse abbracciare la sala con i denti.

«*Trust me!*» aveva ripetuto, prendendole la mano per baciarla di nuovo a più riprese. «Per oggi finiamo qui, la prossima volta parleremo seriamente.»

Si era alzato, senza darle il tempo di ribattere. Si massaggiava il cuoio capelluto con i polpastrelli, come se volesse lucidare la testa in vista di una grande occasione. Poi era sprofondato in un inchino quasi comico. Gli spartiti che teneva nelle tasche erano caduti a terra, srotolandosi, e lui li aveva rincorsi sul pavimento, passando le dita sopra le grandi piastrelle di marmo nero e bianco.

«Ci vedremo domani,» aveva poi detto «e da dopodomani le lezioni si terranno tutti i giorni.» Era uscito in fretta, lasciando la porta aperta. Nel corridoio aveva urtato Renzo, appena rientrato in albergo dopo le commissioni, il quale aveva lanciato un'occhiata furtiva nella sala. Seduta in un angolo, Lily stava singhiozzando.

16

Con gli occhi pieni di lacrime, Lily era uscita dalla sala. Lady Amabel la stava aspettando per una partita a dama, ma lei aveva lasciato l'albergo, correndo verso il centro della cittadina. Il tempo passato con il Maestro era stato una specie di tortura, e nessuno l'avrebbe più costretta a ripetere quell'esperienza, a costo di litigare con la zia e persino con suo padre.

Non correva più così da quando l'avevano strappata alla campagna inglese. Era affezionata al profumo intenso di erba e di foglie che al mattino invadeva la sua camera appena spalancava la finestra. Prima di colazione era abituata a correre a perdifiato tra gli animali: cani, mucche, pecore. La vita fra gli umani, in particolare tra i suoi familiari, non sempre faceva per lei.

Mentre camminava per le strade della marina di Bordighera senza una precisa direzione, pensava a quante cose aveva già perduto. L'infanzia era ormai un ricordo sbiadito, e anche l'adolescenza stava per finire, proprio lì, in quei luoghi tanto diversi da quelli conosciuti nella madrepatria. Poi c'era la faccenda di Mr. Evans, perso ancora prima di averlo avuto. Nel loro breve incontro, a rifletterci bene, una cosa l'aveva colpita: la somiglianza con il dottor Antonio del romanzo.

Ovviamente si trattava di un personaggio inesistente, ma l'immagine che si era fatta di lui leggendo il libro corrispondeva al ragazzo incontrato a Villa Etelinda. I contorni del suo volto erano nitidi, ma più si concentrava sui dettagli e più l'immagine complessiva si dissolveva, lasciandola in confusione.

In quel momento l'unica idea chiara che aveva era quella di allontanarsi dall'Angst, magnifico e, purtroppo, opprimente, con enormi saloni e stanze vuote, nei quali la solitudine ingigantiva e finiva per occupare tutti gli spazi.

Non aveva intenzione di esercitarsi per diventare una scimmia ammaestrata, e nemmeno di prestarsi a qualche gioco poco trasparente. Gli obiettivi di suo padre e della zia erano evidenti, non ne avevano fatto mistero: Lily era una sorta di fardello da depositare il prima possibile in un nuovo e sontuoso nido, preferibilmente lontano da casa, in modo da ridurre il rischio di un suo ritorno. Non così chiaro era il progetto del Maestro Abbruciati, che sembrava andare oltre lo scopo di Lord J., padre desideroso di offrire alla figlia l'opportunità di mettersi in mostra, agevolando la comparsa di un pretendente. Ne avrebbe parlato a Lady Amabel, se solo non fosse stata certa di aggravare la situazione. La zia non aveva mai dato prova di essere una persona comprensiva o disposta a rallentare pur di raggiungere le mete che si prefiggeva, quali che fossero. Era la persona più vicina che aveva e al contempo quella di cui meno si fidava.

Correndo, Lily aveva imboccato una via che portava al mare. La sua agitazione si scontrava con la quiete di quei luoghi dove il tempo era sabbia e scorreva nella clessidra a ritmo più lento. Il mare. Lo vedeva in lontananza da giorni, ma non era ancora riuscita a realizzare il desiderio formulato alla partenza: immergere i piedi nudi nel Mediterraneo.

Per strada aveva incontrato alcuni membri della colonia che stavano passeggiando. I suoi compatrioti erano grandi camminatori, oltre che abitudinari. Da lontano si notava la differenza con i locali, sempre indaffarati a lavorare nelle botteghe e abbigliati in modo ben più sobrio. Gli inglesi, in quell'autunno 1899, erano tantissimi. La zia le aveva detto che in Bordighera non si trovava neppure una stanza da affittare. L'"illustre arrivo" elettrizzava la riviera.

A un tratto, Lily aveva avuto l'impressione di essere seguita. Si era voltata di scatto, e non c'era nessuno. Aveva ripreso a correre, ma un guaito l'aveva bloccata. In mezzo alla strada c'era un cagnolino dalla folta pelliccia nera che la fissava con occhietti lucidi. Si era alzato sulle due zampe posteriori, mostrando una stella di pelliccia bianca sul petto. Era di taglia piccola, con due bellissime orecchie ricoperte di lungo pelo mélange. Forse si trattava dello stesso cagnolino che aveva visto dalla finestra dell'hotel il giorno del suo arrivo. Lily gli sorrise. Nella tenuta di campagna aveva sempre giocato volentieri con i cani di suo padre, ma da allora non le avevano più permesso di accudire animali. Lily aveva ripreso la sua corsa verso il mare e il cagnolino era sparito.

Sulle ville circondate da giardini sventolava la bandiera britannica. Le imponenti case fiancheggiavano la via Romana e alcune avevano gli ingressi sul corso principale. Su un portone dalla strana foggia, che dava accesso a un sentiero alberato, aveva letto: VILLA ROSA. Era rimasta sorpresa di trovarsi per caso davanti a un luogo di importanza cruciale. La zia aveva fatto un elenco dei salotti che intendeva frequentare, e Villa Rosa compariva all'inizio della lista. Era famosa per gli eventi culturali organizzati da Clarence Bicknell. «Il nome "Rosa"» le aveva spiegato Lady Amabel durante il viaggio in treno, nel tentativo di fornirle elementi utili da impiegare nelle conversazioni con i connazionali «è stato scelto in onore di una illustre dama morta qualche anno fa, Rosetta Maynard Ricketts, figlia di un funzionario dell'East India Company che, al tempo dell'esilio di

Napoleone a Sant'Elena, era stato incaricato di incontrarlo per verificarne lo stato di salute. Era cugino di un ministro, perdio! A Bordighera» aveva poi concluso con tono solenne «sono passati i personaggi più importanti della nostra Storia.» Si era anche dilungata a raccontare le gesta della figlia di Rosetta, Rosa Ellen, che portava un cognome di grande prestigio nella colonia: Fanshawe. «È stato proprio il reverendo Fanshawe a promuovere i lavori per la costruzione della prima cappella dedicata ai riti religiosi» le aveva rivelato Lady Amabel, che si era informata sui luoghi di culto. Era infatti sua precisa intenzione farsi notare per opere di bene, in modo da acquisire buona reputazione tra i membri del Church Committee, che radunava le personalità di spicco.

Lily si era soffermata per qualche istante a osservare la targa sul pilastro. "Rosa" era anche il nome di sua madre.

Alla spiaggia mancavano pochi metri, e il sole si era nascosto dietro grandi nuvole bianche che lambivano la linea della costa a perdita d'occhio. Oltre la montagna, digradante sul litorale, c'era la Francia, e forse all'estremità di quella lingua di terra Monte Carlo, o Nizza, o Cannes, o altri luoghi di cui aveva sentito molto parlare. Il treno che l'aveva portata in riviera aveva proprio attraversato quella striscia verde scuro che si vedeva in lontananza.

Aveva percorso gli ultimi metri per arrivare sulla battigia. Il rumore dei sassolini sotto le suole degli stivaletti l'aveva guidata fino alla riva. Camminava con gli occhi chiusi, lentamente, come un sonnambulo che si lasci trasportare da forze ignote. Quando aveva riaperto le palpebre, si era trovata di fronte all'immensa distesa d'acqua blu. Era il mare che Lucy aveva trovato nello sguardo del dottor Antonio.

Era rimasta ferma, immobile nel vento. Le onde bianche si arrotolavano rumorose in cavalloni, infrangendosi poi sulla riva, lasciando al loro passaggio una scia di schiuma che indietreggiava nella risacca. Dalle barche tirate in secca arrivava odore di alghe e di pesce, mentre le reti stese su pali di legno dondolavano molli.

Sulla spiaggia non c'era nessuno. Lily aveva la sensazione di essere un naufrago approdato su un'isola ignota. Era tutto così diverso dalla sua vita precedente, eppure le pareva di essere sempre stata lì, nel preciso istante in cui l'onda urtava la riva, lasciando sulla sabbia frammenti di conchiglie e cavallucci marini.

Si era tolta gli stivaletti e aveva iniziato a camminare lungo il bagnasciuga. A un tratto le era parso che il mare si aprisse e un'onda più grande delle altre si sciogliesse ai suoi piedi. L'acqua era fredda, e come una lente d'ingrandimento ingigantiva i sassi sul fondo. Aveva sfiorato con una mano la superficie lucente e, nel suo italiano traballante, aveva sussurrato: «Mediterraneo».

Gli spruzzi gelidi sulla pelle l'avevano risvegliata dal sogno. Le era parso di vedere Lady Amabel, di sentire la sua voce spigolosa. La immaginava rossa in viso passeggiare per la stanza, mentre meditava acidi telegrammi da inviare a Lord J. per aizzarlo contro la figlia.

Non le restava che camminare lungo la costa, fino alla Francia, e poi ancora oltre. Avrebbe rimpianto qualcosa dei giorni vissuti fino a quel momento? Forse no.

Guardando la terra dal mare, le pareva di trovarsi proprio nel cuore dei luoghi che aveva immaginato leggendo il libro. Era un paradiso. Vista da lì, anche la storia di Lucy sembrava reale, come se d'un tratto potesse sbucare fuori per farsi largo tra le bellezze di quella selvaggia natura meridionale.

Era tardi. Troppo tardi per tante cose. Anche a sedici anni si può arrivare al punto di credere che non ci sia più tempo.

Aveva risalito il bagnasciuga. Si era infilata di nuovo gli stivaletti e, nonostante il fastidio per la sabbia penetrata all'interno, aveva accelerato l'andatura. Poi si era guardata intorno e si era accorta di essersi allontanata molto dal punto di partenza. Era arrivata all'estremità dell'insenatura. Quante ore erano passate?

Si era voltata dando le spalle al mare, e aveva iniziato a correre in direzione della cittadina. A una decina di metri di distanza aveva visto due gentlemen di mezza età seduti su un muricciolo. Leggevano il giornale. Quando si era avvicinata, si era accorta che il giornale era inglese.

«Buongiorno» aveva detto con imbarazzo, rivelando la sua provenienza londinese.

I due si erano guardati e avevano sorriso.

Le lancette dell'orologio a catenella di uno dei due segnavano le quattro del pomeriggio. Da più di cinque ore Lady Amabel non aveva notizie di lei. La giornata limpida l'aveva tradita. Benché fosse autunno, il sole era brillante e le aveva fatto perdere la nozione del tempo. Forse la zia aveva già dato l'allarme, e prima o poi l'avrebbero trovata.

Uno dei due uomini, con una folta barba grigia e un bastone da passeggio, aveva chiuso il giornale e l'aveva piegato. In prima pagina c'era la foto della regina Victoria che indossava il solito abito di velluto nero con pizzo bianco, una sorta di divisa da lutto, adottata molti anni prima, alla morte del principe Albert, suo amatissimo consorte. Il sottotitolo conteneva le parole *Impero britannico* e *350 milioni di sudditi*. Poi, in un riquadro, c'era un'altra foto: *La battaglia di Ladysmith* e nel sottotitolo *Mournful Monday: il lunedì funesto per le forze britanniche in Sudafrica*.

«Vinceremo» aveva detto uno dei due uomini notando lo sguardo di Lily fermo sul giornale. Sembrava di sentir parlare Lady Amabel quando inneggiava alla guerra per esportare nel mondo la civiltà superiore.

«Stavolta temo invece l'inizio della fine» aveva commentato l'altro scuotendo la testa.

Lily l'aveva osservato per qualche istante. Sembrava davvero preoccupato. Poi aveva alzato gli occhi verso la strada. Stava arrivando un giovane. Era Renzo che si avvicinava con passo deciso.

17

«Ben trovata» aveva esclamato Renzo raggiungendoli.

Lily l'aveva guardato negli occhi per cercare di capire i motivi che l'avevano portato lì. Allontanarsi dall'albergo senza avvisare la zia era stata un'azione sconsiderata e non si poteva far altro che accettarne le conseguenze. Come un albero in vista della tempesta, Lily si era disposta alla grandinata.

«Ben trovata» aveva ripetuto Renzo con un grande sorriso.

Lily aveva fatto un cenno con la mano, mentre lui si toglieva il cappello in segno di ossequio verso i due gentlemen.

«Buona serata» aveva concluso, incamminandosi verso il corso principale. Lily l'aveva seguito, senza che lui glielo avesse chiesto. Di certo non era arrivato per caso. La zia imbufalita era un'eventualità più che probabile. Renzo aveva agito con tatto, era stato gentile a non parlare dell'ira di Lady Amabel davanti a due estranei, ma di sicuro il peggio doveva ancora arrivare, o almeno così pensava Lily.

Quando si erano allontanati abbastanza da non essere uditi, Renzo si era voltato verso di lei e le aveva sussurrato: «Complimenti! Avrete molto successo. Vostra zia non vede l'ora di conoscere i dettagli».

Lily si era girata per controllare se qualcuno li stesse seguendo. Non c'era nessuno. Renzo stava parlando proprio con lei.

Avevano continuato a camminare in silenzio, ma a passo spedito. Lily non osava fare domande, però, entrare in albergo senza sapere cosa fosse capitato durante la sua assenza poteva essere pericoloso. Avevano imboccato la via Romana e a un tratto un fulmine nero aveva tagliato loro la strada.

«Tigre!» aveva gridato Renzo.

Un batuffolo di pelliccia era sbucato da una siepe e si era accucciato in mezzo alla via.

«Ma è il cane che ho visto stamattina!» aveva esclamato Lily. «Credevo fosse abbandonato.»

«Era abbandonato» aveva precisato Renzo. «Ora io le do da mangiare e lei mi considera suo. Fa una bella vita al "Bordighera Grand Hotel"!»

Tigre si era allungata sul terreno, voltandosi a pancia in su.

«Ah, è una femmina...» aveva esclamato Lily carezzandole le orecchie.

Poi avevano ripreso a camminare e, quando avevano visto l'insegna dell'hotel, Renzo aveva detto: «Perdonate se vi ho disturbato, ma Lady Amabel non vedeva l'ora di vedervi e ha chiesto al concierge di mandare qualcuno a cercarvi».

«Non vedeva l'ora?» aveva ripetuto Lily sgranando gli occhi.

«Certamente. Non sono cose che accadono tutti i giorni. Onore alla vostra bravura.»

Intanto avevano varcato il cancello. Tigre li aveva anticipati di qualche metro. Renzo si era tolto il cappello in segno di saluto e aveva fatto un rapido inchino, lasciandola da sola sulla soglia dell'ingresso principale.

Niente. Lily non aveva capito niente. Doveva affrontare la zia senza avere una scusa per giustificare la sua assenza. Il timore la induceva a camminare a testa bassa. A un tratto si era accorta che Tigre l'aveva accompagnata fino a lì. Era una cagnolina così piccola che poteva entrare ovunque senza essere notata.

«Tigre, non puoi salire,» le aveva sussurrato «aspettami qui sotto.»

Il cagnolino si era accucciato dietro una pianta di palma che cresceva in un grande vaso.

Lily aveva salito lo scalone senza quasi respirare. Solo in quel momento si era resa conto di non aver neanche pranzato. Fuori dalla porta della stanza aveva atteso qualche secondo. Una cameriera intenta al cambio delle lenzuola le era passata davanti facendo una riverenza e allontanandosi in fretta.

Lily aveva bussato. Nessuno rispondeva. Aveva bussato una seconda volta, poggiando l'orecchio sulla porta. Dall'interno proveniva un rumore lievissimo di passi che si avvicinavano alla porta. Era pronta ad andare incontro alla peggiore delle sfuriate o a qualcosa di più grave ancora.

Inspirando, aveva bussato una terza volta. A quel punto la porta si era aperta di scatto. Lady Amabel, in un abito lungo a balze di un celeste vistoso, era comparsa sulla soglia con le braccia spalancate. Aveva negli occhi la luce di chi vince con pochi spicci un milione al casinò.

«Figlia mia!» le aveva detto allargando ulteriormente le braccia. «Grazie per avermi regalato questo momento di gioia e trionfo.»

Doveva essere successo qualcosa di grave, di molto grave, qualcosa di allarmante.

18

Mentre quella mattina Lily si allontanava dall'albergo, il Maestro Abbruciati, in un angolo del giardino riservato al personale dell'hotel, fumava un prestigioso Cavour Frossard's, sigaro molto popolare tra le donne, e ne aveva anche offerto uno al capo cuoco, che si godeva una pausa al fresco, lontano dai pentoloni.

Quando il Maestro aveva visto Lily sulla soglia, aveva spento il sigaro in fretta e con una scusa era rientrato nell'albergo passando dall'accesso posteriore. «Desidero conferire con Lady Amabel,» aveva detto al concierge «l'attendo nel salotto, se avrà la gentilezza di raggiungermi.»

Quel giorno il Maestro si era vestito con particolare cura. Indossava una giacca impeccabile e anche un soprabito apparentemente nuovo ma stretto al punto che induceva a pensare l'avesse scambiato con quello di qualcun altro.

Si era accomodato in salotto e sul tavolino aveva piazzato in bella vista un libretto intitolato *La Bohème*. Aveva atteso un quarto d'ora e, a un certo punto, quando già dava per perso l'incontro, dalla porta era spuntata una signora con un abito giallino, molto simile a una torta a piani. Le piume del cappello riprendevano il colore della stoffa e nell'insieme pareva che un pulcino ipernutrito fosse entrato nella stanza.

«Lady Amabel» aveva esclamato Abbruciati, scattando in piedi e dissimulando la smorfia che gli era comparsa in viso appena l'aveva vista.

«State comodo» l'aveva rassicurato la signora in un italiano con gli accenti sbagliati. «Cosa è accaduto?»

Il Maestro si era guardato intorno, guardingo, come se nel salotto potessero esserci nascoste delle spie. «È accaduto questo» aveva poi detto sottovoce, indicando il libretto. «Il Maestro Puccini è con noi.»

Lady Amabel non era donna da teatro. Conosceva molto poco del mondo dello spettacolo, ma aveva sentito parlare de *La Bohème* e anche del suo autore.

«Pucinni...» aveva ripetuto facendo scempio della doppia "c" e raddoppiando la "n". «Ma cosa volete dire?»

«Vostra nipote Lily...»

«Ebbene...?»

«Ebbene, vostra nipote potrà esibirsi in presenza di Puccini in persona. A gennaio assisteremo alla sua nuova opera e per l'"illustre arrivo" ho pensato che sarebbe un grande successo proporre dei brani della nuova esecuzione.»

Lady Amabel l'aveva guardato sconcertata. Aveva capito poco o nulla di ciò che il Maestro aveva proposto, però aveva avuto un'intuizione: forse la grande occasione che attendeva da sempre era arrivata.

«Un traduttore!» aveva urlato in preda alla foga. «Mandatelo a chiamare subito!»

Il Maestro si era alzato facendo una riverenza. L'idea di raccontare il suo progetto in presenza di estranei lo preoccupava molto, ma l'entusiasmo che era riuscito ad accendere in quella dama danarosa gli pareva una chance da non perdere.

Era uscito nel corridoio, incamminandosi verso la reception. Renzo stava giungendo in quel momento e Abbruciati si era voltato dall'altra parte per non salutarlo. Poi aveva proseguito verso la reception, fermandosi all'improvviso. «Voi!»

aveva detto girandosi. «Non siete forse un interprete? C'è bisogno di voi per una traduzione urgente.»

«Sto andando a casa...» aveva risposto Renzo.

«Ci andrete dopo. Ora siete utile qui. Verrete ben pagato, state tranquillo.»

Il Maestro aveva guidato Renzo nel salottino. Entrando aveva visto Lady Amabel e si era sentito a disagio.

«Sedetevi!» aveva esclamato la zia in tono marziale, come se stesse organizzando la parata di un esercito. Camminava nervosa lungo il perimetro della sala nel suo abito giallino, aprendo e chiudendo un ventaglio decorato con stampe indiane.

«Allora,» aveva detto Abbruciati, guardando di traverso Renzo «la questione potrebbe essere... dico potrebbe...» Poi aveva fatto una lunga pausa.

Renzo sedeva su una sedia sistemata in un cantuccio. «Potrebbe...» aveva ripetuto, cercando di decifrare ciò che il Maestro sembrava non voler dire.

Abbruciati taceva. Forse aveva avuto un ripensamento.

«Allora?» aveva sollecitato Lady Amabel in italiano. «Allora?» aveva ripetuto, lasciando trasparire un certo nervosismo.

Il Maestro sembrava assorto e noncurante, ma a un tratto, come se il silenzio fosse servito a prendere la rincorsa, aveva detto ad alta voce: «Allora vostra nipote potrebbe esibirsi davanti a Sua Maestà e al Maestro Puccini in persona, in un'aria della nuova opera che verrà rappresentata a gennaio. *La Tosca*, mi han detto».

Non appena Renzo aveva completato la traduzione, Lady Amabel si era alzata, dando un colpo secco al ventaglio, che si era chiuso con uno scatto. Poi, dopo una lunga pausa nella quale tutti avevano trattenuto il fiato, era crollata sulla poltrona.

«Mia nipote?» aveva chiesto con un filo di voce.

«Certamente» aveva confermato Abbruciati, che aveva recuperato la sicumera.

«Voi volete dire che mia nipote sarà in grado di esibirsi a quel livello davanti a un illustre pubblico?» aveva chiesto Renzo in italiano, traducendo ciò che Lady Amabel aveva formulato con una visibile ansia e occhi increduli.

«Certamente» aveva affermato perentorio il Maestro. «Senza dubbio» aveva aggiunto per rincarare la dose. Poi aveva iniziato a tossire, facendosi tutto rosso in viso.

«Ma... ma... come è possibile?» aveva chiesto Lady Amabel. «È sempre stata pessima nel canto...»

Abbruciati continuava a tossire con il volto paonazzo. «Scusate... un colpo d'aria...» Si era alzato andando verso la finestra, e l'aveva spalancata mettendo la testa fuori. Poi si era girato. «Certamente...» aveva ripreso giocando sulla pausa «certamente... si tratterà di investire qualcosina...»

Renzo aveva tradotto, riluttante però a riportare la frase completa.

«Qualcosina?» aveva chiesto Lady Amabel riaprendo il ventaglio e agitandolo con vigore.

«Be',» aveva risposto Abbruciati alzandosi e facendo lunghi passi intorno al tappeto «sapete... se si vogliono fare le cose, bisogna essere disposti a farle in grande. Io pensavo...» aveva proseguito tenendo la testa bassa e gli occhi fissi sul pavimento «pensavo che... si potrebbe organizzare un ricevimento pomeridiano qui all'Angst, con buffet, un ricco buffet... e poi...»

«E poi?» l'aveva incalzato Lady Amabel visibilmente su di giri.

«E poi... ovviamente se siete d'accordo, cara Lady Amabel, in serata un recital operistico con pianista. Parlerò con il Maestro Puccini per invitarlo, siamo molto amici, e gli chiederò di anticiparmi qualche pagina da *La Tosca,* per far conoscere a Sua Maestà il grande talento degli italiani.»

Lady Amabel aveva chiuso bruscamente il ventaglio e si era accomodata su un divanetto, rigida e pensierosa.

«Voi conoscete Puccini?» aveva poi sussurrato.

«Certamente!» aveva risposto Abbruciati senza lasciare a Renzo il tempo di completare la traduzione.

Lady Amabel pareva ancora più pensierosa, ma il Maestro aveva tirato dritto.

«Ovviamente potremo avere Battistini... Sapete, partecipa ai ricevimenti dei re, è abituato, e poi, ovviamente, Francesco Tamagno, e ovviamente la Patti, e ovviamente... ah, ecco, ci ho pensato ora... il soprano rumeno Hariclea Darclée. Puccini la stima e la adora. È di fama internazionale, sapete, e ovviamente... ovviamente un banchiere inglese non potrà tirarsi indietro...»

«Chi?» aveva chiesto Renzo, senza che la zia avesse pronunciato una sillaba.

«Serata dedicata a Puccini, quindi pagine da *La Bohème,* due arie di Mimì e quella di Musetta, anche arie della *Manon Lescaut*...» Il Maestro seguitava il suo discorso citando altri brani, ignorando la domanda di Renzo.

«Chi?» aveva chiesto a quel punto Lady Amabel in italiano.

«Un banchiere inglese» aveva detto Abbruciati, con la faccia di un gatto che ha appena mangiato il topo. «Ovviamente,» aveva proseguito, come se stesse parlando a un'amante alla quale si chiede un favore banale «la vostra adorata nipote non potrà cantare tutto... tutto sarebbe troppo sforzo... ma io... ma io ho già una persona adatta per l'introduzione.»

Lady Amabel giaceva sulla sedia senza più la forza di articolare domande. Pareva fosse entrata in una grande campana che qualcuno, ignaro della sua presenza all'interno, aveva iniziato a suonare con vigore.

«Santo Cielo,» aveva detto a un tratto, riemergendo dalle elucubrazioni «portatemi un tè... e un doppio whisky.»

19

Lily e la zia erano scese per la cena nella sala riservata agli ospiti interni. I tavoli erano nudi, senza tovaglia, solo il loro era apparecchiato in grande stile, con servizio di cristallo e porcellana cifrata in oro. Lady Amabel camminava una spanna sopra i tappeti. Levitava come un fachiro che dopo anni di sonno su un letto di chiodi si alza e volteggia sopra il mondo. Cenare come unica ospite nei locali destinati a ricevere una regina imperiale la rendeva euforica. Non solo nei salotti di Londra le avrebbero finalmente steso passatoie rosse, per riparare alle ingiustizie che aveva dovuto subire a causa della fragilità finanziaria della famiglia, ma addirittura avrebbero dovuto interpellarla in occasione di eventi per i quali si doveva stilare un elenco di inviti d'alto rango. Sarebbe diventata una sorta di oracolo, una dea a cui si rende omaggio senza neppure chiedere favori. Sua nipote sarebbe diventata famosa. Non era cosa da tutti intrattenere Sua Maestà, in un luogo tanto prestigioso come la colonia in riviera. L'Impero, pensava Lady Amabel, si apprestava ad assestare un colpo mortale ai boeri. L'apice del successo stava per essere raggiunto. I boeri erano rei di aver sfidato la potenza britannica in Sudafrica. La guerra era dunque sacrosanta e inevitabile, come strillavano molti giornali. I costi del conflitto sarebbero stati ripagati dagli enormi profitti delle miniere d'oro. La vittoria inglese, celebrata all'Angst, avrebbe eternato la performance di Lily, figlia di Lord J., nei secoli. Di certo, Lily avrebbe fatto un buon matrimonio, un ottimo matrimonio! Qualche testa coronata in vacanza a Monte Carlo, oppure un banchiere, o il proprietario di una miniera d'oro in uno stato africano dal nome impronunciabile: ecco, entro l'anno a venire, il 1900, il destino fortunato della casata di Lord J. avrebbe ripreso a correre, uscendo dalle secche nelle quali si era incagliato.

Tutto questo passava nella mente di Lady Amabel mentre attraversava la sala ristorante. Lily procedeva due passi dietro la zia, gli occhi bassi sul pavimento e l'andatura funebre. Quando aveva alzato lo sguardo, aveva notato che Lady Amabel stava andando incontro al ritratto della regina Victoria con una baldanza sospetta. Cosa poteva essere accaduto durante le ore in cui Lily non era stata in albergo? A giudicare dalla pompa della zia, doveva trattarsi di qualcosa di strabiliante. L'intuizione le diceva che era meglio defilarsi e non fare domande.

«Bambina mia» aveva detto la zia, sedendosi. Parlava ad alta voce, incurante dei camerieri che come statue di cera erano in piedi lungo la parete. «Non voglio più vederti con quel viso spento, e neppure intendo sopportare il passo strisciante con il quale ti aggiri per l'albergo questa sera. Oggi più che mai non ti si addice.»

Lily non aveva il coraggio di ribattere. Cosa intendeva dire con "oggi più che mai non ti si addice"?

«Un brodino vegetale» aveva ordinato al cameriere, mentre Lady Amabel indicava con il dito una serie di portate del menu.

«Un brodino?» aveva ripetuto la zia allarmata. «Non scherziamo! Ti attende un lungo lavoro e non potrai certo sostenerlo senza cibo adeguato.»

Senza chiedere il permesso alla nipote, aveva ordinato

per lei il piatto più sostanzioso del menu. Poi aveva iniziato a fissarla come se la vedesse per la prima volta.

«Chi l'avrebbe mai detto,» diceva scuotendo la testa «chi avrebbe mai pensato che la nostra Lily potesse raggiungere simili vertici.» Poiché la nipote non alzava la testa dalla tovaglia, aveva proseguito il discorso, mantenendo il tono della voce su un volume decisamente alto: «Mi piacerebbe tanto venirti a sentire alle prove, sono curiosa, sai? Ma il Maestro Abbruciati mi ha proibito di assistervi. È superstizioso».

Lily si era portata il tovagliolo alla bocca. Una nausea improvvisa la costringeva a stringere i denti. Alzando lo sguardo sulla parete, le era parso che gli occhi della regina nel ritratto le chiedessero conto di una verità che la coinvolgeva, ma di cui era all'oscuro.

«Purtroppo,» aveva proseguito Lady Amabel «purtroppo dovrò contentarmi di sentire in anteprima solo l'introduzione. Il Maestro mi ha parlato di una nota cantante che tra qualche giorno si esibirà alla Victoria Hall. Una promessa dell'opera lirica. Costerà parecchio ma... l'occasione è unica.»

A Lily sembrava che la sala del ristorante avesse iniziato a ruotare, come se una forza improvvisa stesse premendo le pareti, al punto di scardinarle dal resto della costruzione. La nausea le impediva di ragionare.

«Ho appuntamento con un banchiere,» aveva aggiunto Lady Amabel senza far caso alle condizioni della nipote, bianca in viso e muta «vedremo. Certo un recital operistico in presenza di Puccini ha un prezzo alto. Ma questa, bambina mia, è la più grande occasione che potesse capitarci. Ne parleranno tutti per anni.»

A quel punto Lily si era alzata. Aveva fatto un passo in avanti ma era crollata, come se il pavimento si fosse aperto sotto i suoi piedi.

Qualcosa di tremendo era successo davvero, ma ancora le mancavano i dettagli.

20

«Ti ho trovato un ingaggio da diva» aveva detto Abbruciati dando uno schiaffetto sopra l'ingombrante fondoschiena di una donna sulla trentina, con labbra carnose e un abito rosso, un po' stinto, che metteva in risalto curve non proprio simmetriche. Era rientrato dall'incontro con Lady Amabel di ottimo umore. La stanzetta che aveva affittato in una casupola a qualche chilometro nell'entroterra, nascosta in mezzo agli olivi, non era comodissima, lo obbligava a lunghi tragitti a piedi o a bordo del carro guidato dal contadino a cui pagava l'affitto, ma gli garantiva un riserbo utilissimo alla sua causa.

La donna, che era in piedi vicino a un letto striminzito con un grande specchio sulla testiera, nel quale le dimensioni del tugurio si dilatavano, lo guardava senza entusiasmo. Lui le aveva dato un altro schiaffetto sui capelli cotonati, trattenuti da un fiocco sbilenco.

«Ma alla Victoria Hall non mi hanno neanche fatta entrare» aveva detto la donna, con una voce querula.

Il Maestro la fissava risentito. «Alla Victoria Hall? Dove gli inglesi fanno i loro spettacoli di beneficenza e le loro mostre? Cosa pensavi di farci là dentro? Taci, dunque! Andrò alla tipografia e il tuo nome verrà stampato sugli inviti con fregio ufficiale dell'Hotel Angst.»

«Avevi detto la stessa cosa della Victoria Hall... ma non mi hanno neanche fatta entrare...»

«Taci!» aveva ripetuto il Maestro con maggiore enfasi, arrotolando una cartina sulla quale aveva appoggiato una presa di tabacco. «Tu porti malaugurio! Voglio un po' vedere quando sul "Journal de Bordighera" verrà stampata la *liste des étrangers* con il tuo nome sotto quello della regina... Saremo in competizione con gli eventi della Società dei Pubblici Festeggiamenti... ma sono tutti inglesi senza fantasia, vinceremo facilmente. Noi metteremo su uno spettacolo mai visto prima! E lì si riderà!»

«Ma alla Victoria Hall non mi hanno fatta entrare» aveva ribadito lei come se avesse ingoiato un pappagallo addestrato a ripetere una sola frase.

«Allora sei una zucca dura!» l'aveva interrotta Abbruciati con sdegno. «Ti ho già spiegato cosa hai sbagliato. Devo ripeterlo? Ti avevo detto di non farti conoscere! Siamo qui da quindici giorni e ci capita un'occasione d'oro! Così, all'improvviso... ho tentato e quella rimbambita ci è subito cascata. Quando ci ricapita una fortuna simile! Peraltro, nessuno ha ancora avuto il tempo di approfondire...»

«Tu mi hai detto di andare a nome di Puccini...» aveva ripreso lei piagnucolando.

«Che?» aveva esclamato il Maestro. Il viso era infuocato dal disappunto, mentre anelli di fumo concentrici salivano dalla sigaretta. «Io ti ho detto una cosa simile? Vuoi mandarmi tutto per aria? Se andrà bene questo colpo, ci potremo comprare un teatro tutto nostro in Spagna... ma devi fare come ti dico! Guai se parli senza un mio preciso ordine...»

La donna si era aggiustata il fiocco sulla testa.

«Hai fatto i vocalizzi?» aveva domandato lui.

«No.»

«E cosa hai fatto fino a ora?»

«Ho dormito...»

«Dio!» aveva esclamato il Maestro scattando in piedi e facendo cadere la sedia da cui spuntavano ciuffi di paglia disordinati. «Ma cosa ti mantengo a fare? Ma perché sputo sangue per procurarti un palcoscenico? Sai cantare, e... tranne un'altra cosetta...» aveva detto con un guizzo malizioso «non sei buona a niente! Dunque, impegnati, Dio mio!»

La donna gli si era avvicinata iniziando a carezzarlo sulla testa lucida.

«Non devi arrabbiarti,» aveva sussurrato «ma alla Victoria Hall non mi hanno fatta entrare e allora...»

«Ancora questa storia?» aveva esclamato Abbruciati, gettando il mozzicone sul pavimento di terraglia costellato di macchie oleose. «Stiamo parlando di un recital con la regina! Cos'hai in quel cervello? La segatura?»

«Ma lei canterà...?» aveva chiesto la donna abbassando il capo.

«Lei chi?»

«La ragazza inglese...»

«Ah ah ah!» Era esploso in una risata incontenibile. «Ma sei pazza? Allora non hai capito proprio un bel niente! Mi porto nel letto una zucca e l'ho scambiata per una donna...»

«Quindi canterò io sola?» aveva chiesto, ringalluzzita da quella risposta.

«Ma certo! L'introduzione è tutta tua. Per il resto... vedremo che dirà Puccini...»

«Puccini?» aveva domandato lei con occhi brillanti, e battendo le mani con vigore. Poi aveva preso a baciarlo sulla fronte e sulla bocca. «Ma allora tu conosci davvero Puccini!»

«No.»

La donna aveva smesso di colpo di baciarlo. «Come "no"?»

«Perché non lo conosco. Sto appunto mettendo in piedi tutta questa faccenda per conoscerlo...»

La donna aveva portato le mani agli occhi. Sembrava che un enorme sforzo mentale l'avesse sfinita. Si era seduta sul fondo del letto, sventolando il bordo del vestito per prendere aria. Poi aveva iniziato a rodersi le unghie, agitando le gambe come un bimbo su un'altalena. Piangeva. Bastava premere un bottone per accenderla e spegnerla all'improvviso, somigliava alla nuova invenzione brevettata in America, un bulbo di vetro con dentro filamenti incandescenti. Dal buio alla luce. Trasparente. Al Maestro piaceva per questo. In quella bambola, quasi sempre disposta a prendere ordini, non c'erano segreti nascosti. Rispondeva ciecamente alle imposizioni, ammesso di farle balenare all'orizzonte fama e denaro. In questo Abbruciati, che la stava fissando con un ghigno, era un vero Maestro. La rabbia era sbollita. Si era alzato e aveva iniziato a baciarla sul collo.

Poi aveva chiuso con uno scatto sonoro gli scuri della finestra.

21

Quanto??? Nel telegramma recapitato a Lady Amabel era scritto proprio così: "Quanto", seguito da tre punti interrogativi. Un valletto l'aveva poggiato su un vassoio d'argento e di corsa era salito fino al primo piano, poi aveva bussato con energia alla porta della camera. Lady Amabel si era presentata sulla soglia con una mascherina per dormire alzata sulla fronte e uno sguardo intontito. Il telegramma giungeva da suo fratello, Lord J. Sotto la parola "quanto" era scritta una cifra astronomica, seguita da due punti esclamativi. "Impossibile" era la parola aggiunta dal mittente senza fornire spiegazioni.

Lady Amabel aveva congedato il valletto, ignorando la sua mano tesa per la mancia. Poi era andata alla finestra e l'aveva spalancata. Un profumo di zagara, il fiore dell'arancio, era entrato nella stanza, placando l'ira che sentiva montare dal profondo del cuore. Suo fratello non aveva capito un bel nulla. Non aveva colto la grande opportunità. Se lui si fosse fidato, e avesse deciso di aprire i cordoni della borsa, la famiglia avrebbe fatto un balzo in alto nelle quotazioni sociali. Sarebbero diventati famosi. Si trattava solo di tirar fuori quella cifra colossale per il recital, che in effetti, a leggerla nero su bianco, faceva tremare i polsi.

«Benissimo!» aveva detto ad alta voce Lady Amabel, aggiustandosi in testa il cappello più grosso che aveva nell'armadio. «Benissimo!» ripeteva tra sé alzando ancora la voce. Poi si era fermata nel mezzo della stanza. Dalla finestra arrivava il suono di un pianoforte. Non capiva nulla di concerti, ma le pareva che il pezzo fosse eseguito con bravura. Lily era capace di arrivare a tanto? Da un'ora era scesa nella sala della musica. Prima avevano fatto colazione insieme, e dopo si era avviata da sola in corridoio, con la faccia di un condannato a una pena iniqua. La musica era dolce, a tratti vivace. Si trattava di un pezzo di Puccini? Si era informata su quel Puccini. Un grande talento. Per questo, quando il Maestro Abbruciati l'aveva avvicinata in albergo, inserendo tra le referenze quel compositore illustre, non aveva avuto dubbi ad affidargli sua nipote. Aveva tentato di verificare quelle referenze tanto prestigiose, ma non ci era riuscita. Nel curriculum del Maestro c'erano nomi altisonanti, e non era affatto facile trovare il modo per contattarli. Così si era accontentata di sentirlo suonare e le era parso competente. Non un uomo di grande stile, ecco, ma di certo un pianista egregio.

«Benissimo!» aveva ripetuto ancora guardandosi allo specchio. Poi aveva infilato una mano nella borsa estraendo un cartoncino sul quale era scritto: ENGLISH BANK – BERRY.

In assenza di Lily aveva intensificato le passeggiate e coltivato nuove amicizie. Aveva anche fatto una scoperta interessante. Da qualche anno a Bordighera svernava, a Villa Sant'Ampelio, sulla via Romana, vicino all'Hotel Angst, la famiglia di Margaret Serecold. Due decenni prima, quando la villa si chiamava Goffin, aveva ospitato la duchessa Elisabetta di Sassonia, madre della regina Margherita di Savoia. Nel 1879 la duchessa era tornata per accompagnare la figlia Margherita a Villa Etelinda, in occasione del suo primo soggiorno a Bordighera. I Serecold erano persone in vista, molto influenti nella colonia. Il padre era socio della catena di birrerie Reid's & Company. Vivevano a Taplow, a una quarantina di chilometri da Londra, con dieci figli e dodici domestici. Lady Amabel ne aveva sentito parlare molto bene ed era stata felicissima di conoscerli di persona in occasione di un tè al Lawn Tennis. Il fatto veramente interessante riguardava Margaret. Anzi, riguardava suo marito, o meglio la banca che lui amministrava. Un anno prima, infatti, Margaret, a Londra, nella chiesa Holy Trinity in Sloane Street, aveva sposato Edward Elhanan Berry, nipote di Clarence Bicknell.

Lady Amabel aveva messo insieme tutte queste informazioni in pochi giorni. Le sue passeggiate non erano solo l'occasione per incontri mondani, erano indagini. Peraltro, non era così difficile avere notizie sui Berry, dato che forse erano la coppia più famosa nella comunità inglese. La madre di Berry, come suo fratello Clarence, era cresciuta in una famiglia davvero stimolante, a stretto contatto con il mondo dell'arte. Il nonno materno di Berry, dal quale Edward aveva preso il secondo nome, Elhanan, era un collezionista di dipinti vittoriani, e nella casa di famiglia si avvicendavano artisti mondiali. Erano ricchi. Lo spermaceti, una sostanza cerosa contenuta nella testa dei capodogli e in misura minore nel grasso delle balene, emetteva poco fumo, quindi era molto ricercato per la produzione di candele e per alimentare le lampade a olio. Oltre che contare sul commercio di questo prodotto, la famiglia paterna vantava anche armatori di baleniere piuttosto agiati. La madre di Clarence, Lucinda, terza delle quattro mogli di Elhanan, era la figlia di Hablot Knight Browne, meglio conosciuto come Phiz, illustratore di *David Copperfield* e *Il Circolo Pickwick*, i romanzi di Charles Dickens. L'influenza di William Turner, uno dei maestri di riferimento degli impressionisti, detto "il pittore della luce" aveva contato parecchio sulla formazione di Clarence, ma a essere determinante era stato soprattutto un vicino di casa dei Bicknell: John Ruskin, uno dei più importanti intellettuali e critici d'arte dell'epoca vittoriana.

Lady Amabel capiva poco di arte, ma sapeva leggere le espressioni facciali dei suoi interlocutori che, pronunciando certi nomi, gonfiavano il petto, come se la caratura dei nominati, per proprietà transitiva, avesse il potere di elevare chi ne parlava.

«John Ruskin,» aveva sottolineato una gran dama, moglie di un pittore, sorseggiando il tè in uno dei pomeriggi mondani al Tennis Club «capite?»

Lady Amabel non aveva battuto ciglio. Era rimasta immobile, sperando che la gran dama chiudesse subito il discorso per il quale si sentiva un pesce fuori d'acqua.

«Capite cosa intendo?» aveva invece proseguito quella imperterrita.

A Lady Amabel non era rimasta altra via d'uscita che far cadere la tazza sulla gonna, e fuggire con la scusa del cambio d'abito. Ma poi si era informata. Clarence Bicknell, da giovane, aveva davvero conosciuto Ruskin, che era amico di suo padre. L'arte li aveva uniti. La fama di genio di Ruskin l'aveva innalzato fino all'Olimpo delle personalità in grado di influenzare gusti e mode in campo architettonico e artistico. Probabilmente Lady Amabel l'aveva incrociato a Londra, di certo frequentava Leighton House. Ma il nucleo del discorso che la interessava restava Berry. E soprattutto la sua banca. Le avevano detto che era giunto in riviera per problemi di salute. Aveva iniziato la sua attività lavorativa a Bordighera come direttore della filiale della Banca Fratelli Asquasciati di Sanremo, la English Bank, appunto. E proprio a quella banca Lady Amabel era intenzionata a chiedere il prestito esorbitante per il recital. Anzi, l'obiettivo era addirittura domandare un contributo a fondo perduto. La seconda ipotesi pareva anche a lei decisamente azzardata, ma le mire di Lady Amabel, da quando era sbarcata in terra italiana, non avevano limiti.

Si era cambiata in fretta, indossando un abito più ricco del precedente, con balze e nastri. L'enorme cappello poteva andare bene su entrambi i vestiti, dunque se lo mise in testa senza dubitare del successo. Tutti l'avrebbero notata, ed era proprio quello che voleva ottenere. Avrebbe cercato Berry sul luogo di lavoro, nella banca, che era situata sul corso principale, all'interno di Casa Balestra. L'istituto bancario offriva molti servizi, per esempio il cambio monetario e la compravendita di fondi pubblici e di titoli. La sede ospitava anche la succursale della famosa Thomas Cook & Sons. Lord J. ne aveva parlato al ritorno del suo primo viaggio in riviera. Grazie alla filiale intitolata al grande esploratore, Berry poteva vendere biglietti per i tragitti ferroviari internazionali in wagon-lit, organizzare spedizioni di merci e di bauli, fornire informazioni per il deposito di bagagli e mobili, oppure ordinare prodotti esteri. Le agenzie Cook si erano molto sviluppate e diffuse nel mondo, proprio a partire da Leicester, la città dove la famiglia d'origine di Berry viveva in quel periodo. Inoltre, Berry era il rappresentante dell'agenzia marittima Wheatley & Co. e della società per trasporti transoceanici Pitt & Scott. La sua intraprendenza lo aveva portato persino a commerciare vini. Metteva anche a disposizione una sala di lettura per la consultazione dei quotidiani e dei settimanali provenienti dal Regno Unito. Questo vortice di attività aveva attratto l'attenzione di Lady Amabel. Di certo era il candidato giusto al quale andare a proporre un evento di prestigio. Se lui l'avesse ricevuta, lei avrebbe attuato una strategia raffinata, evitando di parlare di cifre al primo colpo. Il progetto era di cuocerlo a fuoco lento, ammesso che fosse un tipo di persona facile da cuocere.

Insomma, Lady Amabel l'aveva schedato. Sapeva molto di lui. Se fosse riuscita ad avere un colloquio con Berry, difficilmente avrebbe potuto dirle di no. O almeno questo pensava lei mentre chiudeva la boccetta di profumo Penhaligon's e si avviava alla sua missione, fantasticando sui bauli di cuoio spagnolo ricolmi di abiti e gemme che avrebbe comprato alla vigilia dell'"illustre arrivo" grazie al prestito. Questa era la seconda fase del piano, ma non secondaria. La sua passione per le guerre di conquista l'aveva resa molto sensibile alla cura di tattica e strategia. Serviva sempre un grande e nobile obiettivo per coprirne uno meschino, non edificante da mostrare, ma utilissimo per realizzare l'unico fine davvero cruciale nella vita: fare soldi rubandoli a chi li ha.

Si era incamminata verso la reception. Meglio non chiamare una carrozza. Sarebbe stata costretta a indicare l'indirizzo di destinazione e non le pareva opportuno. Aveva deciso di raggiungere il centro a piedi. Il tragitto non era breve, ma in un quarto d'ora sarebbe arrivata alla banca. Non aveva preso appuntamento. Se l'avesse chiesto in anticipo le avrebbero di certo domandato il perché, e l'ultima cosa che intendeva fare era raccontare ai quattro venti il suo piano.

La giornata autunnale era fresca e piacevole. In lontananza si sentiva il verso dei gabbiani. Per un attimo le era parso di essere sulla costa inglese, insieme a un giovanotto che molti anni prima, alle scogliere di Dover, nel vento atlantico, le aveva dato un bacio. E non solo. Non sempre quel pensiero le addolciva la vita, anzi, ma quella mattina era sopportabile, perché all'orizzonte non c'era il solito vuoto, bensì la prospettiva di una nuova esistenza. Ciò che il passato le aveva tolto il futuro glielo avrebbe restituito, e poco importava se il salto sociale non era arrivato a seguito del suo matrimonio, prospettiva ormai andata in fumo. La Cultura con la "c" maiuscola, ovvero il talento musicale di sua nipote, poteva garantire il successo a una donna non bella, non giovane, non agile come lei. Il denaro sarebbe stato una conseguenza del successo sociale e l'avrebbe ripagata di amarezze infinite. L'amore era una cosa nella quale non credeva da anni, come tutti quelli che, passata una certa età, lo ritengono un'inutile perdita di tempo, un affanno che distoglie da ciò che veramente può illuminare la vita di una persona: l'esercizio del potere. "È il potere che talvolta necessita dell'amore come nobile e grandioso paravento, non il contrario" pensava Lady Amabel.

Aveva camminato a passo sostenuto lungo la via. Mentre svoltava sul corso che conduceva alla marina, un cagnolino nero, con una macchia bianca a forma di stella sul petto, le aveva tagliato la strada. «Ma tu guarda se certe bestiacce devono andare in giro in libertà» aveva commentato Lady Amabel, calzando meglio il cappello che le era sceso sugli occhi. Non aveva mai amato gli animali, ed era ricambiata dal loro disinteresse nei suoi confronti. Le pareva di aver già visto quel cane aggirarsi intorno all'hotel. Al ritorno avrebbe chiesto a Renzo di avvisare il concierge. Meglio allontanarlo dall'albergo, o addirittura legarlo alla catena in un posto fuori mano. I cani randagi, rimuginava Lady Amabel procedendo verso il centro, erano un pessimo biglietto da visita per luoghi rinomati come quello, soprattutto durante il soggiorno di ospiti del suo rango.

22

«Tigre!» La voce femminile era uscita da un cespuglio, sommessa ma determinata a farsi obbedire. «Tigre! Vieni qui!» Quando Tigre si era avvicinata, una mano l'aveva rapita dal marciapiede, nascondendola tra le fronde. La fortuna aveva voluto che il cappello di Lady Amabel fosse così grande da impedirle di vedere la nipote sul marciapiede opposto.

Alla vista della zia, Lily aveva sentito il cuore salirle in gola e poi fuggire nello stomaco. D'istinto aveva scavalcato l'esile staccionata di una villetta circondata da siepi di pitosforo e si era nascosta nella chioma di un cespuglio d'oleandro. Anche il cuore di Tigre batteva all'impazzata sotto l'impermeabile della sua nuova padroncina, che la teneva abbracciata a sé.

La zia la stava cercando? Aveva saputo del patto con il Maestro? Rannicchiata nel cespuglio, Lily aveva sentito un brivido gelido attraversarle la fronte. Ma come aveva fatto la zia a venire a conoscenza del patto tra lei e il Maestro Abbruciati? Non era passata neppure mezz'ora da quando lo avevano stretto. Peraltro, il Maestro non aveva nessun interesse a divulgare l'accordo, anzi. Quindi, chi l'aveva tradita? Solo in quel momento aveva preso coscienza dell'errore compiuto. Era una cosa incredibile, inconcepibile per una come lei, eppure l'aveva fatto. Tremava. Il cuoricino di Tigre aveva iniziato a seguire lo stesso ritmo del cuore di Lily. La mente era affollata da congetture spaventose. Per un attimo le era parso addirittura di vedere suo padre in cima alla strada, e solo quando l'uomo in questione si era avvicinato, passando a pochi metri da lei, si era resa conto che la somiglianza con Lord J. era stata un miraggio frutto della paura.

Sotto l'impermeabile, Tigre mugolava. L'ansia di Lily aveva una cassa di risonanza nel guaito della cagnolina, che a ogni mugolio veniva zittita da una stretta più forte.

Anche se a Lily era sembrato eterno, quel momento era durato poco. Lady Amabel non sembrava affatto alla ricerca di qualcuno. Camminava spedita e poco interessata a ciò che le stava intorno.

Finalmente, sbirciando tra le fronde, Lily l'aveva intravista in fondo alla via. Aveva espirato a pieni polmoni. Lo spavento era stato breve ma mortale. Aveva tirato fuori Tigre dall'impermeabile e l'aveva poggiata sul prato. La cagnolina si rotolava sull'erba con le zampe in aria per lasciarsi accarezzare il pancino rosa. Lily era rimasta a osservarla con le lacrime agli occhi. Per la prima volta aveva l'impressione di voler bene a qualcuno, anzi, per la seconda volta. L'incontro con Mr. Evans era sempre presente nei suoi pensieri. Lo spazio che quel ricordo aveva preso nella sua mente cresceva ogni giorno di più. Non c'erano probabilità di rivederlo, eppure ogni tanto la voce di Evans tornava come a dire "Non finirà qui".

Tigre si era seduta sul marciapiede. Guaiva di nuovo. Forse il pericolo non era passato. Perché la zia era in giro a piedi a quell'ora del giorno? Trovarsela davanti in una via del centro era stato uno shock. Lady Amabel era pigra, e se aveva deciso di fare un po' di fatica passeggiando, doveva avere uno scopo, per esempio agganciare un gruppo di connazionali per stringere nuove amicizie. Invece era sola, e per giunta camminava con energia. Se avesse avuto un appuntamento, avrebbe di certo chiamato una carrozza. Non era da lei presentarsi in disordine dopo una corsa. Invece era a piedi.

In ogni caso, a essere onesti, la domanda cruciale non riguardava Lady Amabel. Riguardava Lily: cosa ci faceva lei in giro per Bordighera durante l'ora di lezione con il Maestro Abbruciati? Dov'era il Maestro in quel momento?

Era rimasto solo nella sala della musica dell'hotel e continuava a suonare il pianoforte con la porta chiusa a chiave. Lily sapeva perché, e il perché non le faceva onore. Voleva dimenticare, ma le parole tornavano a galla come i resti di una barca dopo un naufragio.

Come aveva potuto accettare la proposta di Abbruciati? Era un accordo disonesto e lei non si era opposta.

Quella mattina, prima di incontrare il Maestro, Lily aveva fatto colazione con Lady Amabel. Era straordinariamente euforica. Qualcuno le aveva raccontato i dettagli del primo viaggio della regina Victoria in riviera.

«Non hai idea della fortuna che abbiamo!» aveva esclamato la zia infilzando una salsiccia al centro del piatto. «Diciotto anni fa la nostra sovrana ha trascorso qualche giorno di vacanza a Mentone. Era il 1882, l'anno prima che tu nascessi.» Inghiottendo i pezzetti di carne che aveva tagliato dopo averli intinti in una salsa al pesto che si era fatta preparare, aveva ripreso: «Sono riuscita a ricostruire i passaggi cruciali di quel soggiorno. Mi è utilissimo. Adesso posso prevedere le mosse della regina quando sarà qui».

Aveva ordinato una seconda salsiccia e, mentre ripuliva il piatto con minuzia, aveva aggiunto: «A Mentone aveva soggiornato allo Chalet des Rosiers, una specie di villa in stile alpino che domina la baia di Garavan. Ma la fortuna non sta in questo. Sta nel fatto che, guarda un po' il caso, tuo padre conosce il proprietario! È un facoltoso ingegnere ferroviario,

Mr. Charles Henfrey, molto stimato. Ha lavorato anche in India ed è proprio là che si sono frequentati! Bere whisky e fumare chilometri di sigari nei club, come vedi, è cosa utilissima, e chi dice il contrario non ha capito niente della vita!».

Lily ascoltava la zia in silenzio, seduta in punta alla sedia.

«Mr. Henfrey aveva già ospitato la regina a Villa Clara, la sua residenza a Baveno, sul lago Maggiore,» aveva aggiunto sottovoce Lady Amabel dando uno schiaffetto sul braccio della nipote in segno di complicità «e questo particolare mi lascia ipotizzare una vera amicizia tra i due. Capisci, mia cara?» aveva domandato, strizzandole un occhio.

Lily continuava a tacere.

«Forse tuo padre potrà approfittarne per scrivere a Mr. Henfrey,» aveva continuato Lady Amabel cimentandosi con la seconda salsiccia «e potrà spiegargli che sua figlia è ospite all'Hotel Angst, dove è appunto previsto l'"illustre arrivo" della corte imperiale. Per non dire del recital nel quale tu canterai...»

A quel punto Lily era scattata in piedi. Pareva che una lama avesse trapassato la sedia, conficcandosi nella sua carne viva.

«Dovremo telegrafare a tuo padre» aveva esclamato con entusiasmo Lady Amabel, soddisfatta dell'idea che le era balenata in mente. Non si era neppure accorta del viso della nipote, che impallidiva tenendosi allo schienale della sedia.

23

«C'è un animalaccio! Si aggira intorno all'albergo» aveva detto Lady Amabel al concierge che stava parlando con Renzo. Era apparsa sulla soglia dell'Angst con il viso stravolto e il cappello stretto tra le mani. «Legatelo da qualche parte. La nostra sovrana non deve rischiare di essere morsicata e neppure io!» Poi era salita in camera e aveva sbattuto la porta.

Renzo e il concierge si erano scambiati uno sguardo. Nella hall, due ospiti appena arrivati avevano osservato con curiosità quella signora che sembrava aver perduto il proverbiale distacco inglese. Nell'aria un intenso profumo di violetta contraddiceva i suoi modi bruschi e il tono aggressivo.

«Ci sono belve nei dintorni?» aveva chiesto la nuova ospite, una lady con quattro bauli al seguito e un viso smunto e spaurito. Proveniva dalla corte britannica indiana e aveva anticipato l'arrivo per ragioni di salute.

«No. State tranquilla. Nessun animale feroce.»

La lady aveva cercato lo sguardo del marito per avere ulteriori rassicurazioni, poi si era accomodata su una poltrona in attesa dei facchini.

"Si tratterà di Tigre" aveva pensato Renzo, cercando di immaginare a quale animale si riferisse Lady Amabel. L'idea di legarla era davvero pessima, insensata, ma in quel frangente sarebbe stato inutile, se non controproducente, discuterne. Lady Amabel non era mai stata gentile, ma quel giorno sembrava davvero in preda al demonio, con due fiammelle al posto degli occhi.

«Accidenti a me!» aveva gridato allo specchio, dopo aver sbattuto la porta. «Se solo l'idea mi fosse venuta ventiquattr'ore prima! Sono una stupida. Una sfortunatissima stupida!»

Si era tolta il cappello e l'aveva lanciato sul comodino, poi aveva sfilato l'abito lasciandolo cadere sul pavimento. Infine si era stesa sul letto. Mr. Berry era tornato in patria per affari. Così le avevano detto alla English Bank. L'avrebbero contattata per annunciarle la data del rientro a Bordighera. «Non prossima» aveva sottolineato la segretaria. Il viceconsole era partito per Londra proprio il giorno precedente.

«Data non prossima!» ripeteva Lady Amabel stesa sul copriletto. Aspettare, si trattava di aspettare. Per un'impulsiva come lei, aspettare era un'attività sfiancante. Era rimasta con gli occhi chiusi per alcuni minuti. Poi li aveva spalancati all'improvviso, restando a fissare il soffitto. A un tratto si era alzata di scatto. «È una congiura» aveva gridato andando verso l'armadio. Aveva tirato fuori una borsa nella quale custodiva un barattolo di sali balsamici prescritti dal medico per gli accessi di collera. Dopo aver tolto il tappo, ci aveva ficcato dentro il naso.

La splendida occasione del recital, l'opportunità che passa una sola volta nella vita, rischiava di andare in fumo. Di chi era la colpa? Di suo fratello, che si era rivelato ottuso e poco propenso a investire un fiume di sterline nel concerto. «Dio del cielo!» ripeteva tra sé annusando i sali. «La sorte non può avercela di nuovo con me!» Inoltre la partenza di Berry per Londra era stata un colpo basso. Un fatale giorno di ritardo nel fargli visita aveva compromesso i piani di Lady Amabel.

Sembrava un cattivo presagio. «Una vera catastrofe» aveva urlato alzandosi dal letto e iniziando a camminare avanti e indietro per la stanza. Masticava un legnetto di liquirizia che aveva preso dal cassetto del comodino. Sulla scatola c'era scritto: RIMEDI PER I SENSI. Ripensava a ciò che le avevano raccontato dei precedenti soggiorni della regina in riviera, come se in quelle vicende potesse nascondersi un'improbabile soluzione al dramma dei soldi che anche stavolta mancavano. «Se nella mia vita non fossi stata tradita dal denaro, avrei potuto diventare regina io stessa!»

Il viaggio della sovrana nella primavera 1882, così le era stato spiegato, era stato di carattere privato, per svago e riposo, anche se la riservatezza era andata a farsi benedire per colpa del "The Times", che aveva pubblicato la notizia della vacanza. Purtroppo anche le ferrovie francesi ci avevano messo del loro, applicando sui bauli trasportati dal convoglio speciale etichette colorate con la scritta QUEEN OF ENGLAND. Per poter viaggiare in incognito, la sovrana aveva addirittura assunto un nome falso: contessa di Balmoral, il nome della sua tenuta in Scozia. Figurarsi se aveva piacere di essere riconosciuta nelle stazioni di destinazione. Ma a Bordighera, a inizio del 1900, sarebbe stato diverso. La visita era ufficiale, e proprio questo la rendeva un'enorme opportunità.

Una cosa da tener presente era anche il seguito di accompagnatori che aveva corredato il precedente viaggio. La *crème de la crème*. Valeva la pena di studiare ogni dettaglio. Chissà se tra i personaggi della corte in arrivo a Bordighera a fine 1899 poteva nascondersi un futuro pretendente per Lily. Su questo Lady Amabel aveva riflettuto ben prima di arrivare in Italia. Il pensiero inedito riguardava però il recital. Se Lily, nell'ambito della corte, fosse riuscita a trovarsi un fidanzato facoltoso, costui avrebbe forse potuto accollarsi una parte delle spese del recital. Il vero colpo di genio era riuscire a spostare i pagamenti a evento avvenuto. Quella era la soluzione: non anticipare denaro per pagare Abbruciati, e fare invece il possibile per adescare qualche buon partito con liquidità.

La prospettiva di caricare i costi su un soggetto non ben definito la rasserenava. Un balsamo era sceso su di lei. Aveva smesso di camminare per la stanza come un'indemoniata e aveva riposto nell'armadio i sali. Poi si era nuovamente stesa sul letto. Ripensava al viaggio della regina a Mentone. Del seguito imperiale avevano fatto parte la principessa Beatrice, figlia della sovrana, il segretario Sir Henry Ponsonby, Lord Bridport duca di Bronte, Lady Jane Churchill, Lady Victoria Baillie, il Dr. Reid, medico personale, e il fidato "Gillie", al secolo John Brown, l'amante della regina, che di certo a Bordighera non sarebbe giunto, considerato che era morto proprio l'anno dopo il viaggio del 1882. Be', "amante" era una parola che Lady Amabel non avrebbe mai avuto il coraggio di pronunciare in pubblico, la riteneva sconveniente. Ma in cuor suo pensava che non ci si trascina appresso un uomo, tra mille pettegolezzi, se non c'è un motivo più che valido.

All'arrivo a Mentone, come richiesto dalla sovrana al tempo, non si erano viste autorità né comitati d'accoglienza, soltanto il viceconsole inglese della Costa Azzurra che si era limitato a consegnarle un bouquet di fiori omaggio del Municipio. La probabilità che si ripetesse lo stesso copione rendeva fondamentale conoscere Berry: in qualità di viceconsole della colonia in Italia sarebbe toccato a lui fare gli onori di casa. Coinvolgere Berry nelle spese del recital diventava quindi strategico, ma solo nel caso in cui Abbruciati non avesse accettato pagamenti posticipati per gli artisti da convocare. Certo, si trattava di ospitare Puccini e pagargli il viaggio, ma parlando del problema al Maestro Abbruciati una soluzione sarebbe saltata fuori. Peraltro, Lady Amabel aveva saputo che Margaret, la moglie di Berry, aveva intrapreso di recente un'attività imprenditoriale di supporto a quella del marito. Lui si occupava di una sorta di sportello al quale rivolgersi per affittare ville agli ospiti stranieri, appartamenti per la stagione invernale, oppure per acquistare appezzamenti di terreno sui quali costruire. Lei si industriava a fornire agli ospiti tutti i servizi utili, dal trasporto di merci non reperibili in Italia alla gestione di domestici, uomini di fatica e manodopera addetta al giardinaggio. Questo dettaglio non era secondario. Se Berry avesse finanziato il recital, di certo la moglie avrebbe potuto fornire tutto il necessario per mettere a punto l'evento, dunque, per la coppia dei nipoti di Bicknell si sarebbe trattato di un affare, più che di un favore a Lady Amabel, e questo l'avrebbe agevolata non poco nel proporlo.

Di certo l'arrivo della regina li stava già impegnando molto, ma un evento simile, un concerto con Puccini in persona, andava sfruttato, e non sarebbe sfuggito al loro senso degli affari.

Durante un tè al Lawn Tennis, Lady Amabel aveva saputo che, sempre in occasione del viaggio della regina a Mentone, la *Inflexible,* nave da guerra della marina britannica, aveva gettato l'ancora in rada. Da lì aveva fatto la guardia alla sovrana per tutto il resto del suo soggiorno, mentre l'ambasciatore britannico a Parigi, Lord Lyons, si era addirittura messo a disposizione della regina trasferendosi in paese.

Cosa aveva combinato la regina durante i giorni della sua permanenza? Aveva preso l'abitudine di fare lunghe escursioni in carrozza. Le giornate primaverili erano tiepide e incantevoli. Così aveva visitato i dintorni di Mentone e si era spinta anche oltre il confine italiano. Il patto era: non scendere dalla carrozza, in modo da evitare le formalità doganali. Le disposizioni sulla sicurezza erano severe.

Dunque, nulla di meglio che coinvolgere Berry, uomo d'affari ma anche e soprattutto viceconsole, per conoscere in anticipo le mosse della sovrana, che proprio con lui avrebbe dovuto concordare i programmi giornalieri.

Insomma, valeva la pena di stare calmi e attendere il suo ritorno senza arrovellarsi, evitando nel frattempo di parlare del problema finanziario con Lily e con il Maestro Abbruciati. Se avessero intuito che c'erano difficoltà riguardo al denaro, forse avrebbero perso la motivazione per impegnarsi nel recital. Bisognava evitare accuratamente di mandare a monte il progetto, a costo di mentire. E in fatto di menzogne, Lady Amabel non era seconda a nessuno.

24

Doveva affrontare il Maestro Abbruciati e annullare gli accordi tra loro. Lily aveva deciso. Non voleva sentirsi in colpa né tantomeno diventare parte di qualcosa che più ci pensava più le sembrava un complotto. Il piano che le aveva proposto era insostenibile, non tanto perché impossibile da attuare, anzi, ma perché agli occhi di Lily appariva per come era in effetti: una sorta di truffa.

Quando la zia si era allontanata, Lily aveva ripreso a camminare verso l'Angst. Era l'ora della passeggiata e molti suoi connazionali, vestiti di tutto punto, percorrevano i viali ombreggiati, oppure sedevano sulle panchine installate proprio grazie al contributo alla città elargito dalla comunità britannica. Avevano la testa immersa nei libri. Li facevano arrivare da Londra via nave.

Tigre, qualche passo avanti a Lily, la guidava sulla via del ritorno, girandosi ogni tanto per accertarsi della sua presenza. Ma a un tratto Lily si era fermata. Non era pronta, non era ancora il momento di affrontare la situazione. Le serviva più tempo per pensarci. Aveva lanciato uno sguardo a Tigre, che intanto aveva già raggiunto l'incrocio con la via Romana e si era fermata nel punto di svolta verso l'Angst. «Non posso,» aveva sussurrato, come volesse giustificarsi con la cagnolina «non posso ancora.» Tigre la guardava, muovendo la testa da una parte e dall'altra. Sembrava contrariata. Poi si era voltata e si era messa a correre nella direzione dell'albergo, con la coda dritta come un timone.

"Quando la tua vita è triste," aveva letto da qualche parte in uno dei suoi romanzi preferiti "vuol dire che sei davanti a un grande cambiamento." Forse era così.

Lily aveva attraversato la strada. Sul lato opposto la luce era migliore. Voleva spiegare alla zia tutto ciò che era successo con il Maestro, a costo di essere aggredita. Aveva fatto qualche passo verso l'Angst. Poi si era fermata. Aveva ripreso il cammino due volte, ma infine si era voltata, iniziando a correre verso la marina, la zona in cui gli inglesi avevano costruito belle case vicino a quelle più modeste dei pescatori. Correva. Pareva che una corda le stringesse il collo. A un tratto si era trovata davanti una striscia di terreno bruno, si ricordava che la zia le aveva parlato di una nuova passeggiata in via di realizzazione, sul modello di quella francese a Nizza. Aveva scavalcato gli attrezzi che gli operai avevano lasciato a terra, raggiungendo la spiaggia poco distante. Si era tolta le scarpe e le calze, le aveva poggiate su una barca in secca, aveva chiuso gli occhi, iniziando a camminare verso la battigia. Quando la sabbia sotto i piedi era diventata umida, aveva sollevato le palpebre. Il sipario si apriva su uno spettacolo naturale. L'acqua cristallina brillava sui ciottoli. Alghe e squame perlacee affioravano qua e là. Il vento, che nei giorni precedenti aveva increspato il mare, si era placato, e piccole onde, corte e basse, intimorite dalla lunga riva che a perdita d'occhio arrivava fino alla Francia, lambivano il bagnasciuga, lasciando al loro passaggio bollicine bianche, spazzate via dall'onda successiva.

Il mare. Profumava di casa. Quell'acqua blu aveva forse bagnato le coste dell'Inghilterra e accompagnato nel suo viaggio Mr. Evans.

Era rimasta immobile a guardare l'orizzonte. Cap d'Ail e più in là le cime azzurrognole dell'Esterel. Le era parso di scorgere il fumo di una nave in lontananza, ma erano nuvole. Poco distante c'era una barca. Galleggiava senza peso nella luce immensa.

Lily aveva sollevato il bordo della gonna, annodandolo. Il sole di mezzogiorno era tiepido e il luccichio dell'acqua insidioso.

Pensava alla sua regina, che, a breve, sarebbe arrivata in quei luoghi, dove l'attesa produceva una frenetica attività. Pensava al marito che non aveva ancora trovato, ma che secondo i progetti di suo padre e della zia avrebbe dovuto incontrare tra la folla di aristocratici attesi all'Angst. Non aveva mai ragionato seriamente sull'eventualità di sposarsi. Leggendo la storia di Lucy e del dottor Antonio aveva però fantasticato sulla possibilità di innamorarsi e di fuggire su una carrozza verso una vita più interessante di quella avuta fino a quel momento. I contorni di quel sogno sfuggivano, svanivano per l'attrito con la realtà. In fondo, non era il suo sogno, era quello degli altri per lei. Su di lei. Nonostante lei.

Le lacrime che aveva trattenuto davanti al Maestro Abbruciati le scorrevano sulle guance. Erano le lacrime dei suoi sedici anni, dell'ingenuità, della fiducia nel mondo già tradita. Il sole si stava spegnendo. Solo il mare poteva accoglierla, senza chiedere nulla in cambio, dentro un abbraccio infinito.

«Voi non sarete mai in grado di cantare a un recital, e tantomeno in presenza di una sovrana» le aveva detto Abbruciati quella mattina, presentandole una donna formosa dallo sguardo volgare. «Sarà lei a cantare al vostro posto» aveva proseguito indicando la ragazza che con una mano premeva il seno in un corpetto striminzito. «Vostra zia non sa neppure cosa sia un recital... Lasciate che raccolga il denaro e poi accomoderemo la faccenda.»

«Che significa "accomoderemo"?» aveva chiesto Lily, allarmata e al contempo sollevata da quelle parole che le permettevano di guardare in faccia una realtà torbida.

«Significa che, fino a quando non ci sarà il denaro, voi reggerete il gioco. Poi, alla vigilia del recital vi ammalerete, e considerato che non si potrà più tornare indietro, sarà lei a sostituirvi» aveva concluso Abbruciati carezzando il fondoschiena della donna che si era piazzata in mezzo a loro.

«Questo è disonesto!» aveva esclamato Lily. «È una truffa. Lo dirò alla zia, e pazienza se dovrà punirmi per essere stata così sciocca da assecondarvi.»

«Siete sicura di averla delusa solo una volta?» aveva chiesto Abbruciati in modo canzonatorio. «Siete certa di non avere altro da farvi rimproverare?» cantilenava, dopo aver dato uno schiaffetto sul sedere della sua accompagnatrice.

«Cosa volete dire?» aveva gridato Lily torturando con le unghie il borsellino che portava a tracolla.

«Voglio dire che le signorine di buona famiglia della vostra età, in cerca di marito, non dovrebbero farsi baciare per strada dagli sconosciuti.»

Lily taceva. "Non è possibile," pensava tra sé "non è possibile..." Avrebbe voluto ribattere, ma l'immagine di Mr. Evans, apparsa all'improvviso, le toglieva la forza. Era andata così. Il Maestro Abbruciati sapeva. L'aveva in pugno.

Era stanca. Aveva sciolto il nodo nel quale era stretto il bordo della gonna, fino a fargli sfiorare l'acqua. Il tessuto si era subito inzuppato e un freddo repentino l'aveva travolta. L'acqua le lambiva i capelli, le labbra, gli occhi.

Il 1899 finiva. Un nuovo mondo stava arrivando.

Seconda Parte

1

Un giovane alto e atletico, con un cappello sportivo, una giacca chiara di lana morbida e un panciotto allacciato da una lunga fila di bottoni, era arrivato a Bordighera il 23 febbraio 1900. Era sceso il giorno prima dal wagon-lit *Calais-Méditerranée-Express*. Ogni sera quel treno partiva da Londra per raggiungere le coste del Meridione francese. Il treno si era fermato a Ventimiglia. Il ragazzo era giunto in riviera con un gruppo di uomini in abiti scuri impeccabili, ma, a differenza degli altri funzionari di Sua Maestà, «la regina Victoria del Regno Unito di Gran Bretagna e Irlanda, imperatrice d'India», come aggiungevano per deferenza i suoi colleghi tutte le volte che la nominavano, non era salito sulla carrozza per Bordighera che li attendeva. Si era invece incamminato verso la prima spiaggia che aveva adocchiato dal treno. Nonostante fosse febbraio, si era tolto le scarpe e le calze per sentire sulla pelle l'acqua del mare. Aveva pensato spesso a quel momento, l'aveva immaginato chiudendo gli occhi, con la testa appoggiata sulla sua scrivania nell'ufficio di Shimla, nel nord-ovest dell'Himalaya, la capitale estiva dell'Impero britannico in India. Da lì proveniva. Ci era rimasto per quasi quattro mesi, dopo la frettolosa partenza da Bordighera nell'ottobre precedente. Shimla era una piccola città a oltre duemila metri di quota, dove i sudditi di Sua Maestà traslocavano ogni estate, trasferendo al fresco tutte le loro masserizie e lasciando Calcutta, la rovente capitale dell'Impero.

Mr. Evans si era occupato per giorni del trasloco di molte carte che dovevano tornare a Calcutta, e anche di una faccenda piuttosto spinosa, che rischiava di trascinarlo in Sudafrica nell'arco di poco tempo. Tornava a Bordighera per un'incombenza gravosa.

Dopo l'oretta di libertà trascorsa in spiaggia, Darius aveva ripreso il lavoro. Una carrozza l'aveva portato sulla collina a ovest di Bordighera, al confine con Vallecrosia. Il cavallo aveva percorso un sentiero in salita e si era fermato davanti a un cancello nero con due leoni dorati sui lati. Era l'ingresso di Villa Cappella, che spesso compariva sul "Journal de Bordighera", nella sezione dedicata ai nuovi ospiti in arrivo nella colonia e alle dimore in cui venivano alloggiati. La casa non si vedeva dalla strada perché si trovava al fondo di un lungo viale di glicini. La visita serviva a rendere omaggio a Mr. Harry William Buddicom, uno dei notabili della colonia. Come il padre, era un abile ingegnere e inventore. Erano stati i Buddicom a progettare e a costruire locomotive e ferrovie in tutta Europa, in Sud America e in altre parti del mondo. Erano figure di spicco della prima generazione di ingegneri ferroviari che tanta parte avevano nell'espansione dell'Impero e nel controllo di aree geografiche lontane. La famiglia aveva comprato la dimora e il vasto parco, non lontani da Villa Belvedere, una sontuosa abitazione a pochi metri, di proprietà di Caroline Louisa Burnaby Cavendish-Bentinck, seconda moglie del fu reverendo Charles William Frederick Cavendish-Bentinck. Il nonno del reverendo era il III duca di Portland, primo ministro inglese, e sua nonna era la figlia di William Cavendish, IV duca del Devonshire. Carolina aveva avuto tre figli, e una di loro, Hyacinth, aveva sposato Augustus Edward Jessup, il ricco americano, vedovo della compositrice Lady Mildred Marion Bowes-Lyon, figlia del conte di Strathmore, padrone di Villa Etelinda. Nella colonia l'intreccio di parentele era talmente intricato che Mr. Evans l'aveva riprodotto su una mappa. La teneva tra i documenti più preziosi. Le note che aveva aggiunto scrivendo sui margini erano la parte più interessante e segreta. Le informazioni arrivavano direttamente da Londra, dove per ogni cittadino della colonia esisteva un dossier dettagliato. Quella notte Mr. Evans era stato ospitato proprio a Villa Belvedere, costruita una trentina d'anni prima da un'altra celebre inglese, Mrs. Boyce, all'anagrafe Louisa Georgiana Augusta Anne Murray, giovanissima vedova, giunta in riviera al seguito di un pastore valdese che, insieme alla moglie, era dedito a un'intensa opera di evangelizzazione. La località si chiamava Bella Vista, denominazione quanto mai appropriata, considerato che dalle finestre si vedeva il mare aperto e la baia di Bordighera, un arco teso dalle rocce di Capo Sant'Ampelio alle alture francesi dietro il capo di Antibes. Il paesaggio verde smeraldo digradava fino all'argento delle rive, lambite da onde turchesi striate di bianco. Mr. Evans non era però incline a esprimere valutazioni da comune turista. A interessarlo era il confine immaginario ma reale che tagliava due nazioni in conflitto quasi perpetuo, l'Italia e la Francia, all'altezza di Ventimiglia, a cinque chilometri in linea d'aria dal tavolo apparecchiato per la colazione in giardino. E come lui la pensavano due uomini distinti seduti alla stessa tavola. Dopo le uova strapazzate con pancetta avevano acceso un robusto sigaro e, quando la cenere l'aveva consumato, Mr. Evans si era alzato, era salito su una carrozza che lo aspettava, e nella frizzante aria del mattino si era diretto all'Hotel Angst.

«Mr. Evans di ritorno» aveva esclamato con baldanza il concierge al suo arrivo in albergo, suonando il campanello sul bancone della reception. Aveva sollevato la testa dai registri e l'aveva salutato con entusiasmo sussurrandogli: «La vostra valigia è ancora nel magazzino bagagli. Ho vigilato affinché nessuno la toccasse».

«Vi devo parlare» gli aveva detto Evans con tono grave. «Prima portatemi la valigia e poi vi spiegherò...»

Ufficialmente era stato convocato nella colonia britannica in riviera per una vicenda di viaggi organizzati dall'agenzia Thomas Cook, ma di ben altri viaggi aveva dovuto occuparsi. Era un ragazzo molto brillante, giovane, eppure già stimato e considerato affidabile per imprese di grande responsabilità. Si diceva che avesse studiato per due anni a Oxford, così almeno aveva saputo Renzo dal concierge qualche giorno dopo. In realtà le informazioni sulla sua vita erano poche, e quelle poche suonavano contraddittorie.

Il concierge aveva mandato il facchino a prendere la valigia di Mr. Evans e poi l'aveva accompagnato in uno stanzino senza finestre, un po' soffocante, dietro la reception. L'aveva lasciato solo, con la promessa di tornare subito. Mentre Darius rovistava nel bagaglio, un pensiero lo turbava. Sudava e sentiva l'aria mancargli. All'improvviso gli era parso di ritrovarsi di nuovo nel caldo atroce dell'estate indiana, davanti a un carro sul quale due ragazzini avevano caricato i cassoni delle posate d'argento, che nelle cucine della corte imperiale, in pianura, venivano imballati e partivano a dorso di mulo per raggiungere le case dei funzionari sulle vette dell'India settentrionale.

Aveva ancora nelle orecchie l'urlo del capo carovana quando un giorno la colonna di carri trainata da buoi aveva imboccato la salita, un corridoio di terra largo pochi metri a picco sul burrone. Il peso delle mercanzie aveva sbilanciato l'ultimo carro, e così la coda della colonna era precipitata nel vuoto con il suo prezioso carico. Per salire fino a Shimla il convoglio impiegava ventiquattro ore. E pensare che, quattro anni dopo, la carovana era stata sostituita da una sorta di trenino giocattolo, composto da graziose carrozze in grado di percorrere in sole cinque ore un dislivello di duemila metri.

Il rumore dello schianto era stato preceduto da un tintinnio metallico sulle rocce. Le bottiglie di champagne, chiuse in pesanti bauli di legno, si erano rotte, e il vino profumato era colato nell'abisso. Nel burrone erano cadute anche alcune pietre rettangolari – ogni carovana ne portava un certo quantitativo – che servivano per ultimare la costruzione del Viceregal Lodge, la residenza del viceré. Lo scossone aveva innervosito gli animali in testa al convoglio che, miracolosamente, era rimasto appeso a un tornante della montagna.

Secondo l'usanza, i funzionari inglesi e le loro famiglie venivano trasportati dai sudditi indiani in comode portantine. Su una di quelle viaggiava Lord J.

Il ragazzo e Lord J. si erano conosciuti così, sull'orlo di un precipizio. Era accaduto un anno prima che Darius incontrasse Lily a Bordighera. Il giovane, nel suo abito da impiegato, impeccabile nonostante i quaranta gradi, chiuso nello stanzino dell'Angst a rovistare in una valigia piena di documenti, ricordava quel momento. Anche in sogno, nelle notti più agitate, rivedeva la propria mano stringere quella del fascinoso inglese, governatore di una delle più grandi piantagioni di tè a Ceylon, salvato in extremis da un irlandese, per parte di madre, che, volendo lavorare al servizio di Sua Maestà, aveva dovuto nascondere la sua vera origine. Si chiamava infatti Darius Walsh. Non aveva mai conosciuto suo padre. Grazie a uno zio inglese, il cognome irlandese era sparito, dunque a Shimla tutti lo conoscevano come il giovane Darius Evans.

Nella piccola città arroccata tra le vette più alte del mondo, capitale dell'Himachal Pradesh, a oltre trecento chilometri da Delhi e quasi duemila da Calcutta, Darius aveva un minuscolo ufficio nel Viceregal Logde. *An elaborate Mock-Tudor sta-*

tely home. Già. La prima volta che aveva visto quell'enorme austera casa signorile in stile Mock-Tudor era rimasto impressionato. Era stata costruita una decina di anni prima proprio per fare colpo sugli ospiti e anche sugli stessi inglesi, che nel giardino di rose, sorseggiando il tè, potevano respirare, a migliaia di chilometri, l'aria di casa. C'erano persino un campo da tennis e una cantina. Nel tennis Darius era eccellente.

Il sistema idraulico della casa non aveva nulla da invidiare a quello dei grandi alberghi in riviera, con tanto di acqua calda e fredda. Sembrava di essere nella campagna inglese e non sul tetto del mondo. C'era pure la luce elettrica. L'Impero britannico d'India, dall'alto delle vette di Shimla, ricoperte da foreste di pini e rododendri, appariva ancora più grande. Un quinto della popolazione mondiale viveva ai piedi di Sua Maestà, e le comunicazioni correvano su stretti e vertiginosi sentieri montani.

A Darius piaceva passeggiare nel distretto commerciale di Connaught Place. La piazza circolare aveva intorno edifici georgiani sorretti da colonne. Il giardino pubblico al centro era sempre molto affollato. Si organizzavano eventi culturali e feste religiose alle quali, per le sue origini cattoliche, Walsh partecipava mal volentieri.

Era più entusiasta di frequentare Mall Road, la via centrale, fulcro della mondanità e meta di attrazione per il gran numero di donne. Lassù erano incredibilmente tante. La prima volta che Darius era arrivato a Shimla aveva ipotizzato di essere l'unico maschio nel raggio di chilometri. In giro non se ne vedevano altri, solo carrozzine e signore, mogli di dignitari e funzionari inglesi che percorrevano la via spendendo denaro in una sorta di competizione. Gli uomini d'affari rimanevano molto spesso invischiati nella calura della piana, e così le donne si prodigavano a organizzare feste, picnic, tornei di cricket, spettacoli di teatro amatoriale, che talvolta diventavano il pretesto per incontri galanti.

Era una città molto vivace. Alla mattina presto le bambinaie indiane portavano i ragazzini inglesi a prendere aria fresca. Poi le dame inglesi uscivano a fare compere vestite di tutto punto. Passeggiare in Mall Road era un modo per mostrarsi e per osservare le concorrenti, una sorta di rito mondano, in quel luogo piccolo ma cosmopolita. Isolata dalla società indiana, l'élite si divertiva, al punto che Shimla si era guadagnata la reputazione di essere piuttosto audace. Non solo audace, quasi dissoluta. A Darius era capitato di trovarsi intrappolato in faccende torbide che, in seguito, aveva sempre negato. Del resto, quando erano accadute, non le aveva nemmeno capite del tutto. Troppo giovane e troppo irlandese per comprendere certi intrighi di vedove di mezza età in cerca di svago, che non si limitavano a civettare.

La città era diventata l'approdo di schiere di ragazze a caccia di un marito e di una sistemazione dignitosa. Quelle che tornavano in patria senza essere riuscite ad accalappiare qualcuno venivano bollate con un nomignolo alquanto disdicevole. Anche Darius aveva sentito parlare delle signorine "vuoti a perdere". Alcune vicende che aveva vissuto lassù le aveva ritrovate più tardi nei racconti di uno scrittore, Rudyard Kipling, che era arrivato a Shimla come giornalista, corrispondente per la "Civil and Military Gazette".

Quando il 23 febbraio 1900 Darius Evans era entrato all'Hotel Angst sapeva di portare una notizia grave, che sarebbe stata accolta con cordoglio e disperazione. Così era stato. «La regina Victoria deve rinviare il viaggio. I venti di guerra in Sudafrica la espongono ad attentati, dunque non potrà muoversi da Londra» aveva detto con tono solenne.

Il concierge, pallido come un fantasma, era caduto su una sedia, senza la forza di rialzarsi.

Darius aveva fornito pochi particolari. Aveva chiuso il discorso in fretta, uscendo pensieroso dall'ufficio, come se quel breve dialogo fosse stato solo il primo capitolo di un lavoro ben più lungo e complesso. Aveva qualche minuto per rilassarsi, dunque si era diretto verso il salone dell'albergo. Appena entrato, un rumore assordante l'aveva bloccato. Sui tavoli, coperti da lunghe tovaglie damascate, le teiere avevano tintinnato per qualche istante, il tremolio aveva agitato la superficie del tè nelle tazze, appena servito da svelti camerieri con le guance rosa fenicottero. Una goccia era caduta sulla gonna chiara di Lady Amabel, in abito da mattina, e l'aveva macchiata.

Al primo tonfo ne era seguito un secondo, poi un terzo, un precipitare, un ruzzolare fino a un ultimo colpo secco, definitivo. Nessuno si era mosso. Gli uomini, sprofondati nelle poltrone di velluto sistemate davanti alle vetrate, avevano trattenuto in gola il fumo del sigaro. Le signorine, riflesse negli specchi e illuminate da lampadari di cristallo grandi come carrozze, avevano spalancato gli occhi e stretto le labbra in una smorfia, bloccando sul nascere il grido di paura che un inglese dell'alta società non può permettersi in pubblico.

Dopo il primo tonfo il signor Adolf Angst, che sedeva alla scrivania del suo ufficio, a pochi metri dal monumentale bancone della reception su cui pendevano stucchi in oro zecchino, si era alzato di scatto. Il fracasso l'aveva raggiunto attraversando il corridoio centrale e frusciando tra le tende drappeggiate, fino a diffondersi nell'androne dell'albergo e a propagarsi nel vano della scala.

Il concierge era entrato all'improvviso nell'ufficio spalancando la porta. Il signor Angst lo fissava senza dire una parola. Il concierge si passava la mano sulla fronte, asciugando il sudore con un grosso fazzoletto bianco. Il signor Angst continuava a fissarlo. Se non si trattava di terremoto o incendio, cosa poteva essere capitato?

Renzo lo sapeva. Qualche minuto prima, il concierge glielo aveva confessato. Parlava con gli occhi sbarrati, come se avesse visto un mostro passeggiare tra gli aranci del giardino. Anche Lily sapeva. Era entrata nel vano della reception senza bussare. Indossava una giacchetta a righe che la stringeva in vita e stava cercando una guida per organizzare un'escursione al Beodo, l'antico acquedotto. Nessuno si era accorto di lei. Il concierge aveva parlato con un giovane che dava le spalle alla porta. Quando Lily aveva riconosciuto la voce di Mr. Evans, era quasi svenuta. Poi, immobile sulla soglia, aveva ascoltato. La notizia era tremenda. Così era corsa via per nascondere i singhiozzi.

«Benedetto ragazzo, vai subito a controllare cos'è capitato» aveva detto il signor Angst quando aveva visto Renzo all'ingresso del suo ufficio. Era sconvolto, balbettava.

Renzo non aveva risposto. Ripensava alle parole del concierge. Non poteva essere vero. Il signor Angst gli aveva fatto un cenno impaziente con la mano, e allora Renzo si era mosso verso la porta, avviandosi nel corridoio, in direzione del salone.

Lady Amabel, quella mattina, si era a lungo vantata con il cameriere di essere cugina di Thomas P. di W.-on-T., spiegando che proprio grazie a quella parentela era di fatto un membro della corte e quindi una ospite interna dell'albergo e non esterna come gli altri presenti in sala. Sedeva al solito tavolo vicino all'ingresso, a pochi metri dal magazzino bagagli. Nonostante il fracasso assordante, non si era scomposta, neppure quando la tazza che teneva tra due dita con postura regale le era caduta sul pavimento di marmo. Era una reazione a scoppio ritardato.

«La regina non verrà» le aveva detto Lily un attimo prima. Arrivava di corsa dalla reception. Si era seduta di fronte alla zia, ansimava. Un attimo dopo si era alzata ed era scomparsa nel corridoio. Lady Amabel non aveva replicato. Si era limitata a stringere le labbra, come se avesse assaggiato un frutto aspro, uno dei limoni poggiati sull'enorme vaso di porcellana in mezzo alla sala. La tazza era caduta rompendosi sul pavimento in tante schegge smaltate. Lady Amabel, immobile, era rimasta qualche secondo a fissare il liquido bruno che correva sul parquet.

Nel salone, in cui tutto si era fermato per incantesimo, solo il giovane Evans, appena entrato, aveva reagito. Il frastuono l'aveva sorpreso mentre stava per accomodarsi in poltrona a leggere un'inserzione sul tennis pubblicata dal "Journal de Bordighera".

Il rumore proveniva dal magazzino bagagli. Darius era corso in quella direzione sotto gli occhi di Renzo. Aveva già visto quel ragazzo ma non conosceva il suo nome.

Mr. Evans aveva raggiunto la porta del deposito. Aveva agitato la maniglia con forza, fino a che la serratura era scattata. Aveva avuto appena il tempo di spostarsi. La porta si era spalancata all'improvviso e decine di valigie, pacchi e cappelliere erano scivolati nel corridoio aprendosi e spargendo intorno il loro contenuto. Scialli, corpetti, scarpe, sciarpe di velluto. Gli ospiti, a metà maggio, quando ripartivano per la madrepatria, lasciavano nel deposito i loro bagagli per ritirarli a ottobre, in occasione del ritorno in riviera per la stagione invernale. Quell'anno tante valigie non erano state ritirate perché l'"illustre arrivo" aveva monopolizzato l'albergo e nessuno, tranne i membri della corte, era riuscito a prenotare.

Renzo si era avvicinato a un mucchio di cappotti. Il pavimento era ricoperto di indumenti, come se un mercato delle pulci fosse all'improvviso esploso. Il giovane Evans, notando un movimento, si era diretto verso un punto della stanza in cui affiorava un piede. Era coperto da una calza a righe sottili. Un secondo piede calzava una scarpa allacciata.

A terra, nel caos, giaceva Lily. Il viso era arrossato, gli occhi lucidi fissavano nervosi il giovane soccorritore, come se la rovinosa caduta dei bagagli dagli scaffali lo riguardasse, e fosse in qualche modo colpa sua.

«Cercavo la mia valigia» aveva detto Lily coprendosi la bocca con il dorso della mano. Finalmente rivedeva Darius. E le circostanze erano disastrose.

Il concierge aveva detto a Renzo che «la tremenda notizia» gli era stata riferita da un funzionario inglese. Dalla descrizione corrispondeva proprio a quel giovane, che voltandosi verso Renzo si era presentato: «Mr. Darius Evans. Potete andare a prendere i miei bagagli all'ingresso. Sulla targhetta c'è scritto CALCUTTA».

2

«Quel tipo di persone esiste...» aveva detto infine Lady Amabel, lasciando cadere l'ultimo pezzo di biscotto nel tè molto zuccherato che si era fatta portare in una tazza nuova.

Poco prima del crollo nel deposito bagagli, Lily era corsa da lei per avvertirla, pareva in preda a una sorta di febbre perniciosa. Era entrata nel salone come un fulmine e si era lasciata cadere sulla sedia a peso morto. «La regina non verrà.» L'aveva sentito con le sue orecchie. Una sorta di felice disperazione l'aveva assalita. «La regina non verrà» aveva ripetuto alla zia, mostrandosi contrita, ma provando un sollievo insospettabile. Lady Amabel era rimasta in silenzio per qualche lungo secondo. Poi aveva poggiato il cucchiaino sulla tovaglia. Aveva sollevato la testa con un movimento lento, come se il cranio contenesse pietre voluminose.

«Prego?» aveva chiesto a voce bassa.

«La regina non verrà» aveva ripetuto Lily d'un fiato.

La zia teneva gli occhi fissi su di lei, ma le orbite sembravano vuote. Il viso si era indurito, i tratti erano asimmetrici, come se un vento improvviso le avesse storto la faccia. Era rimasta in silenzio, rigida sulla sedia. Solo le guance mutavano colore. Una corazza emotiva le impediva di reagire.

«Mia cara,» aveva poi ripreso a un tratto, algida, distaccata «gli sfortunati esistono...» L'aveva ripetuto abbozzando una risata maligna. «Prendiamone atto... facciamocene una ragione.» Aveva pronunciato quelle parole a denti stretti, cambiando voce. Sfogava su Lily la propria frustrazione per la notizia che aveva travolto in un attimo i suoi personali progetti di gloria. Era una donna capace di schiacciare l'interlocutore con perfidia sublime, si sapeva, ma la cattiveria che traspariva dai suoi occhi in quel frangente era inedita. Non potendo liberare la rabbia con urla e pianti, aveva scelto una vittima esterna su cui riversare frasi che probabilmente stava rivolgendo a se stessa. La sfortuna. Eccola di nuovo tornare alla ribalta dopo mesi di coincidenze che l'avevano indotta a sperare in giorni radiosi. «Esiste una nutrita categoria di sfortunati, mia cara,» aveva aggiunto, perseguitando a colpi di cucchiaino le briciole depositate sul fondo della tazza «e non ci si può fare niente. Al massimo possono aspirare a un invito a cena, se serve un quattordicesimo commensale. Questa sarà forse la fine che toccherà a una ragazza dal destino segnato come te!» La delusione travolgente può spingere gli esseri umani alla disumanità. E nel caso di Lady Amabel non era neppure necessaria una spinta troppo forte.

Sua Maestà la regina Victoria non sarebbe arrivata all'Hotel Angst perché erano intervenute cause di forza maggiore, i dettagli erano emersi nei giorni successivi. La guerra contro i boeri stava costando molto agli inglesi e l'esito pareva davvero incerto.

Prima che Lily si alzasse dal tavolo e se ne andasse piangendo verso il deposito bagagli, Lady Amabel aveva sollevato la mano per fermare un giovane cameriere. Reggeva un vassoio zeppo di pasticcini e lei ne aveva fatto incetta.

La sala era luminosa. In un grande vaso tra due vetrate una pianta di banano dalle lunghe foglie si godeva il sole. Sulle enormi finestre affacciate al giardino era impresso il logo dorato dell'albergo, che dall'interno si leggeva al contrario.

"TSGNA" aveva ripetuto Lily mentalmente, mentre la zia le riversava addosso il suo malessere. Era un suono insensato, come priva di senso le appariva la sua vita in quel momento. Rivedere all'improvviso Mr. Evans l'aveva stordita. Trovarselo per caso nella reception era stato un colpo. Per fortuna lui non l'aveva notata. Si sarebbe subito accorto del suo imbarazzo. E poi quella notizia: "La regina non arriverà...". All'immediata delusione era subentrata una strana calma, l'impressione di essere scampata a una tragedia. Senza la regina il recital andava a monte. La truffa del Maestro Abbruciati si sgonfiava prima di trascinarla nel fango. Per tre mesi quel peso sullo stomaco le aveva impedito di dormire in pace.

Prima di alzarsi e lasciare il salone, Lily aveva osservato Lady Amabel. Nonostante il sussiego, la zia aveva accusato la botta. Si era già fatta cucire tre vestiti nuovi per l'"illustre arrivo", compreso un abito da sera lucido che negli specchi della sarta la rendeva smilza, mentre dal vero la faceva sembrare una foca. E poi c'era la faccenda dei soldi presi a prestito per il recital. Un colpo mortale a pensarci bene. E non solo per lei. Lord J., in ultimo, si era deciso a contribuire alle spese. Era stato un modo per festeggiare la figlia, sopravvissuta a un incidente in mare nel quale aveva rischiato di morire affogata.

3

Il giorno dell'incidente in mare Renzo era arrivato in spiaggia con un presentimento funebre. Correndo, si era slacciato la camicia, e la cravatta era andata a finire in una siepe. L'aveva mandato a chiamare un pescatore, un amico di suo padre buonanima. Era appena uscito in mare con la sua barca quando aveva sentito un tonfo in acqua. Gli era sembrato di vedere un fantasma sul fondale, che in quel punto era piuttosto basso. In un attimo aveva capito. Sulla superficie galleggiava un nastro. Era dello stesso colore della stoffa che si muoveva sul fondo. Così il pescatore si era tuffato, nonostante l'acqua fosse fredda e infida per via dell'incrocio delle correnti. Poco prima aveva visto sulla spiaggia una ragazza. Il collegamento era stato immediato. La sagoma sul fondale le corrispondeva. Si era tuffato all'istante, immergendosi con la forza della disperazione e la maestria imparata in anni di immersioni a caccia di conchiglie. L'energia dello slancio gli aveva permesso di arrivare a sfiorare il corpo che si muoveva ancora. Aveva afferrato un braccio, tirandolo verso di sé. La ragazza era esile, lui era riuscito a sollevarla in una nebbia di sabbia. Intanto un altro pescatore, dalla barca, aveva calato in mare un remo e una corda legata a un peso. Il primo soccorritore aveva afferrato la cima e in un attimo era tornato in superficie. Un terzo pescatore si era affacciato al bordo della barca e aveva abbracciato la ragazza tirandola dentro. L'aveva poi stesa sul tavolato che copriva la prua dell'imbarcazione e premendole lo stomaco era riuscito a farle vomitare l'acqua.

Lily aveva rimosso quell'incidente dalla memoria. Quantomeno ci aveva provato. Le era capitato di riviverlo in sogno, qualche volta, a tradimento, e si era svegliata in un bagno di sudore. Morire. Non riusciva nemmeno a pronunciare quel verbo, le pareva sproporzionato e mostruoso. Nei suoi libri aveva letto di suicidi. Le erano parsi gesti grandiosi. In quel momento, però, infreddolita sulla spiaggia, le sembrava di essere stata tradita dalla gioventù, una forma invisibile di inganno, dalle conseguenze spesso fatali.

Era scivolata sulle alghe del fondale e il vestito, zuppo di acqua, l'aveva tirata sotto. Questa era stata la spiegazione data a Renzo il giorno dell'incidente. Nel tempo era diventata la versione ufficiale, alla quale aveva cercato di credere lei stessa.

I pescatori avevano avvolto Lily nelle coperte che tenevano in barca. Puzzavano di pesce, ma almeno le avevano tolto il freddo che sentiva sulla pelle. Quando Renzo era arrivato, i pescatori avevano scambiato con lui qualche frase in dialetto. Lei non aveva capito nulla, ma aveva evitato di farsi tradurre il discorso. La paura che non aveva avuto quando l'acqua l'aveva sommersa era esplosa nel momento in cui, distesa sulla riva, aveva ripensato al pericolo che aveva corso. Si vergognava. Era stata una stupida incosciente, ma un vantaggio ne era scaturito: la vita, che fino a quella mattina le pareva un problema, si era trasformata in un oggetto fragile da custodire dopo un naufragio. Preziosa.

Mentre spiegava a Renzo la dinamica del salvataggio, il pescatore lanciava a Lily occhiate sospettose. Cosa ci faceva una ragazza in mare a fine ottobre? La scusa dell'involontaria caduta, della fatalità, non reggeva in nessun modo.

Renzo, a testa bassa, aveva ascoltato le ipotesi dei pescatori tacendo. Poi a un tratto li aveva salutati abbracciandoli, e battendo la mano sulla loro spalla aveva sussurrato a ciascuno: «Vi sono grato».

Intanto Lily, infagottata e stesa sulla sabbia, fingeva di dormire. Renzo l'aveva sollevata dalla riva e, tenendola in braccio, l'aveva portata fino alla stazione poco lontana, dove una carrozza li attendeva. I pescatori erano rimasti a guardarli mentre si allontanavano. Quale che fosse la ragione dell'incidente, senza di loro sarebbe morta.

Distesa sul sedile, era minuscola come un cagnolino bagnato. Aveva taciuto per tutto il tragitto, ma davanti al portone dell'Angst aveva chiesto sottovoce: «Cosa direte alla zia?».

La notizia si era diffusa immediatamente, scuotendo l'intera comunità inglese. Non era stato Renzo a raccontare i fatti, bensì Lady Amabel in persona.

«*My Lord!*» aveva urlato attendendoli nella hall, circondata da camerieri pronti a offrire il loro servizio per confortare la malcapitata.

Dopodiché aveva finto di svenire per la commozione. In un modo o nell'altro doveva riconquistare la posizione della protagonista, che Lily, con i capelli fradici e lo sguardo perso, le aveva involontariamente sottratto. «Bambina mia!» ripeteva a chi cercava di rassicurarla. «Bambina mia!»

Quelle plateali dimostrazioni d'affetto avevano il potere di paralizzare la nipote e renderla incapace di formulare risposte convincenti. Dopo aver inalato i sali balsamici che una cameriera le aveva portato, la zia era partita con una raffica di domande senza sosta, intervallate da commenti riferiti a se stessa e alla disgrazia scampata.

NOSTRA LILY VIVA. MIRACOLO. ANNEGATA. UN SEGNO. Con

queste parole, non proprio chiare, era partito in tutta fretta il primo telegramma, e la risposta non si era fatta attendere. VAI AL DIAVOLO. Così aveva risposto Lord J. Non aveva capito nulla. Dunque la zia aveva inviato telegrammi più espliciti, sottolineando che si era davvero trattato di un segno del destino da non sottovalutare. Solo Dio in persona poteva aver congegnato quel salvataggio, e non tenerne conto equivaleva a un sacrilegio. Formulando discorsi aulici, la zia aveva usato l'"incidente" per spillare soldi a suo fratello, che in ultimo aveva risposto: ABBIAMO CAPITO LA SITUAZIONE. Non si era commosso per il "miracolo", si era piuttosto lasciato convincere dall'insistenza della sorella su quel "segno". Il caso era eccezionale: sua figlia, equiparata a un biglietto vincente della lotteria, non era "andata perduta".

"Il ritrovamento è stato un segno inviato in Terra dalle schiere angeliche" aveva esultato Lady Amabel, scrivendo infine una lunga lettera, nella quale chiedeva un mucchio di sterline per il recital, scomodando anche Enrico VIII e la fondazione della Chiesa anglicana a sostegno della santità del finanziamento. Ma in cosa era consistito esattamente il miracolo? In un intreccio di fatti che Lady Amabel non esitava a definire divini. Quando il pescatore aveva trasferito il corpo di Lily dalla barca alla spiaggia, aveva trovato sui ciottoli una chiave con una targhetta: HOTEL ANGST. Per questo aveva mandato a chiamare Renzo, sapeva di andare a colpo sicuro. Per la delicata missione era stato ingaggiato un ragazzino che in spiaggia aiutava i pescatori a pulire le reti. Era partito scalzo e come un fulmine era arrivato in albergo. I valletti di piantone al cancello l'avevano fermato, ma, quando il ragazzo aveva riferito i fatti, Renzo era stato subito chiamato in strada, mentre il messaggero veniva accompagnato nelle cucine per un sontuoso spuntino di ringraziamento.

«Una ragazza dai capelli rossi» aveva detto il messaggero.

Renzo aveva compreso al volo, e si era diretto senza esitare verso la spiaggia. Cosa poteva essere successo e soprattutto, perché? Lily era «quasi viva», così aveva detto il ragazzo. Renzo sapeva che all'ora dell'incidente aveva lezione con il Maestro Abbruciati. Non riusciva a immaginare la ragione che l'avesse condotta in un luogo diverso da quello previsto, ma era certo della necessità di offrirle una copertura. L'orario dell'incidente da comunicare a Lady Amabel doveva essere fatto risalire ad almeno un'ora dopo, in modo da evitare la sovrapposizione con la lezione del Maestro. Renzo l'aveva visto uscire dalla sala della musica poco prima che arrivasse il messaggero. Aveva visto anche una donna piuttosto volgare sgusciare subito dopo da una porta laterale. Insomma, comunque fossero andate le cose, bisognava far credere a tutti che si fosse trattato di un incidente fortuito, accaduto nel tempo legittimo della ricreazione, e non in quello sacro del dovere. Ma perché Renzo si poneva questi problemi? Perché non si comportava come un freddo dipendente dell'albergo incaricato di una "commissione"? Erano state proprio queste domande a frullare nella sua testa, mentre correva verso il mare.

4

Nell'ottobre 1899, quando Lord J. aveva finanziato il soggiorno di Lily e Lady Amabel all'Angst, reso possibile da un po' di sangue blu nelle sue vene e da conoscenze altolocate, era convinto che l'ingente spesa per la camera non rappresentasse un costo, bensì un investimento. Era stato fortunato a trovare una stanza ancora libera nella stagione che sarebbe passata alla Storia come cruciale per la riviera e per i sudditi inglesi che avevano a cuore la felicità della loro regina. Prima di partire per Ceylon, si era assicurato che il soggiorno di sua figlia avesse la possibilità di trasformarsi in "un biglietto vincente della lotteria". Non a caso Lady Amabel aveva usato quell'espressione scrivendo al fratello per chiedere il denaro destinato al recital. Toccando quel tasto sapeva di andare a colpo sicuro. L'elenco degli ospiti che avrebbero soggiornato all'Angst nella stagione invernale di fine Ottocento parlava da sé, era ben più di una garanzia di successo. Se il colpo fosse andato a buon fine, e per colpo si intendeva un matrimonio all'altezza dei debiti che Lord J. aveva contratto negli ultimi anni, la famiglia avrebbe forse anche potuto ricomprare i tesori dai quali Lord J., ultimo erede maschio della casata, si era separato con dolore. In mancanza di un ricco nobile britannico, ci si sarebbe contentati di un selvaggio americano, sopportabile se miliardario.

Nessuno aveva immaginato che, mentre a Bordighera si tiravano a lucido case, alberghi e villeggianti, in Africa si sviluppavano i germi di un conflitto che avrebbe reso impossibile per sempre il realizzarsi del sogno. Già l'11 ottobre, qualche giorno dopo la partenza di Lily e della zia, era scoppiata la Seconda Guerra Boera e il viaggio di Victoria era stato ritardato.

«Non arriverà!» aveva gridato Lady Amabel in camera, dando sfogo alla rabbia che nel salone dell'albergo aveva dovuto trattenere. Il foulard che portava annodato al collo svolazzava, mentre lei si spostava da un lato all'altro della stanza alla ricerca della carta da lettere. «Non arriverà! E io sono rovinata! Rovinata per sempre!»

Il 14 febbraio, nove giorni prima della funesta conferma, era già stata pubblicata una notizia preoccupante che avrebbe dovuto cancellare tutte le illusioni: la regina era stata minacciata da simpatizzanti delle repubbliche boere, in guerra contro gli inglesi in Sudafrica. Se Victoria fosse venuta in Italia, avrebbe rischiato molto di più rispetto a rimanere nel suo paese. Ma le illusioni, si sa, sono fatte di una sostanza quasi indelebile. Talvolta restano nel cuore anche quando il tempo utile per portarle a compimento è scaduto.

«Non arriverà!» continuava a ripetere Lady Amabel, come se ribadire ad alta voce una realtà amara potesse addolcirla o farla svanire.

Al di là dello sconforto per la mancata occasione, che mai avrebbe potuto riproporsi, c'era la paura. Come dire a Lord J. che i soldi, tanti, da lui elargiti per il recital erano andati perduti? Già. Perduti. Perché il Maestro Abbruciati, convocato d'urgenza, sembrava essere sparito. Il concierge aveva prontamente inviato un valletto all'indirizzo che il Maestro aveva fornito, ma la casa in questione era affittata ad altri, e da diverse settimane. Nessuno degli inquilini aveva sentito nominare Abbruciati, del quale non c'erano tracce. Dopo giorni era stato accompagnato all'Hotel Angst un contadino. Cercando il Maestro erano risaliti al malcapitato, che aveva ricevuto una convocazione urgente. Era entrato con il cappello in mano nella hall, ma era stato subito portato fuori, nel giardino dell'albergo, a causa di un forte odore di letame che proveniva dai suoi scarponi. Sotto gli aranci carichi di frutti d'oro, aveva risposto a una raffica di domande di Lady Amabel, tradotte da Renzo. «Il Maestro,» aveva detto «se davvero si tratta di un Maestro, è sparito all'improvviso, senza pagare l'ultima pigione della casa che gli ho affittato! Non c'è più neanche la baldracca» aveva aggiunto strofinandosi la testa con un fazzoletto lercio. Quella perdita gli pareva la più difficile da digerire, poiché il primo pagamento dell'affitto era stato riscosso in natura.

«Cara Lady Amabel, vostra nipote è di una bravura sorprendente!» aveva detto una mattina il Maestro Abbruciati, invitando la zia per un tè nella veranda dell'albergo. «Sono certo che si farà notare. Ha una voce stupenda e suona anche bene. Difficile non innamorarsi di una ragazza simile.»

Sul momento, Lady Amabel aveva inarcato le spalle e stretto le labbra. Il successo potenziale di sua nipote le dava molto fastidio. A lei non era mai capitata una simile occasione, e le pareva un'ingiustizia da aggiungere alla caterva di ingiustizie che si vantava di aver subito. Poi però aveva riflettuto e il suo volto si era disteso. Il matrimonio altolocato di Lily avrebbe permesso anche a lei, Lady Amabel, donna di antica casata, di riprendersi un degno posto nel mondo.

«Quanto costa?» aveva chiesto con gentilezza sbrigativa.

«Be'... non ho ancora fatto il conto... si tratta di sommare la paga dei musicisti, dei coristi, e poi... non vorremo certo fare a meno delle vedette dell'opera che vanno per la maggiore in questo momento. Ovviamente, anche il Maestro Puccini vorrà un congruo anticipo per giungere sino a qui...»

«E Puccini verrà?» aveva chiesto Lady Amabel dubbiosa ma determinata a vedere il successo dell'impresa.

«Ma certamente, è fuor di dubbio. Verrà di sicuro, però ci vuole un anticipo. Come avrete capito, carissima Lady Amabel, la vostra idea di pagare a recital avvenuto non è fattibile davanti a certi ingaggi. Voi avrete ovviamente un posto d'onore nel salone. Mi occuperò io stesso di allestire una platea nella quale potrete sedere a fianco della regina in persona.»

La cosa sorprendente di quella conversazione era stata l'agilità con la quale il Maestro aveva parlato in inglese. Questo dettaglio avrebbe dovuto consigliare a Lady Amabel una maggiore prudenza, perché era evidente che Abbruciati si era studiato la parte per evitare di coinvolgere Renzo o altri traduttori. Invece di diffidare, Lady Amabel aveva abboccato. Le era parso di crescere in statura. Il collo si era disteso e il mento puntava verso l'alto. Le rughe della fronte si erano distese. Ringiovaniva a vista d'occhio. La suggestione che Abbruciati era riuscito a creare poteva essere classificata come notevole, se non addirittura strabiliante. Lady Amabel era già là, nel salone zeppo di illustri invitati, avvolta nel suo vestito lucido da foca. In mezzo alla platea, la regina sedeva su una sedia dorata. Di fianco a lei, Lady Amabel applaudiva la nipote, pronunciando il suo nome con discrezione, ma agitandosi a sufficienza per far notare la parentela con la diva.

«Quanto volete?» aveva chiesto a un tratto Lady Amabel, uscendo da quel sogno a occhi aperti.

«In lire o in sterline?» aveva domandato il Maestro, lanciandosi in un calcolo ad alta voce. L'addizione aveva prodotto una cifra astronomica.

«Mio Dio!» aveva commentato Lady Amabel deglutendo e strabuzzando gli occhi, come se dovesse inghiottire un enorme boccone.

Abbruciati si era allora alzato, le aveva preso la mano per baciarla e aveva concluso: «Attendo vostre notizie entro domani. Dopo non ci sarà più tempo per organizzare».

Camminando all'indietro, senza staccare gli occhi da Lady Amabel, visibilmente frastornata, aveva varcato la soglia della terrazza, poi si era voltato, scomparendo.

L'incidente in mare della nipote era avvenuto il giorno dopo e, grazie al miracolo del salvataggio, la situazione era cambiata.

5

Non riesco a dirti quanto sia addolorata di non poter venire a trovarti a Bordighera o di come mi strugga per il soleggiato e fiorito Sud.

Darius, seduto al tavolino di un caffè, leggeva un foglio minuscolo, sorseggiando uno sherry.

Ma con gli abusi contro l'Inghilterra, e persino contro di me, con la guerra ancora in corso e con molto ancora da risolvere sento che non potrei, quasi con sicurezza, andare all'estero... Sarai sorpresa di quanto ti sto dicendo... all'inizio del prossimo mese andrò a visitare l'Irlanda. È un'idea tutta mia, così come lo è stata anche la mia rinuncia di andare all'estero. Darà grande piacere e farà del bene.
7 marzo 1900.

La regina Victoria aveva scritto una lettera accorata alla figlia prediletta Victoria Adelaide Mary Louise, in soggiorno a Bordighera, e Darius ne aveva conservata una copia. Pochi giorni prima aveva avuto per le mani proprio l'originale, consegnato con discrezione alla destinataria. La missione di Darius era andata a buon fine, ma l'impatto della missiva tanto delicata era destinato a sconvolgere la pace della colonia. La lettera testimoniava che l'annullamento del viaggio era definitivo.

Mentre rileggeva, Darius sorseggiava lo sherry guardandosi intorno. Bordighera brillava nel sole di inizio marzo, e la luce era così intensa da far presagire la primavera. Osservava le carrozze, alcune già liberate dalla capotte. Le signore a bordo, con foulard svolazzanti profumati di violetta, chiacchieravano e si godevano la bella giornata. Nei loro sguardi c'era però una gran tristezza, o almeno così pareva a Darius. Forse era solo una suggestione, o la deformazione professionale di chi deve studiare le persone per mestiere. Era bravo ad analizzare gli individui che si trovava di fronte, aveva un approccio quasi scientifico, e proprio questa dote gli aveva permesso di fare una rapida carriera.

Dopo l'apparizione all'Angst il 23 febbraio, foriera di cattive notizie, Mr. Evans era nuovamente svanito. Lily non aveva fatto domande, anzi, aveva cercato di estraniarsi. Troppi dispiaceri si erano addensati nel suo cuore in pochi giorni, dunque meglio non sapere, nonostante la curiosità. Mr. Evans le aveva dato l'impressione di essere di casa nell'albergo, pur non abitando lì. E poi, come faceva a conoscere informazioni tanto riservate e delicate? Sembrava proprio che agisse per conto di qualcuno, o meglio, di qualche ufficio dell'apparato imperiale. Era stato incaricato di dare la notizia del mancato viaggio della sovrana, e poi di consegnare una lettera personale alla figlia. Renzo aveva notato questo dettaglio, ma non era riuscito a capire null'altro circa il ruolo di quel giovane all'apparenza estroverso, ma in realtà molto riservato, per non dire oscuro. C'era in lui qualcosa di sfuggente che lo rendeva enigmatico. Era giovane, ma a causa di quell'aura di mistero diventava complicato stimare la sua età. Dava l'impressione di essere slacciato dal mondo reale, senza una famiglia e senza legami affettivi, una sorta di isola fantasma che appariva e spariva dalla carta, prima che Lily riuscisse a rilevarne le coordinate. Renzo, senza sapere il motivo, lo detestava.

«Non avrei saputo immaginare una sciagura più grande» aveva commentato una lady durante il tè pomeridiano il giorno seguente l'arrivo della notizia, che in un attimo spazzava via preparativi durati mesi. «E dire che avevo il presagio di una nuova sventura... l'anno era iniziato molto male. Il 12 gennaio è morto Manlio, sapete?» Si era poi voltata verso Lady Amabel, che aveva roteato gli occhi per il timore di dover intervenire su un argomento che le risultava alieno. «Il povero Manlio...» aveva ripreso la dama, ormai certa di non avere avversari su quel terreno «abitava a Villa Blancardi, sulla via dei Colli... era l'ultimo figlio di Giuseppe Garibaldi, sapete? Garibaldi, l'eroe dei due mondi! Tanta grandezza e tante disgrazie. Eh... Manlio... una brutta malattia ai polmoni ce l'ha portato via, così giovane, neanche ventisette anni, sapete? Come farà la sua povera mamma dopo tanti lutti... Del resto erano inevitabili... Quando il padre si innamorò di Francesca, lui aveva cinquantotto anni e lei solo diciassette... Era ancora persino sposato con una marchesina. Ma poi ha regolarizzato tutta la faccenda. Francesca discende da una nobile famiglia armena, sapete? Era fuggita in Italia a causa delle persecuzioni turche.»

Lady Amabel aveva colto solo alcune parti di quel discorso. La sua attenzione era ancora focalizzata sul fatto che, in pochi minuti, la fitta agenda di impegni mondani andava a farsi benedire. Nessuno, neppure lei, aveva associato il nome di Darius al funesto annuncio riguardante il viaggio della regina, tranne il concierge, che la mattina del 24 febbraio, cercando di confortare Lady Amabel, aveva detto: «Speriamo che la sovrana possa essere nostra ospite la prossima stagione. Mr. Evans ci ha dato la triste notizia, ma non ci ha tolto completamente la fiducia nel futuro. La novità è così drammatica da essersi già diffusa. Lo sanno ormai tutti. Neppure il vento che increspa il mare prima della bufera è mai stato così veloce. Si teme anche per l'esito di quella maledetta guerra africana...».

«Vinceremo senz'altro» aveva commentato Lady Amabel che, nonostante le ingenti spese inglesi nei combattimenti, le atrocità subite e inferte, il rischio di una sonora *débâcle,* non perdeva fiducia nel suo idolo Cecil Rhodes.

Era verissimo. L'annuncio aveva turbato e gettato nello sconforto sia la comunità britannica sia quella italiana, in particolare commercianti, albergatori e fittavoli. In un attimo la rovina era caduta su chi aveva investito in quella stagione invernale carica di aspettative. Il signor Angst, accertata la verità, era quasi svenuto, ma il giorno successivo un telegramma che annunciava un sostanzioso risarcimento l'aveva rassicurato. Ovviamente il prestigio che l'arrivo della regina avrebbe dato all'albergo andava a farsi benedire, e per quella disgrazia non c'erano soldi che potessero consolarlo. L'assegno annunciato era però di tutto rispetto.

A due settimane da quei fatti, Bordighera pareva quindi ancora sotto shock. Darius doveva riferire ai superiori l'umore che si respirava nella colonia. In quel momento aveva visto arrivare Lily con Lady Amabel. Quest'ultima aveva il viso rigido, sembrava pressato in uno stampo a forma di parallelepipedo. Si guardava intorno, dando l'impressione di cercare qualcuno. A un certo punto si era allontanata da Lily e aveva attraversato la strada per raggiungere un gruppo di connazionali fermi davanti alla banca Berry. Lily era rimasta sola. A testa bassa, aveva ripreso la strada dalla quale era venuta, ma alzando gli occhi aveva incrociato lo sguardo di Darius. Si era fermata, un raggio invisibile l'aveva paralizzata. Il viso non lasciava trapelare emozioni. Era così innaturale da non somigliare neppure a se stessa.

Darius si era tolto il cappello in segno di saluto. Poi le aveva fatto un cenno. Attendeva il consenso per attraversare la strada e avvicinarsi a lei.

Lily si era intanto voltata dall'altra parte, fingendo di non averlo visto.

Allora lui si era incamminato sul corso principale, poi aveva svoltato in una viuzza, e qualche istante dopo era ricomparso proprio davanti a Lily. Lei aveva alzato la testa e trovandoselo di fronte aveva fatto un passo indietro. Non sapeva che dire, e pregava di non avere l'occasione di parlare, perché appunto non sarebbe riuscita a contenersi. L'odio represso rischiava di uscire allo scoperto, come una dichiarazione d'amore.

«Vi chiedo perdono,» aveva detto Mr. Evans «vi prego di accettare le mie scuse.» Poi aveva stretto la mano di Lily, baciandola con delicatezza.

Il gesto l'aveva impietrita. Era tornato a essere proprio come il giorno del loro primo incontro. L'indifferenza con la quale l'aveva trattata quando si erano rivisti aveva lasciato il posto alla galanteria e forse persino a qualcosa di più. Lily sembrava una statua di gesso, bianca, con le spalle rigide e gli occhi fissi. Poi d'improvviso si era fatta rossa in viso e aveva sfilato bruscamente la mano dalla stretta di Darius.

«Oh, Mr. Evans...» aveva sussurrato, come se si fosse accorta di lui solo in quel momento «siete tornato... Bene. Saluti cari e buon soggiorno.»

«Sono sempre stato qui» aveva replicato lui prendendole di nuovo la mano per non lasciarla andare.

Lily aveva fatto un passo indietro. Era una situazione quasi comica. L'imbarazzo la rendeva una sorta di burattino che si muoveva a scatti.

"Sei una persona crudele!" ripeteva Lily nella sua testa per sfogare il risentimento, mentre Darius le sorrideva. "Sei un crudele!" Alla fine tutti i buoni propositi erano naufragati, vinti dal calore della mano dalla quale non sapeva più sottrarsi.

«Siete arrabbiata con me?» aveva chiesto Darius strizzando un occhio, come se non avesse preso sul serio il suo passo indietro, e anzi l'avesse interpretato a suo favore.

«Non ho ragione per essere arrabbiata né contenta. E ora, con permesso, devo andare.»

«Non ho colpe...» aveva allora detto lui sottovoce. «Non è colpa mia se la regina non verrà...»

«Non sta in questo la vostra colpa...»

«Ah! Vi siete tradita! Dunque una colpa esiste, da qualche parte?»

«Perdonate ma devo andare...» aveva risposto Lily con un tono che esprimeva il contrario.

Darius la osservava con una sorta di compassione. «Ripeto: comprendo i vostri sentimenti. Ma non è con me che dovete prendervela. Avete detto di essere sfortunata? Be', forse è così...»

«Perché non verrà? Per quale ragione?»

«La guerra, vi ho detto... Era un viaggio che desiderava molto...»

«Non è vero! È la regina! Una regina imperatrice può fare ciò che vuole!»

Darius sorrideva. Era davvero una bambina. Non sapeva nulla del mondo, né del fatto che, proprio quando sei unico sulla Terra, potente e padrone di milioni di persone, non puoi essere padrone di te stesso.

«La regina teneva molto a questo viaggio. Lo sapevamo anche a Shimla. Lo sapeva tutta la corte, potranno dirvelo anche quelli che erano già arrivati per attenderla. Era già stata a Bordighera, una volta, di passaggio dopo un soggiorno a Mentone, circa vent'anni fa. Era arrivata sulla carrozza reale, scortata da due carabinieri. Mi hanno raccontato che aveva raggiunto Capo Sant'Ampelio e poi era tornata indietro. Le era piaciuta molto Bordighera. In riviera era tornata nove volte, ma alloggiava in Francia. All'inizio dello scorso anno era rimasta per qualche mese a Nizza, all'Hotel Regina, sulla collina di Cimiez. E poi era venuta anche qui, all'Hotel Angst, per far visita a sua figlia. A lei era indirizzata la lettera che ho portato. Dunque? Ora mi credete? Pensate che mi sia inventato tutti questi dettagli?»

All'improvviso Lily si era addolcita: Victoria di Sassonia, la figlia della regina. Darius diceva il vero. La sera dell'arrivo all'Angst, dopo la cena, il cameriere aveva accennato a quel soggiorno illustre, e anche Renzo aveva confermato in più occasioni di essere stato al suo servizio per il trasporto dei voluminosi e numerosi bagagli dalla stazione all'albergo.

«Verrete alla spiaggia davanti alla stazione questo pomeriggio?» aveva chiesto a quel punto Darius sottovoce, con tono suadente.

«No, certo!» aveva risposto Lily, come risvegliandosi. «Ora devo andare.»

«Aspettate» aveva esclamato Darius richiamandola indietro. «Aspettate...» Poi aveva messo una mano nella tasca della giacca, tirando fuori una cartolina. «Tenete. Questa è per voi.»

Lily si era avvicinata a lui con evidente disagio. Aveva preso la cartolina e la osservava. Sul retro non c'era scritto nulla. Sul fronte c'era l'immagine di un'abbazia, e sotto una scritta: *Bangor Abbey, Ulster, Ireland*. Aveva alzato lo sguardo su Darius per capire il significato di quel dono inatteso e incomprensibile.

«Capirete» aveva detto Darius.

Lily avrebbe voluto fargli tante domande, ma non riusciva ad aprire bocca. Per un attimo era rimasta con lo sguardo fisso sull'immagine del monastero tratteggiata a china, poi si era voltata di scatto e si era messa a correre, mentre Mr. Evans aveva continuato a osservarla, fino a quando lei era sparita dietro una siepe di oleandri fioriti.

6

Del Maestro Abbruciati si erano perse le tracce. Dopo l'interrogatorio del contadino, era stata la volta di un venditore di strumenti musicali. Lady Amabel l'aveva incontrato in albergo e l'aveva tempestato di domande, usando le solite buone maniere. «Non parlatemi di soldi,» aveva spiegato il poveretto «mi deve ancora una discreta somma per un malloppo di spartiti che stupidamente gli avevo prestato. Se non mi avesse detto che dava lezioni di canto all'Hotel Angst non ci sarei mai cascato. Parlava di un grande recital e della possibilità di affittare due dei miei pianoforti per il soggiorno di Sua Maestà. Se lo rintraccerete, avvisatemi, avrò piacere di rivalermi su di lui!»

Renzo l'aveva poi visto uscire dall'albergo con una faccia funebre. Il Maestro Abbruciati aveva evidentemente truffato tante persone.

Per Lady Amabel era stato un colpo, la speranza di rivedere i soldi si affievoliva, volendo usare un eufemismo. Pagare Abbruciati in anticipo: solo una pazza sprovveduta avrebbe potuto fare una cosa simile. E lei, appunto, l'aveva fatta. A convincerla era stato un racconto suggestivo.

«Voi conoscete la storia di Pietro Zeni?» le aveva chiesto un giorno Abbruciati abbassando la voce, come se si trattasse di una confidenza. Lady Amabel aveva scosso la testa, avvicinandosi per sentire meglio. «Ebbene, Pietro Zeni a diciotto anni era un muratore. Casualmente, Mr. Bicknell lo sentì cantare in un cantiere edile. Fu così colpito dalla sua voce pura e armoniosa che a proprie spese lo fece studiare al Conservatorio di Milano, dove si diplomò a pieni voti.» Lady Amabel ascoltava senza fiatare, come in preda a un incantesimo. «Pietro, che è un mio caro amico,» aveva sottolineato il Maestro modulando il tono della voce per prepararsi al gran finale della favola che stava raccontando «è diventato subito tenore e ha debuttato alla Scala. Una carriera sfavillante! Lo chiamano l'"usignolo". Capite cosa c'è in ballo, cara signora? Quest'anno è interprete nella prima del *Lohengrin,* diretta alla Scala da Toscanini. E lavora anche con il nostro Puccini!»

Era stata un'esca eccellente. La storia aveva sortito l'effetto sperato dal Maestro. Lady Amabel, senza citare Abbruciati, si era data da fare per accertare la veridicità di quelle strabilianti informazioni. Erano risultate tutte vere. Pietro Zeni esisteva ed era stato proprio Bicknell a spianargli la strada per il successo. Lady Amabel si vedeva già sul ponte di un transatlantico diretto a New York, in missione speciale: accompagnare la nipote in tournée. Una frenesia mai provata prima l'aveva fatta tornare adolescente.

Ma quando la truffa era stata palese, l'impeto si era trasformato in lugubre ansia. Dal 24 febbraio si svegliava di notte in preda al delirio, sudava freddo contando mentalmente gli zeri della cifra che avrebbe dovuto restituire a suo fratello. Negli incubi vedeva la faccia di Abbruciati avvicinarsi al suo naso e farsi enorme. «Grazie,» le diceva con un sorriso beffardo, afferrando il pacchetto in cui Lady Amabel aveva nascosto i soldi «siete una donna bella e intelligente. Non vi pentirete della fiducia che state riponendo in me.» Il sogno si presentava di volta in volta più vivido, con dettagli precisi. Sullo sfondo c'era la rigogliosa vegetazione del parco dell'hotel. Abbruciati arrivava agghindato a festa, con abiti che forse si faceva prestare, considerato che ogni volta la taglia sembrava non corrispondere precisamente alla sua. Camminava con passo rapido verso Amabel, sembrava quasi volare. «Non vi pentirete!» gridava, voltandosi verso il cancello e correndo lontano. Nell'incubo Lady Amabel sentiva la risata sguaiata del Maestro, una risata che nella realtà non aveva mai udito, ma che nei momenti più disperati le riecheggiava in testa come un martello feroce. «Stupida!» gridava allo specchio contro se stessa, badando di non mostrarsi in simili condizioni in presenza della nipote. La sua autostima, benché abnorme, era stata fiaccata, e la rabbia aveva quasi raggiunto l'apice del colpo apoplettico. A quel punto suonava il campanello e chiamava a raccolta le cameriere. Renzo aveva assistito ai ripetuti soccorsi. Lady Amabel si agitava e insultava il personale fino a quando il calmante non faceva effetto. Un giorno, poiché la crisi di nervi l'aveva colta nella sala da pranzo, era stata costretta a indicare a Lily un nascondiglio segreto nella loro camera. «Dietro la specchiera,» aveva sussurrato con un filo di voce «tra gli oggetti preziosi c'è un sacchetto con le pillole.»

Proprio a causa dell'incubo, nelle notti insonni era arrivata a sviluppare una strategia: fingersi malata e chiedere un prestito per le cure a Mr. Berry. Era l'unico modo per riuscire a inviare a Lord J. parte della somma da lui ricevuta, prima che il fratello si precipitasse a Bordighera per riscuoterla di persona. Mr. Berry avrebbe forse potuto negare a una lady del suo prestigio una somma per curarsi? Difficile rifiutare, certo. Però esisteva un rovescio della medaglia. Bisognava rinunciare del tutto ai pranzi e alle cene, evitare di indossare abiti alla moda appariscenti e abbandonare gli eventi mondani, tutte attività sospette per una moribonda. La cifra da restituire era tanto ingente che per chiederla in prestito bisognava mostrarsi quantomeno malridotti. Non sarebbero bastate malattie comuni, bisognava inventarsi qualcosa di insolito. Il rischio di quarantena e isolamento, però, era eccessivo. Per giunta bisognava trovare un medico compiacente, questo di fatto era lo scoglio più grosso. Chi mai avrebbe rischiato la carriera per reggere un gioco simile? Se qualcuno si fosse prestato all'inganno, il rischio per Lady Amabel sarebbe stato quello di rendersi ricattabile, o, peggio ancora, di dover trovare soldi per pagare i ricattatori.

La strategia del malato immaginario andava pensata nei dettagli, meglio non improvvisare. Aveva così deciso di prendersi una pausa di meditazione. Frequentare gli altri membri della colonia sarebbe stato molto utile e anche in questo caso si trattava di creare occasioni di incontro. Per rendersi "appetibile", Lady Amabel aveva quindi iniziato a inventarsi aneddoti sul mancato arrivo della sovrana. Vivere all'Angst rendeva plausibile conoscere fatti riservati, ignoti a tutti gli altri. Per sfruttare la faccenda del recital andato a monte, aveva preso a ingigantire le qualità canore della nipote, spingendosi a dire che molti pretendenti altolocati, teste coronate comprese, si stavano interessando a lei. Il progetto di trovare marito a Lily era passato da obiettivo a medio termine a obiettivo immediato. Le spese del soggiorno all'Angst, già consistenti, rischiavano di non essere più "ammortizzate" dalla prospettiva a breve di incontri con miliardari. In mancanza di un nobile ci si sarebbe contentati di un facoltoso americano, ma non potendo più contare sull'arrivo della corte imperiale, era difficile che l'albergo, tutto prenotato fino al 24 febbraio e penosamente vuoto dal 25, potesse riempirsi in tempi rapidi di magnati della finanza, quella nuova forma di affari che stava prendendo il sopravvento sulle rendite da latifondo e pure sui commerci.

"Il futuro è in mano ai venditori di fumo" aveva scritto Lord J. alla sorella per indirizzare le operazioni di ricerca matrimoniale. "Mi piange il cuore a pensare che mia figlia cada in mano a un finanziere senza arte né parte, buono solo a speculare sui soldi degli altri, ma bisogna essere realisti, lungimiranti. Il futuro è dei venditori di bolle di sapone e noi siamo il sapone che loro sciolgono."

Lady Amabel non aveva capito niente delle bolle di sapone, tantomeno della finanza, ma aveva intuito che solo un rapporto stretto con i connazionali in soggiorno a Bordighera avrebbe potuto trascinarla in una direzione propizia, come una sorta di pesca a strascico in un mare pieno di insidie e opportunità. Il giorno dell'incontro in centro tra Lily e Darius, Lady Amabel era appunto immersa in chiacchiere con un gruppo di loro. Si parlava d'arte e in particolare di una certa pittrice, in soggiorno a Bordighera, dipinta a sua volta da un illustre artista: John Everett Millais. Si trattava di un pittore molto stimato. Era stato un ragazzo prodigio e poi cofondatore della prestigiosa Confraternita dei Preraffaelliti. Lady Amabel non sapeva un bel nulla dei preraffaelliti, nonostante a Londra abitasse proprio vicino a Leighton House, uno dei luoghi di ritrovo più importanti degli artisti contemporanei. In ogni caso, per non sbagliarsi, annuiva alle parole di un uomo sulla cinquantina che pareva molto informato. «Bordighera è un crocevia internazionale» aveva detto compiaciuto il gentleman, aggiungendo particolari sfiziosi sul suo recente acquisto, una casetta simile a uno chalet di montagna non lontana dall'Angst. «Da Bordighera passano personaggi di caratura mondiale, e i posteri ci daranno ragione per aver scelto di vivere parte dell'anno qui.» Poi aveva iniziato a divagare, aprendo una lunga parentesi sulle lungimiranti operazioni strategiche condotte dall'Impero britannico, in particolare riguardo un certo canale, aperto una quarantina d'anni prima da francesi ed egiziani. Dal 1875 gli inglesi lo controllavano, avendo comprato una quota dagli egiziani.

«Suez» aveva ripetuto Lady Amabel come se avesse conoscenze in merito.

«Certo, Suez» aveva proseguito l'uomo vantandosi di avere un parente di alto rango militare nelle truppe britanniche dislocate a protezione del canale. «Voi, cara Amabel, sicuramente conoscete la geografia» aveva proseguito. «Se per raggiungere le colonie d'Asia noi inglesi eravamo prima costretti a viaggi lunghissimi, oggi, scendendo lungo le coste italiane, raggiungiamo in fretta i nostri possedimenti. Non avete forse detto che vostro fratello ha un prestigioso incarico a Ceylon? Eh... ormai abbiamo occhi ovunque» aveva aggiunto in modo sibillino. «Osserviamo tutto anche quando la nostra presenza è invisibile.»

Lady Amabel non aveva compreso il senso di quella frase, ma aveva fatto segno d'intendere. Forse, con quell'accenno all'"invisibile", si riferiva a questioni religiose, oppure parlava di spiriti, dunque meglio annuire senza fare domande.

In ultimo il gentleman era tornato su Millais. «Be', non credo sia educato riportare pettegolezzi» aveva detto sottovoce strizzando un occhio a un uomo con una grossa pancia che sorrideva sornione.

Lady Amabel aveva drizzato le orecchie. «Odio i pettegolezzi,» aveva affermato con convinzione rivolgendo lo sguardo a tutti i presenti «mi chiedo come la gente possa perdere il suo tempo con argomenti disgustosi. Ma... vi riferivate al pittore?»

Il gentleman aveva avuto un'esitazione. Non era opportuno parlare in pubblico di certe cose, però, qualche decennio prima, lo scandalo aveva avuto grande eco nella Londra vittoriana. Si trattava di una verità risaputa e per giunta il pittore in questione era già morto da più di tre anni, mentre l'«altro» era morto da due mesi.

«L'altro?» aveva chiesto Lady Amabel con gli occhi luccicanti di curiosità.

«Ma come?» aveva domandato l'uomo, fingendo di voler tagliar corto per evitare dettagli pruriginosi. «Non conoscete la storia di John Ruskin e di sua moglie Euphemia Gray, che dopo aver chiesto l'annullamento del matrimonio aveva sposato Millais?»

Lady Amabel era diventata tutta rossa. Non sapeva nulla di quella vicenda, comunque l'espressione "annullamento del matrimonio" la induceva a pensare cose scabrose e dunque interessanti.

Il mormorio dei presenti aveva segnalato che la china del discorso si stava facendo scivolosa. Il gentleman aveva tossito, come a dire "Preferisco fermarmi qui".

A Lady Amabel, però, non era sfuggito che la pittrice dipinta da Millais, peraltro autore anche di un ritratto di Mrs. Bischoffsheim, era solita soggiornare a Bordighera, per la precisione a Villa Ruffini. Era amica di Clarence Bicknell, così aveva detto una lady prima che il gruppo si sciogliesse per una passeggiata lungo il mare.

Il cervello di Lady Amabel aveva iniziato a viaggiare a velocità spericolata. In un attimo aveva trovato la nuova strategia per recuperare i soldi persi: fare da intermediaria nella vendita di quadri. L'idea era stata fulminea e l'aveva galvanizzata all'istante. Avrebbe potuto diventare un equivalente di John Ruskin, del resto lui era anche defunto – così le avevano detto – dopo aver trascorso in preda alla follia gli ultimi mesi nella sua tenuta di campagna. Se Ruskin si era imposto come critico d'arte raffinato, perché mai non poteva riuscirci lei? Già si immaginava alle mostre, con abiti eccentrici e cappelli da favola. Sarebbe andata al casinò di Monte Carlo, di cui le avevano raccontato meraviglie, e al tavolo da gioco, tra il fumo di sigari pregiati, avrebbe vinto somme da far invidia ai banchieri della City. Avrebbe comprato bottiglioni di profumo, e grandi quantità di pellicce e cioccolatini. Il lavoro di critico d'arte le avrebbe permesso di viaggiare e l'avrebbe aiutata a trovare anche il denaro da restituire a suo fratello. Quel ruolo di censore, di solito appannaggio dei maschi, l'avrebbe innalzata e ricoperta di prestigio. Il progetto era decisamente folle, e proprio per questo Lady Amabel lo considerava fattibile.

La prima cosa da fare era avvicinare la pittrice, Mrs. Louise Jopling. Si diceva che avesse idee progressiste, era interessata ai diritti delle donne. Insomma, non sarebbe stato difficile inventarsi qualcosa per entrare al più presto in contatto con lei e godere delle sue grazie in vista di un brillante avvio di carriera.

Il piano era articolato in vari capitoli. Il primo, quello più importante, prevedeva l'invio di Renzo a Villa Ruffini, per invitare Mrs. Jopling a un tè nel salone dell'Angst. Persino una donna avvezza ai ricevimenti più chic avrebbe abbassato la guardia in un campo così specifico, ma Lady Amabel sentiva di dominarlo.

7

Quel pomeriggio, Lily aveva aspettato Darius sulla spiaggia.

«Ho un forte mal di testa,» aveva detto alla zia «ho bisogno di camminare all'aperto e prendere aria fresca. Vi raggiungerò in albergo più tardi.»

«Va bene, tesoro,» aveva risposto la zia, apprezzando la possibilità di starsene da sola in pace a chiacchierare con le sue nuove conoscenze «ci vedremo all'Angst, amore mio.» In pubblico non perdeva occasione di recitare il ruolo della parente affettuosa e soprattutto di nominare l'albergo, qualora a qualcuno fosse sfuggito il sontuoso luogo del suo soggiorno.

Lily era scesa sulla spiaggia in uno stato d'euforia mai provata in precedenza. Canticchiava sottovoce le strofe di una canzoncina per bambini con un ritornello sciocco che aveva il potere di calmarla. Il sole si era nascosto tra le nuvole e tirava vento di maestrale, freddo, forse troppo per il suo abbigliamento. Si era stretta nel soprabito imbottito e, per distogliere il pensiero dall'aria pungente, che a tratti sembrava attraversarle le ossa, aveva iniziato a contare. «Uno, due, tre...» Si era appoggiata a una barca in secca e, guardandosi intorno con ansia, era arrivata al numero quattromila.

Dopo circa mezz'ora di attesa, le era venuto il dubbio che non fosse quella la spiaggia indicata da Darius, forse lei aveva sbagliato a interpretare le sue indicazioni, forse non aveva sentito bene. Le pareva che avesse nominato la spiaggia davanti alla stazione, ma non era più tanto sicura. Così aveva iniziato a camminare verso la chiesetta di Sant'Ampelio, scegliendo di percorrere il tratto più lungo della battigia in modo da avere maggiori probabilità di incontrare Darius. Passeggiando, contava e scandiva i numeri come versi di una preghiera. Le avevano raccontato che molti secoli prima era giunto in quella zona un eremita paleocristiano, il leggendario Ampelio, che aveva trovato rifugio in una grotta tra gli scogli. Arrivava dall'Egitto e aveva portato con sé noccioli di dattero. Si era raccomandata a lui. Non aveva il coraggio di pregare davvero, né poteva chiedere di essere esaudita. In fondo, l'incontro con Darius, lontano dagli occhi di tutti, somigliava a un peccato.

Aveva contato fino a cinquemila. L'aria pungente le arrossava mani e viso, gli occhi lacrimavano. Arrivata alla chiesetta si era guardata intorno. La delusione era tale che, senza fermarsi un attimo, aveva invertito subito la marcia. Si sentiva debole, e faticava a vedere bene i contorni delle cose. Camminava e correva. Correva contro il vento gelido, contro la disperazione che a un tratto l'aveva aggredita.

Quando era tornata nel punto da cui era partita, le lacrime le rigavano il viso. La pelle bruciava, e così il cuore. Era stata una grande sconfitta, un'umiliazione. Nei romanzi che aveva letto non c'era traccia di sentimenti di quel tipo. Le eroine vivevano talvolta momenti difficili, ma non venivano ingannate come era successo a lei. Quei luoghi, che la Lucy del *Doctor Antonio* aveva frequentato, godendone la dolcezza, erano per Lily un teatro nel quale andavano in scena la sua inadeguatezza e gli scherzi della sua epica sfortuna, che l'aveva seguita fino a lì.

Teneva gli occhi chiusi. Un tremore la scuoteva. Aveva iniziato a tossire.

Darius le aveva teso una trappola e forse, da qualche parte, stava ridendo di gusto.

L'euforia era diventata rabbia cieca che stringeva la gola.

Era crollata sulla sabbia. Al risveglio era quasi buio.

8

Non era stata ritratta solo da John Everett Millais, ma anche da un altro grande pittore, James Abbott McNeill Whistler. E nel 1880 Oscar Wilde aveva recensito una sua mostra. Tutti i personaggi di spicco del mondo della cultura partecipavano regolarmente a ricevimenti londinesi organizzati a casa di Louise Jopling. Si vociferava che lei potesse essere una delle prime donne con un ruolo importante nella Royal Society of British Artists. Insomma, era una persona di successo, famosa, una poetessa, nonostante Lady Amabel non l'avesse mai sentita nominare. D'altra parte, si vantava di non aver mai letto romanzi né poesie, poiché considerava la letteratura un passatempo pericoloso, che indeboliva il carattere.

Renzo non era ancora andato a Villa Ruffini, ma aveva comprato alcune riviste alla moda nelle quali si parlava della pittrice. Era stato incaricato da Lady Amabel di fare incetta di giornali all'edicola del British Store. Lei sfogliava le pagine senza leggere, soffermandosi soltanto sulle foto e sulle didascalie celebrative che in alcuni casi ritraevano l'artista in mezzo ad altri notabili, indugiando in complimenti. A ogni foto, un denso risentimento prendeva corpo contro quella donna che non solo aveva avuto da Dio il dono del talento, ma riusciva a monetizzarlo rendendosi finanziariamente autonoma. Inoltre, e il particolare non andava trascurato, le era stato riferito che Louise era amica di un'altra Louise ancora più prestigiosa: si trattava di una delle figlie della regina Victoria, nota scultrice. Quello era stato un vero colpo, e per riprendersi ci aveva messo tutto il pomeriggio. Renzo era stato a più riprese rimproverato per non essere riuscito a trovare giornali popolari dai quali emergesse qualche crepa nella vita della celebre artista. Bastava un indizio per poter alimentare il fuoco della diffamazione, ma neppure un appiglio sembrava disponibile. La pittrice, che Lady Amabel aveva individuato come trampolino di lancio verso l'Olimpo delle persone illustri, ma che al contempo odiava di cuore, era citata su tutte le riviste mondane in modo lusinghiero, e lodata per i suoi abiti alla moda. Nessun giornale faceva eccezione rispetto al coro di lodi.

«Conosce tutti» le aveva confessato all'ora del tè una lady dallo strano accento tedesco, spezzettando in minuscole parti i biscotti serviti su brillanti vassoi nella sala del circolo del tennis. Lady Amabel aveva morso uno *scone* alla crema per affondarvi il proprio risentimento. La creatura oggetto della sua indagine era descritta come "bella, amata, intraprendente". Alla fine del tè, il suo desiderio di incontrarla aveva il sapore di un distillato di fiele. Si diceva che avesse studiato a Parigi e che le fosse stato addirittura permesso di analizzare l'anatomia umana su modelli nudi, una notizia mirabolante e pruriginosa al contempo, forse spia di comportamenti non proprio specchiati, sui quali si riservava di indagare ancora.

L'aggettivo "bella" l'aveva letteralmente ferita. Poi però le avevano rivelato l'età della Jopling, e allora una voglia di vivere improvvisa aveva sollevato Lady Amabel da terra, facendola metaforicamente volteggiare in aria, a dispetto della forza di gravità e dei suoi settantotto chili. Gioia e tripudio: Mrs. Jopling era nata nel 1843. Aveva ben dieci anni in più di

Lady Amabel. Le era morto un figlio e poi anche una bambina. Il vantaggio insperato a livello anagrafico cancellava in un attimo la stizza. Doveva conoscerla al più presto e, se la fortuna l'avesse accompagnata, forse avrebbe potuto anche incontrare un'altra donna famosa, amica di Louise, anch'essa pittrice: Kate Perugini, figlia prediletta di Charles Dickens. I suoi libri trionfavano nello scaffale di Lily. Si parlava delle persone più in vista a Londra, la vera aristocrazia intellettuale del regno. Inoltre, a proposito di soldi, Mrs. Jopling era in ottime relazioni con i de Rothschild. In ogni caso, guadagnava talmente tanto che nel 1879 era riuscita nell'impresa di trasferirsi con la famiglia in una grande casa nell'elegante quartiere di Chelsea. E aveva affidato al famoso architetto gotico-rinascimentale William Burges la progettazione di un atelier con giardino per sé e di uno per il marito di allora, Jopling, appunto. Di mariti ne aveva già avuti ben tre. E l'ultimo consorte era più giovane di lei di undici anni!

Questi dettagli, carpiti alla lady con la quale aveva preso il tè, erano bastati ad affliggere nuovamente Lady Amabel. Era troppo. Neppure la decina d'anni in meno poteva compensare il gap finanziario e amoroso, un vero abisso tra loro. Ed era proprio questo abisso a preoccupare Lady Amabel. Avvicinare Louise non pareva cosa facile, perché in comune non avevano un bel nulla.

«Sapete che Mrs. Jopling è stata firmataria della "Lettera delle signore ai membri del Parlamento" del 1884 e della dichiarazione a favore del suffragio femminile proprio l'anno scorso?» aveva detto a un certo punto la lady alzandosi dal tavolino per andare a seguire una partita di tennis. «Ma se volete maggiori informazioni su di lei potete rivolgervi a Mr. Bicknell. Sono molto amici. Spesso fanno passeggiate insieme. Lei è un'appassionata camminatrice.»

«Davvero?» aveva esclamato Lady Amabel. «Conoscete Mr. Bicknell? L'ho visto una sola volta ma non abbiamo avuto occasione di discorrere. Mi hanno detto che si occupa di piante, di scarafaggi e anche di energumeni primitivi...»

«Be',» aveva commentato la dama con una smorfia accompagnata da sopracciglia alzate e sguardo contrariato «non saprei se questa possa essere una descrizione pertinente dello scienziato Bicknell, un uomo che merita grande rispetto per il prestigio guadagnato in botanica, archeologia e anche filosofia e lingue... Conosce l'Esperanto,» aveva aggiunto con ammirazione «è forse una delle menti più illustri della colonia.»

«Può essere,» aveva ripreso Lady Amabel senza neppure accorgersi delle corbellerie tirate fuori nell'intervento precedente «ma io sono una londinese pura, abituata al progresso, non spreco tempo a leggere cose adatte a provinciali che vivono occupandosi di alberi, bacherozzi e dialetti delle scimmie. Ma ditemi ancora qualcosa di Mrs. Jopling...»

«È una gran donna» aveva tagliato corto la lady con un tono risentito. «Due anni fa è stata anche vicepresidente della Central and Western Society for the Women's Suffrage.»

Per Lady Amabel era stata una sorta di epifania. Ecco l'aggancio! Bastava fingersi paladina dei diritti delle donne, e fare attenzione a non tradirsi. Chi la conosceva sapeva benissimo che era un'inflessibile conservatrice, in netta opposizione rispetto alla lotta delle suffragette per il voto femminile.

«Ma perché Mrs. Jopling è arrivata a Bordighera?» aveva chiesto infine Lady Amabel alla dama che stava allontanandosi.

«Perché ne aveva sentito parlare molto bene da Carl Schloesser. È un notevole pittore.»

«Mai sentito.»

«È mio zio.»

9

Lily si era scrollata dal soprabito la sabbia che a causa del vento le era entrata persino nelle tasche. Sulla spiaggia faceva freddo e feroci fitte le attraversavano la schiena. Il primo pensiero era andato alla zia, che probabilmente l'aspettava furente in albergo. Il secondo era stato per Darius. Non riusciva neppure a visualizzare il suo volto, come se la delusione lo avesse cancellato per sempre.

Con le mani intirizzite aveva cercato di togliere la sabbia che si era appiccicata alle guance, ancora umide di pianto. A un tratto, un colpo di tosse l'aveva scossa, poi una pausa, seguita da un accesso di tosse più violento. Si era passata una mano sulla fronte, scottava. A quel punto le era parso che il fiato le mancasse, e la paura di non riuscire a raggiungere l'albergo l'aveva assalita come un'onda improvvisa in un mare già agitato. Il corpo tremava e le gambe faticavano a sorreggerla.

Il profilo della costa francese si faceva pian piano nero e indistinguibile dalla linea d'orizzonte che separava la notte dall'acqua scura. Non doveva piangere. Di questo era certa. Doveva giurare a se stessa che neppure una lacrima sarebbe più scesa dai suoi occhi, e di certo non per Darius, che dalla sua prima apparizione non aveva portato altro che guai.

Senza di lui non ci sarebbe stato quel bacio rubato in mezzo alla strada, e neppure il ricatto del Maestro Abbruciati, e nemmeno quella recente delusione che la consumava.

«Maledetto» aveva gridato, e l'eco della sua voce si era persa nel fruscio della risacca.

Doveva riuscire a raggiungere la stazione. Da lì sarebbe stato forse più facile trovare una carrozza per arrivare in albergo. Di certo quei tremori erano febbre, e quella tosse nulla di buono. Si odiava, e odiava il mondo intero.

Per l'ennesima volta era caduta in un tranello, e forse non accadeva per la cattiveria degli altri ma per la sua immensa stupidità. Se fosse riuscita a venir fuori indenne da quella penosa situazione, avrebbe bandito dal suo vocabolario la parola "amore", si sarebbe chiusa nella sua stanza e non sarebbe uscita fino all'ora della partenza per la madrepatria, un luogo che non rimpiangeva, ma che in quel momento le sembrava il male minore.

Camminando, la tosse peggiorava. Forse sarebbe morta: non le pareva un danno, anzi.

Aveva raggiunto il tracciato dove i muratori lavoravano per costruire la passeggiata. Quel tratto di riviera era un luogo meraviglioso, ma lei lo viveva come il peggiore inferno e anche questo, nella confusione mentale del momento, le dispiaceva tanto da indebolirla ulteriormente.

In giro non c'era nessuno. Per gli italiani era l'ora di cena, e per gli inglesi quasi il momento di andare a letto o di chiudersi in un club a bere whisky e fumare l'ultimo sigaro della giornata.

A un tratto era inciampata, ma con uno scatto all'indietro era riuscita a non cadere. Poi, all'improvviso, aveva alzato gli occhi al cielo. Nel buio la volta celeste le veniva incontro in uno scroscio di stelle. Le girava la testa, il cuore aveva accelerato. In lontananza, sul velluto nero della costa francese vedeva un alone giallo. Forse si trattava dell'illuminazione elettrica di Monte Carlo, una delle grandi novità del ventesimo secolo, che a lei sembrava già tradire gli auspici.

Sul piazzale della stazione non c'erano vetture. Il campanile batteva otto rintocchi.

Aveva imboccato il viale e, attraversando la strada, era stata quasi investita da un cavallo che trascinava una vettura all'apparenza vuota.

«Ehi!» aveva gridato al cocchiere, come aveva visto fare tante volte dagli italiani. La vettura si era fermata.

«Hotel Angst» era riuscita a dire prima che la tosse le impedisse di parlare.

Il cocchiere le aveva lanciato uno sguardo, un misto di pietà e preoccupazione. Forse si trattava di una delle tante ospiti tisiche della colonia.

«Ma all'Angst non potete entrare» aveva detto in un italiano che Lily aveva inteso.

«No malata,» aveva sussurrato, soffocando gli spasmi «no malata.»

Il cocchiere aveva sollevato le spalle facendole cenno di salire.

10

Lady Amabel aveva iniziato dalle Azzorre, proseguendo il giro del mondo lungo le coste dell'Africa, dell'Arabia, dell'India, delle Indie Orientali, della costa del Pacifico, dell'Australia, della costa del Sud America, raggiungendo poi Capo Horn, il Brasile, le Indie Occidentali, la costa orientale degli Stati Uniti fino a Terranova e, da lì, si era avventurata nella traversata transatlantica, diretta alle isole britanniche.

Si chiamava *The Crystal Palace Game. Viaggio intorno al mondo.*

Intorno a un elegante tavolo di mogano sedevano cinque lady e sei gentlemen, uno dei quali le sorrideva con un numero di denti che sembrava eccessivo. Muovevano le loro pedine sulla carta, come se davvero stessero attraversando le impervie foreste delle Hawaii, nel bel mezzo del tragico assassinio di James Cook, oppure stessero sbarcando per la prima volta con Colombo nelle Indie Occidentali o con Alexander Selkirk sull'isola di Juan Fernández, ispirazione per il romanzo *Robinson Crusoe* di Daniel Defoe.

Lady Amabel era riuscita a farsi invitare in una villa sulla via Romana, un grande successo considerato che più volte aveva tentato di partecipare alle serate in un'altra grande villa, Casa Coraggio, senza mai riuscirci. Là si tenevano letture di poesie, recite teatrali, conversazioni sul cristianesimo e, talvolta, si parlava anche di animali, poiché il padrone di casa aveva preso posizione contro la vivisezione. Si chiamava George MacDonald. Era un uomo di grande cultura e spiritualità. Da vent'anni abitava a Bordighera in pianta stabile. A Lady Amabel era parso di aver già sentito quel nome. Si trattava infatti di uno scrittore famoso e i suoi libri erano presenti nella biblioteca di Lily. Ricordava un titolo, *Phantastes*, che parlava di fate ed era tra i preferiti di sua nipote. Lady Amabel aveva saputo che in quella casa, dove MacDonald viveva con la sua numerosa famiglia, si ritrovavano molti scrittori, inglesi e anche italiani, compreso Edmondo De Amicis. I nomi degli artisti in questione comparivano spesso sui giornali nazionali. In mancanza di un invito in mezzo ai letterati, aveva ripiegato volentieri sulla serata tra amici di Louise Jopling. Stranamente, non aveva dovuto brigare molto per accedere a quel salotto, anzi, era stato proprio il gentleman incontrato nel pomeriggio a invitarla. Al sorriso era seguito un inchino. Era un uomo alto e a suo modo affascinante. Al baciamano, Lady Amabel era stata colta da vertigine. Proprio per questo aveva dedicato alla toilette serale una cura insolita, quasi compiacendosi del fatto che Lily non fosse ancora tornata in albergo. Per l'occasione aveva indossato un abito giallo che, considerate le abbondanti colazioni, aveva il pregio di essere confezionato con una bella stoffa e il maleficio di farla sembrare un Pan di Spagna troppo lievitato.

La pittrice era impegnata, doveva lavorare a un ritratto da consegnare in tempi rapidi, dunque difficile per lei partecipare a eventi mondani o anche soltanto fissare una data per un tè all'Angst. Lady Amabel era rimasta un po' delusa per la risposta che Renzo aveva portato di ritorno dalla sua spedizione organizzata per tastare il terreno, però si era consolata con l'invito che le era giunto per quella sera. Il gruppo era composto da profondi conoscitori della corte della regina

Victoria, o meglio ancora, di frequentatori dei salotti pregiati della capitale dell'Impero.

Proprio la regina compariva in un riquadro disegnato in alto a destra sulla mappa del gioco. Lady Amabel non aveva mai giocato a Crystal Palace, dunque era rimasta folgorata da quella tavola stampata che aveva il tocco geniale della sintesi e traduceva in scenette il motto "La Gran Bretagna sul cui Impero non tramonta mai il sole".

La grande vignetta sul lato destro del foglio rappresentava appunto la cerimonia di apertura del palazzo di Cristallo, costruito originariamente per la Great Exhibition del 1851 in Hyde Park, e trasferito nella nuova sede di Sydenham Hill. L'inaugurazione era avvenuta alla presenza dalla regina Victoria e del consorte principe Albert. Intorno al bordo della mappa si trovavano altre quattordici scenette colorate, che illustravano le colonie britanniche. Comparivano schiavisti, uomini a caccia della tigre in India e aborigeni australiani. «Ah!» aveva esclamato Lady Amabel, forse credendosi per un attimo Cecil Rhodes in persona. «È delizioso constatare la nostra superiorità su tutti questi smidollati!»

Henry Smith Evans, l'autore della mappa, era un membro della Royal Geographical Society e noto cartografo. Su altre mappe aveva rappresentato i possedimenti britannici, con la data della loro conquista, informazioni sulla popolazione e altri dati utili a rendere fiero un cittadino inglese di stampo conservatore come Lady Amabel. La preminenza dell'Impero come leader mondiale nelle arti, nelle scienze e nella tecnologia, nonché nel dominio globale, emergeva in tutto il suo splendore.

Nella casella 10 compariva una nave minacciata da un grande mostro marino, e nelle 46 e 58 alcuni marinai uccisi da indigeni ostili. La 58, poco sotto il Tropico del Cancro, riportava appunto la vicenda di Cook. Lui era raffigurato in braghe gialle e giacca bluette, circondato da selvaggi assetati di sangue. «Queste genti incivili andrebbero spazzate via dalla faccia della Terra» aveva detto con fierezza Lady Amabel. «Mio fratello vive ormai da tempo nella colonia d'India e non c'è lettera in cui non mi racconti delle atrocità di cui costoro sono capaci, come se l'India fosse casa loro e non di noi inglesi, che con fatica l'abbiamo conquistata e, per il loro bene, la dirigiamo. Vivo con terrore l'apertura delle lettere. Ho sempre il timore di leggere le vicende di gentlemen squartati. Non voglia il Cielo che mio fratello venga mangiato e digerito da quei selvaggi! Finire nello stomaco di un pezzente... Rendiamoci conto di cosa rischiamo ogni giorno, Gesù Santo!»

Due lady avevano annuito e con sguardo afflitto avevano rivolto gli occhi ai loro mariti, probabilmente candidati a diventare una bistecca in qualche isola tropicale.

«Vedete, cara Lady Amabel,» aveva detto a un tratto l'uomo galante che da qualche minuto sorseggiava un whisky fissando un punto sulla carta, in corrispondenza del canale di Suez «è proprio per non finire negli intestini di qualche scimmia che noi vigiliamo.» Poi si era avvicinato alla mappa e con la mano aveva sfiorato la Liguria, scendendo lungo lo stivale italiano. In quel gesto lezioso c'era una buona dose di lascivia. Sembrava intento a un approccio sessuale che a Lady Amabel era apparso oltraggioso e al contempo conturbante. Quando si era soffermato su Roma, carezzando i contorni del Lazio e scoccando ad Amabel uno sguardo complice, lei aveva sentito una scossa proprio all'altezza del ventre, un po' come le accadeva davanti alle pasticcerie italiane quando esponevano in vetrina vassoi ricolmi di meringhe. Mentre rifletteva su quell'analogia, il gentleman era già sceso verso Suez, percorrendo con il dito le coste dell'Arabia, massaggiando il Medio Oriente e sbucando infine nell'Oceano Indiano con un beato godimento sul viso. «Qui abbiamo i nostri occhi,» aveva aggiunto rivolgendosi ai presenti e sorridendo compiaciuto «più occhi avremo e meno rischi correremo di diventare il pasto di qualche suddito.»

«È vero!» aveva esclamato uno dei due mariti. «Io ho assistito con i miei occhi alla rivolta dei sepoy del 1857. Ero un bambino. Mi pare di essere ancora là, nel caldo torrido indiano, tra il profumo del cumino e l'odore dei liquami a cielo aperto. Ho visto massacrare molti connazionali proprio dalle armi di quei soldati che ci servivano coltivando il tipico risentimento del traditore. E poi? Al tempo dominava ancora la East India Company. Cosa ottennero gli indiani con quel conflitto ordito per liberarsi di noi? Ebbene, si andò verso il governo diretto delle autorità britanniche, il grande British Raj. Peggio per loro!» Conclusa la frase si era acceso un sigaro, era andato verso la finestra, l'aveva aperta, e aveva dato due boccate nel silenzio devoto creato intorno a sé, aggiungendo: «Adesso, oltre alle terre d'India abbiamo in ballo anche il petrolio».

Lady Amabel aveva già sentito quel termine ma non aveva capito di cosa si trattasse, né perché gli uomini si infervorassero tanto nel parlare di acqua nera, sporca, spessa come il putridume in certe aree sudicie di Londra, e forse anche più puzzolente. Temeva di fare domande sciocche e, contrariamente alle sue abitudini, era rimasta in silenzio.

Una delle dame, avvolta in una stola di mussola violetta, aveva azzardato un passo su quel terreno impervio di esclusivo dominio maschile. «È incredibile come con le cose sporche si possano fare tanti soldi,» aveva detto sospirando «ieri ho preso il tè al Lawn Tennis. Una dama si era portata appresso una zia americana che guarda caso abita vicino a John Davison Rockefeller.»

Sentendo quel nome il gentleman galante, che non perdeva occasione di lanciare occhiate a Lady Amabel, aveva fatto una sorta di inchino, come se il cognome Rockefeller aprisse nella sua testa un cassetto con la targhetta: DIO.

«È buffo,» aveva proseguito la dama scuotendo la testa «l'americana, una donna rosea e massiccia, ci ha raccontato che questo signore ebbe un'infanzia piuttosto complicata. Pare che il padre obbligasse la famiglia a continui traslochi.»

«Ah! Quanto detesto i traslochi» aveva esclamato Lady Amabel, soffrendo per aver perso la scena, ormai saldamente della lady che sedeva al suo fianco e parlava con una voce flautata assai accattivante per gli uditori.

«Ebbene, dicevo...» aveva proseguito quella fingendo di non essersi accorta dell'interruzione. «Pare che questi continui traslochi fossero dovuti al lavoro di suo padre» aveva aggiunto coprendosi la bocca per incuriosire gli astanti. Era seguito un breve silenzio. L'attenzione era palpabile perché i volti erano immobili, privi di espressione. «Insomma,» aveva ripreso la lady senza farsi pregare «il padre vendeva medicinali con il potere di "curare tutti i mali", o almeno questo diceva ai clienti. Per questo la famiglia era costretta a spostarsi spesso da una città all'altra dello stato di New York. Doveva evitare di essere riconosciuto e rincorso dai clienti inferociti.» Poi si era interrotta come colta da esitazione. «Così me l'hanno raccontata e così ve la racconto» aveva aggiunto abbassando la voce. «Mah... potrebbe anche trattarsi di una diceria. O forse anche di invidia, perché, quando si stabilirono a Cleveland, il giovanissimo Rockefeller cominciò a fare affari con il petrolio... Pare sia l'uomo più ricco del mondo... E del resto, agli americani interessano i soldi, non certo come li fai né da dove vengono... Mi pare che la società si chiami Standard Oil. Non avrei scommesso un penny su un nome simile...»

Lady Amabel aveva dato un colpo di tosse, inghiottendo in un soffio lo sherry che aveva nel bicchierino. «Trovo rivoltante questa gente che pensa solo ai soldi,» aveva detto con una smorfia «è la nobiltà che conta, non certo il denaro.» Poi si era guardata intorno per raccogliere i consensi, ma il suo pubblico non pareva entusiasta di quella battuta.

«Volevo dire che il patrimonio dovrebbe sempre derivare da una posizione dimostrabile nei secoli» aveva proseguito per aggiustare il tiro, ma neanche quella battuta sembrava galvanizzare il gruppetto a cui erano brillati gli occhi dopo la frase "Pare sia l'uomo più ricco del mondo".

Il gentleman che l'aveva invitata, e che durante il gioco non aveva perso occasione di fare battute su una vasta parte di mondo chiamata Persia e Impero ottomano, si lisciava i baffi. «Grazie al successo commerciale dei derivati del petrolio, sono aumentate anche le estrazioni in Russia e nelle nostre colonie» aveva iniziato a spiegare con sussiego. «Da lì il petrolio arriva in Europa su grosse navi che da otto anni passano attraverso il canale di Suez. Le grandi compagnie petrolifere aumentano di numero: c'è la britannica Shell, l'olandese Royal Dutch, che sfrutta i pozzi delle colonie del Sudest asiatico, e poi... c'è appunto la Standard Oil di Rockefeller. Pare che Mr. Rockefeller utilizzi un metodo infallibile, semplice e feroce: chi si rifiuta di vendere a lui la propria attività viene spinto alla bancarotta. Saranno anche queste soltanto dicerie?» aveva aggiunto sfidando con una smorfia il resto del gruppo. «Chi controlla questo commercio controlla il mondo... e il futuro...» La conclusione era stata pronunciata con sacralità, un discorso degno del cerimoniale all'abbazia di Westminster.

«Dunque le cose sudicie faranno la nostra fortuna!» aveva esclamato Lady Amabel, arrossendo subito dopo.

«Certamente» aveva riso il gentleman sollevandola dall'imbarazzo e spostando la sua pedina sulla gobba di un dromedario tra le caselle 6 e 7 nel Nord dell'Africa. Poi, mentre gli altri discutevano con clamore quella mossa, si era avvicinato a Lady Amabel aggiungendo: «Riporterò la vostra battuta al mio amico Calouste. Abbiamo frequentato insieme il King's College di Londra, siamo entrambi laureati in ingegneria petrolifera. Ho saputo che nel vostro hotel è arrivato un giovane... un certo Mr. Evans, lo conoscete?».

Lady Amabel si era drizzata sulla poltrona. Detestava essere chiamata in causa per risposte che non sapeva dare. Si riprometteva sempre di tacere nelle occasioni in cui parlare avrebbe significato smascherare la propria inadeguatezza, ma puntualmente, anche quella volta, aveva commesso l'errore di fare il contrario. «Ah, Mr. Evans... ma certo... lo conosco... Sapete, in quell'hotel ci si conosce tutti, è una sorta di club esclusivo...»

«Bene!» aveva esclamato prontamente il gentleman, mostrando vivo entusiasmo. «Allora» aveva aggiunto, abbassando la voce «potete portargli un messaggio da parte del mio amico?»

«Ma senz'altro» aveva risposto Lady Amabel scivolando nella poltrona con le guance sempre più rosse e il batticuore. Da anni un uomo non le si avvicinava tanto da permetterle di sentire l'odore del tabacco che teneva nel taschino della giacca.

«Ecco, dite a Mr. Evans:» aveva sussurrato l'uomo abbassando la testa fino a raggiungere quella di Lady Amabel «Mr. Five Percent vorrebbe sapere se potete prestargli un ombrello.»

La presenza incombente di quel gentiluomo alto, muscoloso e giovanile, seppure dotato di eccessiva dentatura, le aveva seccato la lingua, al punto da lasciarla inerme sulla poltrona, con il solo scudo di una palandrana che si era premurata di chiudere allacciando in maniera scombinata asole e bottoni. «Dunque, come avete detto che vi chiamate? Calouste?» aveva azzardato tentando di darsi un tono, ma mostrando di non aver compreso il messaggio cifrato appena ricevuto.

«Mia cara...» si era affrettato a dire l'uomo con una voce suadente «Calouste Sarkis Gulbenkian è il mio amico. Dunque mi farete questa gentilezza? Sapete, il mio amico viaggia molto. In questo momento è a Il Cairo. Vi sarà molto grato e io pure.»

Lady Amabel era riemersa dalla poltrona scattando in piedi come un soldatino. Avrebbe voluto ritrattare ciò che aveva appena detto, ovvero la bugia riguardo a Mr. Evans, ma non era più possibile. Le era capitato di provare una sensazione simile tempo prima, quando era stata avvicinata da uno sconosciuto per portare un messaggio a Lord J., suo fratello. Era una frase banale, ma nell'udire le parole pronunciate dalla sorella Lord J. era impallidito.

«Va bene,» aveva replicato per tagliare corto «temo di non poter più restare. Ho lasciato da sola mia nipote nella camera dell'Angst... Si chiederà perché io non l'abbia già raggiunta, dato che siamo inseparabili.» Poi si era congedata dai presenti, ripetendo la scusa appena inventata e lasciando la sua pedina sulla mappa, sulla casella 11. Raffigurava alcune donne inginocchiate, e sopra di loro un uomo aggressivo armato di bastone.

In strada aveva provato sollievo nel sentire l'aria frizzante sulle guance. Sembravano friggere, tanto si erano surriscaldate. Il gentleman aveva insistito per accompagnarla, ma il terrore di nuove domande imbarazzanti l'aveva sconsigliata di accettare. Peccato. Era un bell'uomo. Purtroppo Lady Amabel aveva commesso l'errore di spingersi troppo avanti, promettendo una commissione che non era in grado di portare a compimento.

La villa era vicinissima all'Angst, bastava attraversare la strada e percorrere pochi metri.

Il clima era piacevole, nella brezza c'era già profumo di fiori, anche se la primavera doveva ancora iniziare. Era una serata incantevole per il corteggiamento. Le era venuta in mente una frase di sua madre buonanima: "Difficilmente è bella una donna che viene usata".

11

Sul letto, ancora vestita, Lily respirava a fatica e aveva la fronte molto calda. Quando Renzo l'aveva vista entrare in albergo, si era ricordato che Lady Amabel era uscita poco prima, e quindi era andato verso la scala per avvisarla. La lentezza con la quale Lily saliva i gradini l'aveva insospettito, ma solo nel momento in cui si era voltata lui si era accorto del suo viso gonfio, gli occhi inespressivi e sottili come fessure.

«Ma voi state male» aveva avuto il tempo di dire prima che lei scivolasse a peso morto sul tappeto davanti all'ingresso della stanza.

La chiave della camera, agganciata a una pesante targhetta di metallo, era caduta in mezzo al corridoio. Renzo l'aveva raccolta e aveva spalancato la porta. Poi era tornato indietro e aveva sollevato Lily in braccio, trasportandola fino al letto.

L'aveva distesa con cura sulla coperta, mettendogliene addosso un'altra che era appesa allo schienale di una poltrona. La ragazza tremava e le sue labbra erano viola. La tosse che l'aveva afflitta durante il tragitto fino all'albergo era cessata. Sembrava che non respirasse più. Allora Renzo aveva suonato con decisione un campanello poggiato sul comodino ed era corso all'armadio per tirare fuori altre coperte e un cuscino da porle sotto i piedi per tener sollevate le gambe. Sul corpo le aveva poggiato anche una trapunta di pelliccia, e quando una cameriera si era affacciata alla soglia della camera le aveva gridato: «Un dottore, presto! È grave!».

Lily aveva aperto gli occhi, ma senza riuscire a tenere le palpebre sollevate. Renzo, con un fazzoletto che aveva bagnato versandoci sopra l'acqua ancora tiepida di una teiera poggiata sul comò, le aveva inumidito le labbra, premendole di nuovo una mano sulla fronte. Scottava più di prima. All'improvviso un colpo di tosse l'aveva scossa, sollevandola leggermente dal materasso, su cui era ricaduta un attimo dopo. Quella tosse secca ma profonda non presagiva nulla di buono. Renzo le aveva preso le mani, stringendole nelle sue, pregando a bassa voce. Recitava i versi di una litania che i pescatori ripetevano quando il mare si gonfiava e temevano per la loro vita.

Solo in quel momento si era reso conto delle responsabilità che avrebbero potuto addossargli. Lady Amabel non c'era e chissà cosa avrebbe potuto dire trovandoli così, da soli nella stanza. Allora si era alzato di scatto ed era andato verso la porta. «Un dottore!» aveva gridato in direzione delle scale.

Il concierge, trafelato, li aveva raggiunti. «L'abbiamo mandato a prendere in carrozza» aveva detto, dando un'occhiata a Lily che non si muoveva. Era pallida, la pelle quasi trasparente.

«Dobbiamo trovare Lady Amabel» aveva sussurrato Renzo stringendo la mano di Lily, fredda e sempre più inconsistente.

«È uscita a piedi,» aveva risposto il concierge «non ha lasciato recapiti e dunque non sappiamo dove rintracciarla.» Aveva la voce tremula.

Lily sembrava peggiorare a vista d'occhio.

«Portatemi dei sali!» aveva gridato Renzo a un maggiordomo che si era affacciato alla stanza.

«Un barattolo è nell'armadio» aveva replicato quello, che era intervenuto più volte per calmare le paturnie di Lady Amabel con farmaci e rimedi che lei teneva in un borsone nel guardaroba.

Quando Renzo aveva avuto la confezione tra le mani, aveva tentato di aprirla senza riuscirvi, poi la scatola era caduta e il contenuto si era rovesciato sul tappeto. «Aiutatemi» aveva detto alla cameriera che era tornata con un cestino di legna per accendere il camino di cui la stanza era dotata nonostante il grande termosifone appeso sotto la finestra.

Anche la voce di Renzo tremava, e così le sue mani. Un velo di lacrime gli copriva gli occhi, mentre dalla hall si era levato un grido: «Presto, al primo piano».

Il dottore era arrivato in fretta. Si trattava di un inglese residente nella colonia da molti anni. Una folta barba grigia nascondeva i tratti del suo viso, e gli occhi erano neri, penetranti. Quando aveva fatto il suo ingresso nella camera, si era guardato intorno fulminando i presenti. «Cos'è successo a questa poverina?» aveva chiesto, tastandole il polso. «Ha la febbre altissima» aveva aggiunto tra sé preoccupato, voltandosi verso Renzo che non riusciva ad aprire bocca. «Quanti anni ha?»

«Credo sedici» aveva risposto Renzo, che intanto si era alzato in piedi. Un senso di nausea l'aveva indebolito all'improvviso e temeva di non reggersi sulle gambe.

Il dottore aveva stretto il polso di Lily. Lei aveva aperto gli occhi, tossendo. Il viso era rosso, sembrava in preda a una convulsione.

«È giovane,» aveva detto il dottore scuotendo la testa «possiamo sperare... Mi pare si tratti di una brutta polmonite... Chi l'ha portata qui?»

Renzo si era ripreso. «Da sola,» aveva risposto «è arrivata

da sola mezz'ora fa. L'ho vista salire le scale, era affaticata, l'ho raggiunta e un attimo dopo è caduta a terra...»

«Ma da dove arrivava?» aveva chiesto il dottore, scostando le coperte. Lily era ancora vestita. «Aveva indosso solo questo?» aveva proseguito tirando fuori dalle coltri il bordo dell'impermeabile. «Troppo leggero per questa stagione...»

Poi aveva sollevato la coperta per coprire Lily e dal letto era caduto un cartoncino. Sul fronte c'era l'immagine delle rovine di un monastero irlandese. Il dottore aveva poggiato la cartolina sul comodino, chiedendo: «Vive qui sola?».

«No. Ha una zia.»

«E dov'è?»

Renzo aveva alzato le spalle scuotendo la testa. «Non abbiamo idea... potrebbe arrivare a momenti... non sappiamo dove cercarla...»

«Ma è stata lasciata da sola in queste condizioni?» aveva domandato il dottore con un tono severo.

«Non so... non credo... anzi, direi di no... Quando Lady Amabel è uscita, Lily non era ancora arrivata» aveva risposto Renzo intimorito da quella specie di interrogatorio.

«Una ragazza così giovane in giro da sola quando è già buio?» aveva incalzato il dottore con un accenno di indignazione nella voce.

Renzo taceva. Il dottore si era reso conto dell'inutilità di continuare a fare domande a chi con tutta evidenza non era responsabile dell'accaduto. Aveva tastato di nuovo il polso di Lily. Contava i battiti. Poi si era passato la mano sulla fronte. «È giovane,» aveva ripetuto «speriamo...»

Prima di alzarsi, aveva preso dalla borsa un taccuino. «C'è un calamaio?»

Renzo aveva recuperato dalla scrivania il set con la carta intestata dell'albergo, porgendolo al dottore.

L'uomo aveva scritto qualche riga con un tratto nervoso e difficile da decifrare. «Andate con questo in farmacia,» aveva poi ordinato a Renzo «suonate alla porta e dite che vi mando io. Seguite le istruzioni del farmacista per la posologia. Domattina ripasserò per valutare i progressi.»

«Morirà?» aveva chiesto Renzo mordendosi subito le labbra.

«Non credo,» aveva risposto il dottore, che si era già messo in testa un cilindro un po' fiaccato «ma dovrà lottare... Mi auguro che non si tratti davvero di polmonite. Forse ha preso solo freddo e dunque si riprenderà.»

Renzo l'aveva seguito fino alla hall, salutandolo poi con un inchino.

«Vado in farmacia,» aveva detto al concierge che lo guardava atterrito «mandate una cameriera a controllare la signorina.»

Un istante dopo era già nel parco dell'hotel, diretto all'ingresso sulla via Romana. Le mani avevano ripreso a tremare di nuovo e a fatica era riuscito a tirare fuori una busta che teneva nel panciotto. Era sigillata e piegata in due. L'aveva presa per un angolo, come se scottasse, infilandola nella tasca del pastrano.

Quel pomeriggio Mr. Darius Evans era arrivato in hotel su una carrozza. Attraversando il giardino di corsa aveva incontrato Renzo. In mano aveva una piccola busta. «Potete consegnarla a Miss Lily?» aveva chiesto Darius mettendogliela nel taschino della giacca.

Renzo aveva annuito. «Senz'altro» aveva risposto, ma quel pomeriggio, quando aveva visto Lily nella hall, elegante e sorridente come mai prima, si era dimenticato di consegnarle la lettera, o forse, ripensandoci con onestà, non aveva voluto farlo.

12

«Mio Dio!» aveva esclamato Lady Amabel entrando in camera e trovando due cameriere accanto al letto della nipote. Lo sguardo di disapprovazione ricevuto in risposta l'aveva sconsigliata dal proseguire sulla via del piagnisteo. Anche il concierge aveva usato un tono severo, bloccando sul nascere la recita che Lady Amabel stava già inscenando per coprire la verità palese a tutti: il viaggio della regina Victoria era andato a monte, dunque Lily non era più un cavallo su cui scommettere o a cui dedicare attenzioni particolari.

Alla frase «La mia povera bambina...», le cameriere avevano roteato gli occhi. Non si trattava solo di disapprovazione, ma di disgusto per quella donna egoista e cinica che più volte era stata malevola anche con il personale dell'albergo. Lady Amabel fingeva di non accorgersi degli sguardi intorno a sé. A un tratto aveva urlato contro le cameriere cacciandole via dalla stanza, poi aveva suonato il campanello per convocare il maggiordomo in persona. «In questo albergo fa freddo! Ci si ammala!» aveva avuto il coraggio di dire, reclamando un colloquio con il direttore.

Il maggiordomo si era irrigidito. «Renzo arriverà a momenti,» aveva replicato serrando i denti «è andato in farmacia a prendere le cure prescritte dal dottore.»

«Il dottore? Avete chiamato un dottore senza attendere il mio arrivo?»

Il maggiordomo si era voltato verso Lily, che aveva ripreso a tossire. Abbassando lo sguardo aveva concluso: «Vi manderò una cameriera per vestire la signorina con gli abiti da notte». Dopodiché era uscito chiudendo con vigore la porta.

"Altri soldi in fumo!" pensava Lady Amabel facendo pronostici nefasti sui costi imprevisti per rimettere in sesto sua nipote.

Durante la notte Lily aveva tossito a lungo, e nella testa di Lady Amabel l'idea della morte aveva scavalcato l'ossessione per i soldi, prendendo il sopravvento.

«Sarà tubercolosi?» aveva chiesto al medico durante la visita del mattino successivo. «Devo aspettarmi una malattia contagiosa e letale?»

Il dottore si era alzato di scatto dalla sedia, evitando di rispondere.

Al risveglio, Lily stava un po' meglio. La febbre era ancora alta ma non allarmante come la sera precedente. Non c'erano motivi fisiologici che le impedissero di parlare, però di fatto taceva. Lady Amabel, prima di scendere per la colazione, l'aveva tempestata di domande, ma la nipote era rimasta con lo sguardo fisso puntato al soffitto e non si era neppure voltata.

«Tornerà a parlare?» aveva chiesto Lady Amabel al dottore, senza far caso alla viva antipatia che lui mostrava nei suoi confronti, ritenendola responsabile delle precarie condizioni della ragazza, lasciata a se stessa.

«Non c'è motivo perché non parli,» aveva risposto il dottore «ma a volte le malattie hanno la funzione di dire cose che sarebbe difficile dire in altro modo.»

«E quanto costeranno le cure?»

Il medico scuoteva la testa. «Dipende,» aveva detto «non

credete che la cosa importante, adesso, sia che la ragazza torni in buone condizioni?»

Lady Amabel aveva la mente già altrove. Per la precisione stava pensando a cosa scrivere nel telegramma da indirizzare a Lord J. Doveva spiegargli i fatti, e i fatti potevano essere sintetizzati in una frase: "Nel complesso, il costosissimo soggiorno è stato un inutile infruttuoso disastro".

Le condizioni di Lily mettevano la zia in difficoltà. Lanciarsi nella vita mondana senza essere soggetta a critiche diventava un'impresa. Dunque andavano a farsi benedire tutti i progetti, compresa l'idea di trasformarsi in una critica d'arte con specializzazione nel commercio di opere, lavoro che l'avrebbe obbligata a frequentare tutti i salotti buoni della colonia. Quell'attività garantiva davvero di recuperare i soldi persi nella truffa di Abbruciati? No, e lei lo sapeva benissimo. Sapeva anche di non avere il coraggio di chiamare "truffa" la spiacevole vicenda di cui era stata vittima. Per giorni era riuscita a tenere a bada la rabbia convincendosi che l'"incidente" doveva avere una spiegazione. Il Maestro in persona, un giorno o l'altro, sarebbe comparso in hotel con una busta zeppa di banconote da restituire. Ci doveva ben essere un motivo, non poteva trattarsi di un raggiro; se lo fosse stato, lei avrebbe dovuto vergognarsi di se stessa. Come era stato possibile non accorgersi per tempo dell'inganno? L'ingenuità che l'aveva fatta cadere in trappola era la stessa che l'aveva condotta a elaborare il progetto sgangherato della vendita di opere d'arte. Seppure non volesse ammetterlo, Lady Amabel sapeva in cuor suo che il tentativo di fare soldi in quel modo era un miraggio, anzi, rappresentava un potenziale rischio. Restava un fatto: non poteva esimersi dal comunicare notizie a Lord J. La prima riguardava il denaro perduto e la seconda la malattia di Lily che faceva presagire altre spese.

"Disastro, sfortuna, disperazione." Erano queste le parole che frullavano in testa a Lady Amabel mentre il dottore si poggiava il mantello sulle spalle e usciva.

Con quello spirito il giorno dopo si era recata all'ufficio del telegrafo. Avrebbe omesso di parlare della truffa di Abbruciati, concentrandosi solo sull'ultimo guaio.

LILY MALATA, aveva scritto. SERVE DENARO.

La risposta di Lord J. non si era fatta attendere ed era stata peggiore rispetto alle aspettative: RIENTRARE SUBITO. Per qualche giorno, Lady Amabel aveva camminato per i corridoi dell'albergo come un pugile suonato. La risposta di suo fratello non lasciava margini di interpretazione e tantomeno spazio di manovra. Le strade erano due: proseguire nel funereo stato di abbattimento o risolversi a godere del poco tempo rimasto. Aveva scelto la seconda via. La sera era scesa da sola per la cena. L'etichetta richiedeva l'abito lungo. Non era neppure riuscita a sfoggiare tutti i vestiti che si era fatta cucire. Per ragioni di taglia, alcuni erano stati portati alla sarta nella speranza che riuscisse ad allargarli.

In un lungo abito blu scuro, e con una ricca collana di perle, era quindi entrata nel salone, impreziosito da un grande camino in stile inglese rivestito da maioliche verdi. Si era guardata intorno. Chissà per quanti giorni ancora avrebbe avuto il privilegio di vivere in un posto tanto elegante, nel quale, per il pranzo e per la cena, erano richiesti il vestito lungo per le donne e lo smoking o il frac per gli uomini. Posate d'argento, porcellane con fregi in oro zecchino, bicchieri in cristallo: si era abituata a queste ricercatezze e il pensiero di lasciarle le stringeva il cuore. Da un mese aveva anche iniziato a frequentare l'esclusivo Bridge Club, nel seminterrato dell'hotel. Organizzavano gare interne con i soci dell'Union Club e del circolo del tennis. Due giorni dopo ci sarebbe stata anche una festa da ballo. Come aveva potuto Dio essere così crudele con lei, privandola di cose per le quali era nata? Dalle finestre sentiva il suono del fischietto che i valletti usavano per chiamare le carrozze: un fischio per le carrozze a un cavallo e due fischi per due cavalli. Non meno di dieci vetture stazionavano davanti all'ingresso sulla via Romana ed entravano a turno per sfilare davanti allo scalone.

Il paradiso era purtroppo perduto.

13

Lily si era svegliata da un sonno durato due giorni, aveva aperto lentamente gli occhi e per qualche minuto era rimasta a guardare il soffitto. Apriva e chiudeva le palpebre con smisurata fatica. Poi, a un tratto, si era messa a sedere con la schiena contro il cuscino e aveva rovistato tra le coperte. Era agitata. Saltata giù dal letto si era inginocchiata tastando con le mani il pavimento. Esausta, si era seduta sulla poltrona e, solo in quel momento, dopo che aveva lanciato un'occhiata al comodino, il suo viso si era disteso. Sopra la lastra di marmo c'era un bicchier d'acqua. L'aveva sollevato, spostando di lato la pietra. La cartolina che Darius le aveva donato era ancora nascosta là sotto. L'aveva tirata fuori stringendola al petto. Poi si era rabbuiata. La felicità del momento svaniva lasciando spazio a un brutto ricordo. Lily sembrava una pianticella cresciuta all'ombra, fragile, diafana. Aveva nascosto di nuovo la cartolina sotto la lastra di marmo, rimettendosi a letto. La febbre era tornata.

Per due settimane non era più riuscita ad alzarsi, ma finalmente la tosse, che aveva preoccupato tutti, si era pian piano affievolita fino a sparire. Il medico era tornato a visitarla più volte, senza perdere occasione per rimproverare Lady Amabel, del tutto inadatta a prendersi cura dell'ammalata. «C'è poca acqua nel bicchiere», «Il cuscino è troppo alto, troppo basso, troppo piatto...» Dopo venti giorni di tirate d'orecchi, la zia aveva accolto come una benedizione la guarigione della nipote. Ma c'era un rovescio della medaglia: il ritorno alla salute di Lily equivaleva al rientro anticipato in Inghilterra.

Durante quelle tre settimane Lily non aveva pronunciato una parola. Se la zia le rivolgeva lo sguardo, lei si voltava dall'altra parte, nonostante questo atteggiamento scatenasse le lagne di Lady Amabel, che recitava ad alta voce la parte della vittima.

Una mattina di marzo, senza attendere che la cameriera arrivasse per aprire le persiane, Lily era saltata giù dal letto. La debolezza sembrava scomparsa. Dal cassetto del comodino aveva preso un quaderno e, staccato un foglio, aveva scritto: *Desidero ricevere i libri di botanica ed Esperanto di Mr. Bicknell. Grazie per la cortesia*. Poi aveva suonato con vigore il campanello che comunicava con la reception. Poco dopo una cameriera era arrivata con un piccolo vassoio d'argento. Lily ci aveva poggiato sopra il biglietto con le richieste e, dopo un'ora, davanti alla porta della stanza era comparsa una scatola. Conteneva alcuni testi della biblioteca Bicknell. Trattavano di botanica ed erano ricchi di disegni di fiori e piante tropicali. Al posto del libro di Esperanto c'era un ritaglio di giornale, si trattava di una lettera pubblicata dal "Journal de Bordighera", firmata da Clarence in persona. Lily non aveva mai parlato con Mr. Bicknell, ma l'aveva visto più volte nella chiesa di All Saints Church. Si diceva che Clarence considerasse All Saints una chiesa universale, aperta a tutti, così come considerava necessaria una lingua che potesse essere compresa e parlata dagli abitanti di tutto il mondo. Esperanto, appunto. Era questa la parola magica che avrebbe dovuto unire tutti i continenti e portare la pace in ogni angolo del Creato. Serviva una lingua universale come le scienze naturali, materia della quale Bicknell si occupava con identico trasporto. "Se esiste una lingua universale," pensavano i suoi creatori "non ci sarà più ragione di scendere in guerra." Si diceva che Bicknell fosse molto impegnato in opere caritatevoli insieme al padre francescano Giacomo Viale, ma la cosa che aveva davvero colpito la fantasia di Lily riguardava un altro fatto: Mr. Clarence Bicknell aveva conosciuto di persona Giovanni Ruffini, l'autore del *Doctor Antonio*. Anche Clarence, dopo tanti viaggi in Marocco, Ceylon, Nuova Zelanda e Palestina, era caduto in una sorta di fascinazione per i luoghi descritti in quel romanzo. Con il confratello Frederick Parrett aveva quindi lasciato Stoke-upon-Tern alla volta della riviera. Giovanni Ruffini era anche il librettista del *Don Pasquale* di Donizetti e viveva a Taggia. Renzo aveva sentito parlare molto di lui. Un giorno, nella sala da pranzo, aveva udito un discorso di due gentlemen. Avevano nominato lo scrittore e avevano aggiunto: «Gli italiani hanno fatto un gran lavoro, ma l'unità d'Italia la devono a noi inglesi».

Bicknell e Parrett avevano fatto visita a Ruffini, erano stati accolti nel soggiorno della sua casa, dove leggeva il giornale in giacca da camera e pantofole. Una signora incontrata per strada aveva indicato loro l'edificio e così avevano potuto stringere la mano al famoso scrittore. Questo racconto, che circolava nella colonia abbinato a vari aneddoti accessori, aveva contribuito ad accrescere l'ammirazione per i protagonisti. Il prestigio della colonia di riviera sul confine francese si doveva in buona dose al loro lavoro.

Per Lily il romanzo di Ruffini era ormai un ricordo doloroso. Miss Lucy era stata amata, cosa che di certo non era capitata a lei. Darius non aveva più dato notizie di sé. Nessuno, in sua presenza, aveva fatto più il suo nome. Del resto, Lily aveva trascorso a letto molto tempo. Era rimasta pressoché isolata. Al di fuori dei battibecchi tra il medico e la zia, non aveva assistito a conversazioni né avuto occasione di ricevere notizie, tantomeno su Mr. Evans, che ormai odiava. Odiava il giorno in cui si erano incontrati, odiava la sua voce sicura e affabile, odiava la spiaggia sulla quale si era illusa di rivederlo. Il ricordo di quel pomeriggio era ancora pungente e avrebbe potuto farle del male qualora, senza riflettere, la sua mente avesse ripercorso il filo di pensieri che conduceva al maledetto giorno. Meglio partire, meglio allontanarsi da lì. La nostalgia per i luoghi incantati che aveva visitato in Liguria sarebbe forse tornata a darle tormento nelle giornate nebbiose, sotto la pioggia incessante della primavera d'Oltremanica, ma il dolore nel tempo si sarebbe attutito, o così sperava. Restando a Bordighera non sarebbe riuscita a dimenticare, mentre a Londra, chiusa nella sua stanza, avrebbe occupato gran parte del suo tempo con lo studio e il disegno. Dalla biblioteca aveva preso in prestito altri libri di scienze, e ogni giorno si esercitava nella nuova lingua che avrebbe sostituito l'inglese. Non sapeva nulla di Esperanto, ma aveva giurato a se stessa di non esprimersi più a voce fino a quando non fosse riuscita a farlo in un codice diverso, accessibile solo a menti sensibili. Ecco, quello era il vero regalo che si sarebbe portata appresso: il miraggio di un'unione universale tra esseri umani, diversi dai mostri conosciuti fino a quel momento e accomunati da un linguaggio nuovo e condiviso. Forse, depurando le parole dal retaggio del passato, dalla violenza, la vita sarebbe tornata a splendere, come una perla finissima che sbuca da una grossolana ostrica.

Telegramma dopo telegramma, Lord J. tremava di rabbia. Tutto andava al contrario rispetto ai progetti. Durante la convalescenza, Lily aveva passato il tempo a leggere libri e riviste, compreso un vecchio numero del "Journal de Bordighera" datato 15 marzo 1900. Lady Amabel aveva interesse solo per le pagine dedicate alle ville e agli alberghi con relativo elenco di illustri ospiti. Lily, invece, apprezzava gli articoli che parlavano della natura rigogliosa e del paesaggio. Un pomeriggio, sfogliando quelle pagine, aveva notato una lettera di Bicknell. Ne era rimasta folgorata. Si trattava proprio dell'articolo che qualcuno aveva ritagliato e infilato poi tra i libri da lei richiesti, una coincidenza straordinaria che la incoraggiava a seguire la sua intuizione. Nella lettera Bicknell si felicitava di essere riuscito, con poco studio e molta attenzione, a tradurre in Esperanto alcune parole di Shakespeare, Goethe, Puškin, Tolstoj e altri illustri letterati, nonché a scambiare una corrispondenza con persone di quattro differenti nazionalità. In quel testo Bicknell aveva fatto anche una sorta di appello: nel museo, che coincideva con la sua casa, avrebbe ricevuto chiunque volesse ascoltare un suo discorso sull'Esperanto. L'editore del "Journal", Eileen de Burgh Daly, proprietaria anche della Tea Room aperta di recente vicino al Tennis Club, era diventata, come emergeva da alcuni articoli, una delle più fervide sostenitrici della diffusione dell'Esperanto nella comunità inglese e per questo aveva dato spazio all'appello. "È la lingua della pace mondiale," si leggeva nel commento "è stata inventata da un oftalmologo ebreo russo, nato a Białystok, un'area multietnica di confine. La madre parlava russo, yiddish, tedesco e polacco. Lazarus Ludwig Zamenhof è il nome dell'inventore." Lily l'aveva annotato sul suo quaderno e nella stessa pagina aveva appiccicato il ritaglio del giornale.

Lord J. aveva concesso che il "subito", imposto nel primo telegramma, diventasse "non appena guarita". Quando aveva compreso le condizioni della figlia gli era mancato il coraggio di insistere per una partenza immediata, che l'avrebbe probabilmente uccisa. Nonostante la precaria salute di Lily, Lady Amabel non aveva perso occasione per sfruttare gli ultimi giorni nella luce del Mediterraneo. Anzi, l'idea di dover partire da un momento all'altro aveva insaporito quelle giornate che, in ogni caso, erano rimaste infruttuose. Il progetto di incontrare la pittrice Louise Jopling non era andato in porto, e nessuno pareva dispiacersi della sua partenza prematura, neppure il gentleman che aveva avuto la cortesia di invitarla una sera a giocare a Crystal Palace. Del resto, la commissione che lui le aveva richiesto, forse il vero motivo per il quale l'aveva invitata, non era andata a buon fine: Mr. Evans non si era più visto e non si avevano notizie sul suo conto.

In sostanza, Lady Amabel sarebbe tornata in patria con una decina di chili in più ma senza alcuna possibilità di compiere la svolta elitaria su cui aveva fantasticato. Chi l'avrebbe invitata ancora dopo le disavventure di quel viaggio? Nessuno. La sfortuna, superate certe dosi, diventa di dominio pubblico e non viene perdonata. Si rischia addirittura di esserne considerati responsabili, se non veri e propri iettatori.

Di malavoglia, l'ultima settimana si era dedicata ai preparativi per la partenza, recandosi di persona a ritirare i bagagli nel deposito. Si trattava della stanza in cui Lily aveva incontrato per la seconda volta Mr. Evans. Lady Amabel non sapeva nulla di loro, ma Lily era stata costretta a spiegarle per quale motivo, il giorno della caduta, si fosse arrampicata sugli scaffali in cerca della sua valigia. «Volevo tornare a casa,» aveva risposto Lily «qui non ho più nulla da fare.»

Facendosi aiutare da uno stuolo di cameriere che non l'avrebbero rimpianta, Lady Amabel aveva prelevato i suoi oggetti personali. Il fallimento di tutti gli obiettivi rendeva assai improbabile rivedere l'Angst.

Renzo, nei giorni della convalescenza, non aveva più avuto notizie di Lily. Sapeva soltanto che restava a letto tutto il giorno, non parlava con nessuno e leggeva.

Per questo era rimasto sorpreso nel vederla un pomeriggio nel salone principale. Seduta da sola tra teiere fumanti, a un tavolino vicino alla vetrata coperto da una tovaglia guarnita da pizzi, copiava immagini di fiori e di erbe. Sarebbe partita l'indomani.

Era dimagrita, ma il volto era illuminato da una calma insolita. Doveva avvicinarla, aveva una cosa importante da dirle, una cosa che avrebbe dovuto comunicarle il giorno stesso che l'aveva soccorsa in camera. Si sentiva in colpa per non averlo fatto, e al contempo esitava ancora. A un tratto si era risolto, aveva fatto qualche passo verso di lei, poggiando la mano sulla tasca della giacca. La lettera di Darius era ancora lì. «Buonasera,» aveva sussurrato «sono contento di rivedervi.»

Lily aveva sollevato lo sguardo. Era vuoto, inespressivo. Dava l'impressione di non averlo riconosciuto. Poi si era voltata dall'altra parte, verso il giardino.

Il sole brillava sul verde, punteggiato da fiori gialli di mimosa.

Renzo era rimasto immobile, incapace di reagire. Percorreva con le dita i bordi della lettera che teneva ancora in tasca.

«Buonasera» aveva ripetuto.

Lily non si era voltata.

Allora era tornato indietro e aveva raggiunto la soglia del salone. Nel corridoio si era girato ancora una volta. Lily avrebbe potuto richiamarlo, ma non era accaduto.

Così, il mattino successivo, quando una carrozza a due cavalli era giunta a prendere Lily e la zia, Renzo non aveva fatto ulteriori tentativi.

Lady Amabel, in un abito grigio castigato, impartiva ordini a camerieri e cocchieri. Lily era salita sulla vettura in silenzio, senza alzare lo sguardo.

Da una finestra, Renzo seguiva i suoi movimenti. La sera precedente aveva fatto un patto con se stesso: "Se Lily mi rivolgerà lo sguardo, correrò da lei e le darò la busta".

Intanto i facchini avevano caricato i bagagli con cura, assicurandoli con la corda. Lady Amabel era salita in carrozza e con la mano aveva fatto un cenno al cocchiere. I cavalli si erano mossi insieme, eleganti. La vettura aveva raggiunto il cancello sulla via Romana, scivolando sui fiorellini che crescevano tra il pietrisco.

Lily non si era voltata, neppure quando Tigre aveva guaito rincorrendo il landò.

Il giorno successivo, senza farsi vedere dal personale, Renzo era entrato nella camera di Lily. Sul davanzale della finestra c'era un sacchetto pieno di resti di cibo con sopra la scritta: *Per Tigre, please*. La stanza era desolatamente vuota.

Uscendo, Renzo aveva lanciato uno sguardo verso il comodino di Lily. Sopra c'era un libro. Si era avvicinato. L'aveva preso delicatamente tra le mani per paura di sgualcirlo. Le dita gli tremavano e il libro era caduto. Si era chinato per recuperarlo e a terra aveva notato un cartoncino. L'aveva raccolto. Sul fronte c'era un disegno a china, raffigurava i resti di un antico monastero. Il libro aveva una copertina di pelle un po' sbiadita, ma il titolo, in caratteri dorati, era leggibile: *Doctor Antonio*, di Giovanni Ruffini.

Terza Parte

1

"Amiamo solo una volta, perché solo una volta siamo perfettamente attrezzati per amare..." Lily aveva letto quella frase da qualche parte e le era rimasta impressa. "Dal modo in cui quella prima storia d'amore prende forma dipende il modello della nostra vita."

Dopo il rientro dall'Italia, Lily aveva passato le giornate chiusa nella sua camera. Leggeva e scriveva da mattina a sera. Teneva una fitta corrispondenza con amici esperantisti. Usciva di casa solo per spedire le lettere in ogni parte del mondo, Bordighera compresa.

Sua madre, così le avevano detto al rientro a Londra, era morta. «Vostra madre è mancata al nostro affetto» aveva sussurrato la governante il giorno dopo il loro arrivo. Aveva pronunciato quelle parole come se stesse parlando di un pacco andato perduto senza lasciare traccia.

«Oh!» aveva esclamato Lily. Non era stata in grado di aggiungere altro.

Da anni non vedeva la mamma, eppure abitavano nella stessa casa. Quando si erano trasferiti dalla campagna, aveva visto i suoi mobili sul carro del trasloco; una libreria nera, un tavolo, le tende verdi. Erano lo sfondo dei suoi ricordi infantili. La mamma. Non ricordava bene il viso.

«La mamma è malata,» le aveva detto un giorno suo padre «ha le crisi di nervi. Non devi disturbarla. Se sei una bambina buona, non andare più a cercarla nella sua stanza.»

Aveva sofferto molto, e poi alla sofferenza si era abituata. Quando abitavano nella tenuta di campagna, l'alloggio della mamma era separato dalle altre stanze. Era situato in un'ala secondaria del palazzo, raggiungibile attraverso un lungo corridoio chiuso da un portone. Di rado l'aveva visto aperto, e ogni volta che aveva tentato di attraversarlo la servitù le aveva sbarrato la strada adducendo spiegazioni sempre plausibili. La casa di Londra era ben più piccola. La mamma abitava all'ultimo di tre piani, dunque era possibile raggiungere la sua porta salendo la scala, ma prima del pianerottolo era stato fissato tra muro e ringhiera un cancelletto sempre chiuso. Quell'assurda situazione non sembrava più neppure assurda, perché la memoria di un tempo normale era sbiadita. L'anomalia era diventata la norma alla quale attenersi senza far domande. Le richieste di Lily per vedere la madre venivano ridicolizzate, come se un fedele manifestasse l'intenzione di entrare in chiesa per incontrare Dio in persona.

A mano a mano che cresceva, Lily si accorgeva di vivere in un paradosso. Le dimensioni ridotte della nuova casa le permettevano di notare particolari che nella dimora di campagna, immensa, non aveva colto. A Londra, la mamma riceveva un pacco tutti i giorni: un fattorino suonava alla porta e lasciava una grossa scatola di cuoio. Quando il campanello trillava, Lily correva alla finestra per osservare. La scatola pareva sempre la stessa, e veniva subito portata al terzo piano dalla governante in persona. Un giorno l'aveva fermata e le aveva chiesto cosa contenesse. «È il pasto per la vostra povera madre. La sua malattia le impedisce di nutrirsi con gli alimenti della dispensa.»

La partenza per Bordighera era avvenuta poco dopo il trasferimento a Londra, dunque Lily non aveva avuto il tempo di indagare. La spiegazione le era parsa sospetta, ma le anomalie a cui era abituata rendevano plausibili i fatti più astrusi.

La notizia della morte della mamma l'aveva trovata indifesa. Il dolore nuovo si diluiva nel vecchio, e la drammatica continuità le impediva di reagire. Si sentiva svuotata. Le pareva che una parte di lei, inaccessibile da tempo, si staccasse dal suo corpo lasciando una ferita già rimarginata. Suo padre, nelle lettere, non aveva neppure fatto cenno alla disgrazia, come se ad andarsene fosse stato un pesce rosso chiuso da anni in un acquario a cui nessuno badava.

"Lily legge, studia e disegna senza mai lasciare la sua camera." Questo scriveva Lady Amabel nei rapporti a Lord J., e la risposta che riceveva era sempre la stessa: disappunto mescolato a parolacce. Sua figlia non amava i balli, il teatro, le feste, era una specie di eremita senza utilità e senza possibilità di produrre reddito. Adducendo motivi di lavoro e di affari, Lord J. non era più tornato a Londra. Non era rientrato in patria neppure per il Natale del 1900.

La sera della vigilia, Lady Amabel era corsa a casa carica di pacchi, ma il bottino più consistente erano i pettegolezzi. Ne aveva raccolti così tanti da non riuscire a trattenere la gioia. Parlava da sola, mentre Lily taceva. Tutto sommato, alla zia faceva comodo quel silenzio, non era interessata ad altro che al tè e ai pettegolezzi, e Lily a tal proposito non aveva nulla da dire. Lily e la zia si osservavano da due pianeti distanti. Pesava tra loro il disastro del soggiorno in riviera. Per la zia quella sconfitta era intollerabile. Il fastoso ingresso nell'alta società era andato in fumo, ma tra le ceneri del rogo che aveva bruciato tante sterline era più che mai vivo il desiderio di riscatto. Dopo vari sotterfugi, Lady Amabel era infatti riuscita a farsi ammettere in un club di signore dedite al culto del tè pomeridiano. Non si trattava di una grande conquista, ma alcune dame vantavano un blasone familiare di tutto rispetto. Amabel le osservava con il sorriso del cacciatore che, davanti al camino, legge le targhette d'ottone sotto le teste dei cervi, compiacendosi per le varie catture.

Le dame si dichiaravano seguaci della duchessa di Bedford, grande e fidata amica della regina Victoria, e sua Lady of the Bedchamber. Era morta qualche decennio prima, e il mito voleva che fosse solita gustare un Darjeeling, accompagnato da pane morbido e torta, tutti i pomeriggi alle ore 16, per evitare il languore che la fiaccava tra pranzo e cena. L'abitudine si era diffusa prima tra le sue amiche e poi pian piano si era trasformata in un rito collettivo.

Le signore del tè che Lady Amabel frequentava avevano un vero e proprio chiodo fisso per gli accessori, in particolare specifici servizi di piatti, posate, tazze e alzatine per i dolci, realizzati in porcellana finissima, argento e cristallo. Per non dire dei tavolini, rigorosamente bassi, con tovagliette intonate alle stoviglie. Tutto doveva essere pensato nei dettagli e coordinato per una cerimonia alla quale bisognava presentarsi indossando gli abiti adatti. Si chiamava *afternoon tea,* o anche *low tea,* e non andava confuso con l'*high tea,* che di fatto equivaleva a una cena della *working class,* con tè al posto dell'acqua, e si serviva su normali tavoli di cucina o soggiorno.

Lady Amabel si occupava di far rispettare un codice ben preciso, per esempio non mangiare i dolci senza aver prima sbocconcellato almeno un sandwich. E anche riguardo al sandwich ci si appellava alla tradizione, facendo discendere il nome dall'omonimo conte. Quest'ultimo pareva fosse ossessionato dai tavoli da gioco e, proprio per non abbandonare le scommesse, si faceva servire la carne tra due fette di pane, un metodo decisamente più sbrigativo per alimentarsi. Lady Amabel era ghiotta di tramezzini, si proclamava vestale della carne fredda e delle salse, organizzava incontri seguendo un menu ben preciso: pane e burro, cinque tipi di tramezzini con cotolette di pollo, vol-au-vent di ostriche, due tipi di panna, quattro tipi di gelatina, gelato, nonché tè cinese e indiano. Era il menu più ricco di Londra!

La nuova passione l'aveva distratta dai dispiaceri del viaggio in riviera e soprattutto dalla pena che aveva provato nel vendere due gioielli antichi, eredità della madre, il cui ricavato era finito nelle tasche del fratello, come risarcimento per la truffa Abbruciati. Con i soldi avanzati aveva intrapreso il business del tè, ed era anche diventata una sorta di consulente a domicilio. Dava indicazioni su come apparecchiare i tavolini per il rituale, una specie di messa cantata. Ai suoi clienti segnalava i migliori tè, richiedendoli al fratello che li spediva dall'India. Una selezione di sedici tè in foglie, un tripudio di tramezzini di pane bianco con prosciutto cotto affumicato, oppure con senape e crescione, *cheddar cheese,* pane nero con formaggio cremoso ed erba cipollina, cetrioli, mousse di salmone affumicato, e poi gli *scones* con marmellata e *clotted cream,* di cui Amabel andava pazza, torte di varia foggia e dolci inglesi e francesi, *Victoria sponge cake* e *lemon meringue pie*: l'assalto alla glicemia era l'essenza del successo, che richiamava al Ritz i londinesi facoltosi, stretti in abiti cuciti da sarti di grido.

La zia riusciva a guadagnarci, ma soprattutto era un modo per intrufolarsi nelle case altrui, uno sport che la vedeva eccellere. Lord J. se ne era rallegrato e, in una lunga lettera, insolita da parte sua, le aveva fatto i complimenti per l'iniziativa, raccomandandosi di inviargli racconti dettagliati di quelle occasioni mondane nelle case altrui, soprattutto l'elenco degli ospiti, cosa che inorgogliva Lady Amabel, spingendola a scrivere dei veri e propri resoconti, che somigliavano al verbale di una confessione rilasciata alla polizia.

Per il Natale 1900, Lady Amabel aveva deciso di rifarsi dei dispiaceri finanziari del passato utilizzando i *Christmas crackers.* Nel periodo festivo, durante l'*afternoon tea,* venivano usati per scambiarsi piccoli regali o auguri. Li aveva preparati con cilindri di cartone avvolti in carta da regalo e aveva invitato le amiche a riempirli di piccoli doni. Si era poi spinta oltre: «Ciascuna di noi dovrà inserire nel pacco una gemma preziosa. Se tutte lo faremo, tutte riceveremo un regalo di valore!». E per aggiungere "pepe al gioco" aveva risposto a chi muoveva obiezioni. Due dame avrebbero dovuto impugnare le estremità del cilindro e tirarlo fino a farlo scoppiare. Da quello sarebbero usciti i doni.

Una sola persona non aveva rispettato il patto di farcire con una gemma preziosa il proprio *cracker*: Lady Amabel. "Del resto," si giustificava con se stessa per attutire il senso di colpa "è mio diritto rifarmi della truffa che ho subito e dei monili che sono stata costretta a vendere." Ma l'avidità l'aveva tradita, facendole dimenticare il segno che aveva usato per contraddistinguere il *cracker* più povero, il suo, appunto. Per confondere le acque e mettere a tacere i sospetti aveva proposto di incartare i doni in confezioni simili tra loro. Una malaugurata sorte le aveva fatto vincere il pacco da lei confezionato. Conteneva un foglio pieno di indovinelli. L'aveva ritagliato da un giornale. Per non svelare l'inganno in cui era alla fine cascata proprio lei, aveva represso dentro di sé il furore. Quando, però, una dama del gruppo aveva messo al dito un anellino con topazio e le altre avevano guaito per i rispettivi smeraldi, rubini e zaffiri, Amabel aveva vacillato.

All'Hotel Ritz, luogo di gran prestigio, unico spazio pubblico che concedeva alle donne il permesso di prendere il tè da sole, Lady Amabel, per la delusione di aver scelto il *cracker* sbagliato, era svenuta. Era accaduto durante l'esibizione del pianista. Il poveretto, illuminato dalla luce vellutata proveniente dal soffitto in vetro smerigliato, stava suonando nella Palm Court per gli ospiti seduti ai tavolini in marmo, su sedie in stile Luigi XVI, circondati da porcellane cinesi, rigorosamente bianche e blu, e posate scintillanti. Lady Amabel si era accasciata proprio vicino a lui, cosicché per tutta la durata del cerimoniale natalizio aveva sbagliato gli accordi.

Lily non aveva saputo i dettagli dell'incidente che aveva coinvolto la zia, tantomeno le era stata riferita la scena cruciale: cadendo, Lady Amabel era finita dentro il baule dei regali da distribuire agli ospiti. L'interessata si era ben guardata dal diffondere una simile notizia. L'incidente aveva sfiorato il ridicolo, e doveva quindi spostare l'attenzione su altre vicende, per esempio sul gossip che aveva trionfato in quella giornata, fatti che riguardavano illustri invitati. A modo suo seguiva l'usanza della duchessa di Bedford, nota, a suo tempo, per l'abilità nel far circolare indiscrezioni. Con lo stomaco appesantito dalla *Victoria sponge cake,* Lady Amabel aveva quindi iniziato a raccontare una vicenda a suo dire scabrosa, che riguardava la signora Keppel, ovvero Alice Frederica Edmonstone. Ebbene, costei, aveva spiegato la zia facendo smorfie di disgusto, si era spinta molto in là, regalando un portasigarette Fabergé al suo amante. «La cosa non sarebbe così rilevante se...» aveva aggiunto cercando di solleticare la curiosità della nipote che ascoltava impassibile «se...» aveva insistito la zia facendo una lunga pausa «se l'amante non fosse Bertie!» aveva infine esclamato soddisfatta.

Lily non aveva battuto ciglio. «E sai chi è Bertie?» aveva aggiunto Lady Amabel modulando la voce ed esibendo un sorriso malizioso. «Il principe di Galles erede al trono!» Poi si era avvicinata a Lily, che non aveva mosso un muscolo, guardandola fisso negli occhi. «Il portasigarette è fatto di tre tipi d'oro, smaltato in blu reale, sopra il coperchio anteriore e posteriore è avvolto un serpente e le squame sono piccoli diamanti. La testa e la coda del serpente si annodano» aveva spiegato a voce sempre più bassa, come se stesse descrivendo una profanazione. «È un regalo simbolico da tentatrice! Pare che lui la chiami "la mia Favorita" o anche "la mia piccola signora George". C'è da imparare!» aveva concluso con un ghigno.

2

Si trattava della figlia dell'ammiraglio della Royal Navy Sir William Edmonstone, IV baronetto. A ventidue anni aveva sposato George Keppel, terzo figlio del VII conte di Albemarle. «Il marito non è molto ricco» aveva detto Lady Amabel sospirando. «Forse è persino un bene, perché la penuria l'ha indotta a cercare uomini più facoltosi per fare il bene della sua famiglia e stare al passo con lo stile di vita della nostra amata Londra.»

Il nonno di Alice era stato governatore delle isole Ionie, e questo dettaglio era parso a Lady Amabel un indizio di dissoluzione familiare, poiché riteneva la vita al Sud pericolosa per l'integrità dello spirito. Alice era cresciuta in Scozia, a Duntreath Castle, vicino al Loch Lomond, altro particolare che non faceva di lei una vera inglese. Aveva due figlie, Violet e Sonia, quest'ultima nata proprio nel 1900.

«Alice Keppel è un'amante imperiale» aveva sottolineato chiudendo gli occhi e stringendo le labbra.

Lily aveva ascoltato senza scomporsi, ma in testa le ronzava una domanda: "Perché la zia è così volgare? Mi sta forse lanciando un messaggio?". Dunque si era alzata dalla poltrona del salotto, dove stava leggendo, e si era diretta verso la scala.

«Pare che la prima figlia della signora Keppel, Violet, di sei anni, non sia nemmeno figlia di George» aveva proseguito la zia alzando la voce per farsi sentire. «Alice aveva già avuto una relazione con qualcun altro.»

A quel punto Lily aveva lasciato cadere il libro sul marmo della scala e si era tappata le orecchie. Osceno, un discorso da bettola, non voleva più ascoltare.

«È una che ci sa fare... Può parlare in tono affabile di uno scandalo, oppure in maniera professionale dei prezzi delle azioni, e persino di politica. Somiglia a un albero di Natale carico di regali per tutti» aveva aggiunto Lady Amabel ridendo da sola. «Il nostro Edoardo si dà da fare, come vedi. Varrebbe la pena di tentare. Se pensi che lei ha trentun anni e lui addirittura ventisei di più... e ha sbalzi di umore che solo Alice riesce a placare.»

La porta della camera di Lily si era chiusa sbattendo.

«Tu sbagli tutto!» gridava dal soggiorno Lady Amabel alla nipote. «Per queste donne di successo non è importante come sono le cose, ma come appaiono. Discrezione, maniere, fascino. Il matrimonio è imperativo quanto un cappello ad Ascot, per non dire delle perle e delle pellicce. Ah! Se io potessi tornare indietro! Farei diventare una mia arte l'essere la bella del boudoir.»

La zia quel giorno aveva oltrepassato i confini della decenza.

In parte aveva ragione. Era vero. Lily si mostrava sempre più restia ad accondiscendere al dovere di trovarsi un marito, rifiutava di impegnarsi nella ricerca di un consorte necessario per risanare le finanze familiari, l'unica attività che suo padre giudicava utile, anzi fondamentale per non essere di peso. Ma Lady Amabel era andata oltre, una volgarità inaudita. Aveva probabilmente deciso di passare alle maniere forti per smuoverla, sapendo che il linguaggio triviale era per Lily quasi più oltraggioso della violenza fisica.

A diciassette anni non poteva capire il senso di un discorso tanto osceno. Le risultava incredibile che la Keppel, sposata e con figli, potesse dividere il letto con il futuro sovrano e al contempo consigliarlo sui regali per sua moglie, la regina Alessandra di Danimarca, insigne membro dell'Ordine della Giarrettiera. Era un pensiero iperbolico. L'ipocrisia ha bisogno di fantasia fervida, di esperienza, e Lily non era sufficientemente equipaggiata per competere in quel gioco.

Edoardo VII era salito al trono all'inizio del 1901, alla morte della regina Victoria, che aveva chiuso gli occhi nel castello di Osborne, sull'Isola di Wight, dove trascorreva le feste natalizie dalla morte del marito Albert. A Londra, sotto drappi color porpora appesi alle finestre degli edifici pubblici, migliaia di persone avevano atteso l'arrivo del treno reale partito da Portsmouth per Victoria Station.

Il 22 gennaio 1901 era stato per Lily e la zia il giorno del tramonto di un sogno. Le speranze di incontrare la regina erano svanite, così come la possibilità di far parte della sua corte nel più esclusivo albergo della riviera italiana.

La regina Alessandra collezionava oggetti di Fabergé. Lady Amabel non aveva sbagliato. Si diceva che, su suggerimento della signora Keppel, Bertie avesse iniziato a commissionare per la sua regina dei monili che raffiguravano tutti gli animali di Sandringham. Artisti inviati da San Pietroburgo realizzavano dei modelli di cera da sottoporre poi agli scalpellini. Giovenche, maiali, capre, galli venivano tempestati di rubini e altre pietre, grazie ai consigli di Alice. L'amante ufficiale, rispettata da tutti per il ruolo esclusivo che ricopriva nella corte, partecipava a grandi feste di caccia nei fine settimana, con il re seduto al centro del salone, corpulento e sicuro di sé, circondato da signore in abiti lunghi e cappelli stravaganti. Le relazioni segrete in quel gruppo erano veri e propri giochi di adulterio. Il teatro erano le case di campagna di nobili e ricchi. La servitù assisteva suo malgrado a intrighi d'ogni sorta, e spesso era fonte di notizie, specie se maltrattata o addirittura licenziata.

Nel club di Lady Amabel, la vicenda Keppel era seguita con attenzione. Non c'era indiscrezione che non venisse esaltata e infarcita di particolari scabrosi. In quegli anni, chi l'aveva, spendeva denaro con facilità, la ricchezza era ovunque esibita, aveva un grande ruolo anche nelle conversazioni, rese vivaci dallo champagne. A regolare la vita londinese erano proprio le cerimonie, e Lady Amabel faceva carte false per ogni invito. La signora Keppel era diventata il suo bersaglio succulento, ma anche il suo mito. Come "signora del re" si cambiava quattro volte al giorno. Due cameriere si occupavano di lavare, stendere e stirare i suoi vestiti, le arricciavano i capelli, le profumavano l'acqua del bagno, caricavano gli orologi affinché fossero puntuali per tutti i numerosi appuntamenti mondani.

«Veste abiti di Worth, con colletti di diamanti e cordoncini di perle» aveva raccontato una dama. «Alle corse ad Ascot, alle gare di vela a Cowes sull'Isola di Wight, alla caccia al gallo cedrone a Sandringham, durante le serate nei casinò a Biarritz e Monte Carlo, la signora Keppel è sempre appesa alla mano sinistra del re. Mi piacerebbe parlarne male, ma non posso non dire che abbaglia e seduce. Persino le figlie sono bellissime.»

La cosa che più di tutte aveva colpito Lady Amabel erano gli enormi cesti di fiori che venivano consegnati al domicilio di Alice con furgoni trainati da cavalli. Sia il cocchiere sia il servitore indossavano un'impeccabile livrea. I fiori, orchidee e gigli costosissimi, venivano sistemati in vasi di cristallo intorno al suo letto, quasi si trattasse di omaggi a una dea. «I fiori non sono un dono del marito della signora Keppel» si era affrettata a precisare la dama prima di inghiottire uno *scone* quasi intero. «George ha pochi soldi e poca immaginazione. Il suo unico pregio è avere una moglie splendente, una specie di forziere d'oro. Il re la sta facendo diventare ricca. Non in tutti i palazzi viene però ricevuta. Qualcuno storce il naso. Nonostante questo, la piccola signora Keppel viene scortata dal re a Chatsworth House e a Sandringham, con tutti gli onori.»

I due amanti regali frequentavano anche i tè danzanti, con le signore in abito da sera e gli uomini in giacca corta e cravatta di colore nero. Diademi, nastri e simboli degli ordini dell'Impero: tutti ne erano addobbati. Bertie portava la signora Keppel in vacanza. Le mete erano prestigiose: Parigi, Marienbad, la Costa Azzurra. Non erano mancate neppure le navigazioni sullo yacht reale, le cene a Buckingham Palace. Anche lei lo invitava per il tè nella sua nuova casa al 30 di Portman Square.

«La fiducia della signora Keppel risiede nel suo corpo.» Queste parole si erano scolpite nella mente di Lady Amabel. Vestiti pregiati, gioielli, occhi blu: aveva tutto ciò che lei non aveva avuto, per non dire della capacità politica e sessuale di influenzare le scelte di un sovrano. Sarebbe stato difficile trovare un'altra donna per ricoprire il ruolo di amica del re con la stessa lealtà e discrezione. E anche queste caratteristiche a Lady Amabel mancavano.

Per tali ragioni, dieci anni dopo, quando re Edoardo VII era morto, la zia era stata felice di sapere che la regina Alessandra, non avendo ancora digerito il legame carnale tra suo marito e la signora Keppel, le aveva restituito il prezioso portasigarette. Il 6 maggio 1910 Bertie era entrato in coma dopo due attacchi cardiaci. Alice aveva implorato la regina Alessandra di poter restare accanto all'amante, mostrando una lettera che il re le aveva scritto nel 1902: richiedeva la sua presenza in caso di morte. C'erano molte testimonianze a tal proposito, e infatti le era stato concesso di restare, ma quando il re aveva perso coscienza la regina aveva detto alle guardie reali: «Allontanate quella donna!».

Il sovrano era morto poco prima della mezzanotte. Era girata voce che Sir Ernest Cassel, un banchiere tedesco, avesse depositato vicino al letto del moribondo un ingente quantitativo di denaro per Alice Keppel, ma che il re fosse morto prima di poterglielo consegnare. In seguito si era detto che i soldi erano stati restituiti a Sir Ernest.

Queste indiscrezioni non erano state frutto del gossip tra dame. Arrivavano via lettera proprio da Lord J. La cosa era suonata strana a Lady Amabel, considerato che il fratello era ben lontano dalle frivolezze. La zia però non sapeva che, proprio a causa della morte del re, la famiglia Keppel, bambine comprese, era approdata a Ceylon. Tempo prima il marito di Alice era entrato in affari alle dipendenze di Sir Thomas Lipton. Lord J., fornendo notizie e indiscrezioni, aveva sollecitato sua sorella a dargli imbeccate ulteriori sulla donna in questione. Non si era sbagliato. Lady Amabel non aveva esitato un attimo a riversare su carta anni di fiele. L'invidia consente di ricordare a lungo anche i particolari più insignificanti, e la zia, non a caso, aveva la memoria di un elefante. Così si era esercitata nello stilare un lungo elenco di fatti dai quali emergevano nomi e cognomi di amici e nemici di Alice. Si era persino dilungata nel precisare che i nuovi reali, Giorgio V e Maria di Teck, la evitavano come la peste. Proprio per questo era stata costretta ad allontanarsi dalla società londinese. Nei due anni successivi alla morte di Bertie aveva viaggiato in Italia, e poi verso Algeri. Ceylon era stata una tappa prima di proseguire in direzione dell'estremo Oriente e della Cina. "Se Lily somigliasse ad Alice Keppel, avremmo risolto i nostri problemi" aveva scritto Lady Amabel al termine di una lettera.

Anche per il Natale 1910 Lord J. aveva comunicato di essere molto impegnato con la piantagione. Un certo Mister E. aveva siglato alcuni pacchi che Lord J. aveva inviato a casa. Lady Amabel aveva notato che il mittente non spediva da

Ceylon, bensì da Calcutta. Sul fondo della scatola aveva anche trovato un biglietto, forse dimenticato per errore. *Con la morte di Edoardo VII, oggi, 6 maggio 1910,* era scritto con inchiostro violaceo, *si chiude l'età dell'opulenza e del piacere. È stata un'epoca patriarcale, gerarchica, maschilista e genuinamente ostile alle donne, ma questo non sembrava preoccupare nessuno, se non le suffragette.* La carta del biglietto era di pregio. In fondo alla nota c'erano due iniziali: *D.E.*

Quarta Parte

1

Renzo non aveva più avuto notizie di Lily. Aveva smesso di cercarle. Erano passati dieci anni dalla sua partenza. Quando la carrozza aveva lasciato l'Angst, gli era parso di soffocare. Quella ragazza che di lui non si era mai accorta, nonostante nell'inverno 1899 le loro vite si fossero più volte intrecciate, aveva lasciato un vuoto incolmabile. Gli era sembrato di non aver più motivo di rimanere a Bordighera, e per qualche giorno nella sua mente era passata l'idea di recarsi alla banca Berry, concessionaria della Thomas Cook, per comprare un biglietto di sola andata verso la Nuova Zelanda. Era un posto ignoto, ne era attratto proprio per questo. Non voleva più restare in riviera, né essere preda di una nostalgia struggente. Così una mattina si era alzato presto, aveva contato sul tavolo della cucina i suoi risparmi, li aveva chiusi in un fazzoletto annodato e si era messo in tasca il gruzzolo. Sola andata. Destinazione il più possibile lontana. Poi era uscito. In strada il buio della notte si era rarefatto e nella tenebra azzurra i contorni iniziavano a delinearsi pian piano. Aveva mosso qualche passo e, non appena uscito dalla porta di Bordighera Alta, aveva notato una macchia nera che gli correva incontro. Ci aveva messo qualche secondo a decifrare e, quando Tigre gli era saltata in braccio, aveva sentito dentro di sé, all'improvviso, una specie di rumore sordo, come una crepa che incide e sgretola un muro. Era scoppiato a piangere. Il pianto lo scuoteva, lo agitava, una sorta di infida febbre. Allora si era seduto su un largo scalino di pietra proprio sotto il voltone all'ingresso della cittadella. Tigre leccava le lacrime che gli scorrevano sulle guance. Intorno al collo la cagnolina non aveva più pelliccia. Un collare spesso la chiudeva in una stretta. Renzo non l'aveva più vista all'albergo da almeno cinque anni. Forse qualche contadino l'aveva presa per farne un cane da guardia. Renzo le aveva subito tolto il collare, era magra. La carezzava piangendo, in fondo si somigliavano. Davanti a loro, sulla spianata, un albero di ficus si muoveva nel vento e le foglie frusciavano simili a vele quando arriva la tempesta.

Il biglietto di sola andata non l'aveva più comprato. Da quel giorno, Tigre aveva dormito nella modesta casa di Renzo, accompagnandolo tutte le mattine fino all'Angst. Il cuoco le metteva in una ciotola i ritagli di bistecca e nell'arco di pochi giorni era rinata.

Renzo si era sposato. La moglie era stata cameriera in albergo, prima di avere un posto da guardarobiera nel primo casinò d'Italia, a Ospedaletti, nella meravigliosa Villa La Sultana. Un giorno aveva iniziato a tossire. Il medico, alzando le mani al cielo, aveva detto: «È tisi». Era morta giovanissima. Renzo teneva il suo anello nuziale appeso a una catenina d'oro nascosta sotto la camicia. Il vuoto lasciato da sua moglie, a cui voleva bene, non gli era parso così grande come quello lasciato da Lily alla sua partenza. Si vergognava a pensarlo, ma era così. Certo, allora era più giovane, e il primo amore, come una ruota su un terreno intatto, lascia sempre un solco profondo, talvolta indelebile.

Per questo una mattina, alla stazione di Bordighera, aveva sentito il cuore tuffarsi nello stomaco quando all'improvviso un facchino aveva gridato il nome di Lily. L'aveva letto su un'etichetta legata al manico di una grossa valigia in pelle, e quel nome aveva avuto su Renzo l'effetto di un fuoco. Aveva cercato con occhi inquieti, tra la folla, il volto di Lily, senza riuscire a individuarlo. Per quale ragione tornava a Bordighera dopo tanto tempo? D'istinto aveva stretto tra le dita l'anello appeso alla catenina. Era stato assalito dal senso di colpa, dalla paura di tradire, come se il ricordo di Lily, per tanto tempo silenziato, potesse all'improvviso travolgerlo e spingerlo in una pericolosa direzione.

Era passato troppo tempo. Chissà se anche Lily si era sposata, se aveva dei bambini. Ecco, questo pensiero lo stordiva, doveva allontanarlo per non stare male.

Sul piazzale della stazione, comunque, nessuna delle donne presenti le somigliava. Certo, dieci anni trasformano le persone, ma non al punto da cambiarne i connotati. Conosceva di vista il facchino che armeggiava nel mucchio di valigie da destinare ad alberghi e ville. Il bagaglio di Lily era ancora là, in mezzo alla catasta, e nessuno lo reclamava. Così Renzo si era avvicinato all'uomo. «Stai cercando questa persona?» gli aveva chiesto indicando la targhetta appesa alla valigia. «No,» aveva risposto «mi hanno detto che c'è stato uno sbaglio.» Poi aveva continuato ad armeggiare tra le valigie, assaltato da un gruppo di persone in arrivo dall'interno della stazione.

Renzo avrebbe voluto insistere, fare altre domande, ma poco dopo il mucchio di valigie era stato caricato su un robusto carro che il facchino stava guidando. «Dove sei diretto?» gli aveva chiesto. «Al Museo Bicknell» aveva risposto partendo di carriera, dopo aver schioccato a terra la frusta.

Ecco! Come aveva fatto a non pensarci? Il 25 ottobre 1910, ovvero il giorno successivo, era previsto al museo un raduno: veniva fondato il gruppo esperantista Antaŭen. Lo riportavano anche i volantini distribuiti alla reception dell'Angst. Sulla via Romana era stato affisso un cartello scritto in una strana lingua che Renzo aveva letto senza riuscire a comprendere il senso. Dunque Lily aveva continuato a occuparsi di Esperanto. Chissà se veniva ospitata in qualche casa o albergo nei dintorni. Per alcuni giorni, nonostante gli impegni di lavoro, era passato più volte davanti al museo nella speranza di vederla. Aveva fatto anche domande ai concierge degli hotel e controllato l'elenco degli ospiti del convegno riportato sul "Journal de Bordighera". Niente. Nessuno aveva sentito quel nome e nessuno stava ospitando una donna che corrispondesse alla descrizione fatta da Renzo. Così una mattina si era alzato presto ed era passato di persona nel salone della biblioteca in cui si era svolto l'incontro. Seduta a un tavolino nell'ingresso una ragazza esile dai capelli rossi leggeva un libro.

«Scusate, sapete dirmi se tra gli ospiti del convegno c'è questa signorina?» aveva chiesto Renzo pronunciando il nome di Lily e mostrandoglielo scritto su un cartoncino. Quella si era limitata a scuotere la testa, senza rispondere. Poi a un tratto, quando Renzo era già sulla soglia per uscire, aveva detto: «Aspettate! Intendete questa lady?». Aveva ripetuto il nome e il cognome di Lily con una cadenza diversa da Renzo e, immediatamente, si era alzata per andare verso una cassapanca. Aveva tirato su il coperchio, mentre Renzo la osservava con il fiato sospeso. Con la mano aveva indicato qualcosa all'interno della cassa. In mezzo a tanti volumi con spesse copertine di pelle, c'era una valigia, proprio quella che aveva sulla maniglia il nome di Lily. «Sono libri,» aveva detto la ragazza aprendo il bagaglio pieno zeppo di fogli «solo libri.»

La tensione di Renzo si era sciolta in amara delusione. Si sentiva svuotato, tradito. Aveva insistito con la ragazza per sapere dove fosse la padrona di quella valigia, o quantomeno da dove arrivasse il bagaglio. Intimorita da tanta aggressiva curiosità, la giovane aveva dato un colpo al coperchio della cassapanca, che con un gran botto si era chiuso.

«Da dove arriva la valigia?» aveva implorato Renzo modulando una voce suadente per ricevere indizi preziosi. Stavolta non poteva arrendersi, non doveva fare come dieci anni prima, quando tutte le lettere inviate all'indirizzo lasciato da Lady Amabel al concierge erano tornate al mittente e lui non aveva reagito. Un grave errore, pensava Renzo, uno sbaglio che aveva cambiato la sua vita. Non aveva la certezza che insistere avrebbe condotto a un esito migliore, ma la resa era stata davvero la scelta più stupida. "Arrendersi nel presente equivale a coltivare rimpianti in futuro" era diventato il suo motto.

«New York» aveva detto a un certo punto la ragazza, senza guardarlo in faccia.

Renzo era rimasto in silenzio qualche secondo. «New York...» aveva poi ripetuto con la voce rotta.

«Esattamente.»

New York. Come era stato possibile? Si era seduto su una sedia in un angolo della sala. All'improvviso gli pareva tutto insopportabile, un senso di sconfitta lo opprimeva. Giorni affilati di ricordi e solitudine. Aveva rinunciato ai suoi sentimenti, si era fermato davanti alle difficoltà, e la vita, dopo tanta sofferenza, gli rinfacciava la sua rassegnazione procurandogli altro dolore. In un cassetto del comodino conservava ancora la lettera di Darius e la cartolina dell'abbazia irlandese. In tutti quegli anni non aveva aperto la busta.

Lily era a New York. Era stordito, come se la notizia ricevuta riguardasse la sua morte. La distanza aveva il sapore di un destino ineluttabile, definitiva, una morte, appunto. Era tutto perduto, finito. Trovarsi davanti a una valigia piena di fogli scritti a mano, probabilmente da Lily, lo faceva sentire vicino a lei, come nei sogni in cui si credono reali i fantasmi di persone che al mattino svaniscono senza lasciare traccia. Tra le carte era sbucata anche una locandina colorata. La data era recente: *14-20 agosto 1910, Washington, Stati*

Uniti d'America, VI Congresso Universale di Esperanto, alla presenza del fondatore Lazarus Ludwig Zamenhof. Quel foglio era un indizio. Forse Lily aveva qualche incarico nell'organizzazione. Nell'elenco dei partecipanti c'erano personaggi illustri, anche un rappresentante ufficiale del ministero russo del Commercio e dell'Industria, l'esperantista Aleksandr Postnikov, ed esponenti di venti nazioni.

All'improvviso gli era tornato in mente il volto di Lily, non sempre riusciva a ricordarlo nei dettagli. L'espressione degli occhi era la stessa che aveva il giorno del salvataggio in mare. Una profonda tristezza annebbiava il suo sguardo. Renzo ricordava bene il pescatore che l'aveva trascinata in salvo, e anche il sospetto dipinto sul suo volto. Non era stato un incidente. Non poteva esserlo.

"Se solo fossi stato meno stupido..." pensava Renzo. Negli anni aveva compreso la ragione del suo errore. Il motivo era semplice: incapacità di vedere la disperazione nell'agio, il malessere nella ricchezza. Era troppo povero per accettare che una ragazza come Lily, di nobile famiglia, con una lussuosa stanza all'Angst prenotata per otto mesi, da ottobre fino a maggio, potesse essere infelice. Si può vivere male circondati dal benessere? Gli ospiti dell'Angst erano per lui entità soprannaturali, lo sfarzo li rendeva divini, intoccabili, al riparo dal dolore, persino da quello esistenziale che la vita distribuisce invece a tutti, senza distinzione di classe sociale. All'improvviso si sentiva in trappola. La sua inadeguatezza e i suoi pregiudizi l'avevano reso ottuso, e la sua venerazione per Lily, al contrario di quanto avrebbe voluto, gli aveva impedito di salvare dal buio quell'amore giovane.

«Non ci sono indirizzi,» aveva detto a quel punto la ragazza controllando ancora una volta l'etichetta sulla valigia «c'è solo il nome... non escludo che in un viaggio così lungo le altre etichette possano essere andate perdute.»

«Non importa» aveva risposto Renzo con un filo di voce.

Lo smarrimento provato alla partenza di Lily da Bordighera era tornato, identico, come se il tempo non fosse passato. «Non importa» aveva ripetuto.

«Vi sentite bene?» aveva chiesto la ragazza. Era pallido, gli occhi arrossati.

«Tutto bene... pensavo a quanto è vasto l'oceano.»

2

In quell'anno, 1910, un petroliere americano aveva comprato la casa di Lord J. a Londra. L'aveva conosciuto per lavoro in Mesopotamia, dove era stato trasferito, nonostante là non vi fossero piantagioni da dirigere. Lord J. sapeva bene che, prima o poi, l'alibi della piantagione sarebbe caduto, e si era già attrezzato per architettarne uno nuovo.

"Noi inglesi," aveva scritto il giorno del suo trasferimento in una lettera a uno dei suoi consulenti, Mr. D.E. "dopo le guerre boere, abbiamo capito una cosa importante: possedere colonie è un pessimo affare. Costa troppo. Meglio creare stati indipendenti sotto l'ala protettrice della Corona, con governi apparentemente autonomi, largamente ricompensati per i loro servigi. E dobbiamo anche fare attenzione alla burocrazia di cui si circondano quei governi, perché è quell'apparato di funzionari a scrivere le leggi. Tanto vale suggerirle loro, invitando i politici a non mettere il bastone tra le ruote, ammesso che sia necessario convincerli. Se facciamo un buon lavoro, al potere andrà solo una classe politica già sotto il nostro controllo, finanziata a dovere prima delle elezioni. Vi prego di ragionare su queste mie parole, ho bisogno di un vostro parere, mentre io qui mi dedico ad altre questioni."

Il petroliere a cui Lord J. aveva venduto la casa, senza

neppure mostrargliela, faceva affari con un certo Calouste Gulbenkian. Lord J. aveva conosciuto quest'ultimo non come uomo d'affari nel giro del petrolio, soprannominato "Mr. Five Percent" poiché pretendeva di ricevere in dono il cinque per cento delle compagnie petrolifere che contribuiva a sviluppare, bensì come esperto d'arte che in Mesopotamia aveva comprato numerose urne antiche per la sua ricca collezione privata di grande valore.

Lord J. aveva venduto la casa di Londra da un giorno all'altro, perché una mattina di primavera del 1909, all'improvviso, senza avvisare nessuno, proprio come una ladra, Lily era fuggita.

Lady Amabel aveva accolto con grande disappunto la decisione del fratello di disfarsi del palazzo, e soprattutto la motivazione che aveva addotto: liberarsi del ricordo di una figlia inutile, così diversa da come l'avrebbe voluta.

Di fatto, però, la decisione non puniva Lily, bensì Amabel. Si trattava di un drastico ridimensionamento del suo status sociale, e "il posto in società" era esattamente l'obiettivo a cui si era dedicata in quegli anni. Aveva trovato ingiusto l'atto di imperio del fratello, fingendo di non capire che la punizione riguardava anche e soprattutto lei, incapace di occuparsi di Lily e di realizzare i piani concordati prima della partenza per l'Italia. Si era intrufolata in tanti ambienti dell'alta società, ma non aveva raggiunto il traguardo: trovare alla nipote un marito facoltoso.

Lady Amabel aveva comunque capito che in ballo c'era anche altro, e riguardo a questo "altro" aveva intuito che era meglio non fare domande. Aveva paura. Nei giorni prima del trasloco forzato, lei stessa non si era sentita tranquilla a occupare le stanze che prima aveva considerato un trofeo da esibire in funzione della sua personale scalata sociale.

La mattina in cui Lily era fuggita, Lady Amabel era tornata a casa verso mezzogiorno. Si era comprata una fetta di torta di mele per recuperare le energie spese durante la passeggiata e sul divano aveva spiluccato la preda. La governante era a riposo, una brutta influenza l'aveva stesa. Con i soliti modi gentili, Lady Amabel le aveva fatto notare che per nessun motivo al mondo desiderava esporsi al contagio. Così l'aveva cacciata di casa per qualche giorno, in attesa della completa guarigione.

Terminata la torta, con la nausea in arrivo, si era alzata dal divano per salire nella sua stanza. Dopo aver fatto due gradini, si era accorta che sulla scala c'era una sciarpa di Lily. Strana cosa. Sua nipote indossava la sciarpa solo per uscire, ed essendo molto ordinata era insolito trovare suoi oggetti personali in giro per la casa. Non l'aveva raccolta, e aveva continuato a salire, raggiungendo la propria camera. Si sentiva molto stanca, così dopo essersi stesa sul letto si era addormentata. Quando aveva riaperto gli occhi era quasi l'ora del tè. La nausea sembrava passata, e un tè le avrebbe comunque giovato. Aveva abituato Lily a prepararlo nel soggiorno, e quindi, non appena la pendola aveva battuto l'ora, si era sistemata i capelli, aveva indossato un abito da pomeriggio con un grosso fiocco sul fianco ed era scesa.

Dalla scala non si sentivano rumori di tazze provenire dal soggiorno, strana cosa, considerato che Lily era incapace di muovere le ceramiche senza farle urtare le une con le altre.

La nipote, infatti, non era in soggiorno e neppure in cucina.

«Benedetta ragazza!» aveva esclamato Amabel. «Inutile come sempre, per non dire dannosa. Proprio oggi che non abbiamo la cameriera...» Poi era andata in cucina e aveva messo a bollire l'acqua, scegliendo dalla credenza un barattolo con le foglie di tè che desiderava gustare quel pomeriggio.

La casa era terribilmente silenziosa. Di solito non era movimentata, ma quel pomeriggio il silenzio aveva un suono lugubre. Aveva bevuto due tazze di tè, senza mangiare biscotti; quell'atmosfera le aveva chiuso lo stomaco. "Dove sarà andata?" pensava annusando la tazza da cui proveniva una fragranza orientale. Non poteva essere lontana, non usciva mai, a eccezione di rapide escursioni alla posta per spedire le sue lettere.

Contemplando il disordine che aveva lasciato dietro di sé in cucina, un disordine notevole poiché tirava fuori dalle credenze vari servizi di tazze per scegliere il più adatto in base all'umore del giorno, Lady Amabel si era riproposta di andare a cercare Lily in camera. Forse stava studiando, oppure si era addormentata.

Arrivata al secondo piano, si era fermata di fronte alla porta e aveva teso l'orecchio. La lampada che teneva con due mani tremava. Nulla. Nessun rumore a eccezione del crepitio del legno della scala. Aveva atteso qualche minuto, asciugandosi la fronte con il fazzoletto. Lo stomaco era schiacciato da un'ansia martellante. Lily mancava da casa ormai da almeno sei ore, e non si era mai verificato un fatto simile in precedenza. Deglutendo a più riprese, Lady Amabel si era avvicinata ancora di più alla porta, studiando come aprirla nel caso fosse stata chiusa. Il pomello, contro le sue previsioni, aveva però fatto uno scatto e l'uscio si era spalancato senza sforzo. All'interno la finestra era chiusa e la stanza era buia. Così Amabel, dopo un lungo respiro, era entrata. La lampada illuminava i contorni delle cose. Tutto era in perfetto ordine, ma sul pavimento, vicino al letto, c'era una grossa valigia aperta. Era il bagaglio usato dalla nipote per il viaggio in Italia. Forse era arrivata in tempo, forse Lily stava preparando la partenza ma non era riuscita a concludere il progetto. La zia si era placata all'istante. Il sangue era tornato a scorrere, non c'era motivo di stare in ansia, nulla era ancora perduto. Quindi era uscita dalla stanza. Le era tornato persino l'appetito. Si immaginava già l'interrogatorio che avrebbe fatto a sua nipote all'ora di cena, davanti a una fetta di roastbeef freddo. Certo non avrebbe scoperto il gioco, ma l'avrebbe fatta parlare, con le buone o le cattive. Aveva sceso la scala con passo baldanzoso, ma sul pianerottolo del primo piano, davanti alla camera da letto del fratello, si era bloccata. A terra c'era un foglietto che prima non aveva visto. Il cuore aveva iniziato a batterle di nuovo all'impazzata. La porta della camera di Lord J. non veniva aperta da mesi, e solo Amabel sapeva dove era custodita la chiave. La stessa cosa valeva per la stanza al terzo piano, quella della cognata. Una copia delle chiavi era nella camera da letto di Amabel, in una scatolina nascosta dietro uno specchio. All'improvviso un presagio. «Non può essere successo» aveva detto sottovoce, mentre un brivido gelato le attraversava la fronte.

Aveva raggiunto di corsa la sua stanza, salendo i gradini a due a due. "Non può essere successo," ripeteva mentalmente senza riuscire a fermarsi "non è possibile!" Si era diretta subito alla cassettiera e aveva allungato la mano dietro lo specchio, tastando il piano di marmo centimetro per centimetro. La scatolina delle chiavi non c'era più. Poteva essere stata tanto stupida da farsi giocare così? In quell'istante le era tornato in mente un pomeriggio all'Angst. Aveva bisogno delle sue pillole calmanti. Per pigrizia aveva mandato Lily a prenderle e le aveva detto: «La chiave è in una scatolina dietro lo specchio». Poteva essere stata tanto cretina da aver fornito un'indicazione simile senza poi ricordarsi di cambiare nascondiglio?

Il lume che teneva con due mani oscillava vistosamente. «Mio Dio!» aveva esclamato all'improvviso, uscendo dalla stanza e salendo rapida fino al terzo piano, come se il peso del suo corpo si fosse smaterializzato. «Non può essere, non è possibile...» si ripeteva senza sosta. Aveva attraversato di volata il corridoio inciampando più volte nella gonna e poi finalmente era giunta al cancelletto davanti alla camera della cognata. Aveva poggiato la mano sulla maniglia sperando di trovarlo chiuso. Invece la maniglia era scesa senza attrito sotto le sue dita. Il dubbio che la divorava era ormai certezza. Si era appoggiata contro la porta e senza muovere il pomello si era ritrovata al di là della soglia. L'uscio era socchiuso. Una lacrima le era scesa sulla guancia, e poi fredda lungo il collo.

La stanza era esattamente come l'aveva lasciata l'ultima volta, cioè quella stessa mattina, prima d'uscire. La scatola di cuoio, che il fattorino consegnava tutti i giorni, era sulla scrivania. Le lunghe tende verdastre, leggermente aperte, permettevano alla luce di filtrare, rischiarando i contorni dei mobili neri. Sulle librerie, che coprivano tutte le pareti, c'erano decine di scatole di cuoio identiche. L'intero appartamento era invaso da faldoni di documenti e da carte geografiche. Nulla faceva pensare che là dentro potesse vivere una donna, tantomeno una sposa, una madre, reclusa da tempo per fragilità psichica. La camera da letto era arredata in modo spartano. Non c'erano né materasso né cuscini né coperte. Al posto del completo da notte c'erano altre scatole impilate una sull'altra. Sembrava un bazar alla chiusura, dopo il ritiro delle mercanzie dagli scaffali.

Lady Amabel era abituata a quel paesaggio, non le faceva più effetto, ma pensava a Lily, ai sentimenti che potevano averla attraversata scoprendo l'inganno. "Sua madre non c'era, ma era morta? A quando risalivano le prime bugie che le erano state raccontate? Qual era lo scopo di quella immensa truffa?" Di certo Lily si era posta domande simili, aggrappandosi ai suoi ricordi di bambina, nei quali la mamma era presente.

Lady Amabel tremava. Non era la preoccupazione per la nipote a gelarle il sangue, era il terrore per la reazione del fratello. Quell'appartamento aveva un ingresso a sé stante, si poteva entrare e uscire dalla casa senza passare dalla porta principale. L'idea di far transitare ogni giorno le scatole di cuoio per l'ingresso ufficiale serviva a dare una parvenza di verità al racconto della madre reclusa. Entrando in quelle stanze, Lily non poteva non aver capito di essere stata presa in giro. Cosa ci si poteva aspettare da lei? Amabel era diventata pallida. Temeva di finire sui giornali o di essere chiamata dalla polizia. Sapeva bene che non le avrebbero fatto niente di male, non potevano, il gioco era coperto, ma il timore di uno scandalo la faceva traballare. Le era venuto in mente un particolare, un dettaglio senza il quale Lily non sarebbe potuta arrivare a conclusioni definitive. Comprendere da sola i motivi di tutti quei sotterfugi non era cosa semplice, e i motivi erano proprio la parte più rilevante della faccenda.

Aveva richiuso la porta dell'appartamento a chiave. I documenti più importanti non erano stati toccati, pertanto Lily non poteva essere in condizione di rivelare segreti. Mentre si rallegrava per questo, un nuovo dubbio le aveva tolto il fiato. La stanza di Lord J. In quella non poteva di certo essere entrata. La chiave, per prudenza, non era nella scatolina con le altre, bensì in un nascondiglio complesso da individuare. Si era calmata. Il fratello avrebbe potuto ucciderla se anche la sua stanza fosse stata profanata, ma l'astuzia della chiave l'aveva salvata. Si trattava di inventare enormi bugie per coprire i fatti, ma la gravità dell'accaduto, seppur notevole, era ancora contenuta. Quindi aveva sceso le scale. Aveva bisogno di riposarsi, ma prima doveva fare una verifica. Così era entrata nella sua stanza. Si era stesa con un po' di fatica sotto il letto, che era piuttosto alto, e aveva iniziato a tastare le piastrelle battendoci sopra con le dita. A un tratto, da una piastrella era uscito un suono sordo. Aveva passato la mano sul bordo e nel punto in cui la ceramica era in rilievo aveva tirato su un coperchio. Con la sinistra aveva ispezionato la superficie sotto la piastrella fino a quando non aveva sentito la presenza del metallo. La chiave era ancora lì. Nessuno poteva essere entrato nella stanza di Lord J.

Con difficoltà era finalmente riemersa. Aveva bisogno

di un whisky. Era stata una giornata tremenda. Così si era avviata verso il soggiorno. La presenza della chiave nel nascondiglio l'aveva rincuorata, ma all'improvviso un nuovo sospetto era emerso con prepotenza. Meglio passare davanti alla stanza di Lord J. e controllare.

Si era incamminata. La casa continuava a essere spaventosamente silenziosa. Si era avvicinata alla porta guardandosi intorno e aveva visto una cosa che poco prima non aveva notato. Per terra c'era una chiazza, una sorta di macchia appiccicosa. Una scia di puntini conduceva fino alla soglia, e proprio lì c'era un'altra macchia. La stessa sostanza untuosa, che sembrava creta, era intorno alla serratura. A Lady Amabel mancavano le forze, la testa le girava e si sentiva morire. Aveva poggiato la mano sulla maniglia e la porta si era aperta. Qualcuno aveva fatto un calco di creta per riprodurre una copia della chiave.

Era entrata come un automa.

A terra c'erano libri e quaderni. La calligrafia sui fogli era quella di Lord J. Su una cartellina aperta c'era un nome, *Cecil Rhodes*. Sulla prima pagina c'era un titolo: *Guerra Boera*. Sotto era riportato un elenco di date. A fianco di ciascuna c'era un simbolo: una X oppure una croce. Alla data 11 ottobre 1899, era scritto: *I costi della guerra verranno compensati dagli enormi profitti delle miniere d'oro.* Sotto la frase c'era un'altra data: 31 maggio 1902. *Seconda Guerra Boera: durata tre anni. È costata venti volte la previsione del governo britannico. Tecnica finale della vittoria: terra bruciata. Fattorie boere a fuoco e bestiame sterminato. In sintesi: Guerra Boera = disastro economico del governo conservatore abbandonato dagli elettori. Vincono i liberali. Torna purtroppo la politica pacifista.*

Lady Amabel pensava a Lily. Se era stata davvero lei ad accedere a quelle stanze, cosa poteva aver pensato di tutto quel materiale così dettagliato? Senza accorgersene aveva pestato un libricino. L'aveva raccolto e dalla spessa copertina, sproporzionata rispetto alle poche pagine, era caduto un foglietto. Qualcuno l'aveva infilato tra due strati di cartoncino. Lady Amabel aveva notato che la calligrafia era diversa da quella del fratello. Con un inchiostro verdastro era scritto: *Il nostro impegno diretto in una guerra, d'ora in poi, va evitato. Attivare indirect role nei paesi stranieri. Usare la diplomazia. Creare stati satellite per governare i territori conquistati. Controllo pervasivo, ma mediato e discreto. Le guerre costose non piacciono agli elettori.*

Lady Amabel si guardava intorno. Anche lei non era mai entrata prima in quella sorta di santuario. I cassetti erano pieni di documenti. Lily forse li aveva aperti. Alcuni fogli erano siglati con le iniziali *D.E.* Di certo non aveva potuto leggerli tutti. La maggior parte delle cartelline pareva infatti ancora chiusa. Probabilmente aveva iniziato ad aprire i cassetti a caso.

A un tratto, Lady Amabel si era accorta di un fascicolo gettato sul tappeto. Sopra c'era una data: il giorno della nascita di Lily. A Lady Amabel pareva di sentire il cuore della nipote battere all'impazzata nel silenzio della stanza. Tra i fogli c'era il ritratto a china di una bimba in fasce. Sul retro compariva il suo nome e il cognome di suo padre. Sotto c'erano due iniziali vergate in corsivo: *L.C.* Altre carte contenevano informazioni su proprietà terriere. Mentre Lady Amabel le sfogliava era caduto un cartoncino. Sul fronte c'era un secondo ritratto. Somigliava così tanto a Lily che forse vi si era riconosciuta. Ma non era lei. Sulla guancia destra c'era un neo che Lily non aveva mai avuto. Chi era quella donna senza nome? Di certo Lily se l'era chiesto, e forse aveva capito: si trattava di sua madre.

Da basso la pendola aveva iniziato a suonare, e a Lady Amabel erano caduti i fogli. Doveva fare in fretta e rimettere tutto a posto. All'improvviso un cassetto era scattato, facendo uno strano rumore. La chiave sembrava inceppata. L'aveva girata due volte nella toppa e di colpo le era parsa più corta, come se la serratura non fosse più la stessa. L'aveva manovrata avanti e indietro. All'ultimo scatto un cartoncino era caduto sul pavimento. L'aveva raccolto e alla luce fioca del lume aveva cercato di decifrarlo. Al centro, scritto a mano, c'era un indirizzo e sotto era indicata una città: *New York*.

Lady Amabel si era sentita gelare. D'istinto si era voltata verso la cassaforte. Era ancora chiusa, ma sul pavimento c'erano scatole piene di documenti. Aveva sollevato un coperchio per sbirciare il contenuto. La debole luce illuminava una serie di tabelle. Erano schemi fatti di lettere e disegni, con a margine parole senza alcun senso compiuto. Poi aveva letto una scritta: *1902 – Comitato per la difesa imperiale*. Il foglio era scritto a mano. La calligrafia non era di suo fratello. In stampatello c'era un elenco suddiviso in punti. Primo titolo, scritto in rosso: *Guerra Boera*. Sotto era annotata una serie di cause del conflitto. A Lady Amabel era saltata all'occhio una frase: *intelligence inglese: scarsa. Riorganizzare. Affiancare al corpo militare. Possibile guerra in Europa*. Le mani le tremavano e il foglio era caduto su una cartellina con un titolo semi cancellato: *23 agosto 1909 – nuova sezione*. Dentro la cartellina c'erano alcuni fogli con un timbro: una "C" tracciata con inchiostro verde e all'interno della "C" il disegno stilizzato di un cervello con la scritta *Semper Occultus*. Non capiva nulla di ciò che leggeva, sapeva che suo fratello aveva una sorta di vita parallela, ma quel materiale faceva pensare a qualcosa di più: l'appartenenza a un servizio imperiale segreto.

Lady Amabel si sentiva male. Tutt'a un tratto le era balenato un dubbio: "Se non fosse stata Lily ad aprire per prima le stanze? Se qualcuno fosse entrato là dentro prima di lei?".

Era corsa fuori nel corridoio, la casa le era parsa all'improvviso una trappola, doveva fuggire al più presto. Aveva finalmente raggiunto la sua stanza e si era accucciata sul catino dell'acqua, vomitando.

3

Il pensiero di Lily a New York era diventato l'ossessione di Renzo. Il ricordo di lei, preciso e al contempo lontano, a lungo sopito e dunque senza il potere di fargli male, era tornato a occupare la sua mente, proprio come quando soggiornava all'Angst. Nei dieci anni trascorsi dalla sua partenza era molto cambiato. Non era più un ragazzino sprovveduto, ma un uomo capace di articolare analisi profonde. La crescita della colonia di Bordighera aveva influito sulla sua crescita personale e anche sui suoi gusti. L'amore degli inglesi per la natura aveva lasciato una forte impronta sui luoghi, dalla costruzione di nuove ville, agli alberghi, ai parchi e alle biblioteche, tutti elementi perfettamente integrati nel verde rigoglioso. Certo gli inglesi avevano imposto un proprio stile e una propria visione del mondo, ma la grazia con la quale architetti e progettisti avevano lavorato produceva benefici per l'intera collettività, compresi gli italiani che avevano ottenuto vantaggi economici, aprendo piccole attività.

La colonia ospitava una clientela sempre più ricca e molti nobili della corte inglese avevano messo radici, abitando nella cittadina non solo per la stagione invernale, bensì per l'intero anno. Si respirava un'aria sempre più internazionale, pareva una piccola Monte Carlo, con il vantaggio di essere meno caotica e più verde.

Una mattina, mentre camminava di fretta per raggiungere il lavoro, Renzo aveva visto sulla via Romana un piccolo calesse trainato da un asinello e guidato da una bambina bionda di non più di dieci anni. Si era fermata davanti a Villa Etelinda ed era scesa. Poi aveva preso in braccio il bimbo che era seduto al suo fianco, l'aveva messo in piedi sul selciato e, tenendolo per mano, l'aveva portato con sé oltre il cancello. Poco lontano Renzo aveva visto due uomini in abito grigio. Erano scesi da una carrozza che aveva seguito il calesse lungo il tragitto.

Arrivato in albergo aveva chiesto al concierge: «Voi sapete chi sia la bambina che guida un calesse trainato da un asinello e ha libero accesso a Villa Etelinda?».

Quello aveva sgranato gli occhi e gli aveva fatto segno di abbassare la voce. «Mi state chiedendo un'informazione riservata. Se mi promettete di tenerla per voi, vi spiego.»

«Ma certo,» aveva esclamato Renzo «ci mancherebbe. Non è per la bambina... ma due uomini la seguivano a distanza e allora...»

Il concierge gli aveva fatto cenno con la mano di abbassare ancora la voce. «La bambina» aveva spiegato guardandosi intorno «è Elizabeth Bowes-Lyon, la nipote del vecchio conte di Strathmore. Suo padre è Claude Bowes-Lyon, XIV conte di Strathmore e Kinghorne. È a Bordighera con la madre, Cecilia Nina Cavendish-Bentick, e con il fratellino David. Tra i suoi avi c'è William Henry Cavendish-Bentinck, III duca di Portland, che fu primo ministro inglese. Vengono a trovare la nonna paterna, Frances, a Villa Etelinda, e la nonna materna, Caroline Louisa Burnaby Scott, che possiede una grande proprietà con parco lungo la strada per Ventimiglia, a Vallecrosia, la famosa Villa Bella Vista. Appartengono a una delle famiglie notabili della colonia.»

«Perdonate!» aveva detto a quel punto Renzo, confuso da tutti quei nomi e quei titoli. «Non sapevo chi fosse e ho temuto per lei vedendola seguita. Adesso capisco...»

All'improvviso gli era venuto alla mente dove poteva aver visto i due uomini. L'episodio risaliva a tre anni prima, l'aprile del 1907. Era stato informato che al Grand Hotel Royal di Sanremo soggiornava il re del Siam e che sarebbe arrivato a fine mese all'Hotel Angst. L'ordine era di predisporre un grande ricevimento. Renzo aveva dovuto tenersi impegnato per l'intera giornata: serviva un traduttore. Il re doveva incontrare un cliente fisso dell'Angst, un costruttore edile che aveva iniziato a fabbricare palazzi con una strana pasta, chiamata cemento armato.

Nel giardino era stato preparato un delizioso rinfresco, al quale avevano partecipato alcuni notabili della colonia. C'era un servizio di sicurezza in borghese con uomini in anonimo abito grigio, che somigliavano proprio a quelli impegnati a far da scorta alla bambina di Villa Etelinda.

Mentre sistemava i fogli con l'elenco degli invitati, Renzo aveva alzato la testa, restando a bocca aperta. In mezzo a tutte quelle persone, gli era parso di riconoscere Mr. Darius Evans. L'apparizione era stata fugace al punto che Renzo non era neppure certo che si trattasse davvero di lui. Tante volte si era immaginato di incontrarlo e di dirgli che la lettera per Lily non era mai stata consegnata. Se solo avesse avuto un suo recapito l'avrebbe fatto prima, ma pareva che nessuno conoscesse l'indirizzo a cui inviare un eventuale messaggio. Questa era la giustificazione che Renzo aveva usato con se stesso in tutti quegli anni.

Della visita del re a Bordighera Lord J. aveva ricevuto un rapporto dettagliato. "Rama V è arrivato in Europa per cercare appoggi" gli aveva scritto un collaboratore. "Nel suo paese, come sapete, c'è stata la guerra con i francesi. Avevano ormeggiato le navi nel porto di Bangkok. L'avrebbero bombardata se all'Indocina francese non fossero stati ceduti tutti i territori dei regni vassalli a est del Mekong. Rama V si era appellato a noi britannici. Come sapete, ci siamo astenuti dall'intervenire e dunque il re è stato costretto a concedere ai francesi i territori e persino a sborsare un indennizzo per i danni di guerra."

Lord J. aveva letto la lettera con un sigaro tra le dita e un bicchiere di sherry sulla scrivania. "Abbiamo molto deluso Rama V, la sua ammirazione per la corona britannica era sempre stata sincera. Mi hanno riferito che ha passato un anno in preda alla depressione. Si era illuso che il suo appoggio alle truppe imperiali inglesi durante la conquista della Birmania venisse ricompensato, ma noi gli abbiamo dato la dimostrazione di essere interessati solo alle nostre ambizioni espansionistiche. E si accorgerà presto che non è finita..."

Nella lettera a Lord J. dell'aprile 1907, l'informatore aveva aggiunto altri dettagli che nel tempo si erano rivelati preziosi. A Bordighera il re del Siam aveva portato un gatto. L'aveva regalato all'imprenditore che alloggiava all'Angst e l'aveva ricevuto. "Ho l'impressione che faranno affari insieme" aveva concluso il mittente. Il funzionario era riuscito ad avere anche una foto: ritraeva il re, vestito all'occidentale, con in testa un cappello bianco, a piedi lungo la via centrale, seguito da notabili e carabinieri.

Lord J. aveva chiuso la lettera e l'aveva messa in un cassetto. Era molto stanco. Quando si stendeva sul letto a riposare, vedeva se stesso come un meccanismo inserito in un macchinario eterno, un movimento incessante che si sarebbe fermato solo per il logoramento dei componenti dell'ordigno, di certo non per scelta. La sua vita non era esente da pericoli, ma questo era il problema minore, secondario rispetto ai guai finanziari dai quali era uscito solo grazie al suo lavoro. Non era stato possibile conservare il patrimonio di famiglia, tutte le operazioni finanziarie che aveva tentato erano andate male, dunque, poiché l'ambizione di avere un ruolo cruciale nel suo paese era smisuratamente grande, si era adattato alla nuova vita. Il colpo decisivo al suo ego, la molla che l'aveva spinto ad accettare un incarico delicato, era collegato a un evento preciso, avvenuto proprio l'anno del soggiorno di sua figlia all'Angst: non era stato invitato a un prestigioso banchetto della Yeomanry del Kent, l'associazione di proprietari terrieri della quale la sua famiglia faceva parte da tempo immemore.

Tre anni dopo la visita del re del Siam a Bordighera, in mezzo alle tante carte sparse sulla scrivania, Lord J. pensava: "Ci sono sempre buone ragioni per iniziare percorsi di cui ci pentiremo amaramente".

Un indiano dagli occhi chiari gli aveva consegnato una lettera con il timbro LONDON. PRIVATE. Era di Lady Amabel. L'aveva aperta senza grande entusiasmo. Di solito sua sorella si perdeva in pettegolezzi inutili. Aveva letto le prime tre righe con indifferenza, ma, un attimo dopo, la lettera gli era caduta sul pavimento. Si era portato entrambe le mani al petto. Sudava, un fuoco si aggiungeva al caldo indiano. "Lily è fuggita" vi era scritto.

Aveva raccolto la lettera e camminando lungo il perimetro della stanza aveva letto con voracità le due pagine finali. Aveva bisogno di correre, di valicare montagne e attraversare altopiani, doveva raggiungere al più presto l'Inghilterra e venire a capo dei fatti incredibili che sua sorella raccontava. Nella missiva si concentravano i due incubi che da anni gli agitavano il sonno: la fuga di Lily e il rischio che qualcuno, forse sua figlia medesima, mettesse le mani sui documenti che custodiva. Mentre leggeva il resoconto di Amabel, che parlava di stanze profanate e chiavi duplicate, le mani gli tremavano, era invecchiato all'improvviso. Gli occhi chiari e glaciali, che somigliavano a quelli dell'indiano che gli aveva consegnato la missiva, occhi che aveva sempre usato per intimorire il prossimo, si erano rimpiccioliti, inghiottiti nelle orbite, come se tra le ossa e l'epidermide i vasi sanguigni si fossero svuotati di colpo togliendo turgore al viso e stravolgendogli i connotati.

La fuga di Lily. Ci aveva pensato così tanto. Somigliava a sua madre. Nonostante fossero state insieme solo pochi anni, Lily aveva la sua tempra e, proprio come la madre, era fuggita da lui. Per anni l'aveva implorato di lasciarle la bambina, ma Lord J. le aveva separate. "Se tenterai di avvicinarla," aveva scritto alla moglie "la farò uccidere."

Il giorno successivo, a Londra, due uomini avevano bussato alla porta di Lady Amabel. Avevano chiesto di poter entrare su ordine di Lord J. Appena varcata la soglia, avevano mostrato ad Amabel un foglio. Sopra vi era scritto l'indirizzo di un albergo. Doveva prendere una carrozza e andarci subito. Loro avrebbero preparato i bagagli e impacchettato gli effetti personali da recapitare in un luogo ancora ignoto. Lady Amabel si era alzata dalla poltrona con il volto bianco. Come un automa aveva obbedito. Non appena era salita in carrozza, sul retro della casa era arrivata una squadra di uomini. All'apparenza sembravano addetti alla pulizia dei camini. Erano saliti al terzo piano. Dopo due ore la casa era vuota, il mobilio portato via da carri che silenziosamente avevano attraversato il parco per poi sparire. Le tracce della vita di Lord J. e della sua famiglia in quella casa erano state cancellate, i nascondigli e i passaggi segreti murati.

Anche Lord J. aveva cambiato di nuovo città. Ricevuta la notizia dell'esito positivo della missione, aveva preso un vassoio di metallo bruno, ci aveva poggiato sopra i suoi scritti e i documenti più delicati, compresa la lettera ricevuta dalla sorella, poi con la punta del sigaro accesa aveva dato fuoco ai fogli. Tra questi c'era anche una nota: *1909: un'altra consistente porzione di territori del Siam è passata a noi inglesi. La sovranità sui sultanati vassalli malesi è stata un vero trionfo. Li abbiamo giocati.* Non era solo merito suo, tanti successi si ottenevano perché altri come lui erano riusciti nel compito di costruire una vasta rete di informatori che, dalla madrepatria, attraverso l'Italia e lungo il canale di Suez, raggiungeva i luoghi più remoti dell'Impero, in Asia. Erano le notizie, i dati circostanziati che giungevano dalla rete di spionaggio, l'asso nella manica dell'apparato inglese.

Quel lavoro non gli piaceva affatto, ma di certo gli riusciva bene, fin troppo bene. In quei dieci anni, a migliaia di chilometri, le sue orecchie avevano udito le conversazioni nei saloni dei grandi alberghi in riviera e nei circoli per gentlemen che fiorivano ovunque. All'Angst riusciva persino a intercettare gli incontri dal parrucchiere. Nell'albergo era presente una barberia di lusso e gli ospiti la frequentavano per essere sempre in ordine. Il barbiere era all'oscuro delle operazioni di ascolto, si trattava di cose inimmaginabili per la maggior parte degli ospiti della colonia, per non dire della gente comune. Chi poteva sospettare di essere ascoltato, chi dava importanza alle chiacchiere tra gentiluomini mentre il barbiere era intento a spuntare capelli e baffi? Lord J. aveva orecchie persino al Collegio Saint Charles dei fratelli francesi. Lì aveva studiato un ragazzo che Renzo conosceva, un musicista, Roger Marie Bricoux.

"È stato un gran lavoro" pensava Lord J., con un sigaro pregiato tra le dita; se li faceva spedire da Cuba, dove un amico americano aveva messo radici.

Osservava dalla finestra del suo ufficio, nel caldo di Calcutta, gli uomini e le bestie che si muovevano lungo le strade con la stessa remissiva postura di sempre, curvi sotto il peso dell'aria umida e bollente. Forse avrebbe visto un identico spettacolo anche dalle finestre di Delhi, dove gli inglesi nell'arco di pochi anni progettavano di spostare la capitale dell'Impero d'India. La Guerra Boera, che aveva impedito alla regina Victoria di raggiungere l'Angst e aveva contribuito a mandare a rotoli i piani matrimoniali per Lily, era stata dal punto di vista dell'intelligence una grande scuola. All'inizio la rete informativa appariva fragile e disordinata. Lord J. doveva ammettere che a cambiare la situazione erano state le intuizioni di Sidney Reilly, un agente segreto di Scotland Yard, che Lord J. definiva "spregiudicato avventuriero". Era riuscito a farsi spedire in missione in Olanda, spacciandosi per tedesco. Era stato così che gli inglesi avevano saputo degli aiuti olandesi ai boeri. Lord J. era stato testimone di quel periodo in cui dalla grossolana azione si passava alla raffinata capacità di leggere gli umani come mappe, prevedendo la loro direzione. Se ne vantava con i colleghi fidati, a cui amava spiegare che dalla fine dell'Ottocento gli inglesi avevano capito il valore delle "osservazioni". E si vantava anche di aver conosciuto di persona Sir Henry Wilson. Dava lezioni agli agenti della nuova intelligence su chi e come mettere sotto controllo. Mentre Lady Amabel e Lily erano in riviera ignare della guerra in Sudafrica, che a migliaia di chilometri stava cambiando la loro vita, Wilson aveva scoperto la presenza di tedeschi tra i boeri e si era impegnato ad analizzare le loro mosse. La competizione tra stati si giocava ormai così. A scopo di spionaggio, Sir Wilson incoraggiava i suoi ufficiali a fare viaggi nel continente durante le vacanze. Lui stesso aveva fatto il giro della Germania in bicicletta. Con le informazioni raccolte, senza dare nell'occhio, era riuscito a ricostruire lo schema del piano Schlieffen, impedendo ai tedeschi di sconfiggere la Francia. «Solo così si possono vincere le guerre,» sottolineava in tono aulico Lord J. «mimetizzandosi tra i nemici.» Sembrava una scoperta banale, ma non lo era affatto. Ci si muoveva su un terreno pressoché nuovo, e Lord J. era consapevole di essere un pioniere. Conservava i ricordi di queste azioni come fossero storie d'amore. Una cosa aveva capito, paradossale ma vera: nulla conta in guerra quanto i sentimenti; sono i sentimenti a tradire le persone, per questo è fondamentale osservarle nei momenti apparentemente innocui.

Progettando il viaggio in riviera per la figlia, era venuto in contatto con alcuni connazionali esperti di cartografia che soggiornavano all'Angst. «Una pietra miliare è stato il messaggio dall'India di Sir Charles Napier» gli aveva spiegato uno di loro. «Ha spedito a Whitehall la notizia più breve ed efficace mai scritta, superando in bravura persino un maestro indiscusso come Edgar Allan Poe, che aveva a lungo studiato l'argomento, e lanciava vere e proprie sfide per dimostrare la sua capacità di decifrare messaggi segreti.» Lord J. era stato entusiasta di quella scoperta e da allora, nei club esclusivi, raccontava a tutti un aneddoto. «"Peccavi" ha scritto in latino Napier. In inglese si traduce in *"I have sinned"*, una frase che pronunciata ad alta voce acquisisce un diverso significato, ovvero *"I have Sind"*. E fu così che al ministero della Guerra intuirono la grande notizia: il vasto territorio indiano di Sind è caduto nelle nostre mani!»

La sera del ritorno a Calcutta, seguendo dalla finestra il corso del sole al tramonto, Lord J. aveva ripassato mentalmente la mappa del suo studio a Londra. Gli era venuto in mente un fascicolo che custodiva in un cassetto a scomparsa nell'armadio della camera da letto. Sulla copertina c'era scritto: *Mr. D.E. Analisi storico-geografica dell'Impero Moghul.* Era stata proprio la capacità d'analisi l'alleato più prezioso dell'Impero.

Mr. D.E., alias Mr. Darius Evans. L'aveva incontrato anni prima. Ricordava bene l'incidente di Shimla. Lord J., quel giorno, era stato a un passo dalla morte, l'aveva vista all'opera, mentre trascinava alcuni membri del seguito imperiale nel burrone. Nonostante la giovane età, Mr. Evans era diventato uno dei massimi esperti di crittografia e anche un fine analista di equilibri internazionali. Erano entrati in confidenza, per questo Lord J., nel 1899, saputo di un viaggio di Mr. Evans a Bordighera, gli aveva chiesto un favore: «Potete dare un'occhiata a mia figlia Lily? Sto spendendo un patrimonio per trovarle un marito».

4

Non era facile avere notizie di Lily, ma la pista dell'Esperanto poteva essere utile. Nel caso fosse entrata a far parte di un gruppo o di un'associazione per la promozione della neolingua, prima o poi il suo nome sarebbe comparso sui giornali. Così Renzo aveva preso l'abitudine di leggere il "Daily Mail".

Prima del 1910 le comunicazioni passavano soltanto via telegrafo o posta. Nella colonia si pubblicava anche il "Journal de Bordighera", ma conteneva soltanto notizie locali. Il servizio postale aereo, per fortuna, aveva iniziato a espandersi e raggiungeva regolarmente la riviera occidentale. Ogni giorno, in tarda mattinata, venivano lanciati da un velivolo pacchi di copie del quotidiano inglese, uscito qualche ora prima dalle rotative della madrepatria. Alle 10, l'aereo passava su Sanremo e poi raggiungeva Bordighera. Uno speciale paracadute permetteva al pacco di raggiungere terra senza rovinarsi. Veniva recuperato da ragazzini che subito dopo si occupavano della distribuzione. Renzo era stato incaricato di procurare le copie per i clienti dell'Angst. Il giornale si vendeva tramite abbonamento, ma anche nelle reception degli alberghi e in un chiosco sulla piazza della stazione.

Il 15 aprile 1912, un lunedì, Renzo era andato a lavorare

con uno strano presentimento. Gli capitava spesso di sentire in anticipo l'arrivo delle disgrazie, ne avvertiva la carica energetica e accusava persino dolori fisici. Da quando suo padre era morto in mare, in lui si era acuita questa capacità predittiva, della quale avrebbe fatto volentieri a meno.

Si era svegliato tardi. Il suo turno di lavoro non sarebbe iniziato prima delle 11. Aveva deciso di allungare il percorso verso l'hotel. Era sceso da Bordighera Alta verso Capo Sant'Ampelio. L'aria frizzante pizzicava la pelle e il profumo del sale si mescolava con quello della resina di pino marittimo. Il celeste del cielo sbiadiva sulla linea dell'orizzonte illuminata da un sole argenteo. Attraversando la pineta, da cui si vedevano il mare e la torretta di Villa Garnier che svettava tra le agavi, aveva incontrato un signore elegante, in completo chiaro e bastone da passeggio. Avvicinandosi, si era accorto che aveva alcune macchie colorate sul bavero, e questo particolare aveva aiutato Renzo a capire chi fosse. Abitava non lontano da casa sua, nell'area dei Giardini Moreno. Si chiamava Pompeo Mariani, era un pittore lombardo piuttosto noto. Aveva comprato una delle ville costruite da Garnier da una dama inglese, la contessa Fanshawe. L'anno prima Renzo aveva visto un gran movimento di muratori intorno all'edificio. Un famoso architetto, Rodolfo Winter, figlio di Ludwig, spesso ospite all'Angst, aveva progettato per il pittore un atelier dal nome curioso: *La Specola*. Si diceva che contenesse opere preziose, e che Claude Monet, molti anni prima, seduto proprio tra la rigogliosa vegetazione della villa con vista sulla Francia, avesse dipinto quadri importanti. I luoghi in cui Renzo aveva trascorso l'infanzia erano un'attrazione per numerosi artisti, come per esempio Friederich von Kleudgen, residente a Villa Banana, a pochi passi dal suo cortile.

Renzo, durante le escursioni organizzate dall'albergo, spiegava che Mariani aveva reso Bordighera protagonista alla Royal Academy di Londra. Nel 1899 vi era stato esposto un quadro che ritraeva la giovane signora Buddicom di Villa Cappella con la sua bambina. Raccontando questi aneddoti, si sentiva orgoglioso, e quella mattina, rivolgendo il saluto a Mariani, un nodo di commozione gli aveva stretto la gola.

Arrivato alla spiaggia, Renzo aveva notato sulla passeggiata due gentlemen. Avevano il viso sfatto di chi non ha dormito per niente. Sul momento, gli erano parsi ubriachi, piegati da una pesante sbronza, ma avvicinandosi si era accorto che non farneticavano. Stavano piangendo. Uno dei due aveva in mano dei fogli; sembravano pagine di messaggi arrivati via telegrafo.

«Posso essere d'aiuto?» si era affrettato a chiedere Renzo, pensando fossero lì per una disgrazia avvenuta nel mare antistante. Il più giovane stava fissando un cappello appoggiato sulla sabbia. Quando si era girato, aveva lo sguardo pieno di tristezza. Poi, allungando il braccio, gli aveva passato i fogli.

Titanic SUNK. NO LIVES LOST.

Una nave era affondata. Lo zio di uno dei due uomini aveva inviato una serie di notizie via telegrafo. Sua moglie era a bordo.

«Il *Titanic*?» aveva esclamato Renzo. «Deve esserci un errore...»

Il *Titanic*. Non l'aveva mai visto, ma la fama del transatlantico l'aveva reso familiare a tutti. Renzo aveva sfogliato nervosamente le pagine. Tra queste c'era un disegno che ricostruiva l'area del naufragio. A sinistra, sulla costa americana affacciata all'oceano, c'era una città: New York. Le mani gli tremavano così tanto che i fogli erano caduti e si erano sparsi nel vento.

«Sì, il *Titanic*,» aveva ripetuto il gentleman «pare che non ci siano morti, ma...» Le pagine volteggiano sopra di loro.

«*Titanic*?» aveva ripetuto di nuovo Renzo, scuotendo la

testa. «Ma siete sicuri? Non è possibile, deve esserci uno sbaglio!»

Era una nave inaffondabile, così almeno titolavano i giornali nelle settimane della corsa al biglietto di terza classe per andare in America e cambiare vita, oppure di prima classe per godersi una traversata nel lusso, tra ricercatezze mai viste su un piroscafo. Gli articoli avevano descritto nei dettagli la bellezza e la solidità di quella cattedrale dell'oceano. Molti clienti dell'Angst avevano prenotato il viaggio sul transatlantico, "il più sicuro al mondo", per ripetere in altro modo la meravigliosa esperienza che vivevano negli sfarzosi alberghi della riviera.

«E ci sono anche enormi vetrate affacciate sul mare!» aveva sentito dire Renzo da una lady che, con entusiasmo, qualche mese prima, nella sala da tè, si vantava di aver prenotato una cabina sul ponte più alto. Il marito era un uomo d'affari. L'idea di viaggiare una volta al mese, sette giorni di fila, sul transatlantico, per coprire la tratta dalle coste inglesi fino a New York, gli pareva una bella opportunità e non voleva certo perdersi la traversata inaugurale. Sulle cosiddette tratte dei vaporetti, le rotte del Nord Atlantico, viaggiavano ogni settimana centinaia di imbarcazioni cariche di merci e passeggeri. A nessuno veniva in mente di poter morire nell'oceano, soprattutto se lo spostamento avveniva a bordo di una specie di corazzata scintillante come il *Titanic*. Inoltre, non c'era neppure il rischio di restare isolati: il 21 febbraio, neanche due mesi prima della partenza, Guglielmo Marconi in persona aveva installato un telegrafo in una cabina costruita appositamente.

«Ogni giorno le sale vengono addobbate con fiori freschi» aveva aggiunto la lady per rendere la prospettiva del viaggio ancora più invidiabile. «Hanno enormi celle frigo per rifornire di prodotti freschi il caffè e le sale da pranzo. Neppure nei ristoranti più cari di Parigi si servono undici portate con tanto di ostriche, filetti di manzo, pesche sciroppate in gelatina di Chartreuse! Del resto,» aveva concluso ridendo compiaciuta «una cabina costa come quattro anni di stipendio di un operaio.»

Nella testa di Renzo i ricordi si affollavano. Vedeva la spiaggia, il volto di Lily, i suoi capelli bagnati che le ricadevano sulle spalle dopo il salvataggio. «Ma dov'è l'elenco con i nomi dei passeggeri?» aveva chiesto con la voce rotta. Sembrava essersi destato da un incantesimo. «Lily!» aveva gridato, mentre i due uomini lo guardavano con sospetto. Poi si era messo a correre.

Quando era arrivato all'Angst, aveva sottobraccio il fascio di giornali ritirati al chiosco della stazione. Il disastro era avvenuto nella notte, dunque i quotidiani non riportavano la notizia. Doveva procurarsi l'elenco di tutte le persone che si erano imbarcate per il viaggio inaugurale da Southampton a New York.

Quella notte non era riuscito a prendere sonno. Alle 5 del mattino era uscito di casa e si era messo a camminare. Non vedeva nulla di ciò che aveva intorno, l'angoscia lo rendeva impermeabile a ogni cosa. Senza neppure accorgersene, si era ritrovato sulla stessa spiaggia del giorno precedente. Si era inginocchiato sulla battigia, poco distante dalle onde. Poi aveva giunto le mani. «Signore... tu solo sai se Lily era sulla nave... Ti prego, qualsiasi cosa sia successa, fa' che sia salva...»

L'aveva giurato a Dio e a se stesso. Si sarebbe impegnato a cercarla. Se l'avesse trovata in vita, le avrebbe fatto avere la lettera di Mr. Evans. Avrebbe cercato anche lui e, finalmente, avrebbe detto a entrambi la verità che li riguardava.

Poi si era alzato e, pregando sottovoce, aveva raggiunto con passo rapido l'edicola della stazione.

Il Titanic *navigava in una notte senza luna, con la volta celeste trapunta di stelle, inconsapevole del suo destino,* avevano scritto i giornali nei giorni successivi.

5

Roger Marie Bricoux. Era uno dei musicisti a bordo. L'orchestra del *Titanic* era composta da un quintetto e da un trio. Al violoncello c'era lui, Roger. Prima di frequentare il Collegio Saint Charles di Bordighera, abitava a Monaco. All'inizio del 1912 si era imbarcato a bordo del *Carpathia* della Cunard, insieme a Theodore Brailey, il pianista, poi in aprile erano stati entrambi trasferiti sul *Titanic*. Che sorte fosse toccata all'orchestra non era chiaro.

Un'ora prima dell'apertura, Renzo era già al chiosco. Ad attendere c'erano anche alcuni ex studenti del collegio che parlavano sottovoce di Roger. Sapevano che si era imbarcato sul transatlantico perché uno di loro, dopo il diploma, era rimasto in contatto con lui. Un'insolita folla aveva pian piano iniziato ad accalcarsi intorno all'edicola. Tutti avevano occhi insonni e pesti.

Con i giornali sottobraccio, senza il coraggio di leggere, Renzo era corso all'Angst.

L'ingresso era deserto, e così la sala della colazione. Un brusio proveniva dal salone principale. Tutti gli ospiti dell'albergo erano là.

«Qualcosa non torna!» diceva una lady con gli occhi pieni di lacrime. «Mi sono fatta mandare via telegrafo il titolo del

"The New York Times". Il *Titanic* è affondato quattro ore dopo l'urto contro un iceberg! I morti ci saranno eccome!» Poi era scoppiata in un pianto lugubre.

Un gentleman con la cravatta mal annodata e la barba incolta si era rivolto alla donna in lacrime. «I quotidiani, mia cara, scrivono che non ci sono morti perché è passato troppo poco tempo. Anche per i giornalisti è difficile accertare la verità. La nave è in mezzo all'Atlantico! E poi... forse non vogliono spaventarci. Comunque, il *Titanic* è talmente solido che anch'io sono fiducioso...» aveva concluso, mentre un singhiozzo tradiva le sue parole. A bordo della nave c'era un loro nipotino.

Nel frattempo, un cameriere aveva alzato lo sguardo e si era accorto di Renzo. «Sono arrivati i giornali di oggi!» aveva gridato.

Tutti gli ospiti si erano voltati verso di lui. Studiavano il suo viso per cercare di intuire le notizie prima di leggerle. Allora Renzo aveva poggiato il fascio di giornali sul tavolo. Il "Daily Mail" titolava: *Titanic sunk. No lives lost. Collision with an iceberg. Largest ship in the world. 2358 lives in peril. Rush of liners to the rescue. All passengers taken off.*

«Tutti i passeggeri sono sbarcati... Avete visto?» aveva detto l'uomo dalla barba mal rasata battendo un pugno sul tavolo. «Non mi sbagliavo! È una nave troppo solida. Non può affondare! E comunque, chissà quante scialuppe avrà. Se anche affondasse, tutti verrebbero salvati. Il *Titanic* doveva arrivare a New York proprio ieri, dunque, se l'incidente c'è stato, deve essere accaduto vicino alla costa.»

Renzo ascoltava i discorsi degli ospiti senza sentirli. L'angoscia lo intontiva.

Poi, nel pomeriggio, era arrivata la verità: una strage. Erano giunte notizie da New York via telegrafo. Ecatombe.

La mattina dopo, il quotidiano "The Times" apriva titolando a caratteri cubitali: *Titanic Disaster.*

Nei giorni seguenti, Renzo aveva cercato di lenire il dolore di tante persone, si era fermato ad ascoltare i racconti dei parenti delle vittime, aveva consolato il direttore dell'albergo, che nel disastro perdeva molti clienti. Si era messo a disposizione di tutti e usava con gli altri le stesse parole che avrebbe voluto per sé: «Non temere, vedrai che la persona di cui mi stai parlando, se ancora non è stata rintracciata, non era a bordo o, se c'era, è salva».

Una mattina, finalmente, su un giornale in vendita al British Store, era stato pubblicato l'elenco dei passeggeri. C'erano tante Lily, ma nessuna con il suo cognome. Se nel frattempo non si era sposata e non aveva usato il cognome del marito per registrarsi a bordo, la "sua Lily" era viva, o banalmente non era mai stata in pericolo, non essendo mai salita sulla nave.

Era stato pubblicato anche l'elenco del personale a bordo. Tra coloro che non rispondevano all'appello compariva Roger Marie Bricoux: non aveva ancora compiuto ventun anni. Quando aveva letto il suo nome, Renzo era scoppiato in lacrime. Ricordava la sua valigia sul carro verso la stazione. Quell'anno era morta sua madre, e Renzo, per arrotondare, nelle ore libere aiutava i facchini.

Tra i sopravvissuti invece c'era il nipotino della coppia ospite all'Angst. La mattina presto, mentre i gabbiani volavano bianchi sulle reti dei pescatori e il mare sembrava la più docile delle creazioni divine, era stato proprio Renzo a consegnare loro il telegramma della figlia: ALIVE!

Quinta Parte

1

E poi c'era stata la guerra. Le oscenità della guerra. Lunga. Feroce. Stupida come sono le guerre. Era scivolata di mano ai politici, ai generali, ai propagandisti che avevano speso le loro energie per magnificare ciò che, già dopo qualche mese, si era rivelato un immane orrore. Le élite avevano giocato con un tizzone infuocato che, a un certo punto, era caduto sulla paglia di bugie ammucchiate nel corso del tempo, incendiando il Vecchio Continente. Cinica come tutte le guerre, falsa e ottusa come coloro che avevano trascinato l'Europa in un conflitto assurdo e sanguinoso. La distruzione era stata l'unica presenza certa.

Fino all'ultimo Renzo aveva sperato che il paese restasse neutrale. A Bordighera – lontana dalla capitale ma vicina a quello che sarebbe poi diventato un nemico, la Francia –, nessuno pensava alla guerra. Gli alberghi erano pieni di ospiti stranieri con i quali si era convissuti in pace per lungo tempo.

Eppure, a trentatré anni, Renzo era stato chiamato. Una mattina d'estate, con il sole brillante sui palmizi e le pesche profumate sugli alberi, era salito su un treno per Genova con altri giovani militari diretti verso le Dolomiti.

Seicentocinquantamila morti e oltre un milione di feriti.

Renzo era finito in quest'ultima categoria. Aveva trascorso un mese in un piccolo ospedale vicino alla zona del fronte con altri ragazzi feriti da schegge di granata. Era tornato a Bordighera nell'ottobre del 1915. L'avevano rispedito a casa perché il braccio destro era paralizzato. Una fortuna. Di solito rattoppavano i feriti e li rimandavano il prima possibile sulla linea di combattimento, a eccezione dei soldati ormai inabili a imbracciare un'arma. Persino la morte, date le condizioni in cui ci si trovava sul campo di battaglia, veniva vista dalle reclute come una benedizione. Potevano finalmente fuggire dal puzzo delle trincee, dalla fame, dal sangue. Renzo aveva subito anche un trauma cranico. Per un periodo aveva visto strane macchie al posto delle figure. Lo shock per un colpo sparato poco distante da lui lo teneva sveglio di notte. Un grosso ramo che si era staccato a causa della deflagrazione gli aveva schiacciato il braccio rendendolo inservibile. Era stato fortunato, appunto.

L'avevano spedito a casa come un vuoto a perdere. Nessuno alla stazione lo aspettava; non aveva più familiari perché da tempo i fratelli si erano trasferiti in Piemonte. Aveva aperto la porta di casa e si era immerso nel silenzio delle sue misere stanze. Gli pareva di nuotare nel nulla. Gli orrori visti in battaglia avevano reciso ogni legame con la sua vita precedente. Si sentiva un'isola in un oceano sconosciuto. La sua stessa esistenza gli era estranea, così come il suo corpo. Dalla spianata del Capo, proprio sotto casa sua, non si udivano più le voci allegre dei giocatori di hockey. Nel 1901, quando era stata inaugurata la tranvia elettrica Bordighera-Ventimiglia, il sindaco aveva dato il permesso a un gruppo di ospiti inglesi, uomini e donne, di giocare sulla spianata due volte alla settimana. Le dame indossavano camicia bianca e lunghe gonne scure. Si muovevano scattanti in mezzo ai gentlemen e ridevano a ogni colpo ben assestato. Tante volte si era fermato a osservarle, ammirato dalle capacità atletiche e dalla grazia di quelle signore che, a differenza delle italiane, non si facevano remore a esibirsi in uno sport mascolino come l'hockey.

Trascorreva le giornate a pensare al passato, al ragazzo che era stato e che, a causa della paralisi, non era più. Poi una mattina, al risveglio, dopo tremori durati tutta la notte, aveva avvertito qualcosa di nuovo. Le dita della mano destra percepivano la ruvida trama del lenzuolo. Era rimasto immobile, come se dal mare si fosse alzata la coda di un mostro marino. La sensibilità dei polpastrelli era tornata, e la gioia provata lo impauriva. La paralisi del braccio era stata temporanea, l'aveva salvato dalla morte in battaglia. Il suo corpo aveva agito per proteggerlo, e lui non ne era stato consapevole. Non aveva il coraggio di muoversi, per il timore che il momento svanisse, che si trattasse solo di un sogno.

Dopo qualche giorno, era riuscito a scrivere il suo nome su un foglio arrivato dal Regio Esercito. Anche la vista era tornata quasi normale. Restava il rimbombo notturno della paura, e anche un ricordo, un libro, una copia de *Il piacere* di Gabriele D'Annunzio. L'aveva visto su un tavolo dell'ospedale, apparteneva a un soldato morto qualche giorno prima. Leggendo la dedica aveva notato un nome familiare: *Al Maestro Massimo Abbruciati, da un'amica.*

Un pomeriggio, dopo aver a lungo dormito, gli era parso di sentirsi di nuovo in forze. Allora era uscito. Scendendo verso la marina, si era fermato di fronte a Casa Eugenia. Per la prima volta notava la bellezza del giardino segreto di quella casa. Due vialetti correvano paralleli a monte e a valle; a unirli c'era un passaggio, "un andamento", come lo chiamavano in dialetto, e anche un pergolato retto da pilastri di mattoni intonacati a calce. Il pavimento a mosaico dei due vialetti paralleli era coperto di pietre di mare. Rigogliosi rampicanti formavano una specie di tetto, che riparava dal sole e dalla pioggia chi passeggiava o trasportava acqua per gli ortaggi e i fiori coltivati dietro la casa, e anche per il palmeto e l'agrumeto che crescevano più in su, verso la via Romana, all'altezza di Villa Flora, proprio davanti a Villa Etelinda.

Renzo ricordava che Lily, una mattina, era entrata per errore in quell'oasi di verde, perdendo l'orientamento. «Tigre mi ha salvata! Mi ha riportata sulla via principale» gli aveva confessato entusiasta.

La cagnolina era morta prima che Renzo partisse per la guerra. Di nascosto, era andato a seppellirla proprio sotto una palma nella parte più impervia del giardino, dove per anni aveva trovato rifugio prima di essere adottata da lui.

Pensava a tutte queste cose mentre raggiungeva l'edicola con passo lento. Alla stazione era riuscito a sfogliare i giornali. Con la guerra, i quotidiani stranieri non arrivavano quasi più, ma quel giorno, su richiesta di un americano che si trovava a Bordighera per affari, era giunta una testata d'oltreoceano: una grande fotografia mostrava la marcia delle suffragette sulla Fifth Avenue a New York. Trentamila donne sfilavano lungo le vie per reclamare il diritto di voto.

Renzo aveva iniziato a sudare, la mano destra si era di nuovo bloccata e il giornale gli era caduto. Nella foto, donne di tutte le età, con passo marziale, alcune vestite di bianco, procedevano a coppie tra due ali di folla, sollevando enormi cartelli: *Ti fidi di noi con i bambini, fidati di noi con il voto*.

A Renzo era parso di riconoscere Lily, nonostante i volti fossero in ombra sotto i cappelli, e le donne, fotografate da lontano, si somigliassero tutte tra loro. Un miraggio, uno dei tanti, una eco da un mondo perduto.

Durante la Prima guerra mondiale, l'Hotel Angst era stato occupato. Poco dopo lo scoppio del conflitto, la colonia inglese si era dissolta. Il crollo della sterlina, avvenuto in tempi rapidi, aveva costretto molti ospiti a vendere le ville e a tornare in patria.

Nel giro di pochi mesi, la realtà si era rovesciata. Il mondo sembrava un tappeto girato sottosopra, irriconoscibile il disegno. Le desolate strade di Bordighera, con gli alberghi chiusi e le botteghe in fallimento, erano uno spettacolo inedito, difficile da accettare. Pareva impossibile che, nel 1914, il signor Angst avesse fatto ampliare il suo albergo. Era passato solo un anno e sembrava un secolo. A un passo dalla guerra, l'hotel era stato addirittura ampliato, alzando le due ali laterali e parificando l'altezza dell'edificio. Aveva così raggiunto una dimensione ragguardevole: centottanta stanze su sei piani. La facciata era stata arricchita di decorazioni, ornamenti ispirati al Barocco e alle auliche costruzioni francesi. Il pastiche non era riconducibile a uno stile preciso, ma l'effetto risultava grandioso, monumentale. La verità era che tutti avevano creduto inarrestabile lo sviluppo della colonia.

Renzo, finito il lavoro, restava sempre a fumare su una panchina del parco, con la testa all'insù e gli occhi persi tra i dettagli marmorei che rendevano l'Angst ineguagliabile.

Il padrone dell'albergo non era certo impazzito. Aveva investito perché il turismo era cresciuto. La stagione 1912-1913 e anche l'inizio del 1914 erano stati eccezionali. La colonia, alla vigilia della guerra, restava una luce sfavillante, un grande fiore nella rigogliosa vegetazione mediterranea, apprezzata pure dagli americani.

Renzo ricordava tanti ospiti illustri, tra i quali, nel dicembre 1912, anche la moglie del compositore Richard Wagner, Cosima. Dopo la morte del marito, era diventata direttrice dell'importante festival di Bayreuth. Si diceva che fosse figlia di Franz Liszt, il famoso pianista ungherese.

I più grandi artisti in ogni campo, dalla letteratura alla musica, passavano in quegli anni dall'Angst. Per Renzo era stato una scuola più che un luogo di lavoro.

Una mattina aveva fatto una lunga passeggiata per dare

libero sfogo ai pensieri. L'albergo, visto dalla strada che scendeva lungo la collina alle spalle della costruzione, sembrava un enorme cetaceo morente adagiato nel verde. Renzo si era fermato. Non gli era mai capitato di osservare la struttura da quella prospettiva. L'architettura sul lato interno, la facciata meno nobile del palazzo, era priva di stucchi e abbellimenti. Si trattava di pareti imponenti ma misere, un castello disadorno che sembrava suggerire "Non badate al mio lato nascosto, perché è importante solo ciò che appare".

Le ultime lettere del 1914 erano ancora piene di progetti e di vita, nonostante la guerra imminente. La clientela dell'albergo somigliava a quella a bordo del *Titanic*. Affondando, tutti avevano continuato a ballare, con l'orchestra che moriva senza sbagliare gli accordi.

2

Un giorno, era già il 1917, Renzo aveva saputo che l'albergo sarebbe diventato un ospedale militare inglese. Il grande nosocomio era stato suddiviso su vari hotel: l'Excelsior, il Royal, il Park Hotel e il De Londres. Feriti, mutilati... Incredibile vedere così tanti disgraziati in edifici che avevano ospitato teste coronate. Era stata allestita anche una tendopoli nella zona tra l'Angst e il torrente, verso Vallecrosia. Molti ricoverati erano poi finiti nel cimitero militare inglese di Arziglia.

Renzo doveva ammettere che tutte le cose vissute all'Angst non erano state fini a se stesse: per lui implicavano sempre un prima o un dopo Lily, e l'abitudine a incasellare i ricordi in questo modo non era cessata neppure quando si era sposato, neppure quando la moglie era morta, come se tutte quelle esperienze fossero tasselli di un grande gioco che avrebbe ricevuto una soluzione soltanto al ritorno di Lily, improbabile ma fondamentale per trovare un senso complessivo a ciò che non l'aveva più.

Il conflitto nel Nord-Est dell'Italia era proseguito ancora per un anno. Poi c'era stata Caporetto, la più grande sconfitta dell'esercito italiano. Le voci che all'inizio avevano magnificato le proprietà purificatrici della guerra, *sola igiene del mondo,* si erano spente. Le persone capivano l'inganno in cui erano cadute e temevano nuovi conflitti.

Al termine di quella tragica pagina di Storia, l'ospedale militare era stato smantellato e gli inglesi avevano pagato alla proprietà dell'Angst i danni arrecati agli interni e agli arredi.

Negli anni della guerra era tornata a Bordighera anche la regina Margherita di Savoia. Alcuni suoi amici, come Antonio Fogazzaro, ospite abituale dell'Hotel Belvedere, erano morti. Margherita era riuscita a comprare dal conte di Strathmore Villa Etelinda e pure un'enorme proprietà adiacente, sulla quale aveva fatto costruire l'imponente Villa Regina.

L'incubo finiva. L'Angst tornava al suo splendore. Riprendeva a pulsare la vita.

3

Nell'inverno 1919, la clientela della colonia era in parte tornata e, nonostante le minacce che soffiavano dalla Russia dopo la rivoluzione, per non dire delle condizioni traballanti degli stati europei dopo la Grande Guerra, l'alta società inglese sembrava confidare in una dolce normalità. Le essenze del laboratorio Myres Andracco di Vallecrosia, delicati profumi realizzati con fiori locali, dai nomi di Mimosa, Brezzamarina, Oro di Seborga, danzavano di nuovo nell'aria.

Renzo aveva ripreso il lavoro di interprete. Nei mesi successivi alla fine del conflitto aveva lavorato in campagna, nelle serre di un floricoltore di ginestre. Nel tempo libero aveva letto molti libri. Aveva anche iniziato a studiare l'Esperanto. La grande sala del Museo Bicknell, rivestita di legno, era diventata il suo rifugio.

Nel 1918 Renzo aveva sofferto per la scomparsa di Bicknell, la sua intelligenza era stata un faro per tutta la colonia. Il grande sogno della pace universale fondata su una lingua comune pareva dissolto, almeno nell'immediato. "La stupidità umana" pensava Renzo ricordando la guerra "è l'unica cosa a non conoscere limiti né confini. Una lingua non basta a costruire legami tra stati, perché la politica, per interesse, li disfa."

Mentre le potenze mondiali, riunite a Parigi, cercavano accordi per evitare nuovi disastri, la riviera tornava a essere una meta ambita. Nei saloni dell'Angst si ballava. Tutto era identico e diverso. La moda era cambiata. I vestiti lunghi delle donne, stretti da corsetti e stecche di balena, si erano trasformati in abiti morbidi e comodi che lasciavano intravedere parti del corpo ignote negli anni precedenti.

Di Lily, Renzo non aveva avuto più notizie.

Un pomeriggio, mentre stava accompagnando nella sala da tè un gruppo di inglesi appena arrivati, era stato colto di sorpresa. I gentlemen sembravano funzionari dell'Impero provenienti dalle colonie. Aveva imparato a riconoscerli perché spesso erano seguiti da valletti indiani che si occupavano del bagaglio e della cura personale dei loro *sahib*. Trascorrevano a Bordighera qualche giorno per acclimatarsi prima del ritorno nella madrepatria. Gli esili indiani in abito bianco, durante le pause dal lavoro, pregavano tra la vegetazione esotica del parco, che forse ricordava loro la terra d'origine. Raggiunta la sala, Renzo si era voltato verso l'ingresso. In controluce aveva scorso una figura familiare, che però non riusciva a decifrare. Il sangue gli si era gelato nelle vene quando all'improvviso aveva capito: Mr. Evans stava avvicinandosi, seguito da un ragazzo con una valigetta di cuoio, probabilmente il suo segretario. Era cambiato. L'ultima volta che l'aveva visto erano entrambi ventenni. Il giro di boa che li aveva portati ai quaranta non li aveva troppo modificati fisicamente, ma l'espressione del loro viso si era indurita, come se la guerra avesse cosparso del cemento dove prima crescevano fiori.

Mr. Evans stava leggendo un documento e non faceva caso a ciò che aveva intorno. Si era diretto al salone del ristorante, accessibile anche a chi non era ospite dell'albergo, e aveva varcato la soglia senza lasciare al guardaroba né il soprabito né il cappello. Uno dei gentlemen già seduti al tavolo gli aveva fatto un cenno di saluto, dunque Darius si era accomodato su una poltrona che dava le spalle al corridoio.

Renzo avvertiva un leggero tremore al braccio destro. I ricordi di vent'anni prima l'avevano travolto e, sotto le macerie di quel terremoto, si sforzava di restare lucido.

Il segretario di Mr. Evans era rimasto in piedi dietro di lui e, a un suo segno, si era dileguato. Renzo avrebbe voluto seguirlo nel parco e tempestarlo di domande, ma era troppo agitato, avrebbe rischiato di tradirsi.

Così si era avvicinato al salone, badando a non camminare al centro del corridoio. I tendoni delle finestre sarebbero stati un buon rifugio qualora Darius si fosse alzato all'improvviso per andarsene e avesse attraversato il passaggio che conduceva all'ingresso principale.

Intanto i gentlemen avevano poggiato sul tavolo tabacchiere d'oro e sigari panciuti. Il cameriere aveva sistemato la teiera e le tazze facendo attenzione a non danneggiare quell'esposizione di simboli che pareva fatta apposta per definire la gerarchia di potere degli uomini riuniti. Darius si era invece limitato a prendere un quaderno dalla valigetta e una penna stilografica di madreperla che luccicava sotto i lampadari di cristallo.

Approfittando della distrazione del gruppo, Renzo aveva nel frattempo attraversato il corridoio ed era entrato in uno stanzino adiacente alla sala. La parete interna distava un metro dal tavolo, dunque non era difficile seguire la conversazione. "Come posso ridurmi a una simile bassezza?" si domandava chiuso là dentro. Ma erano troppi gli anni, le delusioni, le piccole e grandi infelicità che aveva collezionato. Nulla poteva più frenarlo dal capire chi fosse realmente quell'uomo che aveva condizionato la sua vita, pur avendola solo sfiorata all'inizio del 1900.

«Certo, l'Irlanda è la nostra ossessione» aveva esordito uno degli uomini, che parlava inglese con uno spiccato accento londinese. «Se mai dovessimo perdere il nostro Impero, cosa che non avverrà di certo, sono convinto che la disgregazione potrebbe partire dalla Scozia, ma soprattutto dall'Irlanda, non dall'Asia.»

«Mi costringete a fare gli scongiuri!» aveva esclamato un altro interrompendo il discorso.

«La porta dell'Impero è in Irlanda,» era stata la frase perentoria di un terzo «persino il pontefice di Roma aveva mandato là soldati italiani e spagnoli.»

Mr. Evans taceva. Renzo aveva avvicinato l'orecchio alla parete per ascoltare meglio, ma il rumore delle stoviglie nella sala disturbava l'acustica.

«Caro Mr. Evans, voi cosa ne pensate?» aveva chiesto a un certo punto l'uomo dal forte accento londinese.

Era seguito un lungo silenzio, poi Renzo aveva riconosciuto la voce di Darius: «Io mi aspetto altro sangue... un'altra Pasqua 1916... Il caso di Éamon de Valera non è chiuso, anzi. È nato a New York. Ha i geni americani. Gli Stati Uniti si faranno protettori della causa irlandese, forse contro di noi, vedrete...».

«Volete dire che noi inglesi non saremo in grado di tenerci tutta l'isola? Abbiamo giustiziato i ribelli, perdio!» aveva esclamato uno dei gentlemen. «Non è il momento di sfidarci... Se ne accorgeranno... Con la Francia stiamo spartendo l'Impero ottomano. Sykes e Picot hanno già gestito l'accordo. Presto occuperemo l'area. Gli irlandesi non fanno paura.»

«Voi credete?» aveva replicato Mr. Evans con tono di sfida.

«Stento a riconoscere in voi un funzionario di Sua Maestà, non sembrate neppure un inglese!»

Un nuovo lungo silenzio aveva interrotto la conversazione.

«Il mio lavoro non consiste nell'essere inglese» aveva risposto Darius in modo secco. «Il mio lavoro e il mio dovere consistono nel cercare di cogliere la realtà, quale essa sia.»

Renzo non capiva nulla di quel discorso. Comprendeva perfettamente l'inglese, ma non il senso di quell'acceso confronto. Udiva le parole, ma non vedeva la mimica facciale delle persone intorno al tavolo, una grossa limitazione, che non gli permetteva di cogliere le sfumature. Un dato gli era parso chiaro: tutti gli uomini che avevano parlato sembravano mostrare una fede dogmatica in qualcosa che Mr. Evans metteva in dubbio. In ogni caso, lo scopo di Renzo non era quello di spiare discorsi politici, gli interessava capire chi fosse davvero Darius. Di certo aveva fatto carriera nella diplomazia britannica, forse come consulente di politici e militari. La cosa importante era riuscire a parlargli.

Così, quando la conversazione era sembrata volgere al termine, Renzo aveva aperto la porta. Un filo di luce era filtrato dal corridoio. Si trattava di attendere il momento giusto. Mr. Evans sarebbe passato di lì. Mentre i gentlemen sfilavano davanti alla porta dopo aver abbandonato la sala, il cuore gli batteva all'impazzata. Il momento a lungo atteso era giunto. Li aveva contati e, quando era stato certo che tutti fossero usciti, si era sistemato la giacca e lisciato i capelli. Forse Darius si era fermato al tavolo per leggere alcuni documenti, o forse si stava guardando intorno ricordando il tempo in cui Lily era nel salone con la petulante zia Amabel. Renzo aveva atteso dieci minuti, poi venti. Non poteva più restare là dentro, tanto valeva rischiare. Così era uscito. Era rimasto per qualche istante nel corridoio. Poi si era affacciato al salone; avrebbe fatto finta di esserci capitato casualmente. Aveva voltato la testa verso il tavolo. Le tazze erano ancora sulla tovaglia, il vaso con le mimose scintillava. Non c'era più nessuno, e soprattutto non c'era Darius. All'improvviso gli era venuto in mente il suo segretario. Forse era ancora in giardino. Per raggiungerlo, era uscito da una portafinestra rimasta aperta. Probabilmente la stessa da cui era uscito Mr. Evans. Aveva passato in rassegna panchine e aiuole. Niente, non c'era traccia di nessuno dei due. A quel punto si era messo a correre, aveva raggiunto i valletti fermi davanti all'ingresso dell'albergo sulla via Romana, domandando: «Avete visto uscire un uomo con un paggio indiano al seguito?».

«Certo,» aveva risposto uno di loro «è arrivata un'auto a prenderli... Sono partiti un quarto d'ora fa.»

4

Una mattina, qualche mese dopo, Renzo stava traducendo una lettera per un cliente.

«Ma certo,» aveva detto il concierge al telefono «sarà un grande piacere avervi come ospiti. Che nomi devo scrivere?» Poi, mentre segnava sul registro la prenotazione, aveva ripetuto i cognomi delle due dame.

Renzo aveva fatto finta di nulla, ma appena dopo aveva sbirciato il registro delle prenotazioni. Nel febbraio 1920, Lady Amabel ritornava all'Angst per un soggiorno di due mesi con un'amica alla quale era intestato il pagamento. Doveva trattarsi di una donna piuttosto facoltosa, poiché aveva prenotato un piccolo appartamento con bagno e stanze separate.

Leggendo il nome, a Renzo era caduta di mano la penna. L'inchiostro si era sparso sul pavimento di marmo, colorando di blu le venature. Si era affrettato a rimediare al danno, mentre il cuore gli batteva all'impazzata.

Dopo tanti anni avrebbe rivisto quella donna detestabile, che aveva però il pregio di condividere un legame con Lily.

La sera era rientrato a casa fischiettando. Non aveva percorso la solita strada, era passato dal centro, fermandosi un'ora nella miglior sartoria di Bordighera. Investendo un mese di guadagni, aveva prenotato un nuovo abito e anche un cappello. Mentre il sarto gli misurava le maniche, era stato tentato di abbracciarlo. Per la prima volta, dopo tanta disperazione, sentiva dentro di sé una gioia esplosiva. Con quel ritorno si riaccendeva la vita.

Mancava un mese all'arrivo di Lady Amabel, ma ogni giorno Renzo dedicava estrema cura nel radersi. Si dava anche il profumo, un'essenza di colonia che aveva comprato al British Store. Non appena i capelli crescevano di qualche millimetro andava dal barbiere a regolare il taglio. «Attendi una sposa?» aveva scherzato una mattina il concierge che, senza fare domande, aveva capito.

Era ridicolo. Certo. Se lo ripeteva allo specchio. Ridicolo. Oppure era rimasto troppo solo per troppo tempo.

E alla fine il giorno era arrivato. L'automobile con le due lady aveva oltrepassato il cancello una mattina fredda, con un vento gelido di maestrale che sbatteva sui baveri delle pellicce. Le due donne viaggiavano con un bagaglio voluminoso; le cappelliere erano state caricate su un'altra auto per ragioni di spazio. Il dettaglio che aveva incuriosito Renzo era l'indirizzo di provenienza, lo stesso per entrambe. Vivevano insieme in una zona molto elegante di Londra, a Kensington. Dagli estremi della prenotazione era evidente che i conti non li pagava Lady Amabel, era tutto a carico dell'altra donna, di nome Rose, una dama piccola di statura e sottile come un filo. Era proprio quella l'impressione che trasmettevano: un filo d'erba affiancato da una sequoia. La data di nascita faceva pensare che fossero coetanee, ma il volto di Amabel, piuttosto florido, era liscio, mentre la sua amica sembrava una tela lasciata al sole a raggrinzire.

D'istinto Renzo era corso incontro all'auto, ma poi si era fermato perché non aveva alcun incarico che giustificasse il suo intervento. Doveva limitarsi a osservare da lontano, con un unico obiettivo: avere notizie di Lily.

Un facchino si era occupato di spostare i bagagli dalla vettura all'appartamento. La lady raggrinzita aveva prenotato anche un salotto per incontri con altri ospiti della colonia. Le spese facevano pensare che si trattasse davvero di una dama dell'alta società. Solo qualche giorno dopo Renzo aveva scoperto chi fosse. Si trattava di un'americana, la figlia di un industriale del Midwest. Era stata abbandonata dal marito e per questo si era trasferita in Europa, a Londra. Lady Amabel era riuscita a intrufolarsi nel suo palazzotto vicino ai Kensington Gardens, e da allora era diventata una sorta di dama di compagnia, che in realtà si spacciava per padrona.

Una mattina, con un sole splendente e il profumo di primavera nell'aria, Renzo aveva visto Lady Amabel e Lady Rose far colazione a un tavolo che si erano fatte preparare in giardino. Sembrava l'occasione buona. La speranza era la solita: avere notizie di Lily.

Con i modi da imperatrice, Lady Amabel aveva chiamato un cameriere. Dopo qualche minuto, sulla tovaglia era atterrata una ciotola di cristallo colma di una luccicante confettura di arance amare.

Renzo si era piazzato dietro un cespuglio per ascoltare. Da quando era arrivata, Lady Amabel non gli aveva rivolto neppure uno sguardo. Sembrava infastidita.

«Vedi, Rose,» aveva esordito Amabel imburrando un panino «sono passati vent'anni, ma io qui sono di casa. Non potrò mai dimenticare le mattine in cui Charles mi faceva preparare il tavolo qui fuori per la colazione...»

«Charles...?» aveva ripetuto con una vocina stridula la commensale. «Ma non eri stata qui con tua nipote?»

«Certo!» aveva esclamato Lady Amabel. «Era stata proprio lei l'ostacolo all'amore... Mi avrebbe sposata subito, e invece...»

«Ti avrebbe sposata "chi"?»

«Come? Non te ne ho già parlato...? Ah, sono distratta... Charles Lewis Tiffany. New York. Era qui in vacanza... Più anziano di me, sicuramente, ma innamorato cotto!»

Rose non aveva replicato. Renzo la intravedeva tra le fronde del cespuglio. Non sembrava convinta, ma annuiva.

«Vuoi mettere in dubbio ciò che dico?» aveva ripreso Lady Amabel, lasciando trasparire una certa stizza. «Ebbene, mia cara, non è stato l'unico! C'è stato anche Andrew... Ed era persino più giovane...»

«Ma Andrew chi?» aveva chiesto Rose bevendo il tè dalla tazza come un uccellino infreddolito.

«Come chi? Non ti ho forse parlato della sbandata che ha avuto per me Andrew Carnegie? Il miliardario americano, il re dell'acciaio! Era anche lui qui all'Angst...»

«Ma nello stesso anno in cui c'eri tu?» aveva chiesto Rose con sospetto.

«Ah!» aveva esclamato Lady Amabel. «Ho dimenticato di prenotare la vettura per Monte Carlo! Con permesso... torno subito.»

Si era alzata dal tavolo facendolo traballare. La confettura di arance, rovesciandosi, aveva lasciato una grossa macchia giallastra sulla tovaglia candida. Renzo avrebbe voluto andare a sedersi al loro tavolo e tempestare Rose di domande, ma sarebbe stato inopportuno e rischioso. Peraltro, dalle cose che aveva appena sentito, l'attendibilità di Lady Amabel sembrava piuttosto scadente. Renzo ricordava sia Tiffany sia Carnegie. Erano davvero stati ospiti dell'Angst, ma non certo nell'anno in cui Lady Amabel e Lily vi avevano soggiornato. Nascosto dietro al cespuglio, si era messo a ridere. Quella donna era davvero un personaggio da operetta, ma senz'altro scaltra e velenosa. Bisognava stare molto attenti.

L'assenza era durata poco. Renzo l'aveva vista riapparire sulla terrazza con un'espressione strana, la faccia del gatto che ha chiuso nell'angolo un topo, e si appresta a inghiottirlo. Si era afflosciata sulla poltrona, trascinando la tovaglia. Il tintinnio di stoviglie in bilico non l'aveva scomposta. Sorrideva e sbatteva le palpebre, era così esagerata che persino Renzo, a distanza, notava la sua aria di sfida. «Tu non sai cosa ho sentito!» aveva detto a un certo punto tamburellando le nocche sul tavolo. «Dio mio... è quasi incredibile... incredibile!»

Rose pareva annoiata e agitava il cucchiaino nel tentativo di pescare da un piatto le briciole di un biscotto.

«Incredibile...» continuava a ripetere Amabel senza ricevere attenzione. Così, a un tratto aveva esclamato: «Ti ricordi di Alice Keppel...?».

Rose, senza alzare lo sguardo, aveva fatto segno di no.

«Ma come? Era l'amante del re Edoardo... Ricordi che ti ho raccontato di lei?»

Rose aveva annuito senza entusiasmo.

«Ebbene,» aveva proseguito Lady Amabel, torcendosi le mani compiaciuta «Alice Keppel ha due figlie. Una si chiama Violet, sposata a un certo Denys Trefusis. Un uomo focoso, occhi azzurri penetranti, narici frementi e una massa di capelli biondi. Ma questo non è importante...»

«Allora perché me lo racconti se non è importante?»

«Perché diventerà importante dopo...» aveva risposto Lady Amabel indispettita. «Se non mi interrompi te lo spiego.»

Rose aveva iniziato a imburrare un panino. Ci metteva così tanta attenzione che pareva stesse cesellando una zanna d'avorio.

«Dicevo... Violet, figlia di Alice Keppel, moglie di Trefusis... è qua a Bordighera, peraltro non lontana da noi!»

Rose aveva finalmente alzato gli occhi, facendo una smorfia: «E quindi?».

«E quindi! Ma dove hai vissuto in questi anni? Non hai sentito la storia della fuga a Parigi?»

Rose aveva ripreso il suo lavoro di cesello sul panino. «Lo

sai che non amo sapere i fatti degli altri... Ma se proprio devi, continua...»

«"Fatti degli altri"? Ma qui siamo davanti a una storia che verrà tramandata ai posteri! Ti ricordi del castello di Sissinghurst nel Kent? Ebbene, là dentro è appeso da un anno un ritratto di Violet Keppel Trefusis. L'ha dipinto un grandissimo pittore, John Lavery. E allora? Non ti dice niente?»

«Sai quanto detesto i tuoi racconti spezzettati!» aveva esclamato Rose gettando a terra il coltello. «Non si capisce niente! Per cortesia, evita le domande e spiegati!»

Lady Amabel si era alzata di scatto e aveva fatto un giro intorno al tavolino.

Renzo, dietro il cespuglio, tratteneva il fiato.

Alla fine Amabel si era riseduta. La pausa sembrava averla calmata.

«Dunque, mia cara Rose, tu conosci senz'altro Victoria Sackville-West... non è vero?»

«Ah, certamente!» aveva esclamato Rose con improvviso interesse. «È la nipote del primo Lord Sackville di Knole! Sono stata in quella tenuta. È splendida! Be', certo non posso dire che suo marito mi sia simpatico... sebbene Lionel sia il III Lord Sackville...»

«Appunto!» aveva replicato Lady Amabel. «E ti ricordi di Seery?»

«Ah, sì!» era intervenuta Rose con vivacità, come se all'improvviso si fosse svegliata dal torpore. «Seery! Sir John Murray Scott... è già morto poverino... forse era meglio se lasciava Victoria a Pierpont Morgan... Lei l'aveva cotto... Ne aveva arrostiti una serie... tutti ricchissimi, neanche a dirlo! William Waldorf Astor... persino Henry Ford! A New York non si parlava d'altro! È riuscita pure a farsi fare un busto da Auguste Rodin... Eh, certe donne sono... sono... "locuste"! I parenti di Seery chiamavano i Sackville "le locuste"... e questo ancora prima di aprire il testamento! Quanti soldi ha speso il poverino... Ha ripianato tanti debiti di Lionel e Victoria... migliaia di sterline! Per non dire della casa di Parigi in rue Lafitte!»

«Be',» aveva esclamato Lady Amabel «meno male che ti dichiari estranea ai pettegolezzi!» Poi era scoppiata a ridere e aveva addentato un tramezzino. «In sostanza,» aveva ripreso recuperando le briciole che le si erano infilate nella giacca «riassumendo: Victoria Sackville-West e Alice Keppel hanno due figlie, più o meno coetanee.»

«Lo so... e con questo?»

«Hanno due figlie sposate... Violet Trefusis è la figlia di Alice e Vita Sackville-West è la figlia di Victoria.»

«E con questo?»

«E con questo... l'anno scorso sono scappate insieme a Parigi, all'Hotel Ritz in place Vendôme!»

«Insieme...?»

«Insieme! Vita era vestita da uomo! E adesso Violet è qua, a Bordighera!»

«Ma sono...?» aveva chiesto Rose piegando la testa verso Amabel per sentire meglio.

«Sono!»

«E le madri cosa dicono?»

Lady Amabel aveva gonfiato il petto come un tacchino. L'antipatia che nutriva da lunga data per Alice, a causa del suo successo in amore, finalmente poteva trovare sfogo. «La madre di Violet ne ha fatte di tutti i colori, ma ha saputo rispettare l'etichetta. Puoi essere autore di qualsiasi tipo di sconcezza, ma non puoi creare imbarazzo. Io non ho mai sopportato Alice, ma devo darle atto di aver mantenuto una certa discrezione. La poveretta era disperata! L'altra figlia, Sonia, stava per sposarsi con il figlio del barone di Ashcombe... Tu pensa che disonore! I mariti delle fuggitive sono dovuti partire per andarle a prendere! Forse Alice non si era disperata così neppure quando era morto il re e la famiglia aveva dovuto abbandonare Londra. Io la conosco bene la storia. Come sai, mio fratello era a Ceylon in quel periodo. Sir Thomas Lipton li aveva invitati a soggiornare nel suo lussuoso bungalow vicino alla piantagione di tè.»

«Ma come è possibile che io non abbia sentito questa faccenda?» aveva chiesto Rose scuotendo la testa.

«Perché Alice ha cercato di gestire tutto come un affare di stato. La facciata del matrimonio non doveva cadere. Aveva imposto a Violet e al marito di andarsene per un anno da Londra. Ad Algeri o persino a Ragusa... L'importante è che fosse lontano. Ti dicevo del ritratto di Violet eseguito da Lavery. Un'amica mi ha rivelato che Alice, subito dopo lo scandalo, si era rivolta a lui. Voleva che, con sua moglie Hazel, ospitasse Violet e Denys a Tangeri. Doveva nasconderli fino a quando le acque si fossero calmate. Certamente Denys non è contento, desiderava l'annullamento del matrimonio, si è sentito preso in giro.»

«Ma perché Violet è qui? Alloggia all'Angst?»

«No! Questo è il bello... È a Villa Primavera con Pat Dansey... Resterà per quindici giorni. Poi forse partirà per l'estero.»

«Pat Dansey...» aveva ripetuto Rose. «Dove ho già sentito questo nome?»

«Mia cara... certo che l'hai già sentito! Margaret Dansey... È la nipote di Charles Berkeley, III barone FitzHardinge, quella specie di orco che vive nel castello di Berkeley. Ricordi, nel Gloucestershire? È un maniero medievale. Lui è orribile, ma... grande tradizione! Nelle segrete fu assassinato Edoardo II. E poi Margaret ha stretto una relazione con Joan Campbell. È la nipote del duca di Argyll! Credo che a Villa Primavera ci sia pure lei...»

«Ma sono...?»

«Sono!» aveva esclamato Lady Amabel alzandosi di scatto. Quella vicenda la faceva probabilmente sentire al centro della pulsante vita sociale londinese. E oltre ad appartenere alla nobiltà, quei personaggi erano anche importanti tra i letterati. Lady Amabel aveva organizzato alcuni tè per un gruppo di intellettuali che viveva intorno a Bloomsbury. Si ricordava di una certa Virginia Woolf. Qualcuno le aveva detto che faceva la scrittrice.

Renzo aveva seguito il discorso con delusione. Nessun cenno al presente di Lily, neanche un indizio. Dalla descrizione che Lady Amabel aveva fatto di quelle donne aveva però ricavato l'impressione di averle viste, in particolare una, probabilmente Violet, che vagava nervosamente sulla via Romana da qualche giorno.

5

«È una specie di animale bizzarro» aveva detto Lady Amabel di Pat Dansey, riportando un commento di Violet che le era stato riferito da un'amica. «È piccola e svelta. Si veste sempre di marrone, declinato in varie tonalità. I capelli sono biondastri, del colore delle patatine, gli occhi come quelli di un'ape, mentre il viso ha consistenza e sfumatura di un uovo di fagiano. Una leggera balbuzie manda all'aria il suo tentativo di apparire ordinata e controllata.» Lady Amabel si vantava di essere riuscita a intrufolarsi in un certo ambiente, tanto da conoscere alcune dame piuttosto propense a raccontarle vari dettagli della vita mondana, soprattutto quelli pruriginosi. «Tu mi accuserai di amare il pettegolezzo,» aveva aggiunto sorniona «invece non è vero. Mi limito a riportare i fatti. Alla fine potrebbero assumermi a Fleet Street come brava giornalista.»

Rose le aveva rivolto uno sguardo pietoso. L'affermazione era priva di senso, ma sapeva che Amabel non scherzava, si riteneva davvero un solido baluardo dell'informazione. «Hai in mente di pedinare Pat Dansey?» le aveva chiesto coprendosi gli occhi con le mani.

«Non ho bisogno di pedinare nessuno. Posso ricevere tutte le notizie che mi servono non muovendomi da qui.

Peraltro,» aveva concluso con tono canzonatorio «basterebbe sedersi su una panchina davanti all'ufficio del telegrafo...»

Qualche giorno prima, proprio di fronte all'ufficio del telegrafo Renzo aveva visto una donna simile alla descrizione. Era solito passare di lì dopo aver recuperato le copie dei giornali da portare in albergo. Spesso vi incontrava ospiti dell'Angst ansiosi di ricevere notizie da casa. La donna bionda, vestita di marrone, aspettava un'altra donna. Quando quest'ultima era uscita, Renzo l'aveva notata per la sua eleganza. Indossava una gonna alla moda e una blusa sulla quale pendeva una lunga collana luccicante. Sembrava una piccola principessa arruffata. Piangeva e imprecava. Era impossibile non accorgersi di lei. Parlava in modo concitato e gesticolava, una cosa insolita per una lady.

Un illustre professore, ospite dell'Angst, molto simpatico nonché fedele partecipante alle escursioni organizzate per i clienti, si intratteneva spesso a conversare con Renzo. Si occupava di donne con un disturbo chiamato "isteria". «Molte ospiti dell'albergo potrebbero rientrare nella casistica» aveva detto a Renzo scherzando, ma con una luce negli occhi traducibile nella frase "Non si tratta affatto di una battuta".

Renzo non aveva gli strumenti per valutare, però gli era capitato di vedere scarpe gettate dalle finestre, oppure oggetti lanciati contro il personale di servizio che diventava bersaglio di ogni genere di sfogo. Ecco, quella donna all'ingresso dell'ufficio postale gli era parsa molto agitata, quasi fuori controllo. Aveva lo sguardo di chi è sull'orlo di una crisi di nervi.

Una cosa l'aveva colpito. Lady Amabel aveva detto di sfuggita che quelle signore abitavano a Londra. Forse dunque conoscevano Lily, e valeva la pena avvicinarle.

Nei giorni successivi, sfruttando le pause sul lavoro,

aveva fatto in modo di passare davanti all'ufficio postale sulla marina di Bordighera. A piedi ci volevano dieci minuti per raggiungerlo. Aveva dovuto fare qualche tentativo, ma una mattina la donna che lui riteneva essere Violet, capricciosamente bella, con un vestito leggero sotto il ginocchio e una folta stola di volpe intorno alle spalle, era apparsa sulla piazza del mercato. Con passo svelto, si era diretta nell'ufficio. Aveva il piglio di un esattore che fa visita a un debitore insolvente. Renzo era rimasto sulla porta, fingendo di attendere il suo turno.

«"Vieni!"» aveva dettato Violet all'ometto dietro il bancone.

«Destinatario?»

«Madame Nicolson, Hotel Alexandrie, 3 rue Montaigne, Paris.»

Parigi. Lady Amabel aveva parlato della fuga di Violet a Parigi con una certa Vita Sackville-West. Dunque il cognome Nicolson non corrispondeva.

Mentre la presunta Violet usciva di corsa dall'ufficio postale, lasciando nell'aria un profumo intenso e conturbante, Renzo esitava, appoggiato a una colonna.

Proprio davanti a lui, un uomo basso, con un cappello e una marsina elegante, aveva chiesto al telegrafista: «Ancora nessun messaggio da Mr. Evans? Mi avvisi subito a questo numero».

6

"Mr. Evans..." Il cuore di Renzo aveva avuto uno scarto. Una coincidenza davvero strana. Si trattava dello stesso Mr. Evans? Era davvero Darius il mittente in questione?

Quando l'uomo elegante era uscito dall'ufficio, Renzo aveva farfugliato al telegrafista: «Perdonatemi, tornerò domani». Poi si era voltato e aveva spalancato la porta. La strada era affollata. Due donne l'avevano urtato con un mastello pieno d'acqua nel quale guizzavano pesci iridescenti. Aveva perlustrato con lo sguardo ogni angolo della piazzetta, ma nel frattempo l'uomo sembrava sparito. Si era quindi incamminato verso casa.

Era l'ora di pranzo. La primavera aveva intriso l'aria di dolcezza. Indossava una giacca leggera che aveva sfilato e appoggiato sulle spalle. A un tratto, voltandosi verso l'altro lato della strada, aveva visto un'auto scura, una Standard Torpedo. Si trattava di una vettura inglese molto diffusa nella colonia. Alla guida c'era un giovane con i capelli tirati indietro da una patina di brillantina. Urlava insulti in italiano a un uomo che trainava un carretto carico di foglie di palma. L'auto era stata costretta a fermarsi per farlo passare. Il ragazzo indossava una camicia nera e sul braccio che sporgeva dal finestrino portava cucito uno stemma raffigurante una specie di rotolo. «Te ne vuoi andare?» aveva gridato a un certo punto, agitando un manganello in direzione del poveretto in mezzo alla strada.

Al fianco del guidatore sedeva un uomo corpulento e più anziano, con un cappello militare. Sul sedile posteriore c'era invece il tizio che Renzo aveva visto poco prima all'ufficio del telegrafo.

Era la prima volta che osservava i fascisti da vicino. Il "Journal de Bordighera" non aveva mai fatto cenno al fascismo, continuando a proporre notizie di eventi mondani, *tea party* e tornei di tennis. Eppure, l'onda nera era arrivata anche lì.

L'automobile si era rimessa in moto. Aveva lasciato l'Aurelia in direzione della via Romana. Renzo aveva accelerato il passo, perdendola di vista dopo qualche istante.

Aveva notato una vettura simile qualche mese prima. Aveva varcato il cancello della villa abitata ormai stabilmente dalla regina Margherita. Renzo si rammentava di quel particolare perché si trattava di una giornata piovosa. Proprio davanti alla villa gli era caduto un orologio a cui era affezionato che teneva nel taschino. L'immagine dell'auto che superava il cancello e dell'orologio che si sbriciolava in una pozzanghera aveva reso indelebile quel momento.

La mattina seguente era di nuovo passato davanti alla villa per recarsi all'Angst. Nel vialetto erano incolonnate due auto: la prima sembrava la stessa del giorno precedente, l'altra somigliava a un mezzo militare ma senza scritte. Erano entrambe ferme, come se aspettassero un segnale. Renzo aveva attraversato la strada, fingendo di non averle notate, aveva imboccato una viuzza che scendeva verso il mare e si era fermato. C'era un che di anomalo in quella scena, ma non sapeva dire cosa. A un tratto sul viale della villa era apparso un cameriere e aveva fatto un cenno ai due guardiani che presidiavano il cancello. I battenti si erano aperti e le due auto erano uscite lentamente. Sul sedile posteriore della Standard era seduto un militare. Il finestrino era abbassato, dunque si distingueva bene la giacca ricoperta di mostrine, indossata di norma dai graduati d'alto rango. Al suo fianco c'era un altro uomo, che Renzo non era riuscito a vedere in viso. Non portava la giacca, ma solo una camicia nera e un cappello militare.

Dopo il lavoro, camminando verso casa, Renzo era passato di nuovo davanti alla villa. Era da poco suonata la mezzanotte. Sul marciapiede davanti al cancello c'erano altri due uomini in camicia nera. Uno di loro l'aveva sfiorato. Sulla manica aveva cucito uno stemma, un teschio con un coltello fra i denti.

Quella sera, Lady Amabel era scesa per la cena con un abito trapunto di piccole piume azzurre e bordato da una frangia. La moda tipica dei *Roaring Twenties* aveva raggiunto anche i saloni dei grandi alberghi della riviera. Sembrava un pavone gigante con sfumature dall'indaco al celeste. Al suo fianco, Rose indossava un abito vaniglia punteggiato di strass che metteva in luce due gambette sottili.

«Tu conosci una certa Madame Nicolson che vive a Parigi?» aveva chiesto Renzo al concierge.

«No. Mai sentita.»

Qualche minuto più tardi il concierge aveva consultato il registro delle prenotazioni. A nome di Madame Nicolson era stato fissato, nel fine settimana, un tavolo per il pranzo. Si trattava di un'ospite esterna che invitava un'altra ospite della colonia inglese non residente all'Angst.

«Ecco qui,» aveva detto il concierge a Renzo mostrandogli il registro «la signora Nicolson ha altri due cognomi.»

«Davvero?» aveva esclamato Renzo, come se l'enigma fosse a un passo dalla soluzione.

«Guarda tu stesso... È stato prenotato un tavolo per due

nella sala aperta al pubblico... È per il 9 marzo a nome Violet Trefusis. Bisogna preparare anche una torta di compleanno con la scritta "Vita". Ecco, qui c'è il nome del secondo ospite: Madame Nicolson Vita Sackville-West.»

Renzo si era illuminato. Non sapeva il perché, ma aveva l'impressione che quelle due donne fossero la pista giusta che portava a Lily.

Dopo la cena, l'orchestra aveva iniziato a suonare. I musicisti si erano esibiti in alcuni pezzi indiavolati. Le donne danzavano in un vortice di frange, piume e brillanti, mentre lunghe collane di perle tintinnavano al ritmo delle percussioni.

A un tratto Renzo aveva visto Lady Amabel spuntare in mezzo a un gruppo di dame. Lei parlava e loro ascoltavano a bocca aperta.

«E poi ieri ha perso tutto al casinò di Monte Carlo... Mi hanno detto che piangeva. Ha anche insidiato alcuni giocatori per avere un prestito. Nelle magnifiche sale ornate da stucchi d'oro una stucchevole donna mandava in fumo la reputazione di sua madre, l'amante più discreta mai concupita da un re...» aveva sottolineato Amabel usando le parole come un rasoio. «Che dire... Povera Violet... Un periodo triste e beffardo! Mi hanno detto che, oltre a queste figuracce, ne fa pure altre davanti all'ufficio del telegrafo... Spedisce telegrammi e lettere a ripetizione... Eh... l'amore...» aveva concluso ridendo.

Una lady anziana si era passata il fazzoletto sulla fronte. Il racconto di Lady Amabel era corredato di passaggi piccanti riguardo a un certo viaggio a Parigi compiuto da due signore in incognito. Le dame ascoltavano con l'imbarazzo dipinto sul volto, gli occhi bassi e sfuggenti.

«Oggi ho riso parecchio,» aveva proseguito compiaciuta per l'attenzione morbosa che era riuscita a ottenere «un uccellino mi ha sussurrato che all'ufficio del telegrafo non sanno più che fare. Violet si è lamentata per il servizio. "Cosa sarà mai successo a tutte le lettere che vi ho scritto da qui?" urlava in strada, come se si stesse rivolgendo a Vita. Era in compagnia di una biondina. Le leggeva ad alta voce una lettera che stava per spedire: "So che l'ufficio postale è senza speranza... È un'azienda privata, e la si può comprare per mille lire. La gente dice che le lettere spedite da qui arrivano raramente, e pure i telegrammi, oppure arrivano così distorti che nessuno riesce a capirli. Se dovessi rimanere qui ancora a lungo, comprerei sicuramente l'ufficio postale".» Lady Amabel aveva concluso la frase ridendo così forte che, nonostante la musica coprisse in parte la sua voce, qualcuno l'aveva guardata male. «E questa poveretta scrive ogni giorno senza ricevere nulla. Aspetta il suo cavaliere dal bianco cavallo, anzi un'amazzone, che un giorno la porterà a Venezia...»

La mattina dopo Renzo era tornato in albergo sforzandosi di esibire un sorriso. Per strada si era concesso anche un sigaro.

«Renzo...» aveva sussurrato il concierge quando l'aveva visto entrare, richiamandolo verso il bancone «prima di dimenticarmi... Quella prenotazione di cui ti ho parlato ieri... è stata cancellata.»

«Cancellata? E perché?»

«Non so il motivo. Non ero io di turno. La stessa persona che ha richiesto la cancellazione ha fissato una stanza a nome Denys Trefusis... Nella nota c'è scritto che arriverà in auto da Monte Carlo. Ho chiesto informazioni a un mio collega che lavora al casinò. Si tratta del marito della dama per la quale era stato prenotato il pranzo, la signora Violet Trefusis. Mi hanno riferito che intanto qualcuno, una donna, è venuta a prenderla. Pare sia partita per Venezia.»

Quel giorno stesso Renzo aveva scoperto che Lady Amabel aveva lasciato l'Angst. Rose aveva reagito molto male alla figuraccia fatta dalla sua amica la sera precedente. Spiattellare in pubblico con malagrazia fatti privati di una lady dell'alta società non era uno sport privo di conseguenze, nonostante i costumi stessero cambiando e anche la libertà di critica in pubblico fosse maggiormente tollerata. Si trattava di persone troppo note, di famiglie troppo rispettabili nella Londra bene per potersi permettere di parlarne con quel tono canzonatorio, dal quale traspariva un'invidia di vecchia data.

Subito dopo l'"incidente", Rose era andata dal concierge e aveva annullato il soggiorno già pagato per i giorni seguenti.

Un'auto le aveva portate alla stazione ed erano salite sul primo treno diretto in Inghilterra.

Renzo era uscito con una scusa in giardino. Una lacrima gli scendeva sulla guancia. Sentiva che non avrebbe mai più rivisto Lady Amabel. Con lei se ne andava la speranza di incontrare Lily.

7

La colonia, nella primavera 1920, era tornata all'antico splendore. Era nato persino uno stabilimento balneare, i Bagni Annunziata. Un giorno, passeggiando sul lungomare, Renzo aveva visto il titolare, Chechin Brocia, a torso nudo, con altri uomini forzuti. Stavano issando sulla spiaggia i piloni destinati a reggere la struttura dello stabilimento e i depositi per gli ombrelloni, le sdraio e le cabine ancora da montare. Sembrava una casa su palafitte, tipo quelle che Renzo aveva visto nelle illustrazioni dei libri della Biblioteca Internazionale. Da qualche anno la frequentava per leggere romanzi e giornali in inglese.

Nei Bagni Annunziata trascorreva le ore libere. C'era un grande salone con poltroncine e tavolini, divani alla turca, lampadari di cristallo e anche uno spazio per una piccola orchestra che suonava in occasione di serate danzanti. Agili camerieri servivano tè speziati e whisky scozzesi che uscivano come per magia dal bancone, sempre adornato di fiori di stagione, ginestre e mimose in particolare.

Alla domenica, se non era al lavoro, Renzo si fermava sulla spiaggia. Nel novembre di quell'anno aveva approfittato dei pomeriggi tiepidi. Un giorno, nella pausa pranzo, aveva steso un asciugamano sui ciottoli e si era addormentato. Si era svegliato poco dopo madido di sudore. Gli capitava spesso di avere incubi. Gli spari e lo scoppio delle bombe, memorie di una guerra ormai lontana ma ancora troppo presente nei suoi pensieri, erano i protagonisti di sogni agitati da cui riemergeva di soprassalto. Spalancava gli occhi, fissava il soffitto e urlava, sino a quando la realtà prendeva il sopravvento: era a casa, nel suo letto, al sicuro.

Quel pomeriggio, sulla spiaggia, l'incubo non riguardava la guerra. Aveva sognato degli uomini vestiti di nero che lo inseguivano, mentre altri lo precedevano e gli sbarravano l'ingresso all'Angst. Nell'albergo c'era Lily, tornata a Bordighera per incontrarlo. Era vestita come il giorno in cui era partita, ma non triste come allora, anzi, gli sorrideva da una finestra del salone principale.

Il risveglio era stato amaro. Il sole, sparito dietro a una nuvolaglia grigia, aveva lasciato spazio a un vento freddo. Dalla Francia nubi nere galoppavano sull'orizzonte verso il confine italiano. Di scatto si era tirato su. «Basta!» aveva gridato, come se qualcuno potesse sentirlo. Poi si era alzato ed era andato verso il mare. Gli spruzzi d'acqua gelida l'avevano punto come spine. Il rancore era sordo, profondo, ma non aveva un destinatario, forse era solo delusione o una nuova paura per qualcosa a venire, che aleggiava nell'aria, nello splendore acuto della riviera assolata. Anche nei giorni di guerra aveva visto cieli azzurri e nuvole bianche, cotone steso sulla morte, indifferente. Il male poteva arrivare sempre e in ogni luogo, nonostante l'aria tiepida, nonostante la luce dell'estate.

Il lavoro non mancava, Bordighera, dopo gli anni bui del conflitto, era rifiorita. Si stava avvicinando la fine del 1920 e quella data sembrava perfetta per un nuovo inizio, un nuovo decennio finalmente felice.

Aveva camminato lungo la spiaggia sino a raggiungere il passaggio che conduceva all'edicola della stazione. Non aveva ancora letto i giornali del mattino perché da qualche tempo il pacco con le copie veniva spedito direttamente all'Angst.

Non leggeva quasi mai i quotidiani italiani. Ne aveva comprato uno inglese. Nelle pagine interne c'era una foto che pareva scattata sulla scena di un crimine efferato. Nella colonna di testo a fianco c'era una breve sintesi dei fatti:

> 21 novembre 1920. Bloody Sunday. È stata una domenica di sangue. L'IRA, Irish Republican Army, uccide agenti dei servizi segreti inglesi. Rappresaglia delle forze di polizia del RIC, Royal Irish Constabulary, a Croke Park. Due leader dell'IRA assassinati mentre erano rinchiusi nel Castello di Dublino. Almeno quaranta persone, su entrambi i fronti, sono state uccise.

Il giornale citava anche il nome di una città irlandese, Belfast. Ricordava di averlo letto su un libro, mentre cercava il significato della cartolina che Darius aveva regalato a Lily. Renzo la custodiva ancora, insieme alla lettera.

Meglio andare a casa. Aveva imboccato viale Regina Elena. Era passato davanti alla famosa Villa Caterina. L'aveva fatta costruire il generale Luigi Pelloux, insignito della croce di cavaliere dell'Ordine militare di Savoia per aver comandato l'artiglieria che aveva aperto la breccia di Porta Pia nel 1870. Il generale si vedeva spesso dalle parti dell'Angst, perché insieme a Adolf Angst, nominato Cavaliere, faceva parte della fondazione per le opere benefiche di Padre Viale, nella quale era stato impegnato anche Clarence Bicknell. Frequentava anche il villino attiguo all'Angst, nel quale viveva Donato Etna. Qualcuno insinuava che fosse figlio del primo re d'Italia, Vittorio Emanuele II. L'aveva visto qualche volta anche all'Union Club. La sede era all'Hotel Splendid. Agli inglesi serviva avere a Bordighera un circolo nel quale incontrare le stesse illustri personalità frequentate in madrepatria. Era aperto anche a italiani e stranieri. Renzo veniva chiamato per gli incontri importanti, ormai era il traduttore più quotato della colonia. Proprio l'indomani era prevista una riunione per la quale aveva ricevuto particolari raccomandazioni: riservatezza e silenzio.

8

«Bene» aveva esordito un gentleman inglese con il collo sproporzionatamente lungo e una sorta di collana di stoffa appoggiata sulla giacca scura. Renzo non aveva mai visto nessuno vestito a quel modo. Sulla striscia di stoffa rossa erano cucite tante piramidi di metallo, mentre il pendaglio riproduceva una sorta di aquila d'oro. «Fratelli carissimi,» aveva proseguito salendo su un podio rialzato «per prima cosa consentitemi d'esprimere la mia gioia d'essere finalmente qui con voi in questo luogo significativo.»

Renzo era stato incaricato di tradurre il discorso a due italiani che, dopo l'ingresso nel salone, non avevano più proferito parola. Sembravano ipnotizzati dal relatore che parlava di "conoscenza" e di altri argomenti che Renzo traduceva, senza però comprendere il senso complessivo. Sembrava che le parole nascondessero un ulteriore significato per lui inaccessibile.

A un tratto, mentre un cameriere serviva i drink in bicchieri ricolmi di ghiaccio, si era voltato. Nel salone era entrato un uomo che gli pareva di conoscere, senza però riuscire a ricordare il nome. L'arrivo di quell'uomo l'aveva distratto, e così aveva interrotto la traduzione.

«Ci sono problemi?» gli aveva chiesto uno degli italiani.

«No...» aveva replicato Renzo sottovoce, ma mentre stava per concludere la frase era entrato un secondo gentleman. Il guardarobiere l'aveva aiutato a togliere il mantello. L'uomo aveva sulla giacca una collana di stoffa simile a quella del relatore.

I due italiani si erano scambiati uno sguardo, scuotendo la testa. Renzo sembrava intontito. «Ci sono problemi?» gli aveva chiesto nuovamente uno dei due. «Conoscete i colleghi di Mr. Evans?»

Renzo era rimasto immobile, imbarazzato dalla domanda che l'aveva colto alla sprovvista. Ecco chi erano! Li aveva visti all'Angst il giorno in cui si erano riuniti con Darius nella sala da tè. Erano cambiati, parevano molto invecchiati, sebbene non fosse trascorso tanto tempo dalla volta in cui li aveva visti in albergo. Uno di loro era stempiato, mentre l'altro, apparentemente più giovane, aveva i capelli grigi.

"Ma perché questi italiani conoscono Mr. Evans?" si era domandato Renzo. "Perché ne parlano e, soprattutto, perché si rivolgono proprio a me?" A lungo aveva cercato informazioni su Darius, aveva fatto domande, ma senza mai esporsi troppo. Dunque perché gli avevano fatto quella domanda così precisa, come se sapessero qualcosa della sua curiosità riguardo a Mr. Evans?

Alla perplessità era presto subentrato il timore. Non gli piaceva restare là dentro. Per stemperare la tensione aveva tormentato un bottone della giacca che si era staccato e gli era rimasto tra le dita. Si era sfilato la giacca e l'aveva appesa alla sedia. Poi, cercando di mascherare il turbamento con un sorriso, aveva ripreso a tradurre le parole del relatore, sempre più enfatico. Si sforzava di apparire naturale, ma con grande fatica. Intorno a lui stava accadendo qualcosa che non comprendeva. Non sapeva nulla di quelle persone, mentre gli altri sembravano conoscere particolari su di lui.

A un certo punto, il relatore aveva annunciato una pausa.

Renzo aveva tirato un sospiro di sollievo. Gli pareva di aver esaurito le energie, le forze si erano affievolite pian piano, fino a estinguersi.

Un cameriere era arrivato con un vassoio sul quale luccicavano tre bicchieri di sherry. Ne aveva preso uno, bevendo il contenuto in un solo sorso. Poi si era voltato verso uno dei due italiani.

«Mr. Evans lavora ancora a Bordighera?» aveva chiesto con coraggio e incoscienza improvvisa. Non si attendeva risposte, anzi, appena terminata la domanda aveva già la spiacevole sensazione di aver fatto una mossa falsa.

«No. Mr. Evans si è dimesso.» La frase, contraddistinta da uno spiccato accento londinese, era stata pronunciata da un uomo seduto su una sedia alle spalle di Renzo. Aveva preso posto approfittando della pausa. Renzo si era girato. Aveva il viso bianco e teso. Le luci fioche che illuminavano la sala disegnavano ombre sul volto del gentleman che indossava un abito nero dal taglio perfetto e un cappello alla moda. Le mani erano coperte da un paio di guanti bianchi. Era anziano, ma lo sguardo tagliente pareva lo stesso di allora, del giorno in cui l'aveva incontrato alla stazione. Era la primavera del 1899. Renzo lavorava per un concittadino intraprendente, che stava facendo affari d'oro con lo sviluppo della colonia inglese. «Mi raccomando,» gli aveva detto quando erano andati a ricevere il gentleman appena sceso dal treno «comportati bene. Questo è un pezzo grosso.» Poi si era infilato nella tasca della marsina un libro che aveva avvolto in carta da pacchi, una copia rilegata in pelle del *Doctor Antonio* di Giovanni Ruffini. «Lo donerò a Lord J. prima che riparta per l'Inghilterra» aveva concluso strizzando un occhio a Renzo.

Quel momento lontano era tornato, preciso, i contorni netti, come accade ai ricordi che restano indelebili, quelli che viviamo da giovani, inesperti, pieni di fiducia nel futuro e negli incontri.

Lord J., seduto su una sedia nel salone dell'Hotel Splendid, guardava Renzo come se avesse di fronte una persona a cui non era necessario spiegare niente. C'era tutto da dire e al contempo nulla.

«Si è dimesso» aveva ripetuto Lord J. alzandosi e avviandosi verso un gruppo di uomini che chiacchieravano sotto una nuvola lattiginosa dall'intenso profumo di tabacco cubano. «Del resto, era un mezzo irlandese, non si poteva pretendere molto.» Poi aveva riso, ma la piega della bocca era amara.

Il relatore aveva ripreso il discorso. Renzo aveva tradotto come se qualcun altro stesse lavorando al suo posto. Brividi gelidi lo scuotevano e, al termine della serata, aveva la febbre. Un autista dello Union Club, un concittadino che conosceva Renzo da vecchia data, notando il suo pallore si era offerto di dargli un passaggio sino a casa.

Aveva aperto la porta a fatica, la mano tremava e anche la vista era offuscata. Senza neppure togliersi il soprabito, si era buttato sul letto, tirando su le coperte. Aveva dormito per qualche ora un sonno agitato. Poi, nel cuore della notte, si era svegliato all'improvviso. «Dimenticare,» aveva detto tra sé sottovoce «dimenticare...» Si era rigirato nel letto fino a quando le luci dell'alba non si erano affacciate ai vetri, filtrando in mezzo alle persiane che non aveva chiuso. Stava un po' meglio. Il tremore era passato. Aveva messo i piedi sul pavimento e si era accorto di essere ancora vestito come la sera precedente.

Si era alzato, aveva tolto il soprabito e si era sciacquato il viso in una catinella poggiata sul davanzale. Era debole, ma determinato a fare una cosa che forse avrebbe dovuto fare anni prima.

Così si era inginocchiato di fianco al letto e aveva tastato il pavimento con la mano, fino a quando non aveva riconosciuto i contorni di una grossa piastrella. L'aveva sollevata leggermente, poggiandola di lato, poi aveva afferrato il manico di una scatola e l'aveva tirata fuori. All'interno custodiva i suoi risparmi e una busta nella quale aveva infilato la cartolina di Darius e la lettera ancora chiusa. Da un cassetto della cucina aveva preso un coltello – la lama brillava – e l'aveva passato su un lato della busta, aprendola.

Mia cara Lily,
vi scrivo per dirvi che oggi non potrò raggiungervi alla spiaggia. Ne sono addolorato ma devo partire con urgenza.
Avevo sperato di potervi rivedere. Volevo parlarvi. Dal primo giorno che vi ho vista avrei voluto farlo. È una questione riservata, e spiegarvela potrebbe essere un azzardo. Non posso però vivere sapendo di ingannarvi.
I fatti partono da lontano. Sapevo della vostra esistenza ben prima di incontrarvi, perché prima di conoscere Lily, avevo conosciuto il padre di questa dolce ragazza. Vedete? Parlo di voi come se foste una persona sconosciuta, e così siete stata per me nei lunghi mesi a Shimla, in India. Vostro padre vi nominava spesso.
Un giorno ebbi l'incarico di tornare in Europa per il mio lavoro. Fu allora che vostro padre mi chiese il favore di controllarvi. Sapeva che il mio viaggio avrebbe toccato le coste del Mediterraneo. Avevo appuntamenti importanti anche nella colonia di Bordighera. Gli risposi: "Va bene". Non mi pesò. Eravate una sconosciuta e io stavo facendo un favore personale a un mio superiore, ovvero a un valente funzionario di Sua Maestà la regina Victoria e... molto altro, che forse un giorno vi dirò.
Ebbene, dopo avervi incontrata quella mattina davanti a Villa Etelinda, ho cercato scuse per sottrarmi al favore promesso. Con quale coraggio avrei potuto cercarvi un marito?
Vostro padre vuole per voi un illustre matrimonio. Dunque ho provato a starvi lontano, nascondendovi il mio affetto. È tutto

ciò che posso fare se non voglio tradire la sua fiducia. Di certo non voglio tradire voi.
Vi prego di tenere riservate queste mie parole. È importante.
Una cosa vi chiedo: per dimostrarmi che mi perdonate, che comprendete la delicatezza della situazione in cui mi trovo, per dirmi che non mi odiate, nonostante le bugie che sono stato costretto a raccontarvi fino a oggi, vi prego di spedire, all'indirizzo che trovate qui sotto, un foglio bianco. Vi supplico: evitate riferimenti che possano ricondurre a voi. Basterà il foglio bianco.
Se lo riceverò, saprò che anche voi sentite affetto per me e che terrete nel vostro cuore la "nostra verità".
Se non riceverò la vostra lettera bianca, saprò che il mio è stato un errore. Saprò che ho frainteso. Mi perdonerete?
Un abbraccio sincero dal vostro Darius.

Sesta Parte

Dal 1921 gli anni erano volati, apparentemente leggeri, come le signorine che al casinò di Bordighera facevano risuonare i tacchi al ritmo della The Sincarmony Band, un'orchestra di ragazzi italiani che dal Ponente ligure partivano per i grandi alberghi delle località costiere, esibendosi al Grand Hotel di Rimini, a Giava e a Dakar. L'orchestra diretta dal professor Fededegni suonava anche in un altro locale, il preferito da tutti, il meraviglioso Kursaal Municipale, nel quale Renzo aveva lavorato e conosciuto il mondo intero, pur non avendolo mai visitato di persona. Non si era mosso da lì, dalla sua cittadina che per anni era stata il centro d'Europa. Lì aveva ascoltato storie di principesse russe e di anelli di smeraldo capaci di fermare il sangue, di agenti segreti con una gamba di legno usata per accendere i fiammiferi, di Jack lo Squartatore che somigliava a un medico russo di Walworth, e di documenti trovati in una cassaforte nella cantina di Rasputin a Mosca.

I ricordi, tanti, si erano ammucchiati nella sua mente come tesori in soffitta, cose che non sai di aver posseduto, preziose, inestimabili, impolverate e spaventose.

Ricordava un pomeriggio. Camminava come al solito di fretta sulla via Romana per raggiungere l'Angst. Aveva inciampato in una cesta di fiori. I facchini della ditta Sigifredo Alborno, soprannominato il "re dei garofani" per le sue rare qualità di ibridatore, avevano scaricato sul marciapiede delle *corbeilles* profumate dai colori scintillanti.

Si era alzato e con la mano aveva pulito il fondo dei calzoni impolverati. Poi aveva ripreso il cammino, ma una macchina nera gli aveva sbarrato il passo ed era entrata a gran velocità nel cancello aperto di Villa Regina, mentre alcuni domestici trasportavano lungo il viale vasi pieni di altri fiori. L'auto si era fermata. Era sceso un uomo che aveva sbattuto lo sportello, avviandosi a piedi verso un militare che gli veniva incontro. Renzo rammentava ancora le medaglie sul petto del graduato che luccicavano al sole. Insieme a loro c'era Mario Nomis di Cossilla, il gentiluomo di corte di casa Savoia.

I militari di guardia al cancello avevano trattenuto Renzo per qualche istante. Una seconda auto stava entrando nel viale. Tre uomini e una donna erano scesi. Indossavano abiti leggeri, perché, nonostante fosse la metà di ottobre, l'aria tiepida faceva pensare alla primavera. Aveva notato la loro eleganza e anche i volti accigliati: parevano duellanti prima di una sfida.

Qualche settimana dopo aveva riconosciuto gli stessi due uomini in una foto pubblicata su tutti i giornali. Si trattava di Emilio De Bono e Cesare Maria De Vecchi, quadrumviri della marcia su Roma. La ragazza era probabilmente una segretaria, piuttosto avvenente. Così l'aveva descritta a Renzo il concierge del Park Hotel. Il 17 ottobre avevano alloggiato là perché il signor Albini, il proprietario, era di Ferrara e conosceva Italo Balbo, il grande aviatore. «È stata una notte movimentata,» aveva detto il concierge a Renzo «hanno ordinato caffè a ripetizione.» Lettere, circolari, ordini: li avevano spediti da Bordighera per organizzare la manifestazione armata, il colpo di stato nella capitale.

«Io li ho visti a Villa Regina» aveva replicato Renzo ancora incredulo.

«Certo,» aveva detto il concierge «quel pomeriggio erano andati in visita ufficiale dalla regina Margherita.»

Mesi dopo Renzo aveva saputo il perché: avevano chiesto alla regina di intercedere con il figlio, Vittorio Emanuele III. Il concierge gli aveva riferito un dettaglio interessante che aveva colto dai loro discorsi: Italo Balbo, fervente repubblicano, non aveva voluto incontrare i Savoia, si era rifiutato di esporre alla regina il piano che lei aveva infine accolto con favore. Forse non aveva capito, pensava Renzo, forse non si era resa conto... Eppure aveva approvato. Quel giorno stesso i quadrumviri erano partiti per Firenze, dove li aspettava Mussolini. I giornali avevano scritto che a Napoli c'era stato il congresso del partito. La marcia su Roma non aveva trovato ostacoli.

Anche in riviera, dove l'aria era sempre stata salubre, respirare diventava difficile. Entusiasmo, paura e sospetto: i sentimenti contrastanti diffusi nella nazione serpeggiavano pure nella colonia.

Come d'abitudine, Renzo portava in albergo le copie del "Daily Mail". Pochi giorni dopo la marcia, il 1° novembre, ricordava di essersi fermato davanti al cancello dell'Angst per leggere un articolo:

> Mussolini, il leader della grande organizzazione della classe media italiana che ha costretto alle dimissioni l'esecutivo e a cui si sostituirà formando un proprio governo, è un grande e dinamico scrittore e oratore, un meraviglioso organizzatore, un trentanovenne calvo dai prodi occhi scuri, spietato, fiero, accigliato. I suoi seguaci lo chiamano "il tremendo".

Quell'anno era morto anche Adolf Angst. La direzione era passata al genero. Renzo lo riteneva capace, ma nonostante i suoi meriti era iniziato per l'albergo un lento declino. I turisti erano cambiati, quasi del tutto scomparsi gli aristocratici. Arrivavano ricchi e arricchiti. Cercavano vita mondana, impianti sportivi e case da gioco.

Una mattina, era il gennaio 1923, Renzo aveva avuto la certezza che il regime era arrivato al potere per restarci a lungo. Il conte Raffaele Del Castillo, uno dei principali esponenti fascisti di Sanremo, aveva organizzato una conferenza sulle origini del fascismo. Era dedicata ai membri della comunità inglese. L'Hotel Angst aveva messo a disposizione una grande e sfavillante sala, allestita con cura, la stessa cura che il personale dell'albergo usava nella preparazione dei veicoli per la parata del "Corso fiorito d'eleganza" a inizio primavera. Migliaia di fiori colorati venivano gettati sulla folla da calessi e vetture addobbate. Allo stesso modo Del Castillo aveva gettato le sue parole sul pubblico presente alla conferenza.

Un collega aveva detto a Renzo di aver visto De Bono più di una volta. No, non sui giornali, proprio a Bordighera. Era un uomo famoso, capo della Milizia. Nel giugno 1924 sui rotocalchi c'erano tante sue foto. Il nome compariva negli articoli su Matteotti. Era stato costretto alle dimissioni. Mussolini l'aveva allora proposto come governatore della Tripolitania.

Il 10 giugno, il giorno del rapimento Matteotti, un gentleman aveva organizzato al Kursaal una serata con altri connazionali. «Ah, sì, Matteotti... l'ho visto a Londra una settimana fa» aveva detto. Renzo ne era rimasto colpito. Aveva preso servizio da pochi giorni. Si era occupato di controllare l'elenco degli invitati. C'erano nomi importanti. Erano arrivati tutti tranne uno, un certo Samuel Hoare. Renzo rammentava quel cognome perché si trattava di un politico famoso del Regno Unito, del quale i giornali italiani parlavano con deferenza.

Renzo aveva imparato a custodire i ricordi come un dolore, silenziati. Doveva evitare che urlassero nella notte, quando a casa, nel suo letto, ripensava a Roger Bricoux sul fondo dell'oceano, e all'inaffondabile *Titanic*. Anche l'Italia sembrava essersi imbarcata su uno scafo non così sicuro come veniva descritto.

Per anni abbiamo vissuto a stretto contatto tra di noi, nel deserto nudo, sotto un cielo indifferente, aveva annotato in un quaderno. Gli piaceva quella frase, in qualche modo rappresentava la sua vita, anche se il contesto era tutto diverso. Teneva il libro sul comodino. Era uscito nel 1926 e si intitolava *Seven Pillars of Wisdom*. L'autore aveva viaggiato molto nei Paesi Arabi. Si chiamava Thomas Edward Lawrence. Renzo era affascinato dalle descrizioni dei luoghi e anche dalle considerazioni che quell'uomo faceva sull'identità dei popoli e sul potere. Era incredibile come, a migliaia di chilometri dal Medio Oriente, si potessero avere le stesse intuizioni. Vivere a Bordighera, il puntino sulla carta geografica che per decenni era stato il fulcro della vita mondana dell'élite d'Oltremanica, l'aveva plasmato. Nessuno, parlando con lui, avrebbe potuto pensare che nella sua casa d'origine fossero stipate reti da pesca intrise del tanfo delle alghe, né che iridescenti squame fossero in ogni angolo delle stanze, persino tra la biancheria. Nessuno avrebbe più osato prenderlo in giro per l'odore acre che avevano i suoi vestiti da bambino. Era un'altra persona da allora, istruita, con buone maniere, un aspetto curato e anche saggio, o almeno così dicevano le ospiti della colonia che spesso si appoggiavano a lui per le loro esigenze.

Era stato un punto di riferimento per gli ospiti dell'Angst anche nel gennaio 1926, in occasione dei funerali della regina Margherita. A Bordighera c'era il figlio, Vittorio Emanuele III. Arturo Giacobbe, il fidato telegrafista della regina, aveva riferito alla stampa che era stato proprio Vittorio a inviare il messaggio a Benito Mussolini.

Renzo aveva incontrato sulla via Romana la regina Elena, la consorte. E poi, qualche giorno dopo, aveva visto il Duce. Era arrivato da Roma il 5 gennaio con un treno speciale. Con lui erano giunti alla stazione anche dieci corazzieri destinati al servizio d'onore. Avevano custodito il corpo della regina, mentre Mussolini assisteva alla redazione dell'atto di morte e poi tornava a Roma in gran fretta, senza attendere i funerali a cui aveva partecipato una folla immensa.

L'Angst non aveva più camere libere. Alcuni, non avendo trovato posto negli alberghi, avevano bivaccato lungo le strade alberate e nei giardini. L'altare funebre era stato allestito il 7 gennaio non lontano dalla casa di Renzo, nella piazza del Municipio. Sul "Journal de Bordighera" Miss Daly, appena terminata la cerimonia, aveva scritto un articolo accorato, nel quale si parlava del fascino degli elmi dorati dei corazzieri nel rosa dell'aurora, dei gagliardetti colorati dalle frange argentee, dei pennacchi blu e rossi dei carabinieri e delle piume cangianti che luccicavano sulla testa dei bersaglieri, un'esplosione di cordoglio tra il verde dei pini e l'indaco del mare.

La sontuosa corona inviata da Mussolini era giunta per l'ultima benedizione avvenuta il 10 gennaio. La città era segnata dal lutto, bandiere a mezz'asta e negozi chiusi, lampioni accesi coperti da drappi neri e fiori ovunque. Il treno si era mosso verso Roma sulle note del *De Profundis*.

A Renzo era parso che il mondo da lui conosciuto fino a quel momento venisse strappato alle radici e spostato su un pianeta alieno raggiungibile solo con la memoria.

A Lily pensava ancora spesso, ma si trattava ormai di un pensiero sbiadito. La ricerca di notizie non aveva prodotto risultati certi. Per anni aveva letto i necrologi pubblicati sui giornali inglesi. Teneva il fiato sospeso sino a quando non arrivava al fondo della pagina. Poi un giorno al Museo Bicknell aveva notato un trafiletto su una rivista di Esperanto.

A New York City una "signorina Lilibeth" dava lezioni private. Aveva cercato di contattarla attraverso la redazione, ma senza risposta. Qualcuno gli aveva detto che quella signorina viveva a New York con sua madre, una dama inglese di ottima famiglia, costretta a lasciare il Regno Unito per motivi non chiari. Renzo era riuscito ad avere anche l'indirizzo di casa, si trattava di una villetta nell'Upper East Side, affacciata su Central Park. Poteva trattarsi di Lily, ma il cognome era diverso da quello registrato all'Angst.

Un giorno, in un salotto del casinò, aveva sentito una strana conversazione. Una dama parlava di una Lily, amica di Venetia Buddicom. Il cognome aveva attratto la sua curiosità. Si trattava della figlia dei Buddicom di Villa Cappella. La signora diceva che, a dorso d'asino, con la sua amica Freya Stark, donna dalla vita rocambolesca, Venetia si era spinta fino allo stato siriano del Gebel Druso, non lontano da Damasco, un luogo citato addirittura nella Bibbia. «Prima di loro ci sono andate Lady Hester Stanhope e Gertrude Bell, le ho conosciute entrambe! Pensa che la Stark ha vissuto anche a Ventimiglia. Due volte alla settimana andava a Sanremo da un professore che gli insegnava a leggere il Corano in arabo.» Si trattava di persone che Renzo, nei salotti dell'Angst, aveva sentito nominare in precedenza. Riguardo ai Buddicom portava nel cuore un turbamento. Walter, il figlio di Harry, era morto a ventiquattro anni nella Prima guerra mondiale, una delle tante vittime delle atrocità che Renzo stesso aveva vissuto.

Non era riuscito a capire se la Lily saltata fuori nel discorso fosse la "sua Lily", non c'era motivo per crederlo, ma gli piaceva illudersi per sfiorare il mondo al quale forse apparteneva.

Mia cara Lily, spero che mi perdonerete... Cominciavano così tutte le lettere che le aveva scritto, senza spedirle. Decine di lettere con quell'inizio, poi nulla. Una sera le aveva chiuse in una scatola e l'aveva avvolta con tre giri di spago.

La vita di Renzo, nonostante tutto, aveva un pregio: la libertà di chi è solo. Una cosa gli mancava per essere felice: la possibilità di dimenticare.

Gli anni erano volati via, ma senza conforto. Ogni dicembre che passava allontanava il male dell'anno precedente, ma ne portava con sé uno più grande.

Nel 1927 lo scintillio della colonia inglese era ormai appannato, un cristallo esposto alla salsedine, opaco. Era stato così che, a fine novembre, in un'atmosfera da vigilia del disastro, il mare, agitando nel vento i suoi artigli bianchi, si era portato via il Kursaal con i suoi arredi.

Appesi alle pareti, divorate dalle onde, solo alcuni quadri, e il pianoforte aggrappato come un superstite al ciglio di un burrone.

"È finita" ripeté Renzo tra sé, camminando sulla passeggiata. A mano a mano che si avvicinava al luogo del disastro, vedeva venire a galla le rovine di quella meraviglia che nell'acqua torbida si sbriciolava come una torta nuziale. "Non è necessario che il mondo finisca davvero" pensava fissando i relitti di mobili e lampadari trascinati al largo dai flutti. "È sufficiente che si trasformi, che diventi irriconoscibile per chi sa com'era. Si diventa estranei a se stessi, nemici in casa propria."

Aveva anche pensato di partire. I chilometri che non aveva mai percorso prima all'improvviso sembravano una prospettiva vitale. Chissà, forse, mettendo insieme tutti i risparmi avrebbe potuto comprare un biglietto per l'America e ricominciare tutto da capo a cinquant'anni.

Intanto le persone continuavano ad accorrere sulla passeggiata. Il Kursaal era ormai uno scheletro gotico intorno al quale i gabbiani sbattevano le ali alla ricerca di resti di cibo.

Renzo aveva tirato fuori il fazzoletto e se l'era passato sotto gli occhi. Poi, per fermare le lacrime, aveva alzato lo sguardo sulle finestre dell'Hotel Parigi. I clienti erano affacciati da vetri e balconcini verso la spiaggia, atterriti dalla burrasca che sembrava minacciare anche loro.

Aveva dato un'occhiata rapida, dall'ultimo sino al primo piano. Poi una figura tra le tende di una finestra l'aveva lasciato senza fiato. Con gli occhi lucidi, colpevole anche la salsedine, faticava a mettere a fuoco. Quella donna aveva qualcosa di familiare, un modo di muoversi che la rendeva identica a se stessa, nonostante fossero passati tanti anni. «È lei» aveva detto Renzo ad alta voce. Un tremore improvviso l'aveva colto di sorpresa, era rimasto fermo là sotto, con la speranza e il terrore che lei si voltasse. Continuando a fissare la finestra, aveva urtato una signora che stava accarezzando un cagnolino. Le aveva chiesto scusa senza nemmeno guardarla in faccia. Non riusciva a staccare gli occhi dalla camera al primo piano dell'albergo, nonostante la distanza gli impedisse ancora di dare per certo che si trattasse di lei. Affacciata al vetro, teneva il dorso della mano sulla bocca, una cosa che le aveva visto fare tante volte quando aveva paura.

L'amore perduto riemergeva dal silenzio del tempo. Gli anni più belli della vita di Renzo si erano all'improvviso allineati davanti a lui, pronti a fare fuoco. Era Lily, Lilibeth, come la chiamava con sussiego sua zia, Lady Amabel.

Tutto finiva e iniziava quel giorno. Renzo tremava. La vita era lì, a portata di mano. C'erano il passato e il futuro. Bastava fare ciò che non aveva mai fatto: gettarsi a capofitto nella realtà, afferrarla, trattenerla. A pochi passi da lui c'era la risposta a domande ancora aperte.

Le gambe lo tradivano. O forse era il vento che soffiava feroce spazzando via tutto ciò che trovava sulla sua strada. Si era mosso verso l'albergo. A meno di dieci metri c'era il sogno dal quale non si era mai risvegliato. Una folata più forte era riuscita a sollevare un tavolino di vimini e a gettarlo contro la parete dell'hotel.

Renzo era finalmente davanti all'ingresso. Dai vetri vedeva il concierge che teneva l'orecchio appoggiato alla cornetta del telefono. Aveva allungato la mano, l'aveva poggiata sulla maniglia spingendo la porta. Ancora qualche istante e avrebbe rivisto la persona che attendeva da anni. Il concierge si era girato per poggiare il telefono. La porta si era aperta per metà, mentre Renzo ritirava la mano, si voltava e tornava sui suoi passi.

Il vento soffiava a suo favore. Renzo camminava e l'aria lo spingeva come una piuma sull'altura dietro Sant'Ampelio, verso la spianata del Capo, nella città vecchia. Pochi minuti ed era a casa, inginocchiato a fianco del letto. La piastrella. La scatola. La busta sulla quale, tanti anni prima, aveva già scritto *Lily*. La lettera di Darius e la cartolina sotto la carta ruvida.

Il vento soffiava a suo favore, mentre correva giù per la scalinata, tra le grandi agavi e i pini marittimi, verso il turchese del mare, verso l'ingresso dell'Hotel Parigi.

Il concierge stava leggendo la posta quando Renzo era entrato e lo aveva salutato cordialmente, come faceva di solito con il personale degli alberghi nei quali veniva chiamato per le traduzioni.

«Potresti consegnare questa busta alla signora Lily del primo piano? L'avevo dimenticata a casa...»

«Certo, volentieri, la signora è arrivata ieri sera. La conosci?»

Renzo aveva esitato.

«Povera donna, è molto gentile. Ma è anche molto stanca. Arriva da New York. Pochi giorni fa c'è stato il funerale della madre...»

Renzo taceva mentre un nodo gli stringeva la gola.

«Devo dirle il mittente?»

«No,» aveva esclamato Renzo «cioè sì. Ma solo se sarà lei a chiedertelo.»

«È sufficiente che le dica "Renzo"? Sa dove trovarti?»

«No. Non spiegarle niente. Se domanda il mio nome, dille soltanto: "Bordighera Grand Hotel".»

Angst, il miglior albergo d'Europa

Quando ho iniziato a scrivere questo romanzo mi perseguitava una domanda: cosa sarà passato per la testa del signor Angst il giorno in cui venne avvisato che il soggiorno della regina Victoria nel suo albergo andava a monte?

Era stato risarcito lautamente, ma non posso credere che al momento della notizia il mondo non gli fosse crollato addosso. La visita della regina avrebbe dato lustro alla colonia, però avrebbe anche consentito al suo albergo di entrare nei libri di Storia. Il colpo di fortuna che passa una volta nella vita non si era concretizzato.

Ho cercato ovunque riferimenti precisi al riguardo, ma non sono riuscita a trovare notizie certe. Che sarà successo quel giorno? La notizia del viaggio andato in fumo compare in una lettera della regina Victoria a sua figlia. L'ho riportata in un capitolo. Il resto l'ho inventato. Per me, il momento in cui il signor Angst è stato avvisato ha avuto su di lui l'impatto di un terremoto. Me lo sono immaginato così, un gran fracasso nel magazzino bagagli dell'albergo:

Dopo il primo tonfo il signor Adolf Angst, che sedeva alla scrivania del suo ufficio, a pochi metri dal monumentale bancone della reception su cui pendevano stucchi in oro zecchino, si era alzato di scatto. Il fracasso l'aveva raggiunto attraversando il corridoio centrale e frusciando tra le tende drappeggiate, fino a diffondersi nell'androne dell'albergo e a propagarsi nel vano della scala. "Grandiosa come quella del *Titanic*" si sarebbe detto qualche anno dopo, quando il transatlantico britannico della classe Olympic, progettato per garantire un collegamento settimanale con l'America, avrebbe fatto naufragio, sottraendo al mondo qualche centinaio di milionari, e all'Angst alcuni dei più prestigiosi clienti abituali.

Era un uomo sensibile ai crolli il signor Angst, per questo, quando il fracasso l'aveva raggiunto, in quel giorno di inizio Novecento, aveva portato le mani alle orecchie, maledicendo se stesso per aver dato all'hotel il suo cognome svizzero-tedesco, che in Italia si traduceva con termini non proprio ben augurali: angoscia, paura, terrore. Insomma, non esattamente il nome che, in condizioni normali, si darebbe a un albergo. Era stata una vera sfida al destino imprimerlo sul frontone della struttura alberghiera più lussuosa della riviera ligure, ma non aveva resistito all'idea di passare alla Storia.

Il signor Angst si era disperato anche molti anni prima, il 23 febbraio 1887, la «notte della catastrofe» come soleva definirla quando si attardava a parlare con qualche dipendente che gli chiedeva dettagli di una disgrazia conosciuta solo per sentito dire. «Il terremoto,» rispondeva roteando gli occhi nel vuoto «il terremoto...»

Aveva diretto il Grand Hotel Bordighera fino a pochi mesi prima, e la notte del 23 febbraio il sisma l'aveva distrutto. Quell'albergo rappresentava molto per lui. Dalla Sicilia, dove dirigeva un'altra imponente struttura, aveva risalito l'Italia per raggiungere l'angolo di paradiso all'estremità del Ponente ligure. La mattina dopo il terremoto aveva davvero rischiato l'infarto. Era rimasto sconvolto nel contemplare le crepe sui palazzi. Il Grand Hotel Bordighera era stato molto danneggiato e difatti mai più riaperto. Anzi, era stato addirittura abbattuto.

Il signor Angst, qualche mese prima, aveva comprato terreni più in su della marina, nel verde, lontano dalla spiaggia, e intrapreso progetti per costruire un nuovo albergo. Per giorni, nel febbraio 1887, l'avevano visto aggirarsi intorno all'ammasso di rovine sulla piazza della stazione, fino a quando le bellezze nascoste di quel palazzo disfatto, che solo i turisti facoltosi del Nord Europa avevano potuto ammirare soggiornando nelle sue stanze, gli avevano ridato lo slancio per costruire. Un progetto sontuoso, un azzardo, forse.

Così il 23 febbraio 1900, a 13 anni dalla posa della prima pietra dell'hotel, il signor Angst, avvertendo il rumore assordante provenire dal salone, aveva stretto con le mani il bordo della sua scrivania di ebano. Il pensiero era andato al passato, ai pericoli scampati, e soprattutto al futuro prossimo, imminente: il numero dei dipendenti fissi superava la soglia di cento, duecento erano gli ospiti, una cucina con otto cuochi fissi e altrettanti sottocuochi, aiutanti, lavapiatti. L'albergo era infatti pronto per l'"illustre arrivo". Nulla doveva minacciare quell'evento. La storia del suo hotel, già prestigiosa, sarebbe diventata Storia con la "S" maiuscola, e la sua persona sarebbe entrata nella leggenda della riviera.

Nel terrore del momento, sentendo i camerieri correre verso la sala della colazione, aveva pensato anche al parco di trentacinquemila metri quadri con angoli esotici. Era stato lui in persona a volerlo così. All'interno della recinzione c'erano una pineta, un palmeto, un uliveto e un agrumeto. Non era mai stato in Amazzonia, ma di certo per allestire quel giardino aveva pensato in grande. Gli alberi erano curati da quattro giardinieri fissi e altrettanti occasionali che assumeva per i lavori più gravosi. Mentre il rumore raggiungeva lo scalone di marmo della hall, aveva pensato anche con commozione all'impianto per l'acqua calda, che un tempo veniva trasportata a braccia in enormi bacili fino alle lussuose stanze dislocate su quattro piani, e poi, in ultimo, tramite un nuovo sistema centralizzato, pompata nei bagni privati. E gli era pure venuta in mente la genialità con cui nel 1895 la ditta Helbling Zurigo, per prima in Europa, aveva sistemato lungo le pareti i termosifoni, sostituendo i caminetti nelle camere, e le stufe di ceramica nei corridoi; per non dire dei due ascensori (uno elettrico e uno idraulico elettrico). Era tutto pronto per "Lei", e nulla al mondo doveva disturbare quei giorni felici d'attesa, sui quali, a dire il vero, nell'autunno precedente qualche ombra era già calata.

Il concierge era entrato all'improvviso nell'ufficio spalancando la porta. Il signor Angst lo fissava senza dire una parola. Non poteva trattarsi di fuoco. Da poco era stato installato l'innovativo sistema antincendio messo a punto per preservare la hall allestita per i ricevimenti, nonché le camere da letto rivestite da ricche tappezzerie, con arredi fastosi, mobili intarsiati, lampadari, tappeti. L'albergo era stato chiuso per un periodo e ristrutturato proprio seguendo le indicazioni degli architetti inglesi che si occupavano di organizzare l'arredamento delle stanze con i mobili di "Lei". Sarebbero arrivati all'ultimo momento, alla vigilia dell'illustre soggiorno.

Eppure quel fracasso era un segnale inquietante, seppure nulla, stando alle precauzioni prese dal signor Angst, poteva rappresentare un serio pericolo per il salone al piano rialzato, nell'ala est. Non aveva badato a spese con i sei affreschi di Piana e Nestel. Per non dire delle nicchie fregiate a stucco e le grandi specchiere. Anche il soffitto era decorato a stucco, e su un lato della sala c'era il palco per l'orchestra esclusiva dell'albergo. "Lei" lo avrebbe apprezzato.

Il concierge si passava la mano sulla fronte, asciugando

il sudore con un grosso fazzoletto bianco. Il signor Angst lo fissava. Se non si trattava del terremoto né tantomeno di un incendio, cosa poteva essere capitato?

Renzo lo sapeva. Qualche minuto prima il concierge glielo aveva confessato. Parlava con gli occhi sbarrati, come se avesse visto un mostro passeggiare tra gli aranci del giardino. Anche Lily sapeva. Era entrata nel vano della reception senza bussare.

Ringraziamenti

Questo libro nasce dai libri. Tanti.

Un ringraziamento particolare a Gisella Merello, che custodisce la storia della riviera ligure di Ponente in splendidi saggi che hanno sollecitato la mia fantasia, a Giovanni Fasanella, giornalista di razza, che da anni scava nei documenti desecretati dei servizi segreti inglesi con risultati estremamente interessanti, e a Dario Fabbri, che ha scritto analisi illuminanti sulla Global Britain.

Grazie a Pier Giorgio Bricchi, che in un giorno d'estate mi ha raccontato preziosi aneddoti sulla storia della lirica di inizio Novecento.

Un grazie speciale alla biblioteca-museo Clarence Bicknell, a IISL Istituto Internazionale di Studi Liguri, alla Biblioteca Civica Internazionale di Bordighera e a tutti gli autori che negli anni hanno pubblicato articoli, memorie e racconti sulla colonia inglese. Grazie! Ho letto tutto il materiale pubblicato e molte storie sono state d'ispirazione per le mie pagine. In particolare, grazie a: Simona Marino che ha dedicato la tesi di laurea all'Hotel Angst, ad Alessandro Bartoli e al suo saggio *Le colonie britanniche in Riviera tra Ottocento e Novecento,* a Lilia De Apollonia e alle sue *Aristocratiche inglesi a Vallecrosia,* a Pier Rossi e ai tre volumi dei *Racconti di Bor-*

dighera, a Elio Baudo per *Gli inglesi nella Liguria occidentale*, a Marzia Taruffi e ai suoi scritti sanremesi, a Valerie Lester per la biografia *Marvels: The Life of Clarence Bicknell. Botanist, Archaeologist, Artist*, ad Anna Maria Ceriolo Verrando per la sua *Bordighera nella Storia*, a Silvia Alborno e Carmen Ramò per *Il telegrafista di Margherita*, agli "Amici di Winter", a Paola Gullino, ai Giardini Botanici Hanbury, a Carolyn Hanbury, a Claudio Porchia e a Carlo Bagnasco, presidente della Fondazione Pompeo Mariani, e custode di importanti opere d'arte.

Preziosa la lettura di: Nigel Nicolson, per il ricordo di sua madre, Vita Sackville-West, nel libro *Portrait of a Marriage*; David Cannadine, con il suo *The Decline and Fall of the British Aristocracy*; Richard Deacon, autore di *A History of the British Secret Service*; e infine Vita Sackville-West, che raccontò la società inglese di inizio Novecento in *The Edwardians*.

Un grazie speciale a Libereso Guglielmi, che nel suo giardino di Sanremo illuminò la mia fantasia una mattina d'estate del 1999. A Italo Calvino, che del discorso fu parte.

Grazie a Paul Civitelli, della Beinecke Rare Book & Manuscript Library, Università Yale, che in pieno lockdown mi ha inviato i file di telegrammi e scritti che attestano la presenza di Violet Trefusis a Bordighera tra febbraio e marzo 1920; fanno parte del carteggio con la scrittrice Vita Sackville-West.

Un particolare ricordo per il mio amico Luigi Piccatto, con il quale avevamo in progetto illustrazioni tratte da questo libro. Non sono arrivata in tempo. Grande dolore.

Il mio amore per la Storia, per l'universo anglosassone con le sue sfavillanti luci e le sue ombre, e soprattutto per Bordighera, che è lo sfondo di tanti miei personali ricordi, è la ragione di questo romanzo.

Grazie a chi, in vario modo e a vario titolo, ha permesso a questo romanzo di nascere e crescere.